LE CAS NOAH ZIMMERMAN

Sharon Guskin est américaine. Mère de deux enfants, elle vit à Brooklyn. *Le Cas Noah Zimmerman* est son premier roman, traduit dans une vingtaine de pays.

SHARON GUSKIN

Le Cas Noah Zimmerman

TRADUIT DE L'ANGLAIS (ÉTATS-UNIS) PAR PASCAL LOUBET

CALMANN-LÉVY

Titre original :

THE FORGETTING TIME
Publié par Flatiron Books, New York, 2016.

Pour Doug, Eli et Ben

1

La veille de son trente-neuvième anniversaire, par la plus lugubre journée du pire mois de février de toute sa vie, Janie prit une décision qui allait se révéler cruciale : elle s'offrit des vacances.

Trinité n'était peut-être pas le meilleur choix : quitte à aller aussi loin, elle aurait pu opter pour Tobago ou le Venezuela, mais ce nom mélodieux – Tri-ni-té – sonnait à ses oreilles comme une promesse. Elle acheta le billet le moins cher qu'elle put trouver et arriva sur l'île au moment même où les fêtards du carnaval rentraient chez eux, laissant les caniveaux remplis des plus beaux déchets qu'elle eût jamais vus et les rues désertes. L'équipe de nettoyage avançait lentement, d'un pas lourd et satisfait, comme des scaphandriers. Elle ramassa confettis, plumes scintillantes et bijoux en plastique qu'elle fourra par poignées dans ses poches, tentant de s'imprégner de toute cette frivolité.

À son hôtel avait lieu le mariage d'une jeune Américaine et d'un natif de Trinité, et la plupart des autres clients étaient les invités. Elle les regarda se tourner autour avec circonspection : d'un côté, des oncles, tantes et cousins s'étiolant dans la chaleur, les joues rougies d'un coup de soleil qui les faisait paraître plus enjoués qu'ils n'étaient, et de l'autre, les Trinidadiens médusés, toujours en groupe, qui riaient et parlaient vivement l'argot créole.

L'humidité ambiante était intense, mais l'étreinte chaleureuse de la mer la compensait, comme un prix de consolation pour les esseulés. La plage était exactement comme sur les photos : palmiers, eau turquoise et vertes collines, avec des puces de mer qui vous frôlaient et vous piquaient les chevilles pour vous rappeler qu'il ne s'agissait pas d'un rêve. De petites paillotes vendaient de délicieux beignets de requin préparés sous vos yeux. À l'hôtel, l'eau de la douche, quand il y en avait, était tantôt chaude, tantôt froide.

Les journées se suivaient agréablement. Elle se prélassait sur la plage avec les magazines sur papier glacé qu'elle ne se permettait ordinairement jamais, offrant ses jambes au soleil et aux embruns tièdes. L'hiver avait été si long, avec des tempêtes de neige qui s'étaient abattues sur New York comme une série de calamités. Chargée du design des toilettes d'un musée que son agence aménageait, elle s'était souvent endormie à son bureau en rêvant de carrelage bleu, ou elle était rentrée en taxi après minuit dans son appartement silencieux pour s'écrouler sur son lit avant d'avoir le temps de se demander comment sa vie avait pu prendre un tour pareil.

Elle fêta ses trente-neuf ans l'avant-dernier soir de son séjour à Trinité. Assise toute seule au bar sur la véranda, elle écouta la répétition du dîner de noces dans la grande salle voisine. Elle se réjouissait d'avoir échappé à l'obligatoire « brunch d'anniversaire » à New

York, aux hordes d'amies avec maris et enfants et aux enthousiastes cartes de vœux l'assurant que « cette année serait la bonne ».

La bonne pour *quoi* ? s'était-elle toujours retenue de demander.

Mais elle savait de quoi elles parlaient : la bonne année pour trouver un homme. Depuis la mort de sa mère, elle n'avait pas eu le cœur d'aller à des rendez-vous. Toutes les deux avaient l'habitude d'analyser ces rencontres minute par minute, au téléphone, durant d'interminables et nécessaires conversations parfois plus longues que les rendez-vous en question. Les hommes ne faisaient que passer dans sa vie ; elle les sentait s'éloigner des mois avant qu'ils s'en aillent vraiment. Sa mère, en revanche, avait toujours été là, avec son amour aussi fondamental et nécessaire que l'attraction terrestre, jusqu'au jour où elle l'avait laissée seule.

Janie commanda un verre, jeta un coup d'œil à la carte du bar et choisit le cari de chevreau qu'elle n'avait jamais essayé.

— Vous êtes sûre ? demanda le barman, un gamin svelte aux grands yeux rieurs qui ne devait pas avoir plus de vingt ans. C'est épicé.

— Pas de problème, répondit-elle en souriant.

Elle se demanda si elle n'allait pas vivre une aventure inattendue lors de cette avant-dernière soirée, et ce que cela ferait de toucher de nouveau un autre corps. Mais le jeune homme se contenta d'acquiescer et de lui apporter son plat promptement, sans même prendre le temps de la regarder.

Le cari de chevreau lui explosa en bouche.

— Je suis impressionné. Je ne crois pas que je serais capable de manger ce truc, fit remarquer l'homme assis deux tabourets plus loin.

Il était dans la fleur de l'âge, tout en épaules et en pectoraux, avec une couronne de cheveux blonds hérissés comme les lauriers d'un César, et un nez de boxeur surmonté d'yeux intrépides et invaincus. Il était le seul autre client qui ne fût pas un invité de la noce. Elle l'avait vu dans l'hôtel et sur la plage, et ni son alliance ni ses magazines économiques ne l'avaient inspirée.

Elle hocha la tête et prit une cuillerée de cari particulièrement débordante, tout en sentant la chaleur suinter sur chaque centimètre carré de sa peau.

— C'est bon ?

— En fait, oui, avoua-t-elle. Si on est assez fou pour aimer ce qui vous emporte la bouche.

Elle but une gorgée du rhum-Coca qu'elle avait commandé ; le froid la fit tressaillir après tout ce feu.

— Ah bon ? (Il leva le nez de son assiette et la dévisagea. Le haut de ses joues et de son crâne était rose vif, comme s'il avait impunément volé jusqu'au soleil.) Vous permettez que je goûte ?

Elle le fixa, un peu interloquée, puis elle haussa les épaules.

— Faites donc.

Il gagna prestement le siège voisin du sien. Il lui prit sa fourchette et elle la regarda planer au-dessus de son assiette puis plonger, soulever une pleine bouchée de son cari et la déposer entre ses lèvres.

— Nom d'un chien, dit-il avant d'avaler un verre d'eau d'une traite. Nom d'un chien.

Mais il avait dit cela en riant et ses yeux bruns l'admiraient sans détour par-dessus le rebord de son verre. Il avait probablement remarqué qu'elle avait souri au barman et estimé qu'elle serait ouverte à toute proposition.

Mais l'était-elle ? Elle l'observa et vit immédiatement l'intérêt dans son regard, la nonchalance avec laquelle il avait glissé l'air de rien sa main gauche derrière la corbeille de nans pour dissimuler son alliance.

Il était chef d'entreprise, à Port of Spain pour affaires, et ayant su tirer profit d'une franchise, il avait décidé de s'offrir quelques jours « au vert » pour fêter ce succès. Il avait dit cela, « au vert », et elle avait dû réprimer un tressaillement : qui employait des expressions pareilles ? Personne de sa connaissance. Il était de Houston, où elle n'était jamais allée et n'avait jamais éprouvé l'envie de se rendre. Il portait une Rolex en or blanc à son poignet bronzé – la première qu'elle voyait d'aussi près. Quand elle lui en fit part, il l'enleva et l'enfila sur son poignet menu et moite, où ce gros machin pendouilla, lourd et étincelant. Elle apprécia la sensation, l'étrangeté de sa présence sur sa main semée depuis toujours de taches de rousseur, apprécia de la voir suspendue comme un hélicoptère en diamants au-dessus de son cari de chevreau.

— Elle vous va bien, dit-il.

Son regard remonta de son poignet à son visage avec une intention si évidente qu'elle rougit et lui rendit la montre. Mais que faisait-elle donc ?

— Je crois que je ferais bien de rentrer.

Elle-même n'en était pas si convaincue.

— Restez bavarder encore un peu avec moi, dit-il d'un ton un peu suppliant que démentait son regard hardi. Allez, je n'ai pas eu une seule conversation digne de ce nom depuis une semaine. Et vous êtes si…

— Si… quoi ?

— Originale.

Il lui décocha un sourire, le rictus doucereux de celui qui sait comment et quand user de son charme, une arme dans cet arsenal qui étincela néanmoins quand il la regarda, comme acier au soleil, d'un éclat authentique – d'une véritable affection qui déferla sur elle dans un souffle brûlant.

— Oh, je n'ai rien d'original.

— Si. (Il la dévisagea.) D'où êtes-vous ?

Elle but une autre gorgée qui l'étourdit un peu.

— Oh, qui cela peut intéresser ? répondit-elle, les lèvres glacées et en feu.

— Moi.

Un autre sourire : vif, séducteur. Fugitif. Mais… *efficace.*

— Très bien, alors. J'habite à New York.

— Mais vous n'êtes pas originaire de là-bas, dit-il avec certitude.

— Pourquoi ? s'offusqua-t-elle. Vous trouvez que je ne suis pas assez coriace pour être une New-Yorkaise ?

Elle sentit son regard s'attarder sur son visage et tenta de retenir toute manifestation du feu qui lui montait aux joues.

— Oh, si, vous êtes une coriace, répondit-il avec son accent traînant du Sud. Mais votre vulnérabilité se voit. Ce n'est pas un trait typique de New York.

Sa vulnérabilité se voyait ? Voilà qui était nouveau. Elle voulut lui demander où, histoire de pouvoir la remettre à l'abri.

— Alors ? (Il se rapprocha d'elle. Il sentait la lotion solaire à la noix de coco, le cari et la sueur.) D'où êtes-vous vraiment ?

La question était épineuse. Généralement, elle éludait. Du Midwest, répondait-elle. Ou bien : du Wisconsin, parce que c'était là-bas qu'elle avait passé le plus de temps, si on comptait l'université. Mais elle n'y était pas retournée depuis.

Elle n'avait jamais dit la vérité à personne. Sauf, Dieu sait pourquoi, à lui, ce soir.

— Je ne suis de nulle part.

Il se redressa en fronçant les sourcils.

— Comment ça ? Où avez-vous grandi ?

— Je ne... (Elle secoua la tête.) Cela ne vous intéressera pas.

— Je vous écoute.

Elle leva les yeux vers lui. C'était vrai. Il l'écoutait.

Mais écouter n'était pas le mot qui convenait. Ou peut-être que si : un mot généralement utilisé au sens passif, impliquant une sorte de réceptivité atténuée, l'acceptation du bruit qui provient d'une autre personne, *je vous entends*, alors que ce qu'il faisait en cet instant avec elle semblait scandaleusement puissant et intime : il l'écoutait avec force, comme font les animaux pour survivre dans la jungle.

— Eh bien... (Elle prit une profonde inspiration.) Mon père était dans la vente, le genre de métier où on ne cessait de bouger. Quatre ans ici, deux ans là. Le Michigan, le Massachusetts, l'État de Washington, le

Wisconsin. Il n'y avait que mes parents et moi. Et puis il a… continué à bouger, si je puis dire. Je ne sais pas où il est allé. Quelque part sans nous. Ma mère et moi avons vécu dans le Wisconsin jusqu'à ce que je finisse le lycée, puis elle a déménagé dans le New Jersey et y a vécu jusqu'à sa mort. (Cela faisait bizarre de le dire ; elle essaya de se détourner de son regard pénétrant, mais c'était impossible.) Bref, ensuite, je suis partie à New York parce que la plupart des gens qui vivent là-bas ne sont de nulle part non plus. Donc je n'ai aucune attache particulière à un endroit. Je suis de nulle part. C'est drôle, non ?

Elle haussa les épaules. Les mots avaient jailli d'elle. Sans qu'elle ait vraiment eu envie de les prononcer.

— Merde, ça a l'air d'une existence drôlement solitaire, dit-il, les sourcils toujours froncés. (Ses mots furent comme un minuscule cure-dents piquant cette partie tendre d'elle-même qu'elle n'avait pas l'intention de montrer.) Vous n'avez pas de la famille ?

— Eh bien, j'ai une tante à Hawaï, mais…

Qu'est-ce qu'elle faisait ? Pourquoi lui disait-elle cela ? Elle se tut, consternée. Elle secoua la tête.

— Ce n'est pas mon genre de faire cela. Excusez-moi.

— Mais nous n'avons rien fait, dit-il.

L'ombre carnassière qui passa sur son visage était reconnaissable entre mille. Un vers de Shakespeare lui vint à l'esprit, une phrase que sa mère avait l'habitude de chuchoter à Janie quand elles passaient devant des ados à la galerie marchande. *Ce Cassius, là-bas, a le regard maigre et affamé.* Sa mère disait toujours ce genre de choses.

— C'est-à-dire, bafouilla Janie, que je ne parle pas ainsi d'ordinaire. Je ne sais pas pourquoi je vous raconte cela ce soir. Ce doit être le rhum.

— Pourquoi ne me le raconteriez-vous pas ?

Elle lui jeta un regard. Elle n'en revenait pas de s'être épanchée ainsi devant lui, d'avoir succombé au charme certes considérable de cet homme d'affaires de Houston qui portait une alliance.

— Eh bien, vous êtes un…

— Un quoi ?

Un inconnu. Mais elle aurait l'air d'une gamine si elle disait cela. Elle sauta sur le premier mot qui lui vint à l'esprit.

— Un républicain ?

Elle eut un petit rire, tentant d'en faire une plaisanterie. Elle ne savait même pas si c'était le cas.

L'irritation se répandit sur son visage comme un feu de brousse.

— Et qu'est-ce que cela fait de moi ? Une sorte de philistin ?

— Comment ? Non. Pas du tout.

— Mais vous le pensez. Je le vois sur votre visage, c'est clair comme le jour. (Il se redressa.) Vous pensez que nous n'éprouvons pas les mêmes choses que vous ?

Son regard brun, jusque-là si admiratif, s'enfonça en elle avec une sorte de fureur blessée.

— Pouvons-nous revenir sur le sujet du cari ?

— Vous croyez que nous ne nous faisons pas briser le cœur, que nous ne nous effondrons pas en pleurs quand nos enfants naissent ou que nous ne nous interrogeons pas sur notre place dans l'univers ?

— D'accord, d'accord, j'ai compris. Vous saignez quand on vous pique. (Il continuait de la regarder fixement.) *Si vous nous piquez, est-ce que nous ne saignons pas ?* C'est tiré du *Marchand de…*

— Est-ce que vous pigez, Shylock[1] ? Vraiment ? Parce que moi, il me semble que non.

— Prenez garde à qui vous appelez Shylock.

— OK. Shylock.

— Hé !

— Comme vous voudrez, Shylock.

— Hé !

Ils se souriaient, à présent.

— Bon. (Elle lui jeta un regard oblique.) Des enfants, hein ? (Il balaya la question d'une main large et rose.) Peu importe, ajouta-t-elle. Quelle importance peut avoir mon avis sur quoi que ce soit ?

— Bien sûr qu'il en a.

— Vraiment ? Pourquoi ?

— Parce que vous êtes intelligente, que vous êtes un être humain, que vous êtes ici en cet instant et que nous avons cette conversation, dit-il.

Il se pencha vers elle d'un air grave en lui effleurant le genou d'un geste qui en n'importe quelle autre occasion aurait pu être scabreux. Elle sentit un tremblement la parcourir si vite qu'elle n'eut pas le temps de le réprimer.

---

1. Usurier juif issu du *Marchand de Venise* de William Shakespeare, personnage détestable cristallisant les préjugés antisémites. Le nom est entré dans le langage courant anglo-saxon pour désigner un homme d'affaires sans pitié. *(Toutes les notes sont du traducteur.)*

Elle baissa les yeux vers son assiette qu'il avait pro-fanée.

Il devait habiter dans une grosse baraque de nouveau riche avec trois gosses et une femme qui jouait au ten-nis, songea-t-elle.

Elle avait connu des hommes dans son genre, bien sûr, mais elle n'avait jamais flirté avec aucun de ces piliers de country club, ces hommes doués pour le commerce. Et ces femmes, aussi. Mais autre chose en lui l'attirait – la vivacité de son regard, la volatilité de ses émotions, l'impression qu'il donnait d'être traversé par des idées à la vitesse de la lumière.

— Écoutez, je vais visiter le parc naturel Asa Wright demain, dit-il. Vous voulez m'accompagner ?

— Qu'est-ce que c'est ?

Il agita la jambe avec impatience.

— Un *parc naturel*.

— C'est loin ?

Il haussa les épaules.

— Je vais louer une moto.

— Je ne sais pas trop.

— Comme vous voudrez.

Il demanda l'addition d'un geste. Elle sentit l'éner-gie changer de direction, se retirer. Elle lui manquait déjà.

— Entendu, dit-elle. Pourquoi pas ?

Le parc était à des heures de là, mais cela lui était égal. Elle se cramponna, collée à son dos sur la moto et s'enivra de la vitesse, en ne perdant pas une miette du luxuriant paysage et du chaos enchevêtré des villes, avec les maisons neuves en béton qui se pressaient contre les cabanes en bois délabrées, leurs toits de tôle luisant côte à côte au soleil. Ils arrivèrent avant midi et, ayant adopté un aimable silence, suivirent un guide dans la forêt pluviale en gloussant aux noms des oiseaux qu'il leur montrait : le sucrier à ventre jaune et le guacharo des cavernes, l'araponga barbu et le motmot houtouc, le piaye écureuil et le tyran pitangua. Une complicité s'était déjà installée entre eux avant qu'ils prennent place pour le thé sur la vaste véranda de l'ancienne plantation et observent les colibris au ventre cuivré voleter devant les mangeoires suspendues au porche : quatre, cinq, six colibris vrombissant et tressautant dans l'air comme par magie.

— Quelle ambiance coloniale, déclara Janie en s'enfonçant dans le fauteuil en osier.

— Le bon vieux temps, hein ? dit-il en lui jetant un regard impénétrable.

— Vous plaisantez, n'est-ce pas ?

— Je ne sais pas. Il était bon pour certains. (Il resta de marbre pendant un moment, puis il éclata de rire.) Mais pour quel genre de salaud vous me prenez ? J'ai reçu la bourse Rhodes[1], vous savez.

Il avait dit cela d'un ton dégagé, mais elle savait qu'il essayait de l'impressionner. Et il y avait réussi.

— C'est vrai ?

Il hocha lentement la tête et ses yeux vifs se remplirent de perplexité.

---

1. Bourse qui permet à des étudiants étrangers de venir étudier à l'université d'Oxford.

— Elle m'a permis de décrocher une maîtrise d'é-co-no-mie du Bal-liol Col-le-ge. Oxford, Angleterre, dit-il en détachant les syllabes pour faire le plouc.

Il cherchait à la faire rire et elle s'exécuta de bonne grâce.

— Alors vous ne devriez pas enseigner à Harvard ou quelque chose de ce genre ?

— Pour commencer, je gagne dans les vingt fois ce que je me ferais, même en enseignant à Harvard. Et je ne rends de comptes à personne. Ni à un chef de département, ni à un doyen d'université, ni à un petit con fils de mécène.

Il secoua la tête.

— Loup solitaire, c'est ça ?

Il fit mine de faire la moue.

— Loup solitaire.

Ils éclatèrent de rire en chœur, complices. Elle sentit dans ses épaules se détendre un muscle qu'elle avait pris pour un os, et une légèreté s'emparer d'elle. Son scone s'effrita dans sa main et elle lécha les miettes sur ses doigts.

— Bon sang, vous êtes vraiment mignonne, dit-il.

— Mignonne, répéta-t-elle avec une grimace.

— Belle, s'empressa-t-il de rectifier.

— C'est cela.

— Non, je vous assure. (Elle haussa les épaules.) Vous ne vous en rendez pas compte, c'est ça ? Vous savez un tas de choses, mais pas ça.

Elle chercha une réponse sardonique, mais préféra la vérité.

— Non, avoua-t-elle dans un soupir. Je ne sais pas. Hélas. Parce que maintenant…

Elle allait dire qu'elle approchait les quarante ans et qu'elle allait rapidement perdre le peu qu'elle avait eu, elle était prête à lui montrer ses trois cheveux blancs et la ride qui se creusait entre ses sourcils, mais il balaya tout cela d'un geste.

— Vous pourriez avoir cent ans que vous seriez aussi belle.

Il avait dit cela comme s'il le pensait, et elle ne put s'empêcher de sourire tant la réplique était parfaite, gobant tout avec le sentiment désagréable d'être emportée vers un rivage inattendu et de devoir sérieusement pagayer dans l'autre sens si elle voulait rentrer saine et sauve.

Sur la route du retour, elle se cramponna de nouveau à sa taille. La moto faisait trop de bruit pour qu'ils puissent se parler, et elle en fut soulagée – pas de décisions à prendre, rien dont se soucier, juste les palmiers et les toits de tôle qui tourbillonnaient derrière elle, le vent qui fouettait ses cheveux sur son visage et la chaleur de ce corps contre le sien. Le bonheur commençait à murmurer au bas de son échine et à grimper, tout étourdi, le long de son dos. C'était donc ainsi, le moment présent. Pour elle, ce fut comme une révélation.

Et n'était-ce pas ce qu'elle avait toujours cherché – cette *légèreté* qui arrivait au galop, vous prenait par la taille et vous emportait avec elle ? Comment ne pas y succomber, même en sachant que l'on finirait jetée à terre dans la poussière ? Elle se doutait qu'il devait y avoir une autre manière de connaître cette ivresse étourdissante – quelque chose d'intérieur, peut-être ? – mais elle ne savait pas quelle forme cela prenait ni comment l'atteindre seule.

Une fois devant l'hôtel, ils se retrouvèrent face à face, gauches et fatigués. Il était tard. Le vent avait couvert ses cheveux de poussière. C'était un moment délicat, impossible à franchir rapidement. *Il faudrait que je rentre faire mes valises*, songea-t-elle, mais la noce battait son plein dans la salle de banquet et à présent, ils entendaient s'égrener dans la nuit le rythme aquatique des steel-drums – ces percussions inventées naguère à partir de barils de pétrole, cette musique née des déchets. Qui était-elle pour résister ? L'air humide caressait son corps comme une main moite et imposante.

— Ça vous dirait de faire un tour ?

Ils l'avaient dit au même moment, comme si c'était écrit.

Ça va mal finir, ça va mal finir, se répétait-elle tandis qu'ils marchaient, mais sa main était chaude dans la sienne et elle songea qu'elle pouvait peut-être se permettre cela, que ce n'était pas si grave. L'épouse était probablement le genre de femme au visage dur et parfait, avec des cheveux blonds luisant autour d'énormes boucles d'oreilles en diamant. Elle portait des jupes blanches courtes et flirtait avec le prof de tennis. Alors pourquoi Janie aurait-elle dû s'en inquiéter ? Mais non, ce n'était pas bien, n'est-ce pas ? Les yeux de cet homme étaient chaleureux, sincères, même, si tant est que l'on pouvait être sincère et calculateur à la fois. Et il l'appréciait, avec son visage imparfait, ses jolis yeux bleus, son nez un peu crochu et ses cheveux bouclés. L'épouse était probablement charmante. De longs cheveux bruns ondulés et un doux regard. Ancienne institutrice, elle était devenue mère au foyer pour s'occuper des enfants, patiente, gentille et trop intelligente pour la brutalité de cette existence, cela vampirisait toute son énergie et la nourrissait en même temps – elle était aimante, voilà. Cet homme était aimé (cela se voyait à son comportement détendu, à l'éclat de son visage) et en cet instant, l'épouse dormait avec leurs enfants dans leur grand lit parce que c'était plus facile ainsi, et elle aimait la chaleur de ces petits êtres contre elle et il lui manquait tellement et peut-être qu'elle se disait que parfois, durant ces longs, très longs déplacements, des idées lui traversaient l'esprit, mais elle lui faisait confiance parce qu'elle le voulait, parce qu'il avait ce regard volontaire, cette vie…

Pourquoi s'infliger cela ? Ne pouvait-elle pas se laisser aller ?

Il lui montrait les coquillages qui parsemaient la plage, et elle hocha distraitement la tête, absorbée dans ses pensées.

— Non, regardez, dit-il en lui saisissant le menton entre ses mains brûlantes et en lui désignant le rivage. Il faut que vous regardiez.

Les coquillages filaient vers l'eau, comme si la mer les attirait de toute la puissance de son charme.

— Mais… comment ?

— Des bernard-l'ermite, dit-il.

Comme ses mains étaient toujours sur son visage, il n'eut aucune peine à l'embrasser une fois, deux fois, seulement deux, songea-t-elle, juste pour goûter un peu et ensuite ils rentreraient, mais il l'embrassa une troisième fois, et elle sentit alors toute cette faim monter en elle comme le panache de fumée odorante d'un génie trop longtemps emprisonné dans une bouteille, encercler cet homme qu'elle connaissait à peine – même si son propre corps le connaissait, l'enveloppait sauvagement et l'embrassait comme si elle n'avait pas d'être plus cher au monde. Leurs défenses tombèrent en même temps que leurs vêtements. Peut-être était-ce le résultat de quelque troublante combinaison chimique libérant des phéromones, peut-être avaient-ils été amants à l'époque des pharaons et venaient-ils seulement de se retrouver ; quelle importance ? Qui le savait, merde ?

— Nom de Dieu, dit-il.

Il recula un peu et elle fut ravie de voir sur son visage que toute son assurance l'avait quitté et qu'il était aussi abasourdi qu'elle par la puissance de cette passion qui pourtant n'avait pas lieu d'être, et qui les laissait tous deux étourdis, comme des ados qui auraient réellement invoqué un esprit lors d'une séance de spiritisme.

Faire l'amour à la plage (N'était-ce pas le titre d'une chanson ? Sa vie se résumait-elle à cela, une chanson de variétés ?) avec un homme qu'elle ne connaissait pas, qui courait les femmes, sans mettre de préservatif : une très, très, très mauvaise idée. Mais son corps n'était pas de cet avis. Et puis pour elle, qui n'avait jamais totalement cédé à quoi que ce soit dans sa vie, le moment était peut-être venu. Elle entendait encore les steel-drums résonner comme des bulles métalliques cabriolant dans les airs, les cris joyeux des fêtards qui dansaient, les rires des jeunes mariés sous ce haut toit couvert de palmes. Elle avait presque quarante ans et ne se marierait probablement jamais. Et il y avait l'épouse charmante qui dormait dans la chaleur de ce grand lit avec tous ces enfants aux joues roses tandis qu'elle n'avait personne à retrouver à son retour, ni maison, ni époux, ni enfants, personne pour l'aimer hormis ce corps brûlant, avec ses battements de cœur rapides et réguliers et son ardente force vitale. Elle eut l'impression de se tenir sur une page soudainement arrachée de sa reliure, sur cette feuille à présent libérée qui voletait vers le sable du rivage tandis que la lune s'élevait au-dessus d'elle.

Une fois que leurs corps furent enfin repus, ils restèrent enlacés sur la plage, haletants.

— Tu...

Il secoua la tête avec un sourire étonné, ses yeux vifs admirant son corps blanc rougi par le sable luisant. Il n'acheva pas ; il se retint avant de terminer, ayant soumis toute sa vie d'adulte à cette discipline, et elle ne sut pas ce qu'il comptait dire d'elle, même si elle savait qu'elle aurait jusqu'à la fin de ses jours pour envisager tous les scénarios possibles. Elle eut brusquement envie de lui dire quelque chose – de lui raconter tous ses secrets, vite, avant que la chaleur ne commence à diminuer, dans l'espoir qu'il y ait peut-être là de quoi rêver encore un peu, un lien qu'elle pourrait conserver...

Conserver ? Elle faillit éclater de rire. Même quand l'instant présent la regardait droit dans les yeux avec un grand sourire, elle ne pouvait s'empêcher de s'en détourner.

Tout s'effilocha rapidement. Elle réalisait encore à peine ce qui s'était passé tandis qu'ils remontaient lentement en silence vers l'hôtel, côte à côte, sa main lui effleurant le dos, entre caresse et geste pour la pousser en avant.

— Eh bien, nous y voilà, dit-il une fois devant la porte de sa chambre. C'était un véritable plaisir de passer du temps avec toi.

Son visage affichait une tendre gravité de circonstance, mais elle sentit le vent qui se levait en lui, l'impatience qui l'envahissait à l'inverse de ce qu'elle éprouvait, et elle comprit que son désir de s'attarder et l'enlacer n'avait aucune chance devant son envie de ficher le camp et se retrouver seul.

— Faut-il… échanger nos e-mails ou quelque chose ? Cela t'arrive de venir à New York pour affaires ? (Elle essayait de garder un ton dégagé, mais il la considéra avec tristesse. Elle se mordit la lèvre.) Très bien, alors.

Elle pouvait encaisser. Ce n'était pas la première fois. Il se pencha et l'embrassa d'un baiser desséché d'époux, qui parvint tout de même à lui déchirer le cœur.

Elle ne connaissait pas son nom de famille. Elle s'en rendit compte plus tard. Elle n'avait pas eu besoin de le savoir, les limites de l'affaire étaient si claires qu'il n'était guère nécessaire qu'elles soient tracées. Cependant, elle regretta par la suite de ne pas l'avoir su – pas pour le certificat de naissance, pas par désir de le joindre et de lui compliquer la vie, mais simplement pour l'histoire en elle-même, afin de pouvoir dire un jour à Noah : « Un soir, j'ai fait la connaissance d'un homme, et cela a été la plus belle nuit de toute ma vie. Et il s'appelait… »

Jeff. Jeff Quelque Chose.

Mais peut-être avait-elle voulu qu'il en soit ainsi. Peut-être l'avait-elle prévu ainsi. Parce qu'il n'y avait aucun moyen de trouver Jeff Quelque Chose de Houston, et que cela l'avait encore plus étroitement rapprochée de Noah, qu'il lui appartenait plus que jamais.

2

— Mais ce n'est pas fini.

Tels étaient les mots qui avaient jailli de la bouche de Jerome Anderson quand la neurologue lui avait annoncé que sa vie était pour ainsi dire terminée.

— Évidemment que non, monsieur Anderson. Vous n'êtes pas condamné.

Cependant, il n'avait pas voulu parler de sa vie mais de son travail. Qui était toute sa vie, quand on y pensait.

— Docteur Anderson, je vous prie, corrigea-t-il.

Il fit taire sa panique en observant la neurologue assise de l'autre côté du bureau tordre ses mains élégantes tout en se mettant en devoir de lui exposer sa maladie.

L'année de la mort de son épouse, toutes les femmes qu'il avait rencontrées avaient le tort de ne pas être Sheila. Mais en cet instant, il reprenait conscience des détails qui n'appartiennent qu'aux femmes vivantes : les yeux légèrement humides de compassion de la praticienne, le mouvement ascendant et descendant des courbes délicates qu'il distinguait sous la blouse blanche à chaque respiration. Il vit le soleil s'étaler sur ses cheveux noirs et luisants, sentit l'odeur de savon antibactérien mélangée à une note légère et familière – les agrumes d'un parfum.

Quelque chose s'éveilla en lui alors qu'il la regardait, comme s'il sortait d'une longue sieste. Là, maintenant ? Sans rire ? Eh bien, personne n'avait jamais dit que l'esprit était simple, et le corps non plus. Et il était clair que les deux réunis étaient capables du pire. Il y avait là matière à étude. Devant un grave handicap ou la mort, les patients éprouvent-ils une excitation sexuelle ? Il fallait qu'il envoie un e-mail à Peterson à ce sujet ; il avait fait d'intéressantes recherches sur le lien entre corps et esprit. Ils pourraient baptiser cela «Étude sur Éros/Thanatos».

— Docteur Anderson ? (Derrière le tic-tac de la pendule du bureau qui égrenait les secondes, il entendait leurs deux respirations.) Docteur Anderson. Vous comprenez ce que je viens de vous dire ? (Respiration, un mot pour inspirer et expirer. Vous perdiez un mot comme celui-là, vous perdiez tout.) Docteur…

— Si je comprends ? Oui, je ne suis pas diminué à ce point. Pas encore. Il me semble être encore capable de décoder les phrases simples.

Il sentit sa voix se dérober à sa volonté et la maîtrisa difficilement.

— Vous vous sentez bien ?

Il se prit le pouls. Il semblait normal, mais il ne fallait pas s'y fier.

— Puis-je emprunter votre stéthoscope ?

— Pardon ?

— Je voudrais vérifier mon rythme cardiaque. Voir comment je me porte. (Il sourit, et cela lui coûta de rassembler ses faibles ressources.) S'il vous plaît. Je vous le rendrai tout de suite. (Il lui fit un clin d'œil. Oh, et puis merde. Elle allait appeler le service psychiatrie d'un instant à l'autre, maintenant.) C'est promis.

Elle ôta le stéthoscope enroulé autour de son long cou et le lui tendit. Elle ne le quittait pas du regard, médusée. Cette épave avait-elle encore en elle une étincelle d'énergie ? Il vit son reflet dans la fenêtre derrière elle, tout juste visible dans le scintillement de métal des voitures garées sur le parking : cette apparition aux joues creuses était-elle vraiment son visage ? Jamais il ne s'était trop soucié de son apparence, si ce n'est qu'elle lui avait parfois facilité la vie avec les sujets dans le cadre de ses travaux, mais à présent, il constatait la dégradation avec un pincement de cœur. Il avait encore ses cheveux au moins, même si les boucles qui plaisaient tant aux femmes avaient disparu depuis longtemps.

Le stéthoscope portait son odeur. Il comprit pourquoi le parfum lui était familier. Sheila le mettait quand ils allaient dîner dans un endroit élégant. Probablement le lui avait-il offert. Il n'avait pas la moindre idée de ce que c'était : elle précisait toujours par écrit ce qu'elle désirait et il le lui achetait docilement à Noël et aux anniversaires, sans jamais s'y intéresser de près, ayant l'esprit à d'autres choses.

Son rythme cardiaque était un peu élevé, mais pas autant qu'il l'avait supposé.

Sheila se serait moquée de lui – *Allons, arrête de t'ausculter et laisse-toi aller, voyons* – tout comme elle s'était moquée lors de leur nuit de noces (cela faisait-il déjà quarante-quatre ans ?) quand il l'avait criblée de questions en plein coït – *Et ça, tu aimes comme ça ?*

Mais ça, là, tu n'aimes pas ? – dans son empressement à analyser ce qui marchait, poussé par une curiosité aussi puissante que le désir lui-même. Et où était le mal ? Le sexe, comme la mort, était important, et pourtant, personne ne semblait s'en soucier suffisamment pour poser les bonnes questions. Kinsey l'avait fait, et Kübler-Ross (et lui aussi, ou du moins avait-il essayé), mais ils étaient rares et devaient affronter l'hostilité d'un milieu scientifique à l'esprit étriqué et réactionnaire… *Laisse-toi aller, Jer*, entendait-il Sheila dire. *Laisse-toi aller, c'est tout.*

Il aurait dû être gêné – sa jeune épouse se moquant de lui lors de la nuit de noces, on ne voit cela que dans les films comiques – mais cela lui confirma simplement la sagesse du choix qu'il avait fait. Elle riait parce qu'elle comprenait l'espèce d'animal qu'il était, elle acceptait son besoin de savoir comme elle acceptait tout le reste de sa personne, enveloppe charnelle remplie de manies et de défauts.

— Docteur Anderson.

La neurologue avait fait le tour du bureau, posé la main sur son bras. Lorsqu'il était interne, des années auparavant, chargé d'annoncer les mauvaises nouvelles, il n'avait jamais vraiment réfléchi à la puissance du contact physique. Il sentit la légère pression de ses ongles au travers du coton de sa chemise. À l'idée qu'elle allait enlever sa main, il commença à transpirer et retira son bras. Ce brusque rejet provoqua un froncement de sourcils instinctif chez elle. Elle battit en retraite derrière son bureau, encadrée par ses diplômes, tels de loyaux petits soldats dans leur uniforme latin.

— Vous vous sentez bien ? Avez-vous des questions à me poser ?

Il se força à revenir à ce qu'elle lui avait dit. Au moment où elle avait prononcé ce mot : aphasie. Un mot qui ressemblait à une jolie fille en robe d'été brandissant un poignard au-dessus de son cœur.

Aphasie, du grec *aphatos*, privé de parole.

— Le pronostic est définitif ?

Un chariot roula dans le couloir devant le bureau, faisant tinter des verres remplis de liquides.

— Le pronostic est définitif.

Il pouvait certainement trouver d'autres questions.

— Je ne suis pas sûr de comprendre. Je n'ai eu ni traumatisme crânien ni attaque cérébrale.

— C'est une forme plus rare d'aphasie. L'aphasie progressive primaire est une forme de démence dégénérative qui affecte la zone du langage dans le cerveau.

Démence. Ça, c'était un mot qu'il serait heureux de perdre.

— Comme… (Il se força à le dire.) L'Alzheimer ?

Avait-il étudié cela à la faculté de médecine ? Était-ce significatif qu'il ne s'en souvienne pas ?

— L'APP est un trouble du langage, mais la réponse est oui. On peut dire qu'elles sont cousines.

— Quelle famille, dit-il en riant.

— Docteur Anderson ?

Elle le regardait comme s'il était dérangé.

— Détendez-vous, docteur Rothenberg. Je vais bien. Je… digère, comme on dit. Ma vie, après tout… (Il soupira.) Pour ce qu'elle était. *Car, échappés des liens charnels, si, dans ce sommeil du trépas, il nous vient des songes… halte là !* (Il lui sourit, mais elle resta de marbre.) Oh, bon sang, ma petite, n'ayez pas l'air aussi affolé – on n'enseigne plus Shakespeare, à Yale ?

Il arracha le stéthoscope et le lui rendit. *Vous voyez ce que j'ai à perdre ?* Il bouillonnait intérieurement. *Des choses que je n'aurais jamais imaginé perdre.* Y avait-il une vie après Shakespeare ? Voilà une question qui valait la peine d'être posée.

Y avait-il une vie après le travail ?

Mais tout n'était pas *fini.*

— Peut-être souhaiteriez-vous parler à quelqu'un – il y a une assistante sociale – ou si vous préférez, un psychiatre…

— Je suis psychiatre.

— Docteur Anderson, écoutez-moi. (Il remarqua, sans la ressentir, la sollicitude dans son regard.) Beaucoup de patients souffrant d'aphasie progressive primaire continuent d'être autonomes pendant six ou sept ans. Davantage, dans certains cas. Et la vôtre est à un stade très précoce.

— Je serai donc en mesure de me nourrir, me torcher et tout cela ? Pendant des années encore ?

— Très probablement.

— Je serai simplement incapable de parler. Ou de lire. Ou de communiquer d'aucune façon avec le reste de l'humanité.

— La maladie est progressive, comme je vous l'ai dit. À terme, oui, la communication verbale et écrite deviendra extrêmement difficile. Mais cela varie considérablement selon les patients. Dans bien des cas, le handicap progresse très lentement.

— Jusqu'à ?

— Des symptômes de type parkinsonien peuvent se développer, ainsi qu'un déclin de la mémoire, du jugement, de la mobilité, etc. (Elle marqua une pause.)

Dans bien des cas, cela peut affecter l'espérance de vie.

— Fourchette de temps?

Il parvint tout juste à sortir ces trois mots.

— On s'entend généralement sur sept à dix ans entre le diagnostic et le décès. Mais il y a des études récentes qui...

— Et le traitement?

Elle marqua une nouvelle pause.

— Il n'y a pas de traitement contre l'APP actuellement.

— Ah, je comprends. Eh bien, heureusement, je ne suis pas condamné.

Voilà donc ce que l'on ressentait. Il se l'était toujours demandé : il savait ce que cela faisait d'être de l'autre côté du bureau. Ces mois où les internes en psychiatrie étaient chargés d'annoncer les diagnostics les plus graves remontait à tellement d'années... «De la pratique», disait-on, même si cela tenait plutôt du sadisme. Il se rappelait ses mains tremblantes d'angoisse avant d'entrer dans la pièce où attendait le patient (les mains dans les poches, c'était son mantra à l'époque : les mains dans les poches, le ton calme, un masque de professionnalisme qui ne trompait personne) ; puis l'immense soulagement une fois la mission accomplie. Ils avaient en réserve sous le lavabo de la salle de bains du service psychiatrie une bouteille de vodka pour ces occasions-là.

Cette neurologue de pointe qu'on lui avait conseillée (coiffée et pomponnée, avec un maquillage qui était en soit une bravade) devait annoncer ce genre de nouvelle une bonne dizaine de fois par mois (c'était l'une de ses spécialités, après tout), mais elle avait toujours l'air mal à l'aise. Il espéra qu'une bouteille quelconque l'attendait quelque part à l'issue de ce face-à-face.

— Docteur Anderson…

— Jerry.

— Y a-t-il quelqu'un que nous pouvons appeler ? Un enfant, peut-être ? Un frère ou une sœur ? Ou… une épouse ?

Il la regarda droit dans les yeux.

— Je suis seul.

— Oh.

La compassion dans son regard fut insoutenable.

Il la perçut et la rejeta dans le même temps. Il n'était pas fini. Il ne se laisserait pas faire. Il lui restait du temps pour terminer son livre. Il écrirait vite ; il ne ferait rien d'autre. Il pourrait l'achever en un an ou deux, avant que les mots simples, puis le langage lui-même ne lui deviennent étrangers.

Il avait senti la fatigue mais ne s'en était pas soucié. Il avait mis sur le compte de cette lassitude les mots qui lui échappaient parfois, qui refusaient de franchir ses lèvres ou de couler de sa plume. Il ne rajeunissait pas, et il avait toujours beaucoup travaillé. Ou bien il avait attrapé quelque chose lors de son dernier voyage en Inde, alors il était allé faire un check-up et une chose l'avait mené à l'autre, de médecin en médecin, et il n'avait pas eu peur. Il ne craignait pas la mort et n'avait jamais laissé la douleur le ralentir, il avait survécu à l'hépatite et à la malaria et pouvait travailler lorsqu'il souffrait d'affections mineures en y prêtant à peine attention, il n'y avait donc rien à redouter – et pourtant, il en était là aujourd'hui, au bord de cette falaise. Mais il n'avait pas basculé, pas encore.

Tant de mots. Oh, il n'était prêt à renoncer à aucun d'eux. Il les aimait tous. *Shakespeare. Shaker. Sheila.*

Que lui dirait Sheila si elle était là ? Elle avait toujours été plus intelligente que lui, même si tout le monde riait quand il le disait – l'institutrice d'école maternelle, plus intelligente que le psychiatre ? Mais les gens étaient idiots, ils ne voyaient en elle que sa crinière blonde et en lui ses diplômes, alors que n'importe qui avec un peu de cervelle voyait combien elle était futée, appréhendait tout ce qu'elle comprenait et connaissait.

Si Sheila était encore là…

Mais n'était-ce pas le cas ? Aurait-elle pu lui rendre visite, en ce moment difficile ? Son parfum planait dans l'air. Il n'avait aucune expérience avec les esprits, mais ne niait pas leur existence non plus ; les données étaient insuffisantes sur ce sujet, malgré quelques courageux efforts çà et là : le cas du majordome de Ducasse, par exemple, ou le fantôme de Cheltenham de Myers, sans parler des études de William James et consorts sur les médiums du début du XIXe siècle.

Il ferma les yeux un moment et essaya de sentir sa présence. Il perçut, ou désirait, quelque chose. Un mouvement. *Oh, Sheil.*

— Jerry, dit le docteur Rothenberg d'une voix sourde. Je pense vraiment que vous devriez parler à quelqu'un.

Il ouvrit les yeux.

— Je vous en prie, n'appelez pas les psys. Je vais bien. Je vous assure.

— OK, dit-elle à mi-voix.

Ils restèrent assis sans rien dire pendant un moment, se regardant de part et d'autre du bureau comme s'ils se faisaient face sur les rives d'un fleuve en furie. *Quelles étranges créatures sont les êtres humains*, songea-t-il. *C'est stupéfiant que certains arrivent à communiquer.*

Assez. Il se pencha en avant, reprit son souffle.

— Nous en avons terminé, alors ?

Considérez cela comme une faveur. Vous voilà ainsi libérée des incohérences d'un homme qui tombe en ruine.

— Avez-vous d'autres questions ? D'autres choses à demander sur… l'évolution de la maladie ?

Qu'attendait-elle de lui ? Une vague de panique le submergea soudain. Il s'agrippa aux montants de la chaise et la vit se détendre enfin devant ce signe de faiblesse. Il se força à lâcher prise.

— Rien dont vous n'ayez la réponse. Rien qui n'aura de réponse bien assez tôt.

Il parvint à se lever sans chanceler. Lui fit un petit salut.

Il la regarda le regarder ramasser sa serviette et sa veste, perçut sa confusion et le malaise qui en résultait. En définitive, ce n'était pas la réaction à laquelle elle s'attendait.

Que ce soit une leçon pour toi, se dit-il, alors qu'il fermait la porte derrière lui et s'adossait au mur en essayant de reprendre son souffle dans le couloir aux néons trop éclatants, dans le grondement déferlant et incessant des bien portants et des malades. *Ne jamais rien attendre de la vie.*

Pour lui, cela avait été la leçon de son existence.

3

Janie s'agenouilla sur le carrelage rose dans sa plus belle robe noire et essaya de se calmer. L'eau sale du bain qui ruisselait sur le sol mouillait les genoux de ses bas et tachait l'ourlet de velours. Elle avait toujours aimé cette robe parce que la taille haute flattait sa silhouette et que le velours lui donnait une allure festive et bohème, mais à présent, souillée de traînées de jaune d'œuf et de taches de shampooing piquetées de bulles comme de la salive, elle n'était plus qu'un luxueux chiffon.

Elle se releva péniblement et jeta un coup d'œil dans le miroir.

Dans quel état était-elle ? Le mascara dessinait sous ses yeux des cernes noirs de joueur de football américain ; le fard à paupières laissait des traînées couleur bronze sur ses tempes ; et elle avait l'oreille gauche en sang. Mais sa coiffure tenait encore, toute en boucles gonflées autour de son visage, comme inconsciente de ce qui se passait.

Voilà qui lui apprendrait à s'imaginer qu'elle pouvait laisser Noah le temps d'une soirée.

Et dire qu'elle s'en réjouissait d'avance.

Janie savait qu'il était probablement irrationnel de s'exalter pour un rendez-vous avec un homme qu'elle n'avait encore jamais rencontré. Mais la photo de Bob lui avait plu, avec son visage gentil et sincère, ses yeux mi-clos, et elle avait aimé sa voix pleine d'humour au téléphone qui faisait vibrer une corde tout au fond d'elle-même et réveillait ses sens. Ils avaient parlé pendant plus d'une heure, ravis de se découvrir tant de points communs : ils avaient tous les deux grandi dans le Midwest et rejoint New York après l'université ; ils avaient l'un et l'autre été les enfants uniques de mères impressionnantes ; bien qu'agréables à regarder et sociables, ils étaient surpris de se retrouver célibataires dans la ville qu'ils aimaient. Ils ne pouvaient s'empêcher de se demander (ils ne le dirent pas, mais c'était là, dans la réverbération de leurs voix, dans leurs rires détendus) si toutes ces aspirations allaient très bientôt être comblées.

Et ils allaient sortir dîner ! Un dîner, c'était sans aucune ambiguïté d'excellent augure.

Il lui suffisait d'aller jusqu'au bout de sa journée. Ce fut une matinée éprouvante, tenant plus de la thérapie de couple que de l'architecture : M. et Mme Ferdinand hésitaient entre faire de la troisième chambre une salle de sport ou un refuge masculin, et les Williams avouèrent au dernier moment qu'ils voulaient réduire de moitié la chambre de bébé, puisque, finalement, ils auraient besoin de deux chambres principales au lieu d'une, ce qui lui était égal, elle se moquait bien qu'ils dorment ensemble ou pas, seulement pourquoi ne le lui avaient-ils pas dit avant qu'elle finalise les plans ? Tout au long de sa journée, entre ces rendez-vous, elle se surprit à consulter son téléphone alors que Bob lui envoyait des SMS émoustillants (*J'ai hâte !*). Elle se l'imaginait (était-il grand ou petit ? Probablement grand…) se redresser dans son box (les programmeurs devaient travailler dans des box), tout ragaillardi quand son téléphone bourdonnait sa réponse (*Moi aussi !*)… Ils se répandaient en textos comme des ados pour pimenter leur journée, leur manière à eux de tenir le coup.

Et, à dire vrai, elle avait hâte de passer une soirée loin de Noah. Elle n'était sortie avec personne depuis presque un an. La perspective de ce dîner avec Bob lui avait rappelé qu'elle ne menait pas la vie qu'elle avait prévue.

Les sacrifices de la mère célibataire avaient été le refrain de la sienne pendant toute son enfance, toujours égrenés avec le même sourire subtilement empreint de nostalgie, comme si renoncer au reste de sa vie était le prix à payer pour obtenir la chose qu'on désirait le plus. Janie avait beau essayer, elle était incapable d'imaginer sa mère autrement : sa tenue d'infirmière impeccablement repassée et soigneusement ajustée, avec ses souliers blancs et ses cheveux gris acier au carré, ses yeux bleu vif et pénétrants que n'avaient jamais pu toucher ni le temps, ni le maquillage, ni le moindre regret (pour elle, le regret n'existait pas).

On ne défiait pas Ruthie Zimmerman. Même les chirurgiens qui travaillaient avec elle semblaient en avoir un peu peur, tressaillant nerveusement quand elle les croisait au supermarché et que son regard appuyé allait de son chariot rempli de légumes et de tofu à leurs packs de bière et sachets de bacon et de chips. Pas plus qu'on ne pouvait l'imaginer rencontrer un homme ou dormir autrement vêtue que de son pyjama écossais en flanelle.

Quand Janie décida d'avoir Noah, elle était déterminée à ne pas imiter sa mère. C'est probablement pour cela qu'elle s'en était tenue à ses projets ce soir-là, même quand la situation avait commencé à mal tourner.

Elle était arrivée dix minutes en avance à l'école de Noah et avait passé le temps à vérifier si Bob lui avait envoyé un texto tout en épiant Noah par la vitre de la salle des petits. Les autres enfants étaient occupés à coller des macaronis peints en bleu sur des assiettes en carton, tandis que son fils, comme d'habitude planté à côté de Sondra, faisait sauter une boule de pâte à modeler d'une main à l'autre en la regardant surveiller la salle. Janie réprima un pincement de jalousie : dès son premier jour à l'école, Noah s'était inexplicablement attaché à la sereine éducatrice jamaïcaine qu'il suivait comme un chiot. Si seulement il avait apprécié moitié autant ses baby-sitters, cela aurait tellement facilité les sorties...

Marissa, la chef de l'équipe pédagogique, une femme débordante d'entrain, de nature ou grâce à la caféine, la repéra à travers la vitre et agita les bras comme si elle guidait un avion, en articulant muettement : *On peut parler ?*

Janie soupira – encore ? – et se laissa tomber sur le banc du couloir sous une guirlande de lanternes d'Halloween en papier.

— Où en êtes-vous du lavage des mains ? Des progrès ? demanda Marissa avec un sourire encourageant.

— Un peu.

Elle mentait, mais cela valait mieux que répondre : « Aucun. »

— Parce qu'il a encore dû sauter le cours de travaux manuels aujourd'hui.

— C'est dommage, répondit Janie avec un haussement d'épaules qu'elle espéra pas trop méprisant pour les décorations à base de macaronis. Cela n'a pas l'air de le peiner, cela dit.

— Et il devient un peu…

Elle fronça le nez, trop polie pour poursuivre. *C'est bon, dites-le*, pensa Janie. Sale. Son fils était sale. La moindre portion exposée de sa peau était soit collante, soit tachée d'encre, de craie ou de colle. Il avait une marque de feutre rouge dans le cou depuis au moins deux semaines, à présent. Elle avait fait de son mieux avec des lingettes et avait enduit ses mains et ses poignets d'un gel nettoyant qui n'avait fait que fixer un peu plus la saleté.

Certains gosses ne pouvaient s'empêcher de se laver constamment les mains ; le sien n'approchait la moindre goutte d'eau qu'au prix d'une dure bataille. Dieu merci, il n'avait pas encore atteint la puberté et commencé à empester, sinon il aurait été comme ce sans-abri du métro qu'elle sentait depuis le wagon voisin.

— Et, euh, nous faisons de la cuisine. Demain. Des muffins aux myrtilles. Je ne voudrais pas qu'il manque ça !

— Je vais lui parler.

— Tant mieux. Parce que…

Marissa pencha la tête de l'autre côté, ses yeux bruns tout embués de sollicitude.

— Quoi ?

L'éducatrice secoua la tête.

— Ce serait bien pour lui, c'est tout.

« Ce ne sont que des muffins », se garda bien de répondre Janie qui n'en pensait pas moins. Elle se leva : elle voyait Noah par la petite lucarne. Il était dans le coin déguisements et aidait Sondra à choisir des chapeaux. Elle s'amusa à lui coller un feutre sur la tête et Janie tressaillit. Il avait l'air adorable, mais il n'aurait plus manqué qu'il attrape des poux.

Enlève le chapeau, Noah, lui lança-t-elle silencieusement.

Mais la voix de Marissa continuait de babiller.

— Et puis, écoutez… Vous pourriez lui demander de ne pas parler autant de Voldemort à l'école ? Cela fait peur à certains autres enfants.

— D'accord. (*En-lève-moi-ça.*) Qui est Voldemort ?

— Dans les *Harry Potter*… Enfin, je comprends très bien si vous voulez lui lire ces livres, je les adore aussi, mais c'est juste que… Bon, Noah est en avance, bien sûr, mais cela ne convient pas vraiment aux autres enfants.

Janie soupira. Elles s'imaginaient toujours n'importe quoi quand il s'agissait de son fils. Il avait un cerveau miraculeux qui absorbait apparemment tout ce qui passait – il avait dû entendre quelqu'un parler de Voldemort, comment savoir ? –, mais elles avaient toujours une autre interprétation.

— Noah ne sait rien d'Harry Potter. Je n'ai même pas lu les livres. Et je ne le laisserai jamais regarder les films. Peut-être qu'un autre gosse de sa classe lui en a parlé, un qui aurait des frères et sœurs plus âgés ?

— Mais… (L'éducatrice battit des cils, s'apprêtant à ajouter quelque chose, puis se ravisa.) Eh bien, écoutez, dites-lui de laisser de côté les trucs sombres, d'accord ? Merci beaucoup…

Et elle ouvrit la porte sur une horde de mômes de quatre ans couverts de peinture bleue et de macaronis.

Janie resta sur le seuil, attendant que Noah la repère. C'était toujours le meilleur moment de sa journée : son visage qui s'éclairait quand il l'apercevait, ce sourire tordu qui retroussait ses lèvres tandis qu'il se levait d'un bond et traversait la salle en courant pour se jeter dans ses bras. Il lui enserrait la taille de ses jambes comme un singe et posait son front sur le sien, en la regardant avec cette joie pleine de gravité qui était la sienne, comme pour dire : «Oh, oui, je me souviens de *toi*.» Il avait les yeux de sa mère, et les siens également, un bleu limpide qui était tout à fait joli sur son propre visage, merci bien, mais qui, sur celui de Noah, entouré d'une profusion de boucles blondes, prenait une dimension tout autre, si bien que les gens le regardaient toujours à deux fois avec une légère surprise, comme si cette beauté aérienne, chez un enfant, était une sorte de tour de passe-passe.

Elle était toujours ébahie par la joie qu'il lui communiquait simplement en la regardant dans les yeux.

Elle sortit avec Noah dans la pénombre de cette fin d'après-midi d'octobre et sentit le monde se réduire temporairement à ce petit bonhomme qui sautillait à côté d'elle. Ils marchèrent main dans la main sous les arbres, le long des rangées de maisons en brique brune qui s'étendaient à perte de vue de part et d'autre de la rue.

Le téléphone qui bourdonna dans sa poche la ramena brusquement à Bob, à cet invisible ensemble de traits (voix grave, rire ravi) qu'elle n'avait pas encore pu associer à un être humain concret.

J'ai l'impression de te connaître déjà. Tu trouves ça bizarre ?

Non ! répondit-elle. *Pareil pour moi !* (Était-ce vrai ? Peut-être.) Devait-elle signer d'un bisou ? Ou bien était-ce trop direct ? Elle opta pour un unique *biz*. Il répondit immédiatement : *Biz X 3 !*

Oh ! Une vague de chaleur la parcourut, comme si elle avait rencontré un courant chaud en nageant au milieu d'un lac glacé.

Ils passèrent devant le café au coin de sa rue et l'odeur l'attira à l'intérieur ; elle décida de se préparer pour la conversation qui l'attendait. Elle entraîna Noah.

— Où on va, Mama-Chou ?

— Je veux juste prendre un café. Je vais faire vite.

— Si tu bois du café, tu vas veiller jusqu'à l'aube.

Elle éclata de rire : c'était quelque chose qu'un adulte aurait pu dire.

— Tu as raison, Noey. Je vais prendre un décaféiné. D'accord ?

— Et moi je peux avoir un muffin au café décaféiné ?

— D'accord.

L'heure de dîner approchait, bien sûr, mais après tout…

— Et un smoothie au décaféiné ?

Elle lui ébouriffa les cheveux.

— Pour toi, ce sera de l'eau décaféinée, mon lapin.

Le café embaumait quand ils s'assirent enfin avec leur butin sur les marches de l'entrée de leur immeuble.

Le soleil se couchait derrière les bâtiments. La lumière, rosée et délicate, faisait ressortir le rouge du grès et des briques des maisons et se reflétait sur les feuilles prêtes à tomber. Devant eux, la flamme du réverbère dansait. C'était le facteur décisif qui l'avait convaincue de louer ce logement, bien qu'il fût cher, en rez-de-jardin, et sans ensoleillement direct. Mais avec les lambris en acajou, les jolies haies et le réverbère, elle trouvait l'endroit douillet, comme si Noah et elle pouvaient s'y enfouir en sécurité, loin du monde, loin du temps. Elle n'avait pas prévu que la flamme perpétuellement vacillante à la fenêtre de la rue attirerait son regard au moment le plus inattendu de la journée et se refléterait sur la fenêtre de la cuisine la nuit, la faisant régulièrement sursauter avec l'impression qu'il y avait le feu à la maison.

Elle nettoya les mains sales de Noah avec une lingette désinfectante et lui tendit son muffin.

— Tu sais, il est question de préparer des muffins demain à l'école. Qu'est-ce que tu en dis ?

Il mordit dans le gâteau, provoquant une avalanche de miettes.

— Il faudra que je me lave après ?

— Eh bien, la cuisine, c'est salissant. Il y a la farine et les œufs crus…

— Ah, fit-il en se léchant les doigts. Dans ce cas, non.

— On ne peut pas continuer éternellement comme ça, poussin.

— Pourquoi ?

Elle ne prit pas la peine de lui répondre : ils en avaient parlé et reparlé, et elle avait d'autres choses à lui dire.

— Hé, dit-elle en lui donnant gentiment un coup de coude. (Il était tout occupé à se bagarrer avec son muffin. Comment avait-elle pu le laisser commander cela ? Ce truc était énorme.) Écoute, je vais sortir, ce soir.

Il la dévisagea. Posa son muffin.

— Non, tu ne sors pas.

Elle respira un bon coup.

— Je suis désolée, mon grand.

Une lueur affolée apparut dans son regard.

— Mais je ne veux pas que tu partes.

— Je sais, mais il faut que maman sorte de temps en temps, Noah.

— Alors emmène-moi avec toi.

— Je ne peux pas.

— Pourquoi ?

Parce que ça ne ferait pas de mal à maman de s'envoyer en l'air au moins une fois avant que tu partes à l'université.

— C'est un truc d'adultes.

Il la bombarda d'un sourire tordu et éperdu.

— Mais je suis précoce.

— C'est bien essayé, lapin, mais non. Tout ira bien. Tu aimes bien Annie. Tu te rappelles ? Celle qui est venue au bureau de maman la semaine dernière et qui a joué aux Lego avec toi ?

— Et si je fais un cauchemar ?

Elle envisagea la question. Ses cauchemars étaient fréquents. Il en avait fait un lorsqu'elle s'était rendue à une soirée professionnelle ; en rentrant, elle l'avait trouvé tout tremblant et l'œil vitreux devant une vidéo de *Dora l'Exploratrice*, tandis que la baby-sitter (elle qui avait paru si pleine d'entrain ! Qui avait apporté des brownies maison !) avait mollement levé trois doigts depuis le canapé où elle était effondrée, hagarde et traumatisée. Celle-là non plus n'était jamais revenue.

— Dans ce cas, Annie te réveillera et te fera un câlin avant d'appeler maman. Mais tu n'en feras pas.

— Et si j'ai une crise d'asthme ?

— Annie te donnera ton nébuliseur et je rentrerai aussitôt. Mais cela fait longtemps que tu n'en as pas fait.

— Ne pars pas, s'il te plaît.

Mais sa voix tremblait, comme s'il savait que le combat était perdu d'avance.

Elle était déjà habillée et mettait la dernière touche à sa coiffure tout en suivant distraitement sur YouTube la vidéo d'une ado qui expliquait en gloussant comment appliquer correctement le fard à paupières – et qui était étonnamment utile – quand elle entendit la voix perçante de Noah la convoquer depuis le salon.

— Mama-Chou ! Viens là !

Bob l'Éponge était-il déjà terminé ? Ce n'était pas diffusé en boucle, ces dessins animés ?

Elle trottina jusqu'au salon en bas noirs. Tout était tel qu'elle l'avait laissé, le bol de carottes nouvelles intact sur la table basse en cuir, Bob l'Éponge gambadant à l'écran en beuglant sur ses drôles de pattes arquées, mais pas de Noah en vue. Quelque chose brilla dans le passe-plat de la cuisine. Était-ce le reflet vacillant du réverbère ?

— Hé, regarde-moi ça !

Ce n'était pas le reflet vacillant du réverbère.

Elle fit le tour et, quand elle l'aperçut devant le comptoir de la cuisine, près d'une boîte d'œufs bios enrichis en oméga-3 qu'il fracassait l'un après l'autre sur ses boucles blondes, elle sut que sa soirée allait lui filer entre les doigts.

Non, il n'en était pas question. La colère surgit de nulle part : de sa vie, son unique vie, elle ne pouvait pas s'amuser un tout petit peu, même une seule nuit ? Était-ce vraiment trop demander ?

— Tu vois, Mama-Chou ? dit-il d'un ton innocent que démentait son expression déterminée. Je fais un egg-Noah. Tu piges ? Comme *egg-nog*[1] !

Comment savait-il ce que c'était qu'un egg-nog ? Pourquoi savait-il toujours des trucs dont personne ne lui avait parlé ?

— Regarde. (Il prit un autre œuf, rejeta le bras en arrière, le balança en plein dans le mur, et s'exclama en le voyant éclater :) Joli coup !

— Mais qu'est-ce qui ne va pas, chez toi ? fit-elle. (Il frémit et lâcha l'œuf qu'il tenait dans l'autre main. Elle tenta de se radoucir.) Pourquoi tu as fait une chose pareille ?

— Je ne sais pas, répondit-il, l'air un peu effrayé.

Elle s'efforça de se calmer.

— Il va falloir que tu prennes un bain, maintenant. Tu en as conscience, n'est-ce pas ?

Il tressaillit en entendant le mot. De l'œuf lui coulait sur le visage et ruisselait au creux de son cou.

---

1. Boisson alcoolisée de Noël à base d'œufs fouettés et de brandy.

— Ne pars pas, dit-il en la clouant au mur d'un regard bleu implorant.

C'était un malin. Il avait décidé que ce qu'il détestait le plus au monde valait la peine d'être subi afin de l'empêcher de quitter la maison. C'est dire combien il voulait qu'elle reste. Bob, qui ne l'avait même pas rencontrée, pouvait-il rivaliser avec cela ?

Non, non, non : elle allait sortir ! Nom d'un chien, c'en était trop ! Elle refusait de succomber à ce genre de chantage, surtout de la part d'un enfant ! Après tout, c'était elle l'adulte – n'était-ce pas ce qu'elles disaient toutes dans son groupe de parole de mères célibataires ? « C'est toi qui décides des règles. Il faut que tu tiennes bon, surtout parce que tu es la seule adulte. Tu ne leur rends absolument pas service si tu cèdes. »

Elle le hissa dans ses bras (il était léger : ce n'était qu'un enfant, son petit garçon, quatre ans seulement). Elle le porta jusqu'à la salle de bains et le maintint fermement tandis qu'il se débattait et qu'elle ouvrait les robinets en vérifiant la température.

Il se tortillait en piaillant comme un animal pris au piège. Elle s'approcha du rebord de la baignoire et le déposa sur le tapis de bain (les jambes glissant d'un côté, les bras s'agitant de l'autre), lui enleva prestement ses vêtements et ouvrit le robinet de la douche.

Son hurlement dut s'entendre jusqu'au bout de la Huitième Avenue. Il se débattit comme un beau diable, mais elle le maintint sous l'eau et lui fit couler une giclée de shampooing sur la tête en se répétant à l'envi qu'elle ne torturait personne, qu'elle ne faisait que donner à son fils un bain dont il avait le plus grand besoin.

Quand ce fut terminé (une affaire de secondes, même si cela parut interminable), il était prostré au fond de la baignoire et elle en train de saigner. Au milieu de cette pagaille, il s'était dévissé le cou et lui avait mordu l'oreille. Elle essaya de l'envelopper dans une serviette, mais il se dégagea, escalada la baignoire et fila dans sa chambre en dérapant sur le sol. Elle prit une crème antibiotique dans sa pharmacie et l'appliqua en écoutant les cris qui résonnaient dans la maison et faisaient vibrer de chagrin chaque fibre de son être.

Elle se regarda dans le miroir.

Elle ne ressemblait pas à une femme prête à retrouver son amoureux.

Elle alla à la chambre de Noah. Il gisait par terre, tout nu, et se balançait, les bras cramponnés aux genoux – flaque de chair blême luisant dans la lueur verdâtre des étoiles phosphorescentes qu'elle avait collées à son plafond pour faire paraître plus grande la minuscule pièce.

— Noey ?

Il ne la regarda pas. Il pleurait silencieusement entre ses genoux.

— Je veux rentrer chez moi.

Il disait cela quand il avait de la peine depuis qu'il était tout petit. Cela avait été sa première phrase complète. Et elle répondait toujours de la même manière :

— Tu es chez toi.

— Je veux ma maman.

— Je suis là, mon chéri.

Il se détourna.

— Pas toi. Je veux mon autre mère.

— C'est moi ta maman, mon chéri.

Il se retourna. Plongea son regard douloureux dans le sien.

— Non, sûrement pas.

Un frisson glacé la parcourut. Elle avait l'impression de se regarder de loin, penchée sur ce garçonnet frissonnant sous la lumière surnaturelle des étoiles en plastique. Le plancher était rêche sous ses pieds, ses nœuds étaient des trous dans lesquels on pouvait tomber, comme hors du temps.

— Si. La seule et unique.

— Je veux l'autre. Quand est-ce qu'elle vient ?

Elle dut faire un effort pour se ressaisir. *Mon pauvre chéri*, se dit-elle. *Tu n'as que moi. Et moi je n'ai que toi. Mais on va y arriver. Je vais m'améliorer. Je te le promets.* Elle s'accroupit à côté de lui.

— Je ne vais pas y aller, d'accord ?

Elle enverrait à Bob un texto d'excuses et ce serait réglé. Car que pouvait-elle dire ? « Tu te souviens de cet adorable fils dont je t'ai parlé ? Eh bien, il est un petit peu particulier… » Non, leur relation était bien trop fragile pour supporter ce genre de complication, et il y avait toujours une autre New-Yorkaise solitaire qui attendait en coulisses. Elle allait annuler la baby-sitter et la payer quand même, car elle ne pouvait pas se permettre d'en perdre encore une.

— Je ne vais pas y aller, répéta-t-elle. Je vais appeler Annie. Je vais rester avec toi.

Elle était soulagée, et ce n'était pas la première fois, qu'aucun adulte ne soit témoin de ce moment de faiblesse.

Mais qui se souciait du qu'en-dira-t-on ? Les joues de Noah reprirent des couleurs, une touche de rose sur la peau humide, et son sourire de travers lui flanqua un coup, éclipsant la chambre. C'était comme regarder le soleil. Peut-être que sa mère avait raison, en fin de compte, se dit-elle. Peut-être que certaines forces étaient irrésistibles.

— Viens là, idiot.

Elle tendit les bras, envoyant tout valser : la robe, le rendez-vous, cette excitante soirée et peut-être toutes celles qui restaient à une femme qui vieillissait de minute en minute, en plein milieu de sa seule et unique vie.

Elle serrait contre elle le seul être qui comptait. Elle embrassa sa délicieuse tête trempée. Il sentait bon, pour une fois.

Il releva la tête.

— Est-ce que mon autre mère va venir bientôt ?

4

Anderson ouvrit les yeux et balaya la pièce du regard, paniqué.

Ses pages. Où étaient-elles ? Qu'est-ce qu'il en avait donc fichu ?

Il faisait sombre, de la poussière tourbillonnait dans l'air. Des cartons remplis de dossiers empilés contre chaque mur s'élevaient autour de lui comme s'il était tombé six pieds sous terre au lieu de s'assoupir une fois de plus sur le lit de camp de son bureau. La fenêtre était haute et étroite telle une meurtrière de forteresse ; elle projetait un rai de lumière sur le plancher, les livres entassés çà et là et les pages du manuscrit qu'il avait rageusement éparpillées la veille. Il se leva rapidement et les ramassa l'une après l'autre. Quand il en eut terminé, il se rassit, le manuscrit volumineux sur les genoux. Il aligna les bords des feuilles dont les coins lui chatouillèrent les paumes. Il ne payait pas de mine, ce gros paquet, pourtant il contenait l'œuvre de toute sa vie. Il posa de côté la page de titre et considéra la dédicace.

Il essaya de la sentir, dans la pièce, mais il en fut incapable : elle était fixée à la page comme un papillon épinglé. Il se rendit compte que la mort de Sheila, la pire chose qui était arrivée dans son existence, n'avait pas fondamentalement changé le déroulement de ses journées, alors qu'au cours des cinq années qui avaient suivi le diagnostic, l'aphasie l'avait presque anéanti.

Il passa à la première page. Ah, ils étaient là : ses mots.

Même si cela paraît difficile à croire, il pourrait exister une preuve que la vie après la mort est en fait une réalité.

C'était irrationnel de penser que les phrases aient pu s'effacer au cours de la nuit simplement parce qu'il l'avait rêvé, mais pas plus que tout ce qui avait pu lui arriver. La veille, il avait discuté au téléphone avec la bibliothécaire de la Société d'exploration scientifique de Londres du stockage des dossiers dont il faisait don. Il voulait s'assurer que même si son bureau fermait, ses recherches seraient accessibles à tout scientifique sérieux souhaitant les consulter. Il voulait lui parler des nouveaux cas en Norvège qu'Amundsen lui avait fait parvenir, veiller à ce qu'ils soient classés correctement, mais quand il était arrivé à l'endroit dans la phrase où aurait dû surgir le nom de son ancien collègue, il ne l'avait tout bonnement pas trouvé.

— Les dossiers de là-haut.

Telle avait été la phrase affreusement gênante qui avait franchi ses lèvres. Évidemment, la bibliothécaire était restée perplexe.

— Que voulez-vous dire ? Où cela, là-haut ?

Anderson vit les fjords, les forêts et les femmes de Norvège. Le visage d'Amundsen surgit dans son esprit, le nez proéminent et les favoris sur les bajoues, les yeux enjoués, sceptiques, mais jamais cyniques.

— Les nouveaux dossiers sur les marques de naissance, vous savez ?

— Oh, vous voulez parler de l'étude envoyée par le professeur du Sri Lanka ?

— Non, non, non. (Il éprouva un bref accès de désespoir et faillit abandonner, mais il prit une profonde inspiration et se força à poursuivre.) La nouvelle étude sur les marques de naissance, l'étude de ce type – le type de là-haut. Là-haut dans le Nord. Vous *savez* de qui je *parle*, aboya-t-il sur la pauvre femme. En Europe. Les glaciers… Les… les… *fjords* !

— Oh. Je m'assurerai que les études d'Amundsen sont correctement classées, dit-elle enfin, glaciale.

Il eut une maigre sensation de triomphe à l'idée qu'elle le prenait pour un sale con plutôt qu'un pauvre gâteux.

La semaine précédente, il avait pris *La Tempête* dans la bibliothèque de sa chambre et l'avait feuilleté jusqu'au bout, mais quand il était parvenu au vers : *Notre divertissement est terminé*, les mots avaient semblé se dérober à son entendement, comme l'instant présent qui passe et vous file entre les doigts. Comment ne pouvait-il pas connaître ce mot, *divertissement* ? Lui, qui avait lu et relu cent fois cette pièce, cette réplique ?

Il dut chercher dans le fichu dictionnaire. Il aurait fallu qu'il recopie toute sa bibliothèque, jusqu'à en avoir les mains enflées, copier jusqu'au dernier mot de chacun de ses livres, afin de conserver auprès de lui un souvenir physique de tous ces mots qu'il ne pouvait supporter de perdre.

Il feuilleta le manuscrit sur ses genoux. Il l'avait envoyé par e-mail à son agent, bien entendu (on ne vivait plus dans un monde de papier), mais il l'avait aussi imprimé afin de pouvoir en sentir tout le poids. Toute une vie de travail ; les cas les plus sérieux, distillés pour le tout-venant. Des dizaines d'années de patient labeur à enquêter sur chaque dossier, des années à écrire brouillon après brouillon, en visant la clarté, toujours la clarté. Son ultime chance de laisser une trace : il avait travaillé comme un forcené pendant quatre ans et demi pour l'achever tant que son esprit en était encore capable, avant que le brouillard déferle. Certains jours, il en avait oublié de manger.

La communauté scientifique considérerait toujours Anderson comme un raté. Il le savait. Il y avait eu une période, quand il avait quitté son poste à la faculté de médecine et que ses collègues le tenaient toujours en estime, où ses livres avaient été chroniqués : deux fois par le *Journal de l'Association médicale américaine*, et une dans *The Lancet*. Mais à mesure que ses collègues avaient vieilli, ils l'avaient oublié, ou plus exactement, ils avaient oublié qu'ils l'avaient autrefois respecté. Cela faisait des dizaines d'années que personne en ce monde ne lui avait accordé d'attention. Il était célèbre dans le milieu des recherches paranormales, bien sûr : il était invité à s'exprimer partout où l'on étudiait les perceptions extrasensorielles, les expériences de mort imminente ou les médiums. Mais il ne serait plus jamais accepté par la communauté scientifique, la seule à laquelle il avait jamais vraiment appartenu ; il avait fini par renoncer à ce combat, des dizaines d'années après que Sheila l'y eut exhorté. C'était terminé.

Mais à présent, il avait écrit quelque chose pour un public différent : il visait rien de moins que le monde.

« Si les gens peuvent comprendre ces données – pas les universitaires, je parle des *vraies* gens –, cela peut changer quelque chose pour eux. » Sheila le lui avait dit plus d'une fois, mais c'est seulement petit à petit, quand elle combattait déjà la maladie du cœur qui allait l'emporter, qu'il avait compris la puissance de sa logique.

Désormais, quand il envisageait ses futurs lecteurs, il imaginait un homme comme lui, avant que tout cela ait commencé, quand il était à la faculté de médecine. Il se voyait par un vendredi soir glacial rentrer de son bureau en traversant le square, intrigué par une étude sur les troubles symptomatiques somatiques, tenté par la chaleur et la lumière de la librairie. Entrant pour parcourir rapidement les rayons, il jette un œil sur les livres exposés sur la table, cherchant quelque chose qui attire son attention – et le livre l'appelle. Il le prend et l'ouvre à la première page. *Même si cela paraît difficile à croire, il pourrait exister une preuve que la vie après la mort est en fait une réalité.*

Une preuve ? songe l'homme. Impossible. Mais il s'assoit quand même sur le fauteuil en cuir voisin, et il commence à lire…

Anderson savait que c'était une projection de ses désirs. Mais il avait été un tel homme autrefois. Lui aussi avait eu besoin d'une preuve. Et à présent, il pouvait la fournir. Il pouvait laisser sa marque. Il s'était senti plein d'assurance, jusqu'à hier. Jusqu'à ce qu'il parle à son agent et apprenne que tous les éditeurs l'avaient refusé. Après avoir raccroché, il avait fait valser d'un coup de pied le manuscrit de l'autre côté de la pièce, dispersant les pages comme des cendres.

Il regarda de nouveau les mots.

Même si cela paraît difficile à croire, il pourrait exister une preuve que la vie après la mort est en fait une réalité...

Non ; il n'allait pas se laisser arrêter. Il pensa à cet autre Amundsen, le Norvégien qui avait découvert le pôle Sud, sa victoire ayant été éclipsée par le noble échec de son concurrent, Robert Falcon Scott, mort avec ses hommes dans la toundra gelée. Un homme courageux qui avait péri dans sa tentative, le froid l'emportant orteil après orteil, un pied après l'autre. Une autre victime de la *terra nova*, du grand inconnu.

5

Elle était en retard.

La journée avait mal commencé. Noah s'était de nouveau réveillé en pleine nuit, bouleversé par un cauchemar et trempé d'urine de la tête aux pieds. Le matin, elle avait essayé de nettoyer cette puanteur avec des lingettes tandis qu'il se tortillait en gémissant, mais elle avait fini par renoncer et le saupoudrer de talc avant de le déposer chez Petits Bouts-de-Choux, boudeur et exhalant une très reconnaissable odeur de litière pour chat.

Du coup, elle était en retard. Ce n'aurait pas été grave si elle n'avait pas dû s'occuper des Galloway. La rénovation de leur appartement était l'un de ces chantiers où tout ce qui devait filer droit était allé de travers. Ils avaient emménagé deux semaines plus tôt et elle était allée chez eux presque quotidiennement depuis, dont une fois le matin de Thanksgiving.

Aujourd'hui, ils avaient une liste. Ils commencèrent avec l'équipement de la cuisine et terminèrent dans la salle de bains des invités.

Plantés dans la petite pièce, ils contemplèrent tous les trois l'eau qui coulait de la douche au carrelage hors de prix jusqu'aux dalles noires et blanches toutes neuves.

— Vous voyez ? dit Sarah Galloway en tendant une griffe écarlate et luisante vers le minuscule filet d'eau. Elle fuit.

« Pourquoi prenez-vous des douches dans la salle de bains des invités, de toute façon », se retint-elle de demander. Elle préféra sortir son mètre-ruban et mesura le rebord du bac de douche qui, elle le savait, était standard.

— Hum. C'est la largeur standard.

— Mais vous *voyez* la *fuite*.

— Oui... Je me demandais...

Sarah la considéra avec une expression de hibou perplexe. Janie avait fini par comprendre que c'était un froncement de sourcils botoxés.

— Vous vous demandiez quoi ?

— Eh bien, est-ce dû au bac de douche ou à la quantité d'eau ? Car s'il y en a beaucoup, ce serait compréhensible... (Janie respira un bon coup et débita tout d'une seule traite:) C'est la première douche qui a été prise ici aujourd'hui ou la deuxième ? Vos douches durent-elles particulièrement longtemps ?

Bon sang, ce qu'elle détestait cette partie de son boulot. Autant leur demander s'ils faisaient l'amour là-dedans. Auquel cas, elle estimait qu'ils auraient dû la prévenir afin qu'elle la fasse faire sur mesure...

Frank Galloway se racla la gorge.

— Je pense que notre utilisation de la douche est plutôt, euh, normale..., commença-t-il, quand le téléphone de Janie bourdonna.

— Un instant, s'il vous plaît.

Elle jeta un coup d'œil à l'écran du portable. *Garderie des Petits Bouts-de-Choux*. Oh, pour l'amour du ciel.

— Écoutez, je suis désolée, mais je dois répondre. Cela ne prendra pas longtemps.

Elle passa dans la pièce voisine. Que voulaient les éducatrices, cette fois ? Probablement se plaindre que Noah sentait mauvais aujourd'hui. C'était effectivement le cas, mais…

— Miriam Whittaker à l'appareil.

La voix rocailleuse de la directrice lui écorcha l'oreille.

En une seconde, elle manqua d'air, ses genoux se dérobèrent sous elle – était-ce ce moment entre l'avant et l'après, celui que tout le monde redoute ? Étouffé avec un trognon de pomme, tombé dans l'escalier ? Elle s'adossa au mur.

— Noah n'a rien ?

— Il va bien.

— Oh, le ciel soit loué. Écoutez, je suis en plein rendez-vous, je peux vous rappeler ?

— Mademoiselle Zimmerman. C'est très grave.

— Ah. (L'intonation la troubla. Elle s'agrippa au téléphone collé à son oreille.) Qu'est-ce qui s'est passé ? Noah a fait quelque chose ?

Le long silence qui suivit coula lentement dans sa conscience, lui apprenant tout et rien de ce qu'elle devait savoir. Elle entendait son interlocutrice respirer à l'autre bout du fil, Sarah Galloway qui claquait de la langue discrètement mais pas tant que cela dans la pièce voisine. «Quelle négligence», lui sembla-t-il l'entendre dire.

— Il a pleuré durant la sieste ? Tiré les cheveux d'un camarade ? Quoi ?

— En fait, mademoiselle Zimmerman… (Il y eut un bref soupir.) C'est une conversation que nous devons avoir en personne.

— J'arrive dès que je peux, dit vivement Janie.

Mais sa voix tremblait ; la peur saillait comme un os sous la peau de son professionnalisme.

La directrice des Petits Bouts-de-Choux était à la fois une lionne, une sorcière et une garde-robe. Bâtie comme une armoire à glace, toute de noir vêtue depuis ses lunettes de mamie branchée jusqu'à ses bottines pointues, Miriam Whittaker avait les cheveux longs, une crinière argentée qui caressait ses larges épaules avec une sensualité inattendue, comme un doigt d'honneur aux caprices du temps. Étant donné que cela faisait quinze ans qu'elle dirigeait ce jardin d'enfants, le meilleur du quartier, elle avait une opinion quelque peu démesurée du rôle qu'elle tenait dans l'Univers. Janie s'était toujours amusée du comportement impérieux de Mme Whittaker avec les adultes, percevant sous ce vernis une sorte de souffrance et de débordement de chaleur.

Cependant, à présent qu'elle était coincée en face de Mme Whittaker sur une petite chaise en plastique orange entre une plante en pot et un poster de Bookworm, Janie lut sur le visage de la directrice quelque chose de beaucoup plus troublant que son habituel étalage d'autorité : elle vit de l'angoisse. La femme était presque aussi mal à l'aise qu'elle.

— Merci d'être venue, commença-t-elle en se raclant la gorge. Aussi rapidement.

Janie resta calme.

— Alors, de quoi s'agit-il ?

S'ensuivit un silence durant lequel Janie essaya de respirer le plus régulièrement qu'elle put, où elle entendit chaque pulsation du cœur du jardin d'enfants : le bruit d'un robinet dans la salle de travaux manuels, une éducatrice qui chantonnait *tout le monde, tout le monde fait le ménage*, un enfant – pas le sien – qui hurlait quelque part.

Mme Whittaker leva la tête et fixa un point légèrement à gauche de l'épaule de Janie.

— Noah nous a parlé d'armes à feu.

C'était donc de cela qu'il s'agissait ? De quelque chose qu'avait dit Noah ? Mais ce n'était rien du tout. Elle sentit la tension commencer à refluer en elle.

— Tous les petits garçons le font, non ?

— Il a dit qu'il avait joué avec des armes à feu.

— Il devait parler d'un revolver en plastique, dit-elle.

Mme Whittaker lui décocha un regard noir.

— Un fusil Renegade calibre 54, voilà ce qu'il a dit, pour être précise. Il a dit que la poudre sentait les œufs pourris.

Elle éprouva un pincement de fierté. Son fils savait des choses – il en avait toujours été ainsi avec Noah, il y avait quelque chose de bizarre dans son cerveau, comme chez les savants, sauf qu'au lieu d'équations numériques, il retenait des faits épars qu'il entendait ici ou là. Le cerveau d'Einstein était-il comme le sien ? Et celui de James Joyce ? Peut-être qu'eux aussi avaient été incompris dans leur enfance. Mais en attendant, il s'agissait de savoir quoi répondre à cette femme qui la foudroyait du regard de l'autre côté de la table.

— Je ne sais pas d'où il sort ces histoires, je vous assure. Je lui dirai de ne pas parler d'armes.

— Vous êtes en train de me dire que vous ignorez où il a bien pu se servir d'une arme? Ou comment il sait que cela sent le soufre?

— Il n'a pas utilisé d'arme, répondit-elle patiemment. Et quant au soufre, je n'en sais rien. Il a parfois de drôles de propos.

— Alors vous niez?

Elle refusait de regarder Janie.

— Peut-être qu'il a vu cela à la télévision.

— Parce qu'il regarde la télévision?

Oh, cette bonne femme.

— Il regarde *Diego*, *Dora*, *Bob l'Éponge* et des matches de base-ball… Peut-être qu'il y avait une publicité pour la chasse sur la chaîne sportive.

— Ce n'est pas tout. Noah parle beaucoup de Harry Potter. Cependant, selon vous, il n'a pas lu les livres ni vu les films.

— C'est exact.

— Et pourtant, il semble les connaître extrêmement bien. Il se promène en récitant une espèce de sortilège mortel.

— Écoutez, Noah est comme ça, c'est tout. Il dit toutes sortes de choses.

Elle décroisa les jambes. Elle avait des fourmis dans les fesses, sur cette chaise minuscule. Elle avait écourté la visite chez les Galloway ; en cet instant même, Mme Galloway était probablement en train d'appeler toutes ses amies pour leur dire qu'elle s'était trompée, qu'elle ne leur recommandait finalement pas le cabinet Jane Zimmerman Architecture. Elle allait perdre des clients à cause de ces absurdités.

— Alors, c'est pour cela que vous m'avez fait écourter un rendez-vous professionnel important ? Parce que vous estimez que mon petit garçon parle trop d'armes et de Harry Potter ?

— Non. (Elle fouilla dans des papiers sur son bureau et passa une main noueuse et couverte de bagues dans ses cheveux argentés.) Nous discutions de discipline aujourd'hui. Il y avait eu une histoire de morsure… mais ce n'est pas le sujet. Nous avons parlé de notre règlement, dit que faire mal à quelqu'un est inacceptable. Noah a déclaré – sans qu'on lui demande – qu'il avait été maintenu une fois sous l'eau tellement longtemps qu'il avait « perdu connaissance ». Une expression étrange dans la bouche d'un enfant de quatre ans, vous ne trouvez pas ?

— Il a dit ça ? demanda Janie qui essayait de digérer les faits.

— Mademoiselle Zimmerman. Je suis désolée, mais je suis obligée de vous poser la question. (Ses yeux, à présent plongés dans ceux de Janie, étaient de minuscules points de fureur glaciale.) Avez-vous déjà maintenu la tête de votre fils sous l'eau jusqu'à ce qu'il perde connaissance ?

— Quoi ? (Elle la regarda en clignant des paupières. Ces paroles étaient si affreuses et inattendues qu'il lui fallut un moment pour en saisir le sens.) Non ! Bien sûr que non !

— Comprenez-moi, j'ai des difficultés à vous croire.

Janie ne pouvait rester assise sur cette chaise un instant de plus. Elle se leva d'un bond et commença à marcher de long en large.

— Il déteste les bains. C'est probablement de cela qu'il s'agit. Je lui ai lavé les cheveux. Voilà mon crime. (Le silence de la directrice était méprisant. Son regard la suivait tandis qu'elle arpentait la pièce.) Noah a dit autre chose ?

— Il a dit qu'il avait appelé sa maman mais que personne ne l'avait secouru et qu'on l'avait maintenu sous l'eau.

Janie se figea.

— Maintenu sous l'eau ? répéta-t-elle.

Mme Whittaker hocha sèchement la tête.

— Asseyez-vous, je vous prie.

Elle était trop stupéfaite pour rester plus longtemps debout. Elle se laissa retomber sur la petite chaise.

— Mais… Rien de tel ne lui est jamais arrivé. Pourquoi aurait-il dit cela ?

— Il a dit qu'il avait été maintenu sous l'eau, répéta Mme Whittaker avec véhémence. Et qu'il ne pouvait pas sortir.

Janie comprit enfin.

— Mais… C'est son rêve, s'empressa-t-elle de dire. Un cauchemar qu'il fait régulièrement. Il rêve qu'il est coincé sous l'eau et qu'il ne peut pas ressortir.

Un fragment de la nuit précédente lui revint – Noah qui lui criblait le dos de coups de poing en hurlant «Laisse-moi sortir, laisse-moi sortir, laisse-moi sortir !». Leur épopée du soir, qui s'achevait toujours au petit matin. Elle oubliait cela avec une constance remarquable, jusqu'au soir suivant.

— Il fait le même depuis des années. Il confond, tout simplement.

Elle regarda la directrice, dont le visage ressemblait à une lourde porte blindée. On avait beau cogner et cogner dessus, rien ne pouvait l'ouvrir.

— Vous devez donc comprendre mon dilemme, dit lentement Mme Whittaker.

— *Votre* dilemme ? Non, pas du tout. Excusez-moi.

— Mademoiselle Zimmerman, j'ai passé des années auprès de jeunes enfants, et d'après mon expérience, ils ne parlent pas de leurs rêves de cette manière. Ce genre de… confusion… n'est pas courant.

Courant, non : rien chez Noah ne l'était, n'est-ce pas ? Janie essaya de réfléchir. Ce n'était pas seulement qu'il savait des choses. Quand avait-elle eu pour la première fois conscience que Noah était différent des autres enfants ? Quand avait-elle cessé de fréquenter son groupe de mères célibataires ? Quelque part en cours de route, quand les discussions étaient passées des nuits blanches et des flatulences aux bains et au jardin d'enfants, quand elle jetait un regard circulaire aux autres mamans après avoir partagé une anecdote (ses cauchemars et ses terreurs, ses inexplicables crises de larmes), elle avait trop souvent vu des regards interloqués au lieu de hochements de tête. Elle s'était toujours dit qu'il s'agissait simplement d'un autre exemple de la singularité de Noah, jusqu'à aujourd'hui…

Mme Whittaker se racla la gorge, faisant un bruit épouvantable.

— Un enfant souffrant d'aquaphobie raconte qu'il a été maintenu sous l'eau au point de manquer d'air…

Il suit comme son ombre une de nos jeunes éducatrices et sanglote durant des heures quand elle n'est pas là…

— Je suis venue le chercher à midi ce jour-là.

— … et puis cet autre indice d'une maison qui n'est pas vraiment tenue, le fait que l'enfant sente mauvais… Enfin, vous comprenez ? C'est mon devoir. Ses éducatrices et moi avons cette obligation… (Elle leva la tête, un scintillement argenté, une épée tranchante.) …de signaler aux services de protection de l'enfance tout soupçon de mise en danger d'un enfant.

— Les services de protection de l'enfance ?

Les mots tombèrent dans un puits sans fond. Elle éprouva un picotement brûlant, comme si elle avait pris une gifle violente sur les deux joues. Les Galloway ; ses soucis financiers ; tout ce qui lui occupait l'esprit fut balayé.

— Vous plaisantez, j'espère.

— Je vous assure que non.

C'était impossible, n'est-ce pas ? Elle était une bonne mère, non ?

Elle détourna le regard, contempla la cour de récréation par la fenêtre et essaya de se ressaisir. On ne pouvait pas le lui prendre, si ?

Un corbeau se posa sur les balançoires et l'observa de ses vifs yeux ronds. Elle ravala sa panique avec difficulté.

— Écoutez, dit-elle d'un ton calme. Avez-vous jamais constaté la moindre marque sur lui ? Le moindre signe de maltraitance ? Enfin, c'est un enfant heureux. (Et c'était vrai, se dit-elle. Elle sentait la joie de Noah, tout le monde la sentait.) Parlez à ses éducatrices.

— Je l'ai fait. (Mme Whittaker soupira et se massa les tempes.) Croyez-moi, je n'agis pas à la légère. Parce qu'une fois que la machine est lancée…

— Noah a ses bizarreries, la coupa brusquement Janie. Il déborde d'imagination. (Elle jeta un coup d'œil par la fenêtre. Le corbeau s'ébouriffa les plumes en penchant la tête vers elle. Elle se retourna et fit face à son adversaire.) Il ment.

— Il ment ? répéta Mme Whittaker en haussant un sourcil.

— Il invente des histoires. Sans conséquences, généralement. Par exemple, un jour au zoo pour enfants, il a déclaré : «Grand-père Joe avait un cochon, tu te rappelles ? Il faisait plein de bruit.» Mais il n'a pas de grand-père, et encore moins un qui avait un cochon. Ou une autre fois, l'une des éducatrices de chez vous a dit qu'il avait raconté aux autres enfants être allé à la maison au bord du lac l'été précédent et qu'il avait adoré cela. Qu'il avait sauté dans l'eau depuis le radeau. Elle était fière de lui parce qu'il s'était exprimé devant tout le monde.

— Oui ?

— Eh bien, vous voyez, il n'y a aucune maison au bord du lac. Et pour ce qui est de nager… Je n'arrive même pas à le faire se laver les mains. (Elle eut un petit rire sans joie qui résonna dans la pièce.) Et le soir, avant de s'endormir, il dit qu'il veut rentrer chez lui et demande quand son autre mère va venir. Ce genre de choses.

Mme Whittaker la regardait fixement.

— Depuis combien de temps raconte-t-il cela ?

Janie réfléchit. Elle entendait encore la petite voix plaintive de Noah. «Je veux rentrer chez moi. » Parfois elle se moquait de lui. « Tu y es déjà, gros malin. » Et avant cela, quand il était bébé, il y avait eu une période (floue, désormais, mais éprouvante sur le moment) où il pleurait pendant des heures et criait « Maman ! Maman ! » en se débattant dans ses bras.

— Je ne sais pas. Un certain temps. Mais beaucoup de gosses ont des amis imaginaires, non ?

La directrice la scruta, comme on regarde une enfant qui ne sait pas faire une addition.

— Cela va au-delà d'une simple imagination débordante, dit-elle.

La phrase résonna aux oreilles de Janie et continua de se répercuter dans un coin de son esprit qui, se rendit-elle compte, attendait cela depuis un bon moment.

Elle sentit que ses forces commençaient à l'abandonner.

— Que voulez-vous dire ?

Leurs regards se croisèrent. La dureté avait disparu ; les yeux de la directrice brillaient d'une tristesse contre laquelle Janie n'avait aucune défense.

— Je crois que vous devriez emmener Noah voir un psychologue.

Janie chercha le corbeau des yeux, comme pour s'enquérir d'un second avis, mais il avait disparu.

— Je vais le faire au plus vite, dit-elle.

— Très bien. Je peux vous fournir une liste de praticiens. Je vous l'envoie par e-mail ce soir.

— Merci, dit-elle en s'efforçant de sourire. Noah est heureux, ici.

— Oui. Eh bien… (Mme Whittaker se frotta les yeux. Elle avait l'air épuisé, chacun de ses cheveux gris était là pour témoigner qu'elle se préoccupait des enfants des autres.) Nous attendrons toutes son retour avec impatience.

— Son retour ?

— Après qu'il aura suivi une thérapie pendant un temps. Nous reprendrons contact avant le trimestre d'été et nous réexaminerons la situation à ce moment-là. D'accord ?

— D'accord, marmonna Janie, qui quitta la pièce d'un pas lourd avant que la directrice ait pu ajouter quelque chose qu'elle n'aurait pas supporté d'entendre.

Dans le couloir, elle se laissa tomber sur un banc parmi les minuscules manteaux et bottes. Pas d'appel aux services de protection de l'enfance, donc : elle avait évité cette catastrophe. Le noir se fit dans son esprit soulagé. Et dans un recoin lointain de cette obscurité, scintillant comme une braise sous la cendre, la peur (qui avait toujours été là, en vérité) : qu'est-ce qui n'allait pas chez Noah ?

6

L'aphasie chez Maurice Ravel,
bulletin de la Société neurologique de Los Angeles
À cinquante-huit ans, Ravel fut frappé d'aphasie,
qui mit un terme à sa production artistique. Le plus
étonnant était qu'il pouvait penser musicalement,
mais pas exprimer ses idées en écrivant ou en jouant.
La latéralisation hémisphérique pour la pensée ver-
bale (linguistique) et musicale pourrait expliquer la
dissociation des facultés de concevoir et créer chez
Ravel...

— Jerr !

Anderson glissa sous son assiette encore intacte l'article qu'il essayait de lire et leva le nez. L'homme qui se tenait devant lui, un type corpulent avec une barbichette flottant comme une île au centre de son menton, brandissait son plateau et le considérait d'un air interrogateur. Cela n'aurait pas pu être pire.

Il s'était douté que la cafétéria de la faculté de méde-cine serait probablement une mauvaise idée, mais il s'était dit que la fébrile activité de ses pairs et la longue marche jusqu'au bâtiment familier lui feraient peut-être du bien. Il hocha la tête et mordit dans une pomme. Il la trouva froide et farineuse.

— Tu es là ! dit l'homme. Je disais l'autre jour à Helstrick que j'étais persuadé que tu avais déménagé à Bombay ou Colombo. (Il agita une main manucurée.) Ou quelque chose de ce genre.

— Eh non. Toujours là.

Anderson regarda son confrère et se mit à transpirer. Il connaissait ce type depuis des dizaines d'années, mais il était incapable de se rappeler son nom.

L'homme était une étoile montante quand ils étaient tous les deux internes, amis et rivaux, inséparables dans les conversations. Cela faisait maintenant vingt ans qu'ils étaient dans la même institution et ils semblaient toujours stupéfaits des directions différentes que le destin leur avait fait prendre. Désormais, l'autre était directeur de son département à la faculté de médecine et Anderson, lui…

Il se força à s'écarter pour laisser ce type sans nom prendre la place à côté de lui. Il s'émerveilla de l'énergie comprimée que possèdent certains organismes. La vapeur qui s'élevait du plateau chatouilla ses narines et il crut qu'il allait vomir. Voilà qui mettrait précipitamment un terme à ce repas.

— Alors, où te cachais-tu ? Cela fait des mois que je ne t'ai pas vu ! Tu connais la dernière ?

Anderson choisit prudemment sa réponse :

— J'en doute.

— On raconte que Minkowitz est en lice pour le… tu sais. Le N.

— Le N ? répéta Anderson.

— Nobel, chuchota l'autre. Des bruits qui courent, mais...

Il haussa les épaules.

— Ah.

— Ses dernières recherches sont vraiment novatrices. Elles modifient totalement notre conception du cerveau. Nous sommes tous très fiers.

— Ah, répéta Anderson.

L'homme lui jeta un regard oblique, et il perçut précisément ce qu'il pensait : « Toi aussi tu aurais pu être de la partie, tu aurais pu faire quelque chose, si tu n'avais pas bifurqué d'une façon aussi inexplicable. Tu aurais pu changer des vies. »

Ils pensaient tous cela, se rendit-il compte. Ils l'avaient toujours pensé, mais il était trop occupé à l'époque pour que cela le dérange. Il regarda autour de lui ses collègues qui bavardaient et mastiquaient en faisant tinter leurs couverts. Des docteurs, pour la plupart ; des individus prudents, qui ne faisaient pas attention aux autres. Il sentait la certitude arrogante qu'ils dégageaient, jusque dans leur manière d'enfoncer leur fourchette dans leur gratin de macaronis. Il en connaissait certains depuis très longtemps. Voilà à quoi se réduisait ce qu'il avait toujours considéré comme sa communauté : des inconnus dont il avait oublié les noms et qui ne voulaient rien avoir à faire avec lui.

— Alors, comment ça va du côté des âmes ? Tu en as découvert de nouvelles, dernièrement ? Ou plutôt des anciennes ? (L'homme sans nom gloussa tout seul.) En fait, j'avais l'intention de t'appeler. Corinne jure que notre grenier est hanté, je lui ai dit qu'elle devrait te contacter. «Jerry saura te dire ce qu'il en est», je lui ai dit. Évidemment, ce sont probablement des écureuils.

Il lui fit un clin d'œil, fier de lui, certain de la supériorité de ses travaux sur ceux d'Anderson.

À une autre époque, Anderson aurait acquiescé, le regard ailleurs, il aurait laissé la moquerie de l'autre ricocher sur la coquille de civilité dont il avait été forcé de s'entourer. Sa réaction habituelle consistait à faire semblant de ne pas entendre l'humour caché sous les questions, répondre en détaillant le plus sérieusement du monde ses travaux, comme si ses données pouvaient l'intéresser, comme s'il avait pu le faire changer d'avis. «Eh bien, en fait, j'ai eu récemment un cas intéressant au Sri Lanka», aurait-il pu dire avant d'en parler jusqu'à ce qu'il voie dans son regard la raillerie succomber sous l'ennui.

Mais aujourd'hui, il regarda droit dans les yeux étincelants de ce type familier et sans nom, des mots tombèrent dans sa tête et il les prononça :

— Va te faire foutre.

La phrase la plus éloquente et la plus concise qu'il avait prononcée depuis longtemps.

L'homme plissa les paupières. Ouvrit la bouche et la referma. Il prit plusieurs cuillerées de soupe, des taches rouges apparaissant sur son cou et ses joues. Il s'essuya les lèvres avec sa serviette. Pendant un moment, il resta coi.

— Oh, dis donc… Ce n'est pas Ratner ? J'essaie de lui mettre la main dessus depuis des semaines !

Emportant le plateau où était éparpillé un déjeuner à moitié mangé, il détala de la table d'Anderson pour gagner des cieux plus favorables.

Anderson sortit l'article sur Ravel de sous son assiette, lissa la page et reprit sa lecture. Il était penché sur le texte dans une posture qui, espérait-il, était le signe universel pour «Dégagez». Cela faisait trois fois qu'il essayait de le lire cette semaine, et il avait trouvé son esprit étrangement rétif à cette tâche.

… La latéralisation hémisphérique pour la pensée verbale (linguistique) et musicale pourrait expliquer la dissociation des facultés de concevoir et créer chez Ravel…

Peut-être qu'il était en plein déni et que c'était pour cela qu'il n'en venait pas à bout. Ou bien l'aphasie contrait ses tentatives de comprendre les différents aspects de sa progression. S'il n'avait pas été aussi frustré, l'ironie de la situation l'aurait chatouillé.

Alors qu'il se baignait à Saint-Jean-de-Luz, Ravel – excellent nageur – s'aperçut brusquement qu'il était incapable de «coordonner ses mouvements»…

Saint-Jean-de-Luz. Il était allé sur cette plage une fois, des années auparavant, durant sa lune de miel. Sheila et lui avaient descendu la côte en voiture. Il avait pris deux semaines de congé et promis de ne pas parler du labo ou des rats. Privé de ses sujets habituels, il s'était senti à la fois désarçonné et libéré. Ils mangeaient et parlaient de leurs assiettes ; ils nageaient et parlaient de l'eau et de la lumière.

Ils avaient séjourné dans un vaste hôtel blanc sur la plage. Le Grand Hôtel Machin ou Autre. Bateaux de pêche se balançant dans les vagues. Le soleil sur l'eau, dans l'air, ricochant sur les épaules blanches de Sheila. Il n'existait aucune lumière comme celle-là, ainsi que le savaient tous les peintres.

Il essaya de se concentrer à nouveau sur les mots.

… Ravel – excellent nageur – s'aperçut brusquement qu'il était incapable de « coordonner ses mouvements »…

Comment cela avait-il été – ce moment où il avait soudain découvert qu'il ne pouvait plus maîtriser son propre corps ? Avait-il pensé que c'était la fin ? Avait-il eu des mouvements désordonnés, avait-il coulé ?

L'affection de Ravel était une aphasie de Wernicke d'intensité modérée… La compréhension du langage demeure bien meilleure que les capacités orales ou écrites… Le langage musical est cependant plus diminué… avec un remarquable écart entre la perte d'expression musicale (écrite ou instrumentale) et la pensée musicale, qui est relativement préservée en comparaison.

Un remarquable écart, songea-t-il. *C'est ce qu'il faudrait écrire sur ma tombe.* Il se força à relire ce paragraphe.

… un remarquable écart entre la perte d'expression musicale (écrite ou instrumentale) et la pensée musicale, qui est relativement préservée en comparaison…

Ce qui voulait dire – les mots devinrent enfin clairs dans sa conscience, comme s'il reconnaissait une phrase qu'il avait lui-même écrite – que Ravel pouvait continuer de créer des œuvres musicales, qu'il pouvait les entendre dans sa tête, mais qu'il était incapable de les en faire sortir. Il ne pouvait écrire les notes. Elles étaient enfermées en lui pour toujours, jouant pour un public composé d'une seule personne.

Malgré son aphasie, Ravel reconnaissait facilement les mélodies, surtout ses propres compositions, et était capable d'identifier sans peine les erreurs de notes ou de rythme. La valeur des sons et la reconnaissance des notes étaient bien préservées... L'aphasie rendait le déchiffrage analytique – lecture à vue, dictée et notation – presque impossible, empêché notamment par une incapacité à se rappeler le nom des notes tout comme les aphasiques ordinaires « oublient » les noms des objets courants.

Les bruits de la cafétéria, le brouhaha des voix, le tintement de la caisse enregistreuse, le claquement des plateaux : ces bruits ralentirent et au-dessous, il entendit l'incessante pulsation saccadée qu'était son avenir et qui se précipitait droit sur lui. Peut-être que Ravel avait créé un autre chef-d'œuvre, un *Boléro* encore meilleur. Peut-être qu'il l'avait construit dans son esprit, une mesure après l'autre, et qu'il s'était cependant trouvé incapable d'écrire une seule note, de consigner la moindre mélodie. Tout au long de la journée, ces airs tournaient en boucle dans son esprit, s'enchevêtrant et se séparant avec une précision qu'il était le seul à avoir maîtrisée, et personne ne le savait. Des mélodies s'élevaient de la vapeur de sa tasse de café, coulaient du robinet de sa baignoire, chaudes et froides, entrelacées et séparées : emprisonnées, irrésistibles.

Cela n'aurait-il pas suffi à rendre fou n'importe qui ?

N'aurait-il pas mieux valu qu'il soit mort là-bas dans l'océan ?

S'il n'avait pas crié – si on ne l'avait pas repéré, il aurait commencé à couler. Ses membres auraient finalement cessé leurs mouvements désordonnés, la tendance naturelle à se débattre l'aurait quitté avec le bercement des vagues, la splendeur de la lumière filtrant à travers l'eau. Il aurait pu se détendre, alors, laisser son corps l'emporter au fond – emporter, aussi, tous les concertos non écrits… et tous auraient disparu, d'un seul coup.

Il n'aurait pas fallu grand-chose, songea Anderson. Il aurait simplement pu relâcher son emprise sur la vie. Il aurait pu renoncer.

L'espace d'un instant, Anderson sentit le soulagement l'envahir, rafraîchir son esprit angoissé. Il n'était pas obligé de lire l'article, se dit-il. Il avait le choix.

Il pouvait simplement lâcher prise.

Mais le désir de continuer palpitait encore en lui, comme un boxeur qui perd l'équilibre mais ne parvient pas à s'orienter suffisamment pour descendre du ring. Il étala les pages devant lui, se concentra et recommença depuis le début, une fois de plus.

7

La flamme du réverbère dansait dans la boue glaciale de mars comme un lointain fanal de lucidité tandis que Janie remontait la rue avec Noah, en le traînant et en le cajolant. Il avait perdu ses moufles quelque part en chemin et sa main glacée cramponnée à la sienne la tirait vers le bas comme un poids mort.

Elle récupéra une poignée de courrier humide et sans intérêt dans la boîte (d'autres factures et d'autres rappels) et ferma la porte sur la neige.

À l'intérieur, il régnait une chaleur et un silence presque inquiétants après la cohue du métro et le sifflement du vent. Ils restèrent plantés au milieu de la pièce; Noah semblait étourdi, morose. Elle ferma les persiennes, les emprisonnant dans la semi-clarté jaune du lampadaire, et elle l'installa sur le canapé devant un film («Regarde, mon chéri! C'est *Nemo*! Ton préféré!») en lui posant son classeur de cartes de base-ball sur les genoux. Il était comme cela de plus en plus souvent, ces derniers temps, sa bonne humeur étouffée, comme si l'austérité du cabinet du médecin s'était insinuée jusque dans ses os. Il regardait ses émissions sans rien dire; il ne voulait pas jouer ni lancer une balle dans sa chambre.

Elle n'arrivait pas à dissiper le froid et continuait de claquer des dents. Elle avait placé tellement d'espoirs dans celui-ci. Elle était sûre que ce serait le médecin qui changerait tout pour eux.

Elle alluma la bouilloire et prépara du thé pour elle et un chocolat au caramel pour lui, remplissant le mug de tellement de marshmallows qu'on voyait à peine le liquide. Elle contempla un moment les minuscules morceaux de guimauve qui dansaient joyeusement dans la mousse brune comme de petites dents blanches, puis elle s'accroupit sous le comptoir du passe-plat afin que Noah ne la voie pas pleurer. *Reprends-toi, Janie.* C'était comme forcer un chat hurlant à entrer dans un sac, mais elle y parvint. Elle étouffa ses sanglots, les laissa bouillonner dans son ventre, et se leva. Par la fenêtre du fond, elle vit la neige qui tombait et tombait dans la cour.

Assis sans un mot, Noah regardait le film, ses petites mains à plat sur le classeur en plastique, sa tête blonde renversée sur le dossier du canapé, quand elle apporta le chocolat chaud. Ces quatre derniers mois avaient été éprouvants émotionnellement et désastreux sur le plan professionnel, mais elle s'était habituée à toujours voir du coin de l'œil cette tête blonde sautiller, à sentir le réconfort de savoir qu'il était *là*, avec elle. Trois nounous et deux garderies n'avaient pas réussi à tenir, et après le dernier fiasco (Noah s'enfuyant de chez Natalie's Kids et dévalant Flatbush Avenue à quelques mètres de la circulation), elle avait renoncé et l'avait invité à venir à son bureau avec sa nounou. Ils étaient relativement silencieux (trop silencieux !), occupés à jouer avec ses Lego, tandis que son assistante dessinait des plans en faisant la tête et que Janie elle-même essayait de faire avancer les quelques chantiers qu'on lui confiait encore.

Elle s'assit auprès de lui sur le canapé, serrant sa tasse de thé entre ses mains pour tenter de se réchauffer. Elle ne remarquait même plus son odeur – cette écœurante odeur sucrée un peu aigre qu'il portait désormais sur lui partout où il allait.

Le docteur Remson avait été assez gentil, et il pouvait l'être, pour trois cents dollars de l'heure. Il avait pris son temps avec Noah et avec elle. Mais au final, il avait été pareil que tous les autres. Il n'avait aucune réponse à lui fournir. Il lui avait conseillé d'attendre.

Alors qu'attendre était précisément ce qui lui était impossible. Quand elle le lui expliqua, il suggéra le nom d'un autre psychiatre, au cas où elle aurait souhaité un traitement pour elle-même... comme si dépenser encore de l'argent dans une thérapie de plus était la seule réponse qu'il pouvait lui donner.

— Cela fait déjà trois mois que nous vous consultons, répondit-elle. Et c'est tout ce que vous trouvez à me dire ? Il a des cauchemars toutes les nuits, à présent, et des crises de larmes durant la journée. Et je ne vous parle pas des bains...

Avec ses chaussures de sport noires qui tambourinaient nerveusement sur le tapis persan, ses grosses lunettes perchées avec désinvolture sur son crâne dégarni, le docteur Mike Remson n'avait pas l'air de l'un des plus éminents pédopsychiatres de New York, malgré ce que prétendait le *New York Magazine*. Il était assis dans son fauteuil en cuir, les mains jointes sous le menton, les broussailleuses chenilles qui lui tenaient lieu de sourcils s'agitant au-dessus d'yeux circonspects et de lourdes paupières. Même après avoir répondu à ses questions séance après séance, elle avait toujours l'impression qu'il essayait de décider si ce n'était finalement pas elle le problème.

— Noah commence à me faire confiance, dit-il prudemment. Nous parlons davantage de son imagination.

— Son autre mère ?

Elle serrait et desserrait les poings. Elle les posa fermement sur ses genoux.

— Entre autres.

— Mais *pourquoi* s'imagine-t-il une autre mère ?

— Il est fréquent que ce genre de vie imaginaire soit provoqué par ce qui se passe à la maison.

— C'est ce que vous dites, mais nous avons examiné la question, il n'y a rien.

— Un stress exceptionnel ?

Elle laissa échapper un petit rire rauque. *Rien que vous ne causiez, docteur.*

— Pas depuis la dernière fois que nous en avons parlé.

Le problème était qu'elle puisait dans ses économies. Elle avait déjà épuisé son plan d'épargne-retraite et dépensé le petit héritage de sa mère qu'elle mettait de côté pour les études universitaires de Noah. (Son objectif était désormais simplement qu'il arrive sans encombre à la maternelle.) Elle avait dû annuler des rendez-vous avec des clients rien que ce mois-ci parce qu'elle ne pouvait pas emmener Noah à ses rendez-vous et sur les chantiers, et elle n'avait de toute façon pas beaucoup de temps avec tous ces médecins. Elle n'avait aucun travail en vue, aucun moyen de payer les factures sans travail, et aucune réponse.

Cela faisait des mois qu'elle l'emmenait voir d'autres médecins : neurologues, psychologues, spécialistes. Noah et Janie détestaient l'un comme l'autre les longs trajets en métro, l'attente interminable dans des cabinets surpeuplés, Noah feuilletant sans entrain des albums pour enfants pendant qu'elle en faisait autant avec un *Time* périmé. Les médecins lui parlaient, examinaient son cerveau, auscultaient une fois de plus ses poumons (oui, il a de l'asthme ; oui, une forme légère), puis ils envoyaient Noah dans la pièce à côté pendant qu'ils discutaient avec elle, et elle repartait à la fois soulagée et frustrée d'apprendre qu'ils n'avaient rien découvert et rien à lui proposer, à part la promesse d'autres examens. Et pendant tout ce temps, elle avait attendu de pouvoir consulter le docteur Remson, qui était censé être le meilleur.

— Je suis allée voir trois spécialistes, deux psychologues, et vous. Et personne ne peut rien me dire du tout. Personne ne me donne ne serait-ce que l'ébauche d'un diagnostic.

— L'enfant a quatre ans. C'est jeune pour faire un diagnostic psychiatrique correct.

— Docteur, je ne peux même pas lui faire prendre un bain.

La dernière fois qu'elle avait essayé, une semaine plus tôt, il s'était mis dans un tel état qu'il avait eu une crise d'asthme.

C'était la première depuis dix-huit mois. Alors qu'elle lui tenait le nébuliseur sur le visage, sa respiration rauque et saccadée résonnant dans ses oreilles comme le chant de l'échec, elle s'était fait une promesse : elle allait cesser d'attendre qu'il aille mieux. Elle allait désormais faire tout ce qu'il fallait pour le soigner.

— Une thérapie comportementale pourrait lui faire du bien…

— Il en a déjà fait. Ça n'a pas marché. Rien n'a marché. Docteur, je vous en prie. Vous exercez depuis longtemps. Vous n'avez jamais été en présence d'un cas comme Noah ?

— Eh bien… (Le docteur Remson se radossa et posa les mains sur le velours côtelé de ses gros genoux.) Il y en a peut-être eu un.

— Un cas similaire ?

Janie retint son souffle. Elle n'osait pas le regarder dans les yeux et préférait fixer le bout de la chaussure du psychiatre. Le docteur Remson suivit son regard, sourcils froncés et ils considérèrent tous les deux son pied gainé de cuir noir qui s'agitait sur les carrés rouge sombre du tapis persan.

— Il remonte à des années, pendant mon internat à Bellevue. Il y avait là-bas un enfant qui parlait souvent d'un événement traumatique arrivé durant une guerre. Il dessinait des images violentes de coups de baïonnette. De viols. (Elle tressaillit. Elle voyait les dessins comme s'ils avaient été juste devant elle, le sang tracé au pastel rouge, le personnage stylisé avec la bouche grande ouverte.) Il venait d'une petite ville du New Jersey, d'une famille bien sous tous rapports. Ils juraient tous qu'il n'avait jamais rien vu de semblable à ce qu'il dessinait. C'était tout à fait saisissant. Il n'avait que cinq ans.

Un cas comme Noah. Les pièces du puzzle s'emboîtaient enfin pour former une image. Elle éprouva un soulagement, et un frisson glacé d'appréhension.

— Et quelle a été l'évaluation ?

Le psychiatre frémit.

— Il était un peu plus âgé que Noah. Et cependant bien trop jeune pour un tel diagnostic.

— C'est-à-dire ?

— Schizophrénie à début très précoce. (Il tira son pull sur son ventre, comme si ses paroles avaient provoqué une chute de température.) C'est rare, évidemment, chez un enfant aussi jeune.

— Schizophrénie ? (Le mot plana un instant dans l'air devenu glacé, étincelant comme une stalactite déchiquetée, avant qu'elle ne comprenne enfin.) Vous pensez que Noah est atteint de schizophrénie.

— Comme je vous l'ai dit, il est trop jeune pour un diagnostic fiable. Mais nous devons l'envisager. Nous ne pouvons l'écarter. (Il la considéra sans ciller sous ses lourdes paupières.) Nous en saurons plus avec le temps.

Elle fixa le tapis. Le motif écarlate était dense, insondable, des carrés dans des carrés dans des carrés.

Il resta un instant sans rien dire.

— Il y a parfois une composante génétique. Vous m'avez dit que vous ne savez rien de la famille du père ?

Elle secoua lamentablement la tête. Après de sporadiques périodes de recherches nocturnes sur Google qui n'avaient mené à rien durant des années, elle avait essayé plus sérieusement de retrouver la trace de Jeff de Houston. La semaine précédente, elle avait franchi un cap : elle avait passé presque deux jours à éplucher les annales de la bourse Rhodes sur vingt ans. Elle s'était concentrée sur tous les Jeff et Geoffrey, tous les étudiants du Texas, puis ceux de tous les autres États, mais personne ne ressemblait, même de loin, à l'homme qui lui avait dit s'appeler Jeff. Elle avait appelé l'hôtel de Trinité, mais désormais c'était un Holiday Inn.

Jeff – s'il s'agissait de son vrai nom – n'avait pas été un boursier Rhodes. Il n'était probablement pas allé à Oxford. (Elle l'avait cherché au Balliol College aussi, sans résultat.) Peut-être que ce n'était même pas un homme d'affaires. Il avait tout inventé – mais pourquoi ? Elle s'était dit que c'était pour l'impressionner, mais à présent, elle se posait la question : et s'il avait souffert d'une psychose déclarée ?

Janie sentit le regard attentif du médecin planer sur elle comme une sorte de chauve-souris brune et velue, mais elle ne put lever les yeux pour le croiser. Elle fixa ses genoux, gainés d'un collant anthracite ; ils lui semblaient brusquement absurdes, avec leur rondeur grise.

— Je sais que vous désirez des réponses, disait le docteur Remson. Mais c'est le mieux que nous puissions faire. Nous reverrons le diagnostic à mesure que le traitement progressera. En attendant, nous pouvons essayer différents médicaments antipsychotiques. Nous pouvons lui prescrire une dose faible dès maintenant, si vous voulez. Je vais vous faire une ordonnance.

Ses paroles s'étaient lentement infiltrées dans son esprit, comme si elle était en train de s'endormir et de mourir silencieusement de froid, mais à ce mot – *médicament* – elle se réveilla en sursaut et leva la tête.

— Des médicaments ? Mais il n'a que quatre ans !

Le médecin acquiesça d'un air navré.

— Le traitement peut l'aider à mener une vie plus normale. Nous le réévaluerons tous les deux ou trois mois, une fois que nous serons parvenus à la posologie correcte. Et bien sûr, je continuerai à le voir. Deux fois par semaine.

Il prit un stylo-bille dans un pot à crayons sur la table voisine et commença à rédiger l'ordonnance.

Il déchira le feuillet de son calepin et le lui tendit d'un geste anodin. L'absence d'expression sur son visage était affreuse.

— Prenez donc le temps de réfléchir à cela et nous en parlerons la semaine prochaine.

Sa main tendue tenait toujours l'ordonnance pour l'antipsychotique. Janie eut l'étrange et irrésistible envie de la froisser et de la lui jeter au visage. Mais elle la prit et la fourra dans sa poche.

Pour l'heure, nichée dans le canapé auprès de son fils, elle résistait à l'envie de l'attirer contre elle et le couvrir de baisers.

— Tout va bien, poussin ?

Noah hocha vaguement la tête, une moustache de chocolat au-dessus de la lèvre, les yeux rivés sur la télévision.

Son téléphone bourdonna – mais ce n'était pas le psychiatre qui proposait à Noah un remède miracle récemment découvert à base d'herbes chinoises et d'oméga-3. C'était un texto de Bob – quelle surprise –, son flirt Internet de quelques mois auparavant.

Salut ! Ça se passe mieux ? On retente le coup ?

Le pauvre homme tombait si mal qu'elle eut un petit rire qui résonna comme l'aboiement d'un phoque déprimé. Puis elle éteignit le téléphone sans répondre et but son thé. Mais cela ne lui fit pas le moindre bien. Elle avait besoin de quelque chose de plus fort.

Cette nuit-là, elle coucha Noah de bonne heure. D'humeur câline, il la prit par le cou et l'attira vers lui pour qu'elle l'embrasse sur les lèvres. Ses doigts lui frôlèrent le visage dans le noir.

— C'est quelle partie du corps ? chuchota-t-il.

— C'est mon nez.

— Et ça ?

— C'est mon oreille.

— Et ça, c'est ta caboche.

— Oui, bonne nuit, poussin.

— Bonne nuit, Mama-Chou.

Il bâilla. Puis – et elle savait qu'il allait le dire, parce qu'il le disait tous les soirs, à présent, quand il était sur le point de s'endormir, même si elle avait cru que ce soir serait peut-être différent, qu'il ne le dirait pas, cette fois – il ajouta :

— Je veux rentrer chez moi.

— Tu es chez toi, mon chéri.

— Quand vient mon autre maman ?

— Je ne sais pas, poussin.

— Elle me manque. (Il avait détourné la tête vers l'oreiller.) Elle me manque vraiment-vraiment.

Il se mit à trembler.

Même si c'était une illusion, son chagrin était réel. Elle en connaissait assez sur la question pour le savoir.

— Tu souffres, n'est-ce pas ? demanda-t-elle à mi-voix.

Il se retourna vers elle avec une grimace. Il se jeta à son cou et elle le serra contre sa poitrine pendant qu'il pleurait, le nez enfoui dans son chemisier.

— Je suis désolée, mon chéri, chuchota-t-elle en lui caressant la tête.

— Elle me manque tellement.

Il pleurait à chaudes larmes, à présent, de grands sanglots sifflants qui semblaient jaillir de sa poitrine entièrement formés, comme des panaches de fumée noire. N'importe qui aurait pensé que c'était un enfant au cœur brisé, un enfant abandonné. Pourtant, elle ne l'avait jamais laissé une seule fois la nuit.

— Fais quelque chose, maman.

Pour le coup, elle n'avait pas le choix.

— Oui, je le ferai.

Janie sortit de la chambre plus triste qu'elle ne l'avait jamais été depuis la mort de sa mère. Elle emporta son ordinateur dans la cuisine et sortit l'ordonnance de Rispéridone. Puis elle prit un mug et la bouteille de bourbon qu'un client lui avait offerte des années auparavant et en but une bonne rasade.

Le mug était orné d'un chaton poursuivant un papillon ; une collègue le lui avait offert, croyant qu'elle avait un chat. Ce soir, elle le trouvait réconfortant, comme un oracle optimiste dans un biscuit chinois auquel on ne croit pas, mais que l'on glisse tout de même dans sa poche. Le bourbon tournoya dans son ventre, répandant sa chaleur, entamant une danse de la pluie autour de son cerveau paniqué.

Elle prit son ordinateur et lança le moteur de recherche.

« Impact des antiparasites. »

Non.

« Impact des antipsychotiques sur les enfants. »

Les psychiatres prescrivent ces médicaments aux enfants dans certains cas graves lorsqu'ils estiment que les bénéfices dépassent les risques... Cependant, les signalements de décès et effets secondaires dangereux liés à ces molécules sont de plus en plus nombreux. Une étude d'USA Today sur les données collectées par la FDA entre 2000 et 2004 montre qu'un antipsychotique aty-pique signalé dans la base de données de la FDA comme « suspect primaire » était impliqué dans au moins 45 décès d'enfants. Il y a également eu 1 328 signalements d'effets secondaires nocifs, certains mortels...

Mon Dieu. Non.

Elle ferma précipitamment la page et en ouvrit une nouvelle.

Sous antipsychotiques, l'individu perd la notion de son identité, il a l'esprit embrouillé, une dégradation des émotions, et subit des pertes de mémoire à cause du traitement...

Elle essaya une autre fenêtre, puis une suivante. Page après page, elle découvrait quelque nouvelle horreur, tandis que le bourbon passait progressivement de la bouteille à son mug et que ses yeux piquaient de plus en plus.

Elle garda l'alcool dans la bouche, le laissant lui brûler la langue. Le chaton sur la tasse était démoniaque, ou plutôt comme tous les autres. D'un instant à l'autre, il bondirait et déchiquetterait les jolies ailes bleues du papillon.

Elle tapa « Rispéridone » dans le moteur de recherche et consulta la liste des effets secondaires : somnolence, vertiges, nausées… elle était longue comme le bras. Quand elle arriva au bout, elle se sentait étourdie, nauséeuse, agitée, en nage, en proie à des démangeaisons, fiévreuse et grosse. La tête lui tournait, mais c'était peut-être l'alcool.

Tu t'es donné tellement de mal pour que ton gosse ait une nourriture saine, songea-t-elle. *La pizza au fromage de soja. Les petits pois, carottes nouvelles et brocolis bios. Les smoothies. Le lait sans hormones. Les légumes verts. Tu as évité au maximum les aliments transformés, tu jetais les bonbons d'Halloween au bout d'une semaine. Tu ne l'as jamais laissé manger les glaces qu'on vend dans le parc, parce qu'elles contiennent des colorants chimiques. Et voilà que tu lui donnerais ça ?*

Elle prit l'ordonnance et la froissa, puis elle la déplia, l'étala sur la table et la regarda longuement. Au bout d'un certain temps, elle se leva et rangea la bouteille de bourbon dans le placard.

Elle songea à demander à une amie de venir la réconforter ou lui donner les conseils dont elle avait tant besoin, mais elle ne supportait pas de partager le diagnostic avec quiconque, d'entendre au téléphone l'écho de sa propre panique.

Elle s'était toujours considérée comme quelqu'un qui avait réussi. Elle avait travaillé dur, lancé sa propre entreprise à partir de rien, survécu dans une période économique difficile ; elle avait élevé Noah seule, construit un foyer douillet pour tous les deux. Et voilà qu'elle échouait devant la seule tâche qui comptait.

Elle ouvrit une nouvelle fenêtre sur l'ordinateur. Fixa un moment le curseur, puis envoya une fusée de détresse aux dieux de l'Internet.

Au secours. *Help*. Elle était sûre de ne pas être la première ni la dernière personne à taper cela sur Google.

« Les Beatles, *Help*, YouTube. »

« *The Help*, *La Couleur des sentiments*, film dramatique américain. Dans les années soixante, dans le Mississippi, une jeune femme blanche, qui vient juste de terminer ses études de journalisme et souhaite devenir écrivain, décide de s'intéresser… »

« Help.com. "Je fais partie de la Flat Earth Society et je dois faire un exposé expliquant pourquoi d'autres personnes refusent de croire que la Terre est plate…" »

Elle posa la tête sur le clavier. La releva. Ses doigts glissèrent sur le pavé tactile pour parler au fantôme qui habitait dans cette machine.

Je ne sais même pas quoi demander…

« Comment inviter une fille au bal de fin d'année ? »

« Mon fils veut une autre mère… »

« Une mère a-t-elle le droit de punir l'enfant d'un autre ? »

« Une autre vie… »

« The Veronicas – *In Another Life* – Paroles – YouTube. »

« Une autre vie, documentaire sur la réincarnation, avec des interviews gratuites en streaming… »

Ha ! Un documentaire new age. Elle avait vu bien trop souvent ce genre de choses au cours de la dernière année de vie de sa mère. Elle avait l'esprit pragmatique, et un large entourage d'amis aussi pratiques qu'elle, mais quand elle avait appris le diagnostic (leucémie, la pire sorte), tout leur bon sens s'était envolé. Un par un, ils étaient venus avec des paquets en papier kraft d'homéopathes chinois, avec des cristaux, des documentaires et des brochures sur des opérations pratiquées au Mexique, et Janie et sa mère les avaient laissés faire autant qu'elles pouvaient. Elle avait passé des heures au chevet de sa mère, lui tenant la main pendant qu'elles regardaient les documentaires en se moquant de toutes ces sottises. Le channeling des esprits, les traitements alchimiques, les tambours chamaniques. Janie gloussait à travers ses larmes tandis que sa mère mourante et inflexible usait ses dernières forces pour se moquer des mièvres illustrations de plages et arcs-en-ciel de ces films qui proposaient ce qu'ils ne pouvaient absolument pas offrir : l'espoir. Se moquer avec sa mère de ces films, ce fut pour Janie les meilleurs moments des pires journées de sa vie. D'une certaine manière, les railleries de sa mère convainquaient Janie qu'elle n'aurait pas besoin de ces loufoqueries. Elle survivrait grâce à sa simple volonté et à la médecine moderne. Elles tentaient une autre procédure expérimentale, meilleure que celle qui lui avait causé de douloureux œdèmes. Cela suffirait.

Eh oui (elle cliquait à présent sur le lien de YouTube, avide de se distraire autant des horreurs du présent que d'un passé tout aussi insupportable, de trouver quelque chose qui allégerait son cerveau accablé et suralcoolisé), voilà, elle y était, cette image ringarde de vagues qui déferlent. Et le soleil et la cascade... et la flûte, évidemment ! – et la même voix grave du narrateur... était-ce le même type ? Était-ce son gagne-pain, faire la voix off des documentaires new age ?

« Le majestueux cycle de la vie, de la mort et de la vie qui renaît, chacune avec ses propres leçons... »

Le majestueux cycle de la vie...

Oh, comme sa mère aurait ri de celle-là.

— Qu'est-ce que tu en dis, maman ? demanda-t-elle à voix haute avant de répéter la phrase d'une voix grandiloquente : « Le majestueux cycle de la vie ! »

Elle marqua une pause, comme pour donner à sa mère le temps de répondre, mais il n'y avait personne, elle le savait très bien.

« Aux États-Unis, quelques explorateurs scientifiques novateurs ont étudié la réincarnation... »

— Des *explorateurs*, maman ! s'exclama-t-elle, consciente qu'elle n'amusait personne, pas même la morte, mais ne pouvant s'empêcher d'essayer. (C'était cela ou fondre en larmes, et elle savait qu'elle n'en retirerait rien de bon.) Ce sont des explorateurs !

« Le plus connu de tous est le docteur Jerome Anderson... »

— Tu penses bien que c'est un docteur ! Qu'est-ce qu'il a, un doctorat en charlatanisme ? hoqueta-t-elle en gloussant.

« ... qui, depuis plusieurs décennies, étudie les jeunes enfants qui semblent se rappeler les détails de vies antérieures. Ces enfants de parfois seulement deux ou trois ans, déclarent en donnant des détails précis que leur ancienne famille ou maison leur manque…»

Janie appuya sur pause. Le silence se fit dans la pièce.

De toute évidence, elle avait mal entendu. Elle revint un peu en arrière.

«Le docteur Jerome Anderson qui, depuis plusieurs décennies, étudie les jeunes enfants qui semblent se rappeler les détails de vies antérieures. Ces enfants de parfois seulement deux ou trois ans, déclarent en donnant des détails précis que leur ancienne famille ou maison leur manque… »

Elle appuya de nouveau sur pause, et cette fois, tout s'arrêta : le film, son esprit, son souffle à peine formé dans sa poitrine.

À l'écran, elle vit un profil qui devait être celui du docteur Anderson. Il avait des cheveux noirs bouclés et un saisissant visage anguleux. Il parlait à un petit garçon qui semblait originaire d'Asie du Sud, âgé de trois ans, peut-être, vêtu d'un pantalon en loques. Derrière l'enfant, un mur de brique s'élevait dans la boue rouge. L'image était granuleuse, comme si elle datait d'une dizaine d'années. Elle la fixa, jusqu'à ce que cela devienne autre chose, comme tout ce que l'on regarde trop longtemps : un homme. Un garçonnet. Un endroit. Une époque.

Mais c'était… ridicule.

À l'écran, le garçonnet faisait face à l'adulte. Il avait l'air extrêmement mal à l'aise. Il devait souffrir de dysenterie, songea-t-elle.

Elle revint de nouveau en arrière.

« Le docteur Jerome Anderson qui, depuis plusieurs décennies, étudie les jeunes enfants qui semblent se rappeler les détails de vies antérieures… »

Elle n'était pas assez bête pour gober des trucs pareils. C'était le bourbon qui diluait son bon sens.

Elle arrêta l'image.

Elle avait constaté personnellement comme les manipulateurs s'attaquent aux naïfs. Elle savait combien les désespérés étaient prêts à tout. Et désespérée, c'était bien ce qu'elle était désormais, non ?

C'est alors qu'elle l'entendit.

Ce n'était pas la peine d'aller sur-le-champ dans la chambre de Noah ni d'essayer de le réveiller. Elle connaissait la chanson. Au bout de dix minutes, les geignements laisseraient la place à un hurlement perçant, qui se transformerait en mots : « Maman ! Maman ! »

Elle le trouverait en train de se débattre dans ses draps en s'agitant en tous sens et en hurlant : « Fais-moi sortir, fais-moi sortir, fais-moi sortir ! »

Il n'y avait rien de pire que de voir son propre enfant trébucher dans les ténèbres et ne rien pouvoir faire. Mieux valait n'importe quoi d'autre.

Même des médicaments ? Même *ceci* ? Elle regarda l'image à l'écran.

Les gémissements étaient plus nets, à présent, plus aigus. Bientôt, il allait l'appeler et elle accourrait à son chevet pour essayer, vainement, de le réconforter. Endormi, trempé de sueur, il se débattrait dans ses bras.

Le médecin et le garçonnet étaient toujours là, figés sur l'écran de l'ordinateur. Elle prit l'ordonnance et la regarda, posée dans sa main.

Si seulement quelqu'un me disait quoi faire, songea-t-elle.

Elle resta à la table de la cuisine devant son portable, l'ordonnance à la main, tandis que son fils pleurait dans son sommeil. Elle fixa l'image à l'écran en se demandant quand elle allait commencer à perdre de son pouvoir.

Nombre des sujets de notre étude sont nés avec des marques ou des malformations de naissance qui correspondent parfaitement à des blessures sur le corps de la personnalité antérieure, généralement fatales. L'un des cas qui présente à la fois un rêve annonciateur et une malformation de naissance est celui de Süleyman Çaper en Turquie. Sa mère rêva durant sa grossesse qu'un homme qu'elle ne reconnut pas lui disait : « J'ai été tué d'un coup de pelle. Je veux rester avec toi et avec personne d'autre. » Quand Süleyman naquit, il avait l'arrière du crâne partiellement enfoncé, et il portait également une marque de naissance au même endroit. Quand il fut en mesure de parler, il déclara avoir été un meunier, mort d'un coup porté au crâne par un client mécontent. Entre autres détails, il donna le prénom du meunier et le nom du village où il avait vécu. Il se trouva qu'un client mécontent avait tué dans ce village un meunier de ce nom en lui portant un coup à la tête avec une pelle.

Jim B. Tucker, docteur en médecine,
La Vie avant la vie

8

Le Scotch d'emballage protesta avec un hurlement strident. Anderson le coupa avec les dents et scella le carton, avec l'impression que ses pans se refermaient au-dessus de sa tête. Il serait au calme ici, avec l'œuvre de sa vie.

Il lui avait fallu des mois – sortir les dossiers l'un après l'autre pour les relire l'avait considérablement ralenti –, mais l'Institut était entièrement emballé, à présent, prêt à être expédié.

Que les chercheurs de la génération suivante trouvent ses travaux et en fassent ce qu'ils voulaient. Il espérait qu'ils les consulteraient. Il avait reçu une lettre, récemment, d'un confrère du Sri Lanka, où il y avait tellement de cas qu'on ne savait plus où donner de la tête.

Il s'était convaincu naguère que les rédacteurs en chef des publications médicales ne pourraient pas ignorer toutes les preuves qu'il avait compilées. Il avait mal jugé la nature humaine. Il avait oublié la capacité de l'être humain à rejeter tout ce qui lui chante – Galilée lui-même aurait pu le lui enseigner.

Quelque part au loin, ou dans la pièce, un téléphone sonna.

— Mais je ne comprends pas. Je croyais qu'elle l'avait refusé. Pourquoi veut-elle discuter ? (Son agent littéraire répondit quelque chose à l'autre bout du fil, mais cela n'eut aucun sens pour lui.) Elle le veut ou elle ne le veut pas ?

— Elle s'est ravisée. Elle souhaiterait des modifications et elle veut être sûre que vous êtes sur la même longueur d'ondes. C'est l'une des éditrices au sommet dans ce domaine. Elle a une série de best-sellers derrière elle. C'est une excellente nouvelle.

La même longueur d'ondes, songea-t-il. *Au sommet dans ce domaine. Best-sellers.* Le jargon l'amusait. Il s'imagina en train de serrer la main de l'éditrice tout en haut d'une montagne avec un émetteur géant. Jamais il n'avait eu affaire à des gens dont le métier était de gagner de l'argent. Dans les maisons d'édition universitaires qui avaient publié ses livres, on discutait à peine finances, mais il faut dire aussi que personne ne les avait lus, en dehors de la petite communauté de chercheurs partageant le même point de vue. Là, se dit-il, c'était un monde totalement différent. Trente ans plus tôt, le mot *best-seller* l'aurait fait ricaner ; à présent, il lui faisait battre le cœur. Comme les choses avaient changé pour lui.

L'éditrice prit l'appel immédiatement après que son assistante l'eut annoncé.

— Ce livre ne voulait plus me lâcher, lui dit-elle.

Elle avait une voix à la fois tranchante et enjouée. Une force avec qui il fallait compter dans le milieu, lui avait dit son agent, citant plusieurs livres à succès dont il n'avait jamais entendu parler. Il essaya d'imaginer ses traits : cheveux noirs, fervente, avec un visage blanc en forme de cœur, une Blanche-Neige surexcitée, qui enroulait nerveusement le fil du téléphone autour de ses doigts tout en parlant... Qu'est-ce qu'il croyait ? Personne n'avait plus de téléphone filaire. Il transpirait comme un collégien à son premier rendez-vous.

— Je crois qu'il intéressera beaucoup de gens. Mais il y a un peu de travail.

— Ah bon ?

— Notamment les cas américains.

— Les cas américains ?

— Oui. Ils sont tous tellement anciens, dans les années soixante et soixante-dix, et beaucoup moins... spectaculaires. Nous devons penser à notre lectorat américain. Un grand nombre d'autres cas provient de lieux exotiques, et ils sont excellents, mais nous avons aussi besoin de nous concentrer davantage sur les exemples américains. Ainsi, les gens peuvent se sentir concernés.

Il se racla la gorge pour gagner du temps.

— Mais les gens peuvent se sentir concernés, dit-il lentement, répétant soigneusement les mots de l'éditrice comme un enfant qui apprend à parler, ou un septuagénaire qui perd son vocabulaire. Ce n'est pas un phénomène américain. C'est un...

Quel était le mot qu'il cherchait ? Quelque chose de vaste qui contenait toutes les planètes et systèmes solaires. Comme il ne le trouvait pas, il changea de tactique.

— C'est une question qui concerne tout le monde, affirma-t-il en faisant un geste large, invisible pour elle, comme pour englober tout ce dont il parlait sans pouvoir le nommer.

— D'accord. Mais le seul cas américain récent que vous avez ici… vous savez, celui où l'enfant se rappelle être son propre grand-oncle ?

— Oui.

— Les autres cas paraissent plus impressionnants, d'une certaine manière.

— Eh bien, évidemment.

— Pourquoi évidemment ?

— Quand le sujet est un membre de la même famille, on ne peut pas vraiment vérifier les faits de la même manière.

— D'accord. Ce que je veux dire, c'est qu'il nous faut un ou deux nouveaux cas impressionnants. Américains. Pour que les lecteurs puissent s'y identifier.

— Ah. Mais…

— Oui ?

Il ouvrit la bouche. Les objections se bousculaient en lui : *Mon cabinet est fermé. Je n'ai pas eu de nouveau cas depuis six mois… Il n'y a pas beaucoup de cas américains impressionnants, de toute façon. Je ne suis pas sûr de pouvoir écrire une phrase qui tienne debout, et encore moins un chapitre…*

— Très bien, dit-il. Parfait. Un cas américain.

— Et impressionnant. Nous sommes sur la même longueur d'ondes ?

Il réprima un rire. Il était euphorique, prêt à tout. Il glissait le long de la montagne, à présent, culbutait, la tête la première.

— Oui.

Purnima Ekanayake, une fillette du Sri Lanka, naquit avec un groupe de taches faiblement colorées sur la partie gauche de la poitrine et les côtes inférieures. Elle commença à parler d'une vie antérieure entre deux ans et demi et trois ans, mais ses parents ne prêtèrent tout d'abord pas attention à ses déclarations. À l'âge de quatre ans, elle vit une émission de télévision sur le temple de Kelaniya, un site célèbre situé à une vingtaine de kilomètres de chez elle, et annonça qu'elle le reconnaissait. Plus tard, son père, directeur d'école, et sa mère, institutrice, emmenèrent un groupe d'élèves au temple de Kelaniya. Purnima les accompagnait. Une fois sur place, elle déclara qu'elle avait vécu de l'autre côté de la rivière qui coulait le long du site.

Avant ses six ans, Purnima avait fait une vingtaine de déclarations concernant cette vie antérieure, décrivant un fabricant d'encens tué dans un accident de la circulation. Elle avait mentionné les noms de deux marques d'encens, Ambiga et Geta Pichcha. Ses parents n'en avaient jamais entendu parler et… [aucune des] boutiques de leur ville… ne vendait ces marques.

Un nouvel instituteur commença à travailler dans la ville de Purnima. Il passait ses week-ends à Kelaniya, où *habitait sa femme. Le père de Purnima lui rapporta ce que racontait sa fille, et l'instituteur décida de se renseigner à Kelaniya pour voir si quelqu'un qui correspondait à ses dires était décédé là-bas. L'instituteur déclara que le père de Purnima lui avait demandé de vérifier les faits suivants :*

– Elle avait vécu sur la rive en face du temple de Kelaniya.

– Elle avait fabriqué des bâtonnets d'encens des marques Ambiga et Geta Pichcha.

– Elle vendait son encens en se déplaçant à bicyclette.

– Elle avait été percutée et tuée par un gros véhicule.

Il alla donc là-bas avec son beau-frère, qui ne croyait pas à la réincarnation, voir s'il était possible de retrouver une personne correspondant à ce signalement. Ils se rendirent au temple de Kelaniya et prirent le bac pour traverser la rivière. Là-bas, ils se renseignèrent sur les fabricants d'encens et découvrirent qu'il y avait trois petites affaires familiales dans la région. Le propriétaire de l'une d'elles appelait ses marques Ambiga et Geta Pichcha. Son beau-frère et associé, Jinadasa Perera, avait été tué par un bus deux ans avant la naissance de Purnima alors qu'il transportait de l'encens au marché sur sa bicyclette.

Purnima et ses parents rendirent visite à cet homme peu après. La fillette fit sur la famille et l'entreprise plusieurs déclarations qui étaient exactes, et tout le monde l'accepta comme la réincarnation de Jinadasa.

Jim B. Tucker, docteur en médecine,
La Vie avant la vie

9

Janie referma le livre et fronça les sourcils, le regard perdu dans les profondeurs du restaurant. Elle attendait un homme qu'elle ne connaissait pas, dont le travail était soit stupéfiant, soit une pure supercherie, et qui tenait désormais l'avenir de Noah entre ses mains. Et elle n'arrivait même pas à lire son livre.

Elle avait bien essayé. L'ouvrage semblait sérieux – elle avait dû le commander en ligne, car l'éditeur universitaire qui l'avait publié vingt ans plus tôt avait mis la clé sous la porte, et cela lui avait coûté 55 dollars pour l'édition de poche. Elle l'avait repris plusieurs fois au cours des deux dernières semaines, puisqu'elle avait prévu de le rencontrer ; cependant, chaque fois qu'elle se concentrait sur l'un des cas décrits par Anderson, tout s'embrouillait, la laissant perplexe.

Le livre était rempli d'études de cas, d'enfants thaïlandais, libanais, indiens, birmans et sri-lankais qui parlaient d'autres mères et d'autres maisons. Ces enfants avaient un comportement sans aucun rapport avec leur famille ou les coutumes de leur village, et montraient parfois un profond attachement à des inconnus qui habitaient à des heures de chez eux et dont ils semblaient avoir des souvenirs datant d'une vie antérieure. Ils avaient souvent des phobies. Les cas présentés étaient impressionnants et étrangement familiers... Pourtant, comment cela pouvait-il être vrai ?

Elle se surprit à revenir sur les mêmes cas sans pouvoir clairement décider si elle y croyait ou non. Au bout du compte, elle ne parvint absolument pas à les lire, mais elle fut imprégnée, comme par un brouillard humide, de la sensation qu'il y avait là quelque chose de profondément troublant. Des enfants qui semblaient se souvenir de vies passées à vendre de l'encens ou cultiver du riz dans un village quelque part en Asie jusqu'à ce qu'ils meurent renversés par une moto ou brûlés par une lampe à pétrole – des existences qui n'avaient rien (ou tout) à voir avec Noah.

Janie passa la main dans les cheveux soyeux de son fils, pour une fois reconnaissante de la télévision accrochée au mur au-dessus de leurs têtes (depuis quand les restaurants imitaient les aéroports en estimant que leurs clients avaient besoin d'être collés en permanence à un écran ?). Elle sortit de son classeur le CV du docteur qu'elle avait imprimé et le relut :

Jerome Anderson
Yale, licence de littérature
Faculté de médecine d'Harvard, docteur en psychiatrie
Internat en psychiatrie au Columbia Presbyterian Hospital, New York
Directeur, Département de psychiatrie, faculté de médecine de l'université du Connecticut
Robert B. Angsley, professeur de psychiatrie et de sciences du neuro-comportement à l'université du

Connecticut, Institut pour l'étude des personnalités
antérieures, faculté de médecine de l'université du
Connecticut

Le sens de ces mots était assez clair, et elle s'y accrochait : c'était un homme qui avait fait des études, ni plus ni moins. Elle sollicitait simplement l'avis d'un autre expert. Et peu importait sa manière de procéder, du moment qu'il obtenait des résultats. Peut-être que ce médecin avait une approche particulièrement douce avec les enfants, comme ces gens qui savent apaiser les chevaux. C'était une méthode expérimentale. Cela n'avait rien d'extraordinaire. Peu importait ce dont Noah *souffrait*, ou ce dont Anderson estimait qu'il souffrait, tant qu'il était *guéri*.

Elle feuilleta le classeur qu'elle avait apporté pour lui. C'était le même modèle qu'elle prenait pour séduire de nouveaux clients, sauf qu'en lieu et place de maisons et appartements, chaque section, marquée d'un index coloré, englobait un an de la vie de Noah. Le classeur contenait toutes ses actions et déclarations bizarres. Tout sauf le plus crucial. Il ne parlait pas du diagnostic envisagé par le docteur Remson, craignant qu'Anderson refuse de travailler avec un enfant qui pouvait être atteint de maladie mentale.

C'était étrange de le retrouver dans un restaurant bondé. Le docteur Anderson avait proposé de la voir chez elle – c'était sa procédure habituelle, les enfants étaient plus à l'aise ainsi, disait-il –, mais comme elle avait besoin de jauger le bonhomme d'abord, de vérifier qu'il était sain d'esprit, ils avaient choisi comme compromis le petit restaurant au coin de la rue. Quel genre de médecin faisait encore des consultations à domicile ? Peut-être que c'était un charlatan, en définitive…

— Madame Zimmerman ?

Un homme se dressait devant elle : une silhouette mince, de haute taille, avec un pull marine trop grand et un pantalon en toile.

— C'est *vous* le docteur Anderson ?

— Jerry.

Il eut un bref sourire, un scintillement de dents dans la salle bondée, et il leur tendit la main, à elle puis à Noah, qui se détacha assez longtemps de la télévision pour frôler l'énorme poigne d'Anderson de sa minuscule menotte.

Elle s'était imaginé des tas de choses (un type à l'air professionnel, un peu geek, peut-être, avec les traits découpés à la serpe et les cheveux noirs bouclés aperçus dans la vidéo), mais pas cet homme. Elle avait devant elle un individu réduit à son essence, avec les hautes pommettes et les yeux étincelants d'une divinité égyptienne à tête de chat et la peau tannée d'un pêcheur. Il avait dû être bel homme, autrefois (son visage dégageait une beauté sauvage, brute), mais il était maintenant trop austère pour cela, comme s'il avait abandonné des années plus tôt cette beauté dont il n'avait pas l'utilité.

— Je suis désolée si cela vous a paru mal élevé. C'est juste que dans la vidéo vous aviez l'air…

— Plus jeune ? (Il se pencha légèrement vers elle et elle perçut une bouffée de quelque chose de rebelle sous la façade élégante et retenue.) Le temps a cet effet-là.

Fais comme si c'était un client, se dit-elle. Elle changea d'attitude et sourit d'un air professionnel.

— Je suis un peu mal à l'aise, dit-elle. Ce n'est pas vraiment mon genre d'univers.

Il s'installa en face d'elle dans le box.

— Tant mieux.

— Ah bon?

Ses yeux gris brillaient d'un éclat peu ordinaire.

— Cela signifie généralement que le cas est plus impressionnant. Sinon, vous ne seriez pas là, dit-il d'une voix claire, articulant chaque syllabe.

— Je vois.

Elle n'avait pas l'habitude de considérer la maladie de Noah comme un «cas» qui pourrait être «impressionnant». Elle aurait pu y trouver à redire, mais la serveuse (cheveux violets, air épuisé) leur tendait les menus. Quand elle se retourna vers la cuisine, un tatouage *YOLO* en lettres gothiques se détacha sur la peau pâle de ses épaules.

YOLO. Un slogan, un cri de ralliement, le *carpe diem* du milieu des skaters: *You only live once. On ne vit qu'une fois.*

Mais était-ce vrai?

C'était bien là le problème, n'est-ce pas? Elle n'y avait jamais songé en profondeur. Elle n'avait pas eu le temps ou l'envie de spéculer sur la possibilité d'autres vies: celle-ci était déjà bien assez difficile à gérer. C'est tout juste si elle arrivait à payer les courses, le loyer et l'habillement, à essayer de donner à Noah amour et éducation et à faire en sorte qu'il se brosse les dents. Ces derniers temps, elle n'avait pratiquement rien réussi de tout cela. Il *fallait* que ce rendez-vous donne des résultats. Elle n'avait pas d'autre option, à part mettre son fils de quatre ans sous traitement médical. Mais qu'est-ce qu'elle était allée se fourrer dans le crâne ?

Ah, oui. D'autres existences. En lesquelles elle n'était pas très sûre de croire.

Et pourtant, elle était là.

Anderson la considérait patiemment depuis l'autre côté de la table. Noah regardait la télévision en gribouillant sur le set en papier. La serveuse qui ne vivait qu'une fois revint prendre leurs commandes et repartit comme un nuage violet et renfrogné.

Janie tendit la main et effleura l'épaule de son fils, comme pour le protéger du regard calme et insistant de l'homme.

— Tiens, Noey, va auprès du bar une minute. Tu seras plus près pour regarder le match.

— OK.

Il se faufila hors du box, comme heureux d'être libéré.

Noah hors de portée de voix, elle eut l'impression de se faner sur la banquette.

À la télévision près du bar, un joueur fit un home-run ; Noah se joignit aux habitués grisonnants qui l'acclamèrent.

— Il aime le base-ball, à ce que je vois, observa Anderson.

— Quand il était bébé, c'était la seule chose qui pouvait le calmer. J'appelais ça son Valium.

— Vous regardez aussi ?

— Pas de moi-même.

Il sortit un bloc jaune de sa serviette et griffonna quelque chose.

— Je ne vois pas en quoi c'est exceptionnel, cela dit, ajouta Janie. Beaucoup de petits garçons aiment le base-ball, non ?

— Bien entendu. (Il se racla la gorge.) Avant que nous commencions, j'imagine que vous avez des questions à me poser ?

Elle baissa les yeux sur son classeur avec ses intercalaires de couleur. Ce classeur qui était Noah.

— Comment cela fonctionne ?

— Quel est le protocole ? Eh bien, je vous pose des questions et ensuite je demande à votre fils…

— Non, je veux dire… la réincarnation. (Le mot la fit frémir.) Comment cela fonctionne ? Je ne comprends pas. Vous dites que tous ces enfants sont… réincarnés et qu'ils se souviennent des détails de leur autre vie, c'est ça ?

— Dans certains cas, cela paraît être l'explication la plus probable.

— La plus probable ? Mais je croyais…

— Je suis un chercheur, un scientifique. Je consigne les déclarations des enfants, je les vérifie et je propose des explications. Je ne tire pas des conclusions précipitées.

Mais des conclusions, c'était précisément ce qu'elle espérait. Elle prit le classeur et le serra contre sa poitrine, réconfortée par cette présence physique.

— Vous êtes sceptique, dit-il. (Elle voulut répondre, mais il la fit taire d'un geste.) Ce n'est pas grave. Ma femme était sceptique aussi, au début. Heureusement, je ne m'occupe pas de croyance. (Il eut une moue ironique.) Je recueille des données.

Des *données*. Elle s'accrocha au mot, comme à un rocher ruisselant dans un torrent en furie.

— Alors elle n'est plus sceptique ?

— Mmm ? fit-il, interloqué.

— Vous avez dit… que votre femme était sceptique, au début. Alors elle croit à vos travaux, maintenant ?

— Maintenant ? (Il la regarda dans les yeux.) Elle est…

Il n'acheva pas. Sa bouche resta ouverte un moment qui parut s'éterniser, les embarrassant tous les deux, puis il la referma brusquement. Pourtant, le moment avait eu lieu et il n'y avait pas moyen de revenir dessus ; c'était comme si ses défenses, ce champ de force ordinaire qui protège la nature humaine fondamentale, avaient volé en éclats pour une raison inexpliquée.

— Elle est partie. Depuis six ans, dit-il finalement. Je veux dire… elle n'est plus en vie.

Il était accablé de chagrin, voilà ce qui clochait. Il se sentait seul ; il avait pris un coup. Janie savait ce que c'était. Elle jeta un regard circulaire dans cette salle quelconque où des enfants mastiquaient leur pain perdu, des pères essuyaient affectueusement les gouttes de sirop ; ces gens étaient sur l'autre rive et elle était du côté des lésés, avec cet homme à l'air chagrin qui attendait patiemment ce qu'elle s'apprêtait à lui dire.

— Devons-nous continuer ? demanda-t-elle d'une voix douce.

— Bien sûr, dit-il, avec plus de véhémence qu'elle n'en attendait.

Il se ressaisit rapidement, ses traits élégants retrouvant leur régularité. Il attendit, son crayon bien taillé levé au-dessus de son bloc jaune.

— Quand avez-vous remarqué pour la première fois que Noah faisait quelque chose qui vous a paru sortir de l'ordinaire ?

— Je crois que c'étaient… les lézards.

— Les lézards ? répéta-t-il en griffonnant à toute allure.

— Il avait deux ans. C'était au Muséum d'histoire naturelle. Nous étions venus voir l'exposition de serpents et de lézards. Et il a été… tout simplement… (Elle marqua une pause.) Le seul mot qui convienne serait « captivé », je pense. Il est resté planté devant le premier vivarium et s'est mis à glapir. J'ai cru que quelque chose n'allait pas, et c'est alors qu'il a dit : « Regarde, un dragon barbu ! »

Elle jeta un regard à Anderson et vit avec quelle attention il l'écoutait. Les lézards n'avaient pas intéressé les autres psychologues. Il se pencha pour griffonner une note et elle remarqua que son pull bleu, qui avait l'air si doux et coûteux, avait un trou bien visible à la manche. Il devait être aussi vieux que lui.

— J'ai été très surprise, parce que son vocabulaire était limité à cette époque, il avait tout juste deux ans, cela se bornait à *Mama-Chou, lolo, coin-coin.*

— Mama-Chou ?

— Il m'appelle comme ça. Sans doute qu'il veut m'appeler par un nom bien à lui. Quoi qu'il en soit, j'ai cru qu'il inventait.

— Qu'il inventait quoi ?

— Le terme. Dragon barbu. Je trouvais cela un peu fantaisiste, comme quelque chose qu'un enfant aurait imaginé, un dragon avec une barbe. J'ai donc ri en trouvant cela mignon. Et j'ai dit : « En fait, mon chéri, c'est un… » Et j'ai regardé l'étiquette. Et comme de bien entendu, l'animal était appelé dragon barbu. Alors je lui ai demandé : « Noah, comment tu connais les dragons barbus ? » Et il m'a répondu… (Elle regarda de nouveau Anderson.) Il m'a répondu : « Parce que j'en ai eu un. »

— Parce que j'en ai eu un ?

— Je me suis dit… je ne sais pas ce que je me suis dit. Que comme tous les gosses, il inventait.

— Et vous n'avez jamais eu de lézard ?

— Mon Dieu, non. (Il éclata de rire et elle sentit qu'elle se détendait, qu'elle était soulagée de parler librement des particularités de Noah.) Et il n'y avait pas que les dragons barbus. Il connaissait tous les lézards.

— Il connaissait leurs noms, murmura Anderson.

— Tous les lézards du muséum. À l'âge de deux ans.

Elle avait été si surprise, si fière de son évidente intelligence, qu'il soit – pourquoi ne pas le dire ? – un surdoué. Il connaissait les noms de tous les lézards, quelque chose qu'elle-même ignorait. Cela la grisait de le voir contempler chacune de ces forêts tropicales miniatures, si habilement reproduites et moussues, dont les occupants bougeaient à peine, en dehors d'une langue qui surgissait ou d'un trajet hésitant sur une branche, pendant que sa petite voix aiguë s'exclamait : « Mama-Chou, c'est un varan ! C'est un gecko ! C'est un agame aquatique ! » Elle avait songé avec soulagement que son chemin dans la vie serait tout tracé : une bourse pour les meilleures écoles et universités, sa formidable intelligence facilitant sa réussite.

Puis, progressivement, sa fierté s'était transformée en perplexité. Comment connaissait-il tout cela ? Un livre ou une vidéo qu'il aurait mémorisés ? Mais pourquoi n'en avait-il jamais parlé jusqu'ici ? Quelqu'un le lui avait-il appris ? La question n'avait jamais été éclaircie ; elle avait tout au plus accepté cela comme une autre manifestation de sa singularité.

— Y avait-il un livre ou une vidéo chez un camarade, éventuellement ? demanda Anderson, comme s'il lisait dans son esprit. (Sa voix calme la ramena au brouhaha du restaurant.) Ou à la garderie ? Quelque chose qu'il aurait pu voir quelque part ?

— C'est le plus étrange. Je me suis renseignée – je n'ai oublié personne. Il n'y avait rien.

Il acquiesça.

— Cela vous ennuierait-il que je me renseigne moi-même ? À la garderie et parmi ses camarades et baby-sitters ?

— Je ne pense pas, non. (Elle lui jeta un regard oblique.) On dirait que vous essayez de trouver une explication. Vous ne me croyez pas ?

— Nous devons penser comme les sceptiques. Sinon, c'est totalement… (Il haussa les épaules.) Bon : avez-vous remarqué le moindre changement dans son comportement après l'épisode des lézards ?

— Ses cauchemars ont empiré, il me semble.

— Parlez-moi de cela, dit-il.

Il se pencha sur son bloc. Mais brusquement, le sujet fut trop difficile à aborder.

— Vous pourriez peut-être regarder cela, dit-elle en déposant sur la table le classeur qui était Noah et en le poussant vers lui.

Anderson tourna lentement les pages en étudiant longuement chaque détail. Le cas n'était pas aussi impressionnant qu'il l'avait espéré – les cauchemars et l'aquaphobie étaient courants, bien qu'ici d'une intensité inhabituelle, les références au fusil et à Harry Potter étaient intéressantes, mais elles ne prouvaient rien, et la connaissance des espèces de lézards était prometteuse, mais uniquement s'il pouvait prouver qu'il n'y avait aucune source établie du savoir de l'enfant. Mais surtout, il n'y avait rien de concret qui pouvait le conduire vers une personnalité antérieure – les armes à feu et les Harry Potter étaient extrêmement répandus en Amérique et on ne pouvait aller bien loin avec un dragon barbu comme animal familier. L'enfant avait parlé à ses éducatrices d'une maison au bord d'un lac, mais c'était inutilisable faute d'avoir le nom du lac.

Il observa la femme, qui construisait une petite maison avec les morceaux de sucre. Elle était, comme la plupart des gens, une contradiction : regard bleu et calme, mains agitées. Quand elle regardait Anderson, ses yeux le jaugeaient, prudents, mais quand elle se tournait vers son fils, une chaleur presque tangible rayonnait de son visage. Malgré tout, il aurait bien voulu qu'elle lui fasse suffisamment confiance pour le convier chez elle. Le restaurant était bruyant et il serait difficile de tirer quoi que ce fût d'un enfant dans cet environnement.

Il la regarda achever la maisonnette blanche de ses doigts agiles.

— Très joli… (Comment appelait-on cela ? Les dieux du langage laissèrent soudain tomber le mot, comme du miel sur ses lèvres.) … igloo, acheva-t-il.

Reprendre une étude de cas était bon pour son vocabulaire, au moins. L'enfant qu'il avait encore en lui fut désolé qu'elle le démolisse aussi rapidement en empilant soigneusement les morceaux de sucre dans le bol.

Il but une gorgée de thé. Il avait oublié d'enlever le sachet. Le liquide lui laissa une sensation pâteuse sur les lèvres.

— Vous n'avez rien laissé au hasard, dit-il en tapotant le classeur.

— Mais… qu'est-ce que vous en pensez ?

— Je pense que son cas est prometteur.

Elle jeta un regard à son fils, absorbé par le match de base-ball au bar, et se pencha en avant.

— Mais pouvez-vous le *soigner* ? chuchota-t-elle.

Il sentit l'odeur de café de son haleine ; cela faisait longtemps qu'il n'avait pas éprouvé la chaleur d'une haleine de femme sur son visage. Il but une autre gorgée de thé. Ce n'était pas la première fois qu'il avait affaire à des mères, bien sûr. Des décennies de mères : sceptiques, en colère, en peine, indifférentes, serviables, pleines d'espoir, ou désespérées comme celle-ci. Le principal était de rester calme et de maîtriser la situation.

La serveuse, en revenant, lui épargna la peine de répondre. Rassemblant tous les sourires qui lui avaient été accordés pour sa seule et unique vie (pourquoi des gens se tatouaient-ils cela ? Cela les inspirait-il vraiment de ne vivre qu'une fois ?), elle posa sur la table une assiette fumante de pancakes avec une grimace.

Il regarda la mère aller chercher le garçonnet.

Il put alors l'étudier convenablement. Il était charmant, bien sûr, mais c'était son regard aux aguets qui attirait Anderson. Il y avait parfois une autre dimension à la conscience des enfants qui se souvenaient d'une vie antérieure : moins du savoir que de la méfiance, une conscience fantôme comme celle d'un étranger dans un pays inconnu qui ne peut s'empêcher de penser à sa patrie.

Anderson sourit au petit garçon. Combien de milliers de cas avait-il traités ? Deux mille sept cent cinquante-trois, pour être précis. Il n'avait aucune raison d'être mal à l'aise. Il n'était pas question de se le permettre.

— Qui gagne ?

— Les Yankees.

— Tu es fan des Yankees ?

Le gamin prit une bouchée de pancake.

— Nan.

— Quelle équipe tu aimes ?

— Les Nationals.

— Les Washington Nationals ? Pourquoi tu les aimes ?

— Parce que c'est mon équipe.

— Tu es déjà allé à Washington DC ?

— Non, jamais, intervint sa mère.

Anderson essaya de répondre aimablement.

— Je demandais à Noah.

Noah s'empara d'une cuiller et tira la langue à son reflet déformé dans la surface concave.

— Maman, je peux retourner regarder ?

— Pas tout de suite, mon chéri. Quand tu auras fini.

— J'ai fini.

— Pas du tout. Et de toute façon, le docteur Anderson veut te parler.

— J'en ai marre des docteurs.

— Juste encore celui-ci.

— Non !

Il avait crié. Anderson remarqua deux femmes non loin qui regardaient de leur côté, jugeant cette autre mère par-dessus leurs œufs brouillés, et il éprouva un pincement de compassion pour elle.

— Noah, s'il te plaît…

— Ce n'est rien, soupira Anderson. Je suis un étranger. Nous devons faire un peu mieux connaissance. Cela prend du temps.

— S'il te plaît, Mama-Chou ? C'est le premier jour du championnat.

— Bon, d'accord.

Ils le regardèrent sauter de son siège.

— Alors, dit-elle avec un regard appuyé, comme si elle concluait un marché. Vous allez le prendre ?

— Le prendre ?

— Comme patient.

— Cela ne marche pas tout à fait comme ça.

— Je croyais que vous étiez psychiatre.

— Je le suis. Mais ce travail… Ce n'est pas une consultation clinique. C'est de la recherche.

— Je vois. (Elle avait l'air perplexe.) Alors quelles sont les étapes suivantes ?

— Il faut que je continue de parler à Noah. Que je détermine si nous pouvons trouver chez lui un souvenir concret. Une ville, un nom. Quelque chose dont nous pourrons remonter la piste.

— Comme un indice, vous voulez dire ?

— Exactement.

— Pour qu'il puisse aller voir… où il vivait dans son existence antérieure ? C'est ça ? Et ça le guérira ?

— Je ne peux rien promettre. Mais les sujets tendent à se calmer une fois que nous résolvons la question et découvrons la personnalité antérieure. Il pourrait très bien oublier de lui-même, vous savez. C'est ce qui arrive à la plupart, vers l'âge de six ans.

Elle accueillit cette réponse avec circonspection.

— Mais comment pouvez-vous trouver la… personnalité antérieure ? Noah n'a rien dit de spécifique.

— Voyons comment cela évolue. Il faut du temps.

— C'est ce que les médecins disent tous. Mais le problème… (Sa voix se brisa et elle s'interrompit brusquement. Elle se reprit.) Le problème, c'est que je n'ai pas de temps. J'arrive au bout de mes ressources, avoua-t-elle soudain. Et Noah ne va pas mieux. Il faut que je fasse quelque chose tout de suite. Il me faut quelque chose qui *marche*.

Il perçut l'urgence qui fondait sur lui.

Peut-être que c'était une erreur. Peut-être qu'il fallait qu'il rentre chez lui dans le Connecticut… et pour quoi ? Il n'y avait rien à faire à part rester allongé sur le canapé qui lui servait de lit, à présent, sous l'édredon à motifs cachemire que Sheila avait acheté vingt ans plus tôt et qui sentait encore faiblement les agrumes et la rose. Seulement, s'il faisait cela, autant être mort.

Elle se rembrunit et détourna le regard, essayant manifestement de se ressaisir. Il ne la réconforterait pas avec de fausses promesses. Qui pouvait savoir s'il pourrait soigner son fils ? En plus, le cas n'était pas très fourni. Il n'y avait pas grand-chose sur quoi se fonder, sauf si l'enfant devenait soudain beaucoup plus bavard. Il baissa les yeux sur la table, contempla les restes du brunch, le pancake entamé du garçonnet, le set de table sale…

— Qu'est-ce que c'est que ça ?

La femme s'essuyait les yeux avec sa serviette.

— Quoi ?

— Le set de table. Qu'est-ce qui est écrit dessus ?

— Ça ? C'est un gribouillis. C'est lui qui l'a fait tout à l'heure.

— Je peux le voir ?

— Pourquoi ?

— Je peux le voir, s'il vous plaît ? répéta-t-il en se maîtrisant au prix d'un grand effort.

Elle secoua la tête, mais elle enleva l'assiette et le verre de jus d'orange et lui tendit le rectangle de papier.

— Faites attention, il y a du sirop sur les bords.

Anderson le prit. Il était collant et sentait le sirop et le jus d'orange. Cependant, avant même d'avoir convenablement examiné les traces sur le papier, il sentit que son sang ne faisait qu'un tour.

— Il ne gribouillait pas, dit-il sans s'émouvoir. Il notait le score du match.

10

Janie était plantée au milieu du salon. La pièce était sombre, hormis les éclairs sur le mur des phares de voitures qui passaient, fugaces. Elle distinguait les formes familières dans la pénombre : canapé, fauteuil, lampe. Pourtant, ils lui paraissaient différents, légèrement de travers, comme s'il y avait eu un tremblement de terre.

Elle entendit Anderson qui bougeait dans la cuisine. Elle entrouvrit la fenêtre et l'air s'anima de la fraîcheur humide de ce début de printemps. Le réverbère brillait dans l'obscurité, avec sa flamme toujours en mouvement.

Les choses s'étaient enchaînées. Noah avait calculé les points d'un match de base-ball sans qu'on le lui eût appris, elle avait donc invité Anderson à venir chez elle travailler avec son fils dans un environnement plus calme, et ils avaient passé l'après-midi à s'adonner à l'activité préférée de son fils : Noah faisait rebondir sa balle contre le mur et la rattrapait, pendant qu'Anderson, à côté de lui, notait la précision du tir sur son bloc jaune. (« Huit. — Seulement huit ? — Bon, neuf, peut-être. — Neuf ! Ouiiiii ! Un neuf ! ») Grâce aux attentions d'Anderson, Noah était plus enjoué qu'elle ne l'avait vu depuis des mois, et Anderson lui-même était devenu un autre homme. Il riait de bon cœur et semblait s'intéresser sincèrement à l'habileté de Noah à lancer et rattraper les balles (Janie en était stupéfaite, elle qui avait toujours trouvé ce jeu incroyablement barbant). Il se comportait si naturellement avec le garçonnet qu'elle fut surprise qu'il lui réponde qu'il n'avait pas d'enfants.

Comment ne pouvait-on pas apprécier un homme qui jouait avec tant d'entrain et une affection aussi évidente avec le fils de quelqu'un d'autre ? Quand en avait-elle vu un agir ainsi pour la dernière fois ?

Mais peu importait le nombre de fois et la manière dont Anderson répétait ses questions. Pour Noah, il n'était plus question de parler à des médecins d'autre chose que de la balle qu'il lançait et rattrapait. Anderson n'avait rien noté de nouveau sur son bloc.

Vers la fin de l'après-midi, il parut évident à Janie qu'ils n'aboutissaient nulle part. Même Noah sembla sentir l'ambiance de découragement et commença à lancer la balle n'importe comment et de toutes ses forces, jusqu'à ce qu'elle aille rejoindre les deux autres dans la coupole du plafonnier et que Janie mette un terme à la partie. Pour le détendre (et se détendre aussi), elle recourut à son ultime astuce de mère : elle mit son film préféré, *Le Monde de Nemo*, l'histoire d'un poisson perdu qui cherche son père, et ils s'installèrent tous les trois, Janie, Noah et Anderson, côte à côte sur le canapé. Janie se concentra sur le poisson multicolore et essaya de ne penser à rien d'autre, mais les images ne parvenaient pas à retenir son attention. L'effroi se répandait lentement en elle, la remplissant de son poison paralysant : Et-maintenant-et-maintenant-et-maintenant ?

Anderson était assis de l'autre côté de Noah ; son visage de profil était insondable, comme un gisant sur la tombe d'un chevalier. Le film n'était pas terminé que Noah s'endormit, la tête posée sur l'épaule de Janie, mais ils le regardèrent tout de même jusqu'au bout, perdus chacun dans leur monde. Elle éprouva un pincement douloureux quand le père retrouva le fils, et les envia de nager dans le bonheur. Après quoi, elle porta Noah jusqu'à son lit, ses jambes de chaque côté de sa taille, comme celles d'un bébé géant, et le borda. Il était seulement 18 heures.

Quand elle revint, le grand bonhomme faisait les cent pas. Sa présence dans la pièce sans Noah à leur côté était incongrue. Le médecin était soudain devenu un homme ; pas quelqu'un qui l'aurait intéressée (il était beaucoup trop âgé pour elle, trop distant), mais quelqu'un qui chargeait malgré tout d'une différence masculine les molécules de l'atmosphère ambiante.

Elle le regarda faire quelques instants ; il avait l'air totalement perdu dans ses pensées.

— Alors, dit-elle enfin. Que faisons-nous, à présent ?

Il s'immobilisa, comme surpris de la voir là.

— Eh bien, nous pouvons reprendre demain. Si cela ne vous dérange pas, bien sûr.

— Demain ? (Elle secoua la tête.) J'ai un rendez-vous…

Mais il n'écoutait pas.

— Et en attendant, nous devons corroborer les informations que nous possédons. Nous allons vérifier auprès de la garderie pour les lézards et tout autre comportement étrange qu'il a adopté là-bas. Il est trop tard, à présent, continua-t-il en consultant sa montre, mais je leur enverrai un e-mail demain matin. Pouvez-vous les prévenir ?

— Je pense, oui.

Elle frémit intérieurement à l'idée d'aborder la question avec Mme Whittaker. La directrice ne voudrait sûrement rien savoir et dirait à Anderson que Noah voyait déjà un psychiatre…

— Il faut aussi qu'ils certifient qu'ils n'enseignent pas aux enfants l'art du calcul des points au base-ball, évidemment. (Il gloussa tout seul.) Ce serait particulièrement original, cela dit.

— Pourquoi avez-vous besoin de corroborer, au fait ?

— Ce sera un cas plus convaincant avec des sources multiples.

— Un cas plus convaincant ?

Si seulement il arrêtait de parler de Noah comme d'un cas.

— Oui.

— Vous voulez dire… pour un article ou quelque chose de ce genre ?

— Exactement.

— Eh bien, je crois que je ne veux absolument pas participer à cela.

— Mmm ?

— Je suis quelqu'un de réservé. Nous sommes des gens réservés.

— Bien sûr. Nous changerons les noms dans le livre.

Le livre. Son enthousiasme devint soudain clair pour elle. Elle qui s'était demandé quel genre de docteur il était, elle le savait, à présent : le genre qui écrit des livres.

— Quel livre ?

— Je présente quelques cas. Ce ne sera pas un obscur ouvrage universitaire, comme les autres. Celui-ci est pour le grand public, ajouta-t-il avec enthousiasme, comme si une diffusion confidentielle était le problème.

— Je ne veux pas que Noah soit dans un livre. (Il la regarda fixement.) Cela compte à ce point pour vous, docteur ?

— Je…

Il n'acheva pas. Son visage déjà pâle blêmit encore plus.

Elle ne pouvait pas lui faire confiance. Il écrivait un livre. Elle se rappelait tous ces ouvrages que les amies de sa mère lui avaient apportés quand elle était mourante : tout le monde essayait de se faire de l'argent sur le dos des désespérés avec des régimes spéciaux et des postures de yoga. Même quand sa mère n'était plus consciente que durant de brèves et rares périodes, les volumes continuaient d'affluer. À la fin, elles en avaient un placard entier.

Aucun livre ne pouvait l'aider, à présent, et sa mère non plus. Seulement cet étranger avec ses projets. Elle sentit l'épuisement qui la submergeait se transformer soudain en autre chose – une émotion dont la férocité la prit de court. Durant des mois, des gens assis derrière leur bureau lui avaient froidement déclaré que quelque chose clochait chez son fils, et elle avait encaissé, faisant taire les signes extérieurs de panique du mieux qu'elle avait pu. Mais cet homme, avec ses yeux vifs et scrutateurs et son teint blafard – cet homme avait quelque chose à perdre, lui aussi, elle sentait l'angoisse en lui comme seuls le peuvent les désespérés, et cette prise de conscience fut la clé qui libéra en elle une frustration et une fureur immenses.

— C'est pour cela que vous étiez si enthousiaste à propos du score de base-ball, n'est-ce pas ? Ça ne va pas nous aider à trouver Dieu sait quelle «personnalité antérieure». C'est juste un détail intéressant pour votre précieux *livre*. (Il frémit en entendant la manière dont elle prononça le mot.) Avez-vous seulement envie d'aider Noah ?

— Je… (Il la regarda d'un air gêné.) Je cherche à aider tous les enfants…

— C'est ça, en faisant acheter votre livre par leurs mères ?

Elle avait dit cela alors qu'elle sentait bien qu'il n'était apparemment pas motivé par quelque chose d'aussi grossier que l'appât du gain, mais elle n'avait pu se retenir.

— Je…, reprit-il avant de s'interrompre brusquement. Qu'est-ce que c'est ? (Ils l'avaient entendu tous les deux, depuis la chambre au bout du couloir. Un gémissement.) Je crois que nous avons réveillé Noah, murmura Anderson.

Le gémissement devint un sifflement, comme le vent qui s'engouffre dans une cheminée.

— Non, il n'est pas réveillé.

Le bruit enfla au point de déferler sur la pièce : un ouragan, une force de la nature, puis le hurlement prit lentement forme et devint un mot :

— Mamaaan ! Mamaaan !

Il la surprenait toujours, ce torrent d'émotion qui semblait au-delà des forces d'un garçonnet. Janie se leva avec lassitude, les genoux tremblants. Elle regarda Anderson. Elle ne lui faisait pas confiance, mais elle n'avait que lui ici.

— Vous ne venez pas ?

Et ils gagnèrent ensemble la chambre de Noah.

Chanai Choomalaiwong naquit dans le centre de la Thaïlande en 1967 avec deux marques de naissance, une sur l'arrière de la tête et l'autre au-dessus de l'œil gauche. À sa naissance, sa famille n'accorda aucune signification particulière à ces marques, mais arrivé à l'âge de trois ans, il commença à parler d'une existence antérieure. Il déclara qu'il avait été un instituteur du nom de Bua Kai, abattu d'une balle sur le chemin de l'école. Il donna les noms de ses parents, de son épouse et de deux de ses enfants, et il suppliait régulièrement sa grand-mère, avec qui il habitait, de l'emmener à la maison de ses précédents parents dans une région appelée le Khao Phra.

C'est ce que fit sa grand-mère alors qu'il avait encore trois ans. Chanai et elle prirent un car jusqu'à une ville voisine du Khao Phra, à une vingtaine de kilomètres de leur village. À peine furent-ils descendus du car que Chanai la conduisit à une maison où selon lui vivaient ses parents. Elle appartenait à un couple de vieillards dont le fils, Bua Kai Lawnak, instituteur, avait été assassiné cinq ans avant la naissance de Chanai… Une fois arrivé, Chanai reconnut comme siens les parents de Bua Kai, qui étaient en compagnie d'autres membres de la famille.

Ces déclarations et marques de naissance les impression-
nèrent suffisamment pour qu'ils l'invitent à revenir peu
après. À sa deuxième visite, ils le testèrent en lui deman-
dant de choisir des affaires de Bua Kai parmi d'autres,
et il y parvint. Il reconnut l'une des filles de Bua Kai et
donna le prénom de l'autre en demandant qu'on la fasse
venir. La famille de Bua Kai reconnut que Chanai était
Bua Kai réincarné et il leur rendit visite plusieurs fois. Il
exigeait que les filles de Bua Kai l'appellent «Père» et
refusait de leur parler si elles y manquaient.

Jim B. Tucker, docteur en médecine,
La Vie avant la vie

11

Une porte s'ouvrit et elle s'y engouffra.

C'est ce qui s'est passé, songea-t-elle, debout dans le salon plongé dans l'obscurité. Pourtant, il n'y avait rien d'inhabituel dans le spectacle de Noah hurlant et se débattant dans ses draps imprimés de Tortues Ninja. Il avait la bouche ouverte, les cheveux trempés, collés aux joues. Elle s'avança vers le lit pour le réconforter et l'immobiliser, mais Anderson fut plus rapide, il arriva auprès de Noah en un instant, se pencha et maintint les pieds qui s'agitaient sous les draps.

Un étranger touchait son fils, qui l'appelait à grands cris. Qui criait…

— Maman !

— Noah, dit-elle en s'approchant à son tour.

Anderson leva les yeux et l'arrêta d'un regard.

— Noah, dit-il calmement, d'un ton ferme. Noah, tu m'entends ?

— Fais-moi sortir ! hurla Noah. Maman ! Fais-moi sortir ! Je peux pas sortir !

— Noah. Tout va bien. C'est un cauchemar, dit Anderson. Tu es en train de faire un cauchemar.

— Je peux pas respirer !

— Tu ne peux pas respirer ?

— Peux pas respirer !

Janie savait qu'il faisait un rêve, mais elle ne put s'empêcher de dire :

— Noah a de l'asthme. Il faut prendre son nébuliseur… Il est dans le tiroir…

— Il respire.

La longue silhouette d'Anderson était penchée au-dessus du petit corps qui se débattait, lui maintenant toujours les pieds.

Ne touchez pas mon fils, songea-t-elle. Elle ne prononça pas un mot. Elle envoya à Anderson un message muet : *Un geste de travers, mon pote, et je te fiche dehors d'ici à coups de pied dans le train, si vite que tu auras le vertige.*

— Noah, reprit Anderson d'un ton ferme. Tu peux te réveiller, à présent. Tout va bien.

Noah cessa de s'agiter. Il ouvrit grand les yeux.

— Maman.

— Oui, mon chéri, lança-t-elle depuis le pied du lit.

Mais il regardait derrière elle. Ce n'était pas elle qu'il voulait.

— Je veux rentrer chez moi.

— Noah, répéta Anderson. (L'enfant tourna ses yeux bleus vers lui et ne bougea plus.) Tu peux nous dire ce qui s'est passé dans ton rêve ?

— Je ne peux pas respirer.

— Pourquoi tu ne peux pas ?

— Je suis dans l'eau.

— Tu es dans… l'océan ? Un lac ?

— Non.

Noah haleta. Janie sentit elle-même dans ses poumons combien il avait du mal. S'il arrêtait de respirer, elle cesserait aussi.

Noah se tortilla pour se redresser et s'asseoir. Anderson n'avait plus besoin de lui tenir les pieds. Il avait toute son attention.

— Il m'a fait du mal.

— Dans ton rêve? se hâta de demander Anderson. Qui te fait du mal?

— Pas dans mon rêve. Dans ma vraie vie.

— Je vois. Qui t'a fait du mal?

— Pauly. Il m'a fait mal. Pourquoi il a fait ça?

— Je ne sais pas.

— Pourquoi il a fait ça? Pourquoi?

Noah agrippa la main d'Anderson, hagard. Janie était devenue invisible, une ombre au pied du lit.

Anderson le regarda attentivement.

— Qu'est-ce qu'il a fait?

— Il a fait du mal à Tommy.

— Tommy? C'était ton nom?

— Oui.

Janie écoutait son fils, mais ses paroles résonnaient bizarrement dans son esprit, comme si elle les entendait de très loin. Et pourtant, elle était là, dans cette pièce familière, avec les étoiles phosphorescentes qu'elle avait collées au plafond, une par une, et le bureau qu'elle avait peint à la main avec des éléphants et des tigres, et Noah, son Noah, et la porte dans son esprit qui s'ouvrait, se fermait et se rouvrait.

— Je vois, dit Anderson. C'est génial. Tu te souviens de ton nom de famille?

— Je ne sais pas. Je m'appelle juste Tommy.

— D'accord. Tu avais une famille quand tu étais Tommy ?

— Évidemment.

— Parle-moi d'elle.

— Il y a ma maman et mon papa et mon petit frère. Et on a un lézard.

— Et comment s'appelait-il ?

— Magyar à pointes.

— Magyar à pointes ?

— C'est un dragon barbu. Charlie et moi, on l'a appelé comme ça parce qu'il ressemblait au Magyar à pointes qu'a combattu Harry.

— Je vois. Et qui est Harry ?

Noah leva les yeux au ciel.

— Vous savez bien, enfin. Harry Potter.

Au pied du lit, Janie s'entendit reprendre brusquement son souffle. Elle le retint dans sa poitrine, l'y laissa brûler. Cette chambre qui était familière, ce tableau qui ne l'était pas : la haute silhouette penchée sur Noah, la petite tête ronde et vive frôlant presque le visage anguleux.

— Et où habites-tu avec ta famille ?

— On habite dans la maison rouge.

— La maison rouge. Et où est-ce ?

— Dans le champ.

— Et où est le champ ?

— À Ashvu.

— Ashview ?

— Oui, c'est ça !

— C'est là que tu habites ?

— C'est chez moi !

Le souffle ténu de Janie s'entendit à peine dans la pièce.

— Je veux retourner là-bas. Je peux y retourner ?

— C'est ce que nous essayons de faire. On peut parler un moment de ce qui s'est passé avec Pauly ? Tu veux bien ? (Il hocha la tête.) Tu te rappelles où tu étais quand c'est arrivé ? Quand il t'a fait du mal ? (Il hocha la tête.) Tu étais près de l'eau ?

— Non, chez Pauly.

— Tu étais chez lui quand il t'a fait mal ?

— Non, c'était dehors.

— OK. C'était dehors. Et qu'est-ce qu'il a fait, Noah ?

— Il… Il m'a *tiré* dessus ! s'écria-t-il en levant les yeux vers Anderson.

— Il a tiré sur toi ?

— Je saigne… Pourquoi il a fait ça ?

— Je ne sais pas. Pourquoi, selon toi ?

— Je sais pas ! Je sais pas ! s'agita Noah. Je sais pas pourquoi !

— D'accord. Tout va bien. Et qu'est-ce qui s'est passé ensuite ? Après qu'il a tiré sur toi ?

— Après, je suis mort.

— Tu es mort ?

— Oui. Et puis après je suis arrivé à… (Il scruta la pièce.) Mama-Chou ?

Elle avait dû se laisser glisser à terre ; elle était accroupie auprès du lit. Elle inspirait, expirait. Il la regardait.

— Tu te sens bien ?

Elle regarda le petit garçon. Son garçon. Son enfant. *Noah.*

— Oui. (Elle essuya ses yeux humides du bout des doigts.) Ce sont mes lentilles de contact.

— Tu devrais les enlever.

— Je vais le faire, tout à l'heure.

— Je suis fatigué, Mama-Chou, dit Noah.

— Évidemment, mon chéri. On va se rendormir, d'accord?

Noah hocha la tête. Anderson s'écarta et elle alla s'asseoir auprès de l'enfant sur le lit. Il posa ses délicates mains moites sur ses épaules et elle colla son front au sien. Ils se fondirent comme l'unique entité qu'ils avaient un jour été.

Anderson était dans la cuisine quand Janie revint de la chambre de Noah pour la deuxième fois de la soirée. Elle parcourut le salon sombre et silencieux, en regardant les meubles qui n'étaient pas tels qu'ils étaient une heure plus tôt.

Je suis Janie, se dit-elle. *Noah est mon fils. Nous habitons sur la 12e Rue.*

Une voiture passa, éclair de lumière blanche sur le mur sombre.

Je suis Janie.

Noah est mon fils.

Noah est Tommy.

Noah était Tommy qui a été tué d'une balle.

Elle y croyait et n'y croyait pas tout à la fois. Noah avait été abattu et saignait – ces mots la blessaient.

Elle aurait voulu n'avoir jamais fait appel à cet homme, pouvoir revenir en arrière à l'époque où il n'y avait que Janie et Noah se construisant une petite vie douillette. Mais ce n'était pas possible, n'est-ce pas ? N'était-ce pas la leçon de l'âge adulte, de la vie de mère ? Il fallait être là où vous étiez. Dans la vie que vous meniez, au moment où vous vous y trouviez.

12

Assis dans la cuisine, Anderson cherchait Ashview sur Google.

Tout lui revenait à présent. L'enthousiasme. L'énergie. *Les mots.*

Il l'avait enfin trouvé, le cas américain impressionnant… Peut-être le cas de sa vie, celui grâce auquel les gens se sentiraient *concernés*. S'il identifiait la personnalité antérieure (et il savait qu'il y parviendrait), peut-être pourrait-il même susciter l'intérêt des médias. En tout cas, c'était le cas américain qu'il lui fallait pour achever convenablement son livre. Il était sûr de pouvoir convaincre Janie de le laisser le publier.

Il avait ce dont il avait besoin, désormais. Ashview, Tommy, Charlie. Un lézard, une équipe de base-ball. Il avait reconstitué des puzzles bien plus vastes à partir de moins que cela.

— Vous auriez pu demander, dit Janie.

Il ne l'avait pas entendue entrer dans la cuisine.

— Mmm ?

Il y avait une ville du nom d'Ashview en Virginie, non loin de Washington DC, où était domiciliée l'équipe de base-ball des Nationals.

Aussi simple que cela.

— Pour utiliser mon ordinateur.

Il leva la tête. Elle avait l'air irrité.

— Oh, pardonnez-moi. J'avais besoin d'Internet…

Il désigna l'ordinateur, le regard toujours rivé sur la page d'accueil de la municipalité d'Ashview.

Les Nationals étaient une équipe de Washington. Il y avait un Ashview en Virginie. Tout ce dont il avait besoin, c'était d'un faire-part de décès ; la mort d'un enfant, les journaux en parlent toujours… Il aurait un nom avant la fin de la semaine, peut-être plus tôt. C'était comme si Tommy avait voulu qu'on le retrouve.

— Alors j'en déduis que cela a été utile ? Ce qu'a déclaré Noah ?

Il la scruta. Elle était pâle, les lèvres pincées. Il aurait dû s'asseoir avec elle et l'aider à digérer ce qui s'était passé, mais il s'était laissé emporter par un enthousiasme impérieux. Autant essayer d'arrêter une vague.

— Oui, très, répondit-il, s'efforçant de paraître détendu. Un grand pas en avant. Nous allons trouver Tommy, à présent, je le sens.

— Tommy. Mais bien sûr. (Elle secoua vigoureusement la tête, comme si elle avait pu balayer ses pensées.) Alors, docteur, de quoi s'agit-il ? Noyade ou balle ?

— Pardon ?

Elle secoua de nouveau la tête et il se demanda soudain si elle était saine d'esprit.

— Vous pensez que Noah est cette… cette autre personne, ce Tommy, n'est-ce pas ? Alors je veux savoir. Il a été noyé, tué d'une balle ou quoi ?

— Ce n'est pas clair.

— Rien n'est clair, lui lança-t-elle agressivement.

Anderson se recula sur sa chaise.

— La science l'est rarement, avança-t-il.

— La science? Parce que c'est de la science? (Elle s'étrangla de rire et balaya la cuisine du regard, s'attardant sur une casserole sale à moitié remplie d'eau dans l'évier.) Peut-être que ce n'est pas clair, dit-elle, parce que Noah a tout inventé.

— Pourquoi ferait-il cela?

Elle ouvrit le robinet et entreprit de récurer vigoureusement la casserole à mains nues.

— Excusez-moi, dit-elle par-dessus le fracas de l'eau. Je ne sais pas si je suis capable d'endurer cela.

Il regarda son dos, cherchant quelle tactique fonctionnerait, l'intonation, le contexte, les bénéfices possibles pour son fils… Il avait fait ça des milliers de fois… Comment pouvait-il douter de lui-même à présent? Lui qui avait été un jour capable de convaincre en Inde une mère brahmane de laisser sa fille rendre visite aux intouchables de la famille de sa personnalité antérieure. Il revoyait la scène comme si elle venait de se dérouler: l'étincelant sari orange se glissant par l'ouverture d'une cabane de torchis. À une époque, il avait eu l'impression d'être capable de convaincre n'importe qui grâce à sa simple volonté.

— D'accord, dit-il froidement. Je peux partir, si vous voulez. Mais qu'allez-vous faire?

Elle s'immobilisa.

— Faire? Comment ça?

— Vous disiez que vous ne pouviez plus continuer ainsi, répondit-il d'un ton apaisant et raisonnable. Que vous seriez bientôt à court d'argent, que les docteurs n'avaient été d'aucun secours. Alors… Si je m'en vais maintenant, que comptez-vous faire pour Noah ?

Cela le chagrinait un peu d'utiliser son désespoir contre elle. Mais c'était dans son intérêt, non ? Et celui de son fils. Et aussi le sien à lui, et même de Sheila, car n'avait-elle pas voulu qu'il termine et publie ce livre ? Il se demanda quels efforts cela allait nécessiter pour convaincre Janie de le laisser parler de Noah dans son livre. Peu importait.

— Je…

Mais les mots s'arrêtèrent dans sa gorge. Elle se retourna vers lui, les mains rougies, à vif et ruisselantes, la peur clairement peinte sur son visage, et il eut de la peine pour elle.

— Venez voir. Je vais vous montrer ce que j'ai découvert. Ce n'est pas grand-chose, mais c'est peut-être un début.

Il tapota le siège voisin du sien. Elle s'essuya les mains sur son jean et s'assit. Il tourna l'écran de l'ordinateur vers elle : de jolies maisons blotties autour du vert étincelant d'un parcours de golf. *Bienvenue à Ashview !*

— Connaissez-vous des gens d'une banlieue résidentielle de Virginie du nom d'Ashview ?

Elle secoua la tête.

— Je n'en ai jamais entendu parler.

— C'est bien. Donc nous avons un point de départ. Bien sûr, Thomas est un prénom courant et nous ne savons pas de quelle année Noah parle, même si nous pouvons déduire grâce aux *Harry Potter* que c'est un passé récent. Nous allons éplucher les journaux locaux et chercher le faire-part de décès par noyade ou par balle d'un enfant prénommé Thomas. Mais je crois que nous tenons une bonne piste. Vous savez que les Nationals, ajouta-t-il, sont une équipe de DC ?

— Vraiment ?

Elle scruta l'écran, l'étendue verdoyante. Elle ne lui faisait pas confiance, il le savait ; et pourtant, il lui était nécessaire. Ils l'étaient l'un à l'autre.

Le mahatma Gandhi nomma un comité de quinze personnalités de premier plan, dont des parlementaires, politiciens et membres des médias, pour étudier le cas [de Shanti Devi, une fillette qui, à partir de l'âge de quatre ans, sembla se rappeler une existence antérieure sous l'identité d'une femme nommée Lugdi de Mathura]. Le comité convainquit les parents de la laisser les accompagner à Mathura.

Ils partirent avec Shanti Devi le 24 novembre 1935. Le rapport du comité relate ainsi certains des événements qui survinrent :

Alors que le train approchait de Mathura, elle fut remplie d'allégresse et fit remarquer que le temps d'arriver, les portes du temple de Dwarkadhish seraient fermées. La phrase exacte était : « Mandir ke pat band ho jayenge », une expression typique de Mathura.

Le premier incident qui attira notre attention à l'arrivée à Mathura se produisit sur le quai. La fillette était dans les bras de L. Deshbandhu. Il avait fait à peine quinze pas qu'un vieil homme, vêtu du costume typique de Mathura, et qu'elle n'avait jamais vu, arriva devant elle, au milieu de la foule, et s'arrêta un instant.

On lui demanda si elle le reconnaissait. Sa présence lui fit un effet immédiat : elle sauta des genoux à terre et toucha les pieds de l'homme avec vénération, puis se plaça à ses côtés. Interrogée, elle chuchota à l'oreille de L. Deshbandhu que l'homme était son «Jeth» (le frère aîné de son époux). Tout cela était si spontané et naturel que tout le monde en fut frappé de surprise. L'homme était Babu Ram Chaubey, qui était effectivement le frère aîné de Kedarnath Chaubey [l'époux de Lugdi].

Les membres du comité l'emmenèrent dans un tonga, en disant au cocher de suivre ses indications. En chemin, elle parla des changements que la ville avait connus depuis son époque, et toutes ses observations étaient exactes. Elle reconnut certains des monuments importants qu'elle avait mentionnés auparavant sans jamais être venue sur les lieux.

Alors qu'ils approchaient de la maison, elle descendit du tonga et remarqua un vieillard dans la foule. Elle s'inclina aussitôt devant lui et déclara aux autres qu'il était son beau-père, ce qui était tout à fait exact. Quand elle arriva devant sa maison, elle entra sans la moindre hésitation et fut en mesure de désigner sa chambre. Elle reconnut également plusieurs objets lui appartenant. On la testa en lui demandant où se trouvait le jajroo *(les toilettes) et elle l'indiqua. On lui demanda ce que signifiait* katora. *Elle répondit sans erreur que c'était une paratha (sorte de crêpe frite). Les deux mots ne sont utilisés que chez les Chaubes de Mathura, et aucun étranger n'aurait pu les connaître.*

Shanti demanda ensuite à être conduite à l'autre maison où elle avait vécu avec Kedarnath pendant plusieurs années. Elle guida le cocher sans aucune difficulté. L'un des membres du comité, Pandit Neki Ram Sharma, l'interrogea sur le puits dont elle avait parlé à Delhi. Elle s'élança dans une direction ; mais n'y trouvant pas de puits, elle fut désorientée. Elle affirma cependant qu'il y avait un puits à cet endroit. Kedarnath souleva une pierre et, comme de bien entendu, ils découvrirent un puits. Quant à l'argent enterré, Shanti Devi emmena tout le monde au deuxième étage et leur montra un endroit où ils trouvèrent un pot de fleurs, mais pas d'argent. Cependant, la fillette soutint que l'argent était là. Kedarnath avoua plus tard qu'il avait pris l'argent après la mort de Lugdi. Quand elle fut conduite chez ses parents, elle prit tout d'abord sa tante pour sa mère, mais elle corrigea rapidement son erreur et alla s'asseoir sur ses genoux. Elle reconnut aussi son père. La mère et la fille pleurèrent à chaudes larmes lors de ces retrouvailles. Ce fut une scène qui émut toute l'assistance.

Shanti Devi fut ensuite emmenée au temple Dwarkadhish et d'autres endroits dont elle avait parlé auparavant et presque toutes ses déclarations furent corroborées.

Docteur K.S. Rawat, *Le Cas Shanti Devi*

13

Les Thomas d'Ashview, en Virginie, n'étaient pas des chanceux.

Ryan « Tommy » Thomas avait été tué à l'âge de seize ans dans la collision de sa moto Honda Gold Wing avec un Dodge Avenger sur le Richmond Highway.

Tomas Fernandez était décédé d'une cause inconnue à six mois.

Tom Hanson, dix-huit ans, était mort d'une overdose dans un appartement de la banlieue d'Alexandria.

Thomas « Junior » O'Riley, vingt-cinq ans, était mort en tombant d'une échelle alors qu'il réparait le toit de son voisin.

Anderson, installé à sa table de travail dans son bureau vide, cliqua sur la portion suivante des faire-part de décès de l'*Ashview Gazette* en ligne. Il remontait en arrière à partir du mois de naissance de Noah. Faute d'avoir le nom de famille de Tommy, il savait que les recherches allaient prendre du temps, mais cela lui était égal : il n'y avait rien de plus agréable que d'être de nouveau dans la course et d'essayer d'élucider un cas. Et s'il était obligé de relire plusieurs fois les noms pour être sûr de ne rien manquer, peu importait, il n'y avait personne pour le voir.

Au départ, il avait espéré qu'en se contentant de chercher sur Google «Thomas», «Tom» ou «Tommy», «Ashview, Enfant, Abattu/Noyé», il aurait fait mouche, mais peut-être que le prénom était trop commun ou la période trop étendue : s'il utilisait les *Harry Potter* comme indice, elle couvrait quinze ans. Le registre des décès de la sécurité sociale, qui était de toute façon d'une fiabilité inégale en ce qui concernait les enfants, était inutile.

Tom McInerney était décédé d'un anévrisme à vingt-deux ans.

Tommy Bowlton était mort par asphyxie à douze ans avec ses deux sœurs lors d'un incendie domestique un soir de Noël. (L'âge semblait convenir, mais comme Noah n'avait pas de phobie du feu ou de Noël et avait parlé d'un frère, il écarta celui-ci pour l'instant.)

Thomas Purcheck s'était tué en nettoyant son fusil, mais il vivait en Californie à l'époque et avait quarante-trois robustes années.

Il était bien forcé de l'admettre : être absorbé par un cas lui avait manqué. Tout comme les lecteurs de microfiches, invariablement perdus dans un recoin entre des rayonnages d'atlas et d'encyclopédies poussiéreuses, qu'il avait dû utiliser avant que tout soit consultable en ligne. Ces appareils étaient comme de vieux amis pour lui, avec leur mollette qui s'adaptait parfaitement à sa main et le texte qui défilait horizontalement à l'écran.

Ils lui rappelaient toujours l'université, quand il travaillait à la bibliothèque, où il était tombé par hasard sur un mince ouvrage de 1936 intitulé *Enquête sur le cas*

Shanti Devi et qu'il s'était précipité à Wright Hall pour le montrer à son camarade Angsley. Au fil des années suivantes, ils avaient passé des heures chez Morey à discuter devant des bières de tout ce que cela impliquait, relu les théories de la réincarnation de Pythagore, McTaggart, Benjamin Franklin et Bouddha.

Mais c'était à Shanti Devi qu'ils revenaient sans cesse. La petite fille qui semblait étonnamment se rappeler la vie de quelqu'un d'autre.

Si ce cas existait, et s'il était réel, spéculaient-ils, il devait y en avoir d'autres. Dès lors, durant le reste de son premier cycle et ses années à la faculté de médecine, Anderson avait consacré son temps libre à les chercher. Il découvrit quantité d'histoires intéressantes – de la mention d'existences passées dans les Upanishad aux théologiens chrétiens du IIIe siècle, à Mme Blavatsky et la Société théosophique, ainsi que de nombreuses études fascinantes sur les régressions sous hypnose d'adultes dans des vies passées, même s'il se demandait quelles preuves solides cela pouvait fournir. Il assimila les sceptiques : l'histoire de Virginia Tighe, une ménagère du Colorado dont les souvenirs d'une vie antérieure en tant que Bridey Murphy, révélés sous hypnose, présentaient une ressemblance frappante avec la vie d'une voisine d'enfance, et les travaux de Flournoy, qui diagnostiqua un trouble dissociatif chez un médium qui se souvenait d'existences passées.

Mais Anderson avait eu beau chercher, il n'avait pas réussi à trouver un autre cas d'enfant qui se rappelle spontanément une existence antérieure.

Il n'y avait pas d'Internet à l'époque, évidemment. Pour un chercheur, cela changeait tout…

Anderson jura intérieurement et revint à son ordinateur. Il fallait se donner plus de mal. Il n'arrivait plus à se concentrer autant qu'autrefois. Il avait toujours tendance à se laisser aller à fuir dans le passé. Chez Janie Zimmerman, l'excitation de se trouver devant un cas passionnant l'avait stimulé et lui avait rendu ses compétences ; quand il était avec l'enfant, les mots justes lui étaient venus dans le bon ordre, sans s'emmêler, comme pour certains bègues qui arrivent à chanter. Avec Noah, il avait chanté.

À présent, les mots tremblotaient sur son écran et il dut se ressaisir. Il ne pouvait pas se permettre de manquer d'énergie. Il s'était souvent senti comme un archéologue qui tamise le sable à la recherche d'ossements ou de fragments de poterie. Que ce fût sous un soleil de plomb ou le courant d'air glacé d'un climatiseur, vous attendiez simplement que ce qui était là se révèle à vous. La patience était la clé. Vous en étiez réduit aux mots imprimés. Et s'ils se brouillaient, vous attendiez qu'ils retrouvent une signification.

Il était remonté cinq ans avant la naissance de Noah.

Il jeta un rapide coup d'œil aux faire-part de décès d'autres Thomas plus anciens ayant succombé à la grippe, à un cancer du pancréas ou de la prostate, à une pneumonie et une encéphalite.

T.B. (Thomas) Mancerino Jr, dix-neuf ans, mort dans un accident de bateau sur le lac d'Ashview le jour du Memorial Day.

Tom Granger, trois ans, décédé de la rougeole. (La rougeole ! Pourquoi les gens arrêtaient-ils de vacciner leurs enfants alors que les données étaient claires et nettes et le lien avec l'autisme si manifestement infondé ?)

Tommy Eugene Moran, huit ans, mort noyé…

Il examina celui-ci de plus près.

Tommy Eugene Moran, huit ans, fils de Thomas B. et Melissa Moran, 128 Monarch Lane, est tragiquement décédé mardi, noyé accidentellement dans la piscine du jardin. Selon les voisins, Tommy était un enfant enjoué, passionné de reptiles et ardent supporter des Nationals…

Il se renversa sur sa chaise.

Vous attendiez et il arrivait enfin, ce moment où, dans le tamis, apparaissait quelque chose de blanc et qu'un fragment d'os se révélait à vous.

14

Assise sur un banc de la gare routière de Baltimore, étourdie à force de mauvais café, Janie essayait de se convaincre que ce plan était rationnel. *Je peux y arriver*, songea-t-elle, *du moment que je ne m'attarde pas trop sur ce que signifie vraiment ce «y»*.

Au moins, Noah avait l'air de tout accepter sans sourciller: cette aventure comme cette gare routière. Il s'était exclamé en voyant la taille du car, ébahi que le véhicule comporte des toilettes:

— Et en plus, on va être assis juste à côté !

Pour l'instant, il était fasciné par la borne d'arcade, même si elle ne lui avait pas donné d'argent pour jouer. Cela lui était apparemment égal: il manœuvrait gaiement le joystick d'un côté et de l'autre, ravi de voir les personnages filer, sans se rendre compte qu'il n'en contrôlait absolument aucun. Une situation à l'image de la vie elle-même, qu'on croyait maîtriser alors qu'en réalité on se contentait de regarder des lumières bouger.

Il accourut de nouveau vers elle.

— Où est-ce qu'on va, Mama-Chou ? Où est-ce qu'on va ?

La question revenait régulièrement depuis des heures.

— On va prendre un autre car pour Ashview.

— C'est vrai ? On y va vraiment ?

Il sautillait sur place, avec une grimace qu'elle ne trouvait pas tout à fait familière. Il y avait de l'excitation et autre chose… de l'angoisse ? (Cela aurait été compréhensible.) De la peur ? De l'incrédulité ? Elle qui croyait connaître toutes ses expressions, depuis le temps.

— Quand est-ce qu'on va arriver ?

— Dans une ou deux heures.

— OK.

— Ça te va ? Tu as envie d'y aller ?

Il écarquilla ses yeux bleus.

— Tu *rigoles* ? Évidemment que je veux y aller ! Et Jerry ?

La question la surprit.

— Il nous retrouve là-bas.

— Je peux encore regarder Nemo dans le car ?

— Désolée, mon chéri, je te l'ai dit, la batterie de mon ordi n'a plus de jus.

— Je peux avoir du jus de pomme ?

— Nous n'avons plus de ce jus-là non plus.

Elle avait hâte que le deuxième car arrive. Tant qu'ils bougeaient, elle se sentait bien. Elle était emportée, elle allait de l'avant, laissant derrière elle ses pensées comme un tas de vêtements au bord de l'eau.

Anderson lui avait donné des papiers. Elle les avait dans son sac à main, roulés et maintenus par un élastique. Un article sur un petit garçon qui s'était noyé à Ashview, en Virginie. Dans la piscine de sa maison. L'employé chargé de l'entretien avait oublié de verrouiller la barrière de protection et la mère était descendue dans le sous-sol faire sa lessive, laissant son fils de huit ans regarder la télévision dans le salon. Une erreur toute bête, avec des conséquences affreuses.

Tommy Moran : l'enfant d'une inconnue.

Elle ne pouvait se résoudre à regarder les feuilles. Elles étaient enroulées côté vierge à l'extérieur. Vierge comme la page à laquelle Noah n'avait apparemment pas droit.

Tommy Moran, Tommy Moran.

— Regardez les faits, avait dit Anderson lors de sa deuxième visite. (Cette fois encore, ils étaient assis dans la cuisine. C'était le soir ; Noah dormait. Anderson semblait calme, mais on ne pouvait manquer de voir l'empressement dans son regard. Il sortit les feuillets de sa serviette et les déposa devant elle.) Il y a de fortes similitudes.

Elle parcourut la première page : une liste de commentaires faits par Noah et les similitudes entre Noah et Tommy. Les mots lui sautèrent au visage. Ashview. Obsession des reptiles. Fan des Nationals. Maison rouge. Noyade.

Et où était-il question du bien-être de Noah, dans tout cela ?

Elle posa la feuille.

— Comment avez-vous eu ces informations ?

— Une partie se trouve… (Il fit un geste vague.) Sur l'ordinateur. Et je suis entré en contact avec la mère. Elle m'a confirmé que sa maison était rouge et que son autre fils s'appelait Charles.

— Vous avez parlé à la *mère* de Tommy Moran ? (Elle se rendit compte qu'elle avait hurlé et essaya de baisser la voix. Elle ne voulait pas réveiller Noah.) Pourquoi ne m'avez-vous pas demandé avant ?

Anderson resta impassible.

— Je voulais être sûr que le dossier tenait debout. Nous avons échangé des e-mails. Je lui ai parlé de mes travaux, des similitudes…

— Et cela l'a intéressée ? (Il acquiesça.) Alors… Si je dis oui… Quelle est la suite du programme ?

— Nous emmenons Noah chez elle et nous voyons s'il est capable d'identifier correctement les membres de la famille de sa personnalité antérieure, les endroits préférés… ce genre de choses. Nous lui faisons visiter les lieux, nous voyons ce qu'il reconnaît.

Elle réfléchit à tout ce qu'il lui disait. La destination logique de cette route sur laquelle elle s'était lancée.

Elle avait entendu parler de mères qui, à force d'acharnement, avaient réussi à inverser certains symptômes de l'autisme de leurs enfants ; de mères qui avaient construit des rampes d'accès pour leurs filles handicapées, d'autres qui avaient appris toutes seules le langage des signes pour communiquer avec leurs fils sourds. Mais où était la limite lorsqu'il s'agissait de votre enfant ?

Elle connaissait déjà la réponse. On ne s'arrêtait pas.

Elle ne tourna pas autour du pot.

— Et cette méthode va guérir mon fils ?

— Cela pourrait l'aider, oui. Cela a souvent un effet bénéfique sur l'enfant.

— Et si je ne le fais pas ?

Il haussa les épaules. Il se contenait, mais l'intonation était tendue.

— Dans ce cas, c'est votre choix. Et le dossier est clos.

— Et Noah oubliera tout cela ?

— Il n'est pas rare que l'enfant oublie en arrivant à cinq ou six ans.

— Noah n'a que quatre ans.

— Oui, dit-il, une lueur dans le regard.

— Je ne sais pas si je vais endurer cela encore un an ou deux.

Il resta assis en face d'elle, sans rien dire. C'était leur deuxième entrevue, à présent, elle avait partagé avec lui des heures intenses dans cette pièce, et elle ne lui faisait toujours pas confiance. Elle n'arrivait pas à trancher si l'étincelle dans son regard était celle du génie ou du fêlé. Il y avait quelque chose de guindé et d'hésitant dans sa manière de lui parler, quelque chose qui demeurait caché, mais qui pouvait très bien être l'expression de la réticence naturelle du scientifique… Cependant, il était doué avec Noah, gentil et patient, comme s'il avait de l'affection pour lui, et puis il était psychiatre, il avait eu affaire à plusieurs cas semblables. Pouvait-elle se fier à cela ?

Elle sentit une fois de plus le flot de la peur qui coulait en elle depuis des mois, comme une rivière sous une mince couche de glace. Elle l'entendait gronder dans ses rêves. Quand elle se réveillait, elle ne se rappelait rien, hormis cette sensation déplaisante ; elle restait allongée, la sentait qui la harcelait, et songeait : *Mon fils est malheureux et je ne peux pas l'aider.*

— Vous avez toujours l'intention d'écrire sur ce sujet ?

— Cela m'intéresse de relater les détails de ce cas. Oui.

Il parlait si lentement que c'en était exaspérant. Elle avait envie de le secouer.

— Ce cas, ce cas. Le *cas* est un enfant, Jerry. Noah est un enfant.

Il se leva, l'air agacé.

— Je le sais. Vous croyez que je l'ignore ? Je suis psychiatre…

— Mais pas père.

La colère reflua de son visage aussi vite qu'elle était apparue. Il redevint impassible. Résigné. Il ramassa sa serviette élimée et lui jeta un bref regard, se contenant, l'œil étincelant.

— Tenez-moi au courant de votre décision.

Elle resta longtemps dans la cuisine à examiner les documents qu'il avait réunis. Elle avait d'innombrables questions. Que voudrait faire Noah avec cette autre famille ? Que pouvaient-ils faire pour lui ? Était-ce insensé de suivre ce plan ? Peut-être était-ce elle qui était malade. Peut-être qu'il existait une sorte de bizarre syndrome qui poussait les mères à lancer leur progéniture dans la gueule ouverte de cette pseudo-science new age.

Mais non ; elle ne se comportait pas en névrosée. Elle faisait cela pour Noah. Pas parce qu'il bouleversait leur existence et les ruinait (même si c'était effectivement le cas) mais parce que son expression, quand elle le mettait au lit, soir après soir («Je veux rentrer chez moi. Je pourrai bientôt rentrer chez moi ? ») lui brisait le cœur.

15

Durant le trajet en voiture dans le Connecticut en direction d'Ashview, Anderson reçut deux contraventions pour excès de vitesse. Il roulait dans un état de surexcitation, reprenant à peine son souffle, sans même surveiller le compteur ou le GPS. Il jetait des coups d'œil de part et d'autre de la route, pensant à son nouveau cas américain, et avait l'impression de vivre un nouveau départ.

Il se rappelait son premier cas aussi distinctement que s'il était survenu la veille.

Thaïlande. 1977. Le fleuve.

Le jour venait de se lever mais il faisait déjà chaud. Il prenait le petit déjeuner avec son vieil ami Bobby Angsley sur la véranda de leur hôtel. En amont, vers la ville, une lumière dorée ricochait sur le Wat Arun, répandant sa couleur dans les airs comme une pierre précieuse. Devant eux, un chien peinait à traverser le fleuve, haussant au-dessus des vagues son crâne aux poils noirs collés.

Anderson souffrait du décalage horaire et n'avait pas bu une goutte d'alcool depuis trois jours. Ses lunettes de soleil donnaient à tout une teinte jaune blafarde. Il se concentra sur son ami, qui flirtait avec la serveuse en train de poser une soucoupe de crème épaisse sur la mousseline blanche à côté d'une assiette de scones. Son visage était parfaitement symétrique, comme ceux que l'on voit en songe.

— *Khoop-khoun khrap*, la remercia Angsley en joignant les mains dans une parodie de Thaï courtois, à moins qu'il n'en fût devenu un, Anderson n'en savait rien.

Il ne l'avait revu que deux fois depuis qu'ils avaient été diplômés dix ans plus tôt, et chacune avait été une déception pour l'un et l'autre. Ils suivaient des chemins différents. Anderson connaissait une ascension éclair au sein de l'université et était promis à devenir directeur du Département de psychiatrie d'ici à quelques années. Angsley avait choisi une autre direction, ou plutôt (d'après ce que constatait Anderson) aucune direction du tout. Anderson avait été surpris de trouver son ami installé : depuis l'université, il ne s'était jamais posé nulle part, vivant dans les beaux hôtels et chez les jolies femmes de grandes villes, de Nairobi à Istanbul, tentant vainement d'arriver à bout de son argent, engrangé par les générations précédentes dans l'industrie du tabac.

Ils regardèrent la serveuse retourner dans le hall avec son plateau en argent. Non loin, un quatuor à cordes jouait *The Surrey with the Fringe on Top.*

— Regarde ce que j'ai apporté.

Angsley agita ses sourcils roux, ramassa un sac en papier posé à ses pieds et en sortit cérémonieusement un machin qu'il laissa tomber sur la table. La chose s'affala contre la théière en argent, les jambes écartées sur la nappe blanche : cheveux en ficelle rouge, bas rayés, des ronds rouges en guise de joues.

— Tu m'as acheté une poupée de chiffon ? fit Anderson en la regardant, abasourdi. (Puis, lentement, il comprit :) C'est pour aujourd'hui. Pour offrir à la petite.

— J'espérais un modèle imitation porcelaine, mais c'est tout ce qu'il y avait. Les magasins d'ici…

Il secoua la tête.

— Mais tu as perdu la tête ? Tu ne peux pas offrir une poupée à un sujet d'expérience.

(Était-ce ce dont il s'agissait ? Une expérience ?)

— Mais bon sang, mon vieux, détends-toi. Prends un scone.

Angsley mordit dans un scone gros comme le poing, répandant des miettes sur la nappe blanche. Ses cheveux roux étaient prématurément clairsemés sur son vaste crâne, et ses traits, roses et brouillés à force de soleil et de whisky thaï, lui donnaient des allures de citrouille. Peut-être que son cerveau aussi s'était ramolli.

— C'est de la corruption, dit Anderson en tentant de se maîtriser. La gamine dira tout ce que tu veux.

— Considère cela comme un geste de bonne foi. Elle ne va pas modifier son histoire pour une poupée de chiffon, crois-moi. Je ne le pense pas, du moins. (Angsley le scruta.) Tu me détestes, derrière tes lunettes, hein ?

Anderson les ôta et cligna des paupières, ébloui, en contemplant ses doigts blancs.

— Je croyais que tu cherchais une évaluation scientifique. C'est pour cela que tu m'as fait venir ici, il me semble, non ?

— Eh bien, nous improvisons en quelque sorte au fur et à mesure.

Son ami lui fit son large sourire, avec ses dents de travers, aussi dérangé à sa manière que celui de la poupée.

Une erreur, songea Anderson. Tout cela était une erreur. Quelques jours plus tôt, il était dans le Connecticut, pataugeant dans la neige pour gagner son labo. Il étudiait les effets à long et court terme de stimuli électriques traumatiques sur le système nerveux central du rat. Il avait abandonné l'expérience à un moment crucial.

— Je croyais que c'était une entreprise sérieuse, dit-il lentement.

Son ton plaintif résonna dans l'air comme celui d'un enfant.

Angsley parut vexé.

— Tu n'as pas opposé beaucoup de résistance, si je me souviens bien, quand je t'ai demandé de venir.

Anderson se détourna. Le chien essayait toujours de traverser le fleuve. Parviendrait-il de l'autre côté ou se noierait-il ? Deux enfants l'encourageaient depuis l'autre rive en trépignant dans la vase. L'odeur nauséabonde de la rivière se mélangeait dans ses narines avec le parfum floral du thé.

Angsley avait dit vrai. Il s'était empressé de venir. C'était un sentiment, plus qu'autre chose, qui l'avait amené ici, une vague de nostalgie qui l'avait submergé dès l'instant où il avait entendu la voix excitée de son ami au milieu de ces mornes mois où le bébé était mort et où tout s'était écroulé.

Sheila et lui étaient chacun dans son enfer et se parlaient à peine. Il allait au bout de ses journées comme il pouvait, étudiait ses rats, notait les résultats et buvait plus qu'il n'aurait dû ; et pourtant, la plupart du temps, il considérait qu'il valait à peine mieux que les bestioles qu'il étudiait. À vrai dire, les rats avaient plus de vie en eux.

L'enthousiasme juvénile d'Angsley avait parcouru l'immense distance qui les séparait, comme si l'intérêt qu'il portait naguère à la vie couvait encore en lui et qu'il pouvait le ranimer ; et en tout cas, ce serait une échappatoire, un sursis, cette chose qu'il cherchait tous les soirs au fond de son verre.

— J'ai entendu parler d'un cas tout à fait extraordinaire. C'est une nouvelle Shanti Devi, avait dit Angsley au téléphone, et Anderson avait ri pour la première fois depuis des mois en entendant le prénom. Je te paierai le voyage, bien entendu, dans l'intérêt de la science.

— Vas-y, avait dit Sheila, les yeux rougis, accusateurs.

Alors il avait pris le risque, saisi ce sursis. Il avait été soulagé de quitter le Connecticut, avec Noël qui approchait et son épouse accablée et en colère. Il n'avait rien dit à Angsley de sa situation, préférant ne pas en discuter.

— Shanti Devi, énonça Anderson à voix haute. (Ce n'était probablement rien, il le savait. Malgré tout, le mot était comme un tonique sur sa langue, il le ramenait dix ans en arrière, au goût de la bière et de la jeunesse.) C'est sacrément difficile à croire.

Angsley s'éclaira.

— C'est pour cela que nous y allons. Pour que tu n'aies pas à croire.

Anderson se détourna de son visage enthousiaste.

164

Le chien galeux avait réussi à traverser ; il remontait péniblement la rive boueuse de l'autre côté. Il s'ébroua et les enfants s'égayèrent en hurlant pour éviter les gouttelettes d'eau nauséabonde qui jaillissaient en étincelant dans la lumière.

— Pas de poupée, dit Anderson.

Angsley lui tapota la main.

— Nous voyons juste la fillette.

L'enfant vivait à quelques heures au nord de Bangkok dans un village de la province d'Uthai Thani. Le bateau traversa en crachotant les bidonvilles de la banlieue de Bangkok, longea ensuite des habitations rurales plus vastes, des maisons de bois avec des pontons. De part et d'autre, les rizières, la récolte terminée, étaient d'un brun doré, ponctuées çà et là par un buffle qui se promenait ou une petite cabane. Anderson sentit dans son esprit les images prendre la place des pensées et l'apaiser, jusqu'à ce qu'il soit réduit à une main blanche frôlant la surface de l'eau. Rattrapé par le décalage horaire, il s'assoupit, assis dans le bateau, bercé par le grondement rauque et régulier du moteur.

Quand il se réveilla quelques heures plus tard, il respirait un air devenu moite et chaud, et il était inondé de soleil. Il se rendit compte qu'il avait rêvé du bébé. Dans son rêve, Owen était un enfant magnifique et bien vivant, avec les mêmes yeux bleus et pensifs que Sheila. Le bébé se redressait et tendait les bras vers lui comme le petit garçon qu'il aurait pu être.

Ils arrivèrent à une maison de bois sur pilotis entourée d'une végétation dense. Anderson ne tenta pas de comprendre par quel mystère Angsley repéra cette bâtisse précise parmi toutes les autres identiques qui bordaient la route près du ponton. Une vieille femme balayait le sol en terre battue dans la pénombre sous la maison, des poules se promenant dans ses jambes en gloussant. Angsley la salua en inclinant la tête au-dessus de ses mains jointes, révélant la portion rose et dégarnie au sommet de son crâne. Tous deux eurent une petite conversation.

— Le père est parti aux champs, dit-il. Il ne veut pas nous parler.

— Tu parles bien thaï, n'est-ce pas ? demanda enfin Anderson.

Il lui était venu à l'esprit qu'ils auraient peut-être dû engager un interprète.

— Suffisamment.

Il faudrait bien.

Ils gravirent l'escalier. Une pièce simple, proprement balayée, des fenêtres à persiennes donnant sur les champs moissonnés et le ciel bleu. Une femme disposait sur une table le repas dans un ensemble de bols métalliques cabossés. Elle portait le même genre de pagne à motifs éclatants que la vieille dame, noué juste au-dessus de la poitrine. Elle était charmante, songea Anderson, ou avait dû l'être encore peu auparavant ; l'angoisse semblait avoir pris sa beauté dans ses filets. Quand elle leur sourit, des rides inquiètes se creusèrent au coin de ses yeux sombres et ses lèvres écarlates découvrirent des dents rouge vif.

— De la noix de bétel, murmura Angsley. Ils la mastiquent, par ici. Une sorte de stimulant. (Il inclina respectueusement la tête en joignant les mains.) *Sawat-dii khrap.*

— *Sawat-dii*, répondit-elle en les dévisageant l'un après l'autre.

Anderson chercha l'enfant et la découvrit accroupie dans un coin en train d'observer les lézards jaunes qui s'ébattaient dans la poussière du plafond. Il fut consterné de voir qu'elle ne portait aucun vêtement. Elle était frêle, presque émaciée, le visage et son ventre creux peints d'une poudre blanche qui, présuma-t-il, servait à éloigner la chaleur : deux cercles sur les joues, une ligne le long du nez.

La femme avait dressé un véritable banquet : du riz blanc et du curry de poisson, alors qu'il était seulement 10 heures, et des gobelets métalliques d'une eau qui, Anderson en était convaincu, le rendrait malade s'il en buvait. Ne pouvant prendre le risque de l'offenser, il remplit son estomac gargouillant, le goût de ferraille lui tapissant le palais. Par la fenêtre, on voyait un homme guider un buffle dans un champ de chaumes dorés. Le soleil déferlait par les lattes des fenêtres.

Angsley s'approcha de l'enfant.

— J'ai quelque chose pour toi.

Il sortit la poupée de son sac et elle la prit gravement. Elle la tint un moment dans ses mains tendues, puis la serra contre sa poitrine.

Angsley se retourna vers Anderson resté de l'autre côté de la pièce et leva les sourcils d'un air entendu, comme pour dire : « Tu vois ? Elle l'adore. »

Ils s'installèrent à la table en bois une fois débarrassée du petit déjeuner. Deux hommes blancs, une femme mal à l'aise et une petite fille nue qui ne pouvait avoir plus de trois ans tenant une grotesque poupée de chiffon à cheveux rouges. Elle était assise sans un mot à côté de sa mère. Elle avait une marque irrégulière à gauche du nombril, comme une éclaboussure de vin rouge. Elle serrait très fort la poupée, en regardant sa mère peler d'une main preste une papaye en longues et fines lamelles régulières.

Ils discutèrent avec la mère. Angsley parlait d'abord en thaï, puis il traduisait en anglais pour Anderson.

— Parlez-nous de Gai.

Elle acquiesça. Ses mains continuaient de s'activer. Les lamelles tombaient dans un bol métallique. À chaque lamelle, la fillette tressaillait.

La mère parlait d'une voix si basse qu'Anderson fut stupéfait qu'Angsley réussisse à l'entendre.

— Gai a toujours été différente, traduisit-il d'une voix quasi robotique. Elle refuse de manger du riz. Nous essayons, parfois, mais elle pleure et elle le recrache. (La mère fit la grimace.) C'est un problème. (D'abord la voix de la mère, tendue, menue, puis celle d'Angsley, grave et monocorde. L'émotion, puis le sens.) J'ai peur qu'elle meure de faim.

Comme si cela venait de le lui rappeler, elle prit un morceau de papaye dans le bol et le tendit à sa fille. Serrant toujours la poupée de la main gauche, l'enfant tendit l'autre et saisit la lamelle comme avec des pinces ; Anderson vit que trois des doigts de cette main étaient déformés : ils semblaient avoir été dessinés n'importe comment, à la hâte, sans se préoccuper du détail des ongles et des phalanges. La fillette surprit son regard et serra le poing pour les cacher. Anderson se détourna, honteux de l'avoir observée avec tant d'insistance.

La mère cessa de peler la papaye et débita tout un chapelet de mots. Angsley eut du mal à suivre.

— Ma fille dit qu'avant, elle habitait dans une plus grande maison à Phichit. Le toit était en tôle. Elle dit que notre maison n'est pas bien. Qu'elle est trop petite. C'est vrai. Nous sommes pauvres. (Elle grimaça, désigna d'un geste la pièce toute simple. La fille les regarda fixement en mastiquant sa papaye, et serra encore plus le corps flasque de la poupée entre ses mains.) Et puis elle pleure tout le temps. Elle dit que son bébé lui manque.

— Son bébé ?

La fillette regardait sa mère parler. On aurait dit un lapin dans un champ, aux aguets.

— Son petit garçon. Elle pleure et pleure. Elle dit : «Je veux mon bébé.»

Anderson sentit s'accélérer les battements de son cœur. Mais son esprit garda ses distances.

— Depuis combien de temps dit-elle cela ?

— Un an, peut-être. Nous lui disons de ne plus en parler. Mon mari dit que cela porte malheur de penser à une autre vie. Mais elle continue quand même.

Elle sourit tristement, posa le couteau et se leva comme si elle se lavait les mains de toute cette histoire.

Ils l'imitèrent.

— Encore quelques questions…

Mais elle secouait la tête, toujours souriante, tout en battant en retraite par une porte au fond de la pièce.

Ils virent dans la pénombre sa silhouette remuer quelque chose sur un réchaud à charbon posé à terre.

L'enfant s'assit à la table en caressant les cheveux absurdes de la poupée et en chantonnant. Anderson se pencha vers elle.

— Gai. Ta maman a dit que tu habitais à Phichit. Tu peux me raconter ?

Angsley traduisit. Anderson retenait son souffle. Ils attendirent. La fillette les ignorait et jouait avec sa poupée ; ses yeux ronds et vides semblaient se moquer d'eux.

Anderson s'approcha de Gai et s'accroupit auprès de sa chaise. Elle avait les hautes pommettes de sa mère sous les cercles de poudre blanche et les mêmes yeux anxieux. Il s'assit par terre en croisant ses longues jambes en tailleur. Pendant un bon moment, une quinzaine de minutes, il resta simplement là avec elle. Gai lui montra la poupée et il sourit. Ils commencèrent à jouer sans un mot. Elle faisait manger la poupée et la lui tendait pour qu'il en fasse autant.

— Joli bébé, dit-il au bout d'un moment.

Elle pinça affectueusement le nez de la poupée.

— Un très joli bébé, admira aimablement Anderson.

Il suivait l'intonation d'Angsley qui montait et descendait comme des avions en papier lancés dans les airs qui retombent en manquant leur cible. Qui sait s'il prononçait correctement ?

Elle gloussa.

— C'est un garçon.

— Il a un prénom ?

— Nueng.

— Joli nom. (Il marqua une pause.) Qu'est-ce que tu lui donnes à manger?

— Du lait.

— Il n'aime pas le riz?

Elle secoua la tête. Elle n'était qu'à quelques centimètres de lui. Il sentait la papaye dans son haleine, ainsi qu'une odeur crayeuse, peut-être la poudre sur son visage.

— Pourquoi?

— Le riz, c'est mauvais, fit-elle avec une grimace.

— Il n'a pas bon goût?

— Non, non, non, pas bon.

Il attendit un peu.

— Quelque chose t'est arrivé pendant que tu mangeais du riz?

— Quelque chose de mal est arrivé.

— Oh. (Il avait conscience de tous les bruits dans la pièce: la voix d'Angsley, le grattement des lézards qui grouillaient sur le plafond, les battements rapides de son cœur.) Qu'est-ce qui s'est passé?

— Pas maintenant.

— Je vois. C'est arrivé à un autre moment.

— Quand j'étais grande.

Anderson regarda le soleil qui filtrait entre les lattes sur le plancher, les cercles blancs qui luisaient sur le visage de l'enfant.

— Oh. Quand tu étais grande. Tu habitais dans une maison différente?

— À Phichit, opina-t-elle.

— Je vois. (Il se força à respirer calmement.) Qu'est-ce qui est arrivé là-bas?

— Quelque chose de mal.

— Il est arrivé quelque chose de mal avec le riz ?

Elle tendit la main vers le bol sur la table, s'empara d'un morceau de papaye et le fourra dans sa bouche.

— Dis-moi ce qui s'est passé, Gai.

Elle leur sourit avec le fruit qui lui recouvrait les dents, d'un grand sourire orange de clown. Elle secoua la tête.

Ils attendirent longtemps, mais elle n'en dit pas plus. Dehors, le buffle avait disparu ; le soleil incendiait les champs dorés. En bas, les poules gloussèrent.

— J'imagine que ce sera tout, dit Angsley.

— Attends.

La fillette tendit de nouveau la main vers le bol et cette fois, elle prit le couteau de cuisine que sa mère y avait laissé. Elle le saisit de sa main handicapée. Ils étaient si fascinés qu'ils ne réagirent tout d'abord pas – ils ne lui enlevèrent pas le couteau. Ils la virent ramasser la poupée, enrouler méticuleusement les grossiers doigts de tissu autour du manche, puis d'un mouvement précis, retourner la lame sur elle, et s'arrêter juste avant qu'elle pénètre dans son ventre, la pointe effleurant la tache de naissance couleur de vin.

C'est seulement là qu'Anderson se pencha et retira le couteau de ses petits doigts mal formés. Elle le laissa faire.

Elle déclara autre chose. Elle leva vers lui un visage pressant sous la poudre blanche. *Une enfant fantôme*, songea Anderson. *Un rêve.* Puis il se ravisa : *Non, elle est réelle. C'est la réalité.*

Il y eut un silence.

— Alors, qu'est-ce que c'est ? Qu'est-ce qu'elle a dit ?

Angsley fronça les sourcils.

— Il me semble qu'elle a dit : « le facteur ».

Anderson et Angsley rentrèrent en silence. Le
camion de location qui les avait emmenés à Phichit les
avait ramenés jusqu'à la rivière et ils rentraient à présent à Bangkok en bateau. Anderson était assis devant.
Angsley fumait à côté de lui.

L'embarcation glissait le long des cabanes aux pontons qui couraient jusqu'au bord de l'eau, avec leurs
petites maisons pour les esprits juchées tout au bout, ces
temples miniatures construits pour accueillir et apaiser
les fantômes ; des femmes et des enfants se baignaient
dans l'eau boueuse.

Anderson déboutonna sa chemise et enleva chaussures et chaussettes. Il avait besoin de sentir l'eau glisser entre ses orteils et éclabousser ses chevilles. Il se
maintenait debout dans le bateau, chemise ouverte sur
son tee-shirt, le soleil de cette fin d'après-midi vibrant
sur sa tête.

Il songeait à Arjuna, suppliant le dieu hindou
Krishna de lui montrer la réalité : « La réalité, l'éclat
de mille soleils surgissant tout d'un coup dans le ciel. »
Il songeait à Héraclite : « Un homme ne peut traverser
la même rivière deux fois, car ce n'est plus la même
rivière et il n'est plus le même homme. » Il songeait
aux rapports de la police et du coroner sur le facteur
de Phichit qui avait plongé un couteau dans le ventre
de son épouse, la tuant et coupant trois des doigts de
la main droite avec laquelle elle se protégeait, parce
qu'elle avait laissé brûler le riz.

Le conducteur du bateau tripota le moteur et l'embarcation s'élança d'un bond, glissant au-dessus de l'eau et les aspergeant de ses rafraîchissants embruns.

Il se rappelait celui qu'il était à l'université, quand Angsley et lui veillaient jusqu'à des heures avancées en discutant du cas Shanti Devi et des écrits de Platon et de tous ceux qui s'étaient pris d'intérêt pour la théorie de la réincarnation, de Benjamin Franklin et Pythagore jusqu'à Voltaire et aux bouddhistes. Lui qui pensait avoir renoncé à tout cela. La survie de l'esprit après la mort était un Graal ou un rêve chimérique, un sujet indigne d'un scientifique de son envergure. Pourtant, il avait depuis mené des recherches à sa manière, suivait les travaux de J.B. Rhine et des siens sur la perception extrasensorielle à l'université Duke, et explorait dans son propre domaine les liens entre l'esprit et le corps. Le stress mental provoquait des affections, c'était certain, mais pourquoi certains individus sortaient de traumatismes sans dommages alors que d'autres restaient affligés de suées nocturnes et de phobies ? Il était évident pour lui que les facteurs génétiques et environnementaux n'expliquaient pas tout. Ce n'était pas une question de chance. Il cherchait autre chose.

Autre chose.

Une pensée en engendrait une autre dans son esprit, comme une fêlure qui se diffuse dans du verre.

Ce n'était pas seulement la nature ou la culture qui pouvaient provoquer des phobies et des bizarreries de caractère, mais *autre chose.* À cause de cela, certains enfants naissaient calmes et d'autres inconsolables. D'autres possédaient des affinités et des facultés innées. D'autres encore étaient convaincus dès la naissance d'appartenir au sexe opposé. C'était pour cela que Chang, l'irritable jumeau siamois qui aimait boire et faire la fête, était d'une nature si différente de son frère Eng, sobre et calme. Les facteurs génétiques et environnementaux étaient incontestablement les mêmes dans leur cas. Et puis il y avait les malformations de naissance, bien sûr – les doigts mal formés de la fillette fournissaient un lien clair entre sa vie actuelle et la précédente, et pouvaient peut-être même expliquer…

Owen.

Anderson se rassit. Il avait la gorge desséchée ; le soleil lui avait brûlé la peau du nez, des joues et de la nuque et il savait qu'il en souffrirait affreusement plus tard. Quand il ferma les yeux, il vit des silhouettes informes défiler à toute vitesse sur une étendue orange aveuglante. Les formes se fondirent en un visage qui n'en était pas un et il se laissa aller à voir de nouveau son enfant.

Sheila l'avait accusé de ne pas pouvoir aimer Owen durant son existence brève et torturée, parce qu'il n'arrivait pas à le prendre dans ses bras et à le cajoler comme elle le faisait. Il ne pouvait certes pas regarder son fils, mais c'était parce qu'il l'aimait et était si impuissant à le soigner ; il était tourmenté par sa propre ignorance. Pourquoi était-ce arrivé à *cet* enfant, de *cette* manière ?

À l'hôpital où Sheila s'était réveillée, il avait caressé la main minuscule de son enfant imparfait et regardé ce terrible et innocent visage jusqu'à ne plus pouvoir le faire, ni plus longtemps ni plus jamais. Il était sorti de l'unité de soins intensifs néonatals, avait suivi le couloir jusqu'au service maternité, jusqu'à la vitre derrière laquelle les autres bébés dormaient et s'agitaient, leurs petits corps roses de santé.

Pourquoi ? Rien ne pouvait expliquer qu'Owen naisse ainsi alors que d'autres bébés venaient au monde en parfaite santé. Quelle signification cela avait-il, quelle raison scientifique ? Pouvait-il simplement s'agir de malchance, d'un tour malheureux de la roulette chromosomique ? Pourquoi cet enfant était-il né ainsi, alors qu'il n'y avait aucun indice génétique, pas le moindre facteur environnemental ?

À moins que.

Il ouvrit les yeux.

Robert Angsley l'observait, un petit sourire dansant au coin de ses lèvres.

— J'ai suivi la piste de ces phénomènes, dit calmement Angsley. Au Nigeria. En Turquie. En Alaska. Au Liban. Tu croyais que je m'amusais. Bon, je m'amusais, oui. Mais j'observais aussi. J'écoutais.

— Et tu as entendu quelque chose ?

— Surtout des chuchotements. Des histoires que l'on racontait tard le soir devant un raki ou le tord-boyaux du village avec les anthropologues de passage… Certaines des femmes anthropologues sont étonnamment belles, tu sais, sexy, dans le genre Margaret Mead.

— C'est cela, se moqua Anderson en exposant au soleil ses pieds trempés.

— Non, écoute, se hâta de répondre Angsley avec une passion qui força Anderson à le regarder. Sais-tu qu'il y a un village igbo au Nigeria où les parents amputent le petit doigt d'un enfant décédé en lui demandant de ne revenir qu'à condition de mener une vie plus longue avec eux la fois suivante ? Et quand ils *ont* par la suite un enfant et que cet enfant *a* un petit doigt déformé, ce qui apparemment *arrive* réellement parfois, ils se réjouissent. Et les Tlingits – les Tlingits d'Alaska – voient leurs mourants ou leurs morts leur apparaître en rêve pour leur dire quelle femme de leur famille les portera en elle. Et ne me lance pas sur les Druzes… (Il glissa une cigarette entre ses lèvres comme pour s'empêcher physiquement de poursuivre, puis il l'enleva.) Je sais, on dirait du folklore. Mais il y a des cas.

— Des cas ? (Anderson essaya de comprendre ce qu'Angsley lui racontait. Chaque réponse appelait une autre question.) Des cas vérifiables ?

— Eh bien, je ne suis pas Charles Darwin. Je ne suis pas un bon scientifique du tout, en définitive. Je manque de… rigueur.

Anderson le fixa.

— Tu ne m'as pas fait venir ici seulement pour la fillette.

Angsley soutint son regard.

— Non.

Ses yeux brillaient de ferveur.

Ils passèrent un virage du fleuve et la ville leur apparut comme un présent : les stupas dorés du palais royal, les toits scintillants rouges et verts des temples.

S'ils y parvenaient… S'ils trouvaient des cas vérifiables… Ils pourraient alors faire ce que personne n'avait encore fait – ni William James, ni John Edgar Coover à Stanford, ni J.B. Rhine, qui s'était enfermé durant toutes ces années dans son labo à Duke pour tester la clairvoyance de ses sujets médiums avec ses cartes de Zener. Ils auraient trouvé des preuves de la survie de la conscience après la mort.

— Nous devons revenir demain matin à la première heure, dit lentement Anderson, réfléchissant au fur et à mesure. Nous allons passer prendre la petite et l'emmener à Phichit, voir ce qu'elle peut identifier. Je te retrouve dans le hall à 5 h 30.

Angsley gloussa et jura à mi-voix.

— D'accord.

Il y eut un silence. Anderson parvenait à peine à respirer.

— Bobby, murmura-t-il. Il y a vraiment d'autres cas comme celui-ci ?

Angsley sourit. Il tira sur sa cigarette et laissa échapper un long ruban de fumée.

La lumière sur les stupas était aveuglante dans le soleil couchant, mais Anderson ne pouvait s'empêcher de les contempler. Il pouvait à peine attendre le lendemain matin. Il y avait tellement de travail à faire.

Calcul d'un nouvel itinéraire.

Combien de fois le GPS avait-il dit cela ? Où était-il ?

Il avait pris une mauvaise direction quelque part.

Anderson se gara sur le bas-côté de la route boueuse et descendit de la voiture. Des camions filaient sur l'autoroute, qui empestait le goudron, les fumées d'échappement et une arrogance infondée : l'odeur de l'Amérique. Il chercha du regard des panneaux ; la dernière fois qu'il en avait vu un, c'était quelque part à l'extérieur de Philadelphie. Depuis combien de temps roulait-il dans la mauvaise direction ?

Il essaya de balayer de son esprit les images et les bruits de Thaïlande. Il sentait la présence d'Angsley auprès de lui, comme s'il venait à peine de le quitter.

Son meilleur ami, disparu à présent ; tout avait disparu : l'Institut, ce bel édifice qu'ils avaient bâti tous les deux avec l'argent d'Angsley. Ils avaient éprouvé un tel enthousiasme en le créant, quand tout restait encore à découvrir et que les cas se succédaient en Thaïlande, au Sri Lanka, au Liban, en Inde, chaque fois uniques et passionnants. Ils avaient pris du bon temps, aussi, jusqu'au moment où Angsley était mort, six mois après Sheila, emporté par un bête arrêt cardiaque alors qu'il gravissait une colline dans sa propriété de Virginie.

À la veillée funèbre (catholique, traditionnelle – Anderson aurait dû savoir dès cet instant que la veuve allait lentement vider la fondation de son argent comme les veines de son époux l'avaient été de leur sang), le visage d'Angsley arborait une expression de surprise que le directeur du salon funéraire n'avait pas réussi à effacer. *Oh, mon ami*, avait-il pensé en regardant cette forme familière gorgée de formol, avec ce fard rosissant ses joues, prêt à rejoindre le caveau de famille, *ce ne sont pas les funérailles que tu t'imaginais, tes vieux os sur une falaise blanchissant sous le feu du soleil.*

Oh, mon ami. Tu m'as devancé. Maintenant, tu sais, et moi pas.

Angsley était mort. L'Institut était fermé et ses dossiers classés. Il ne restait qu'une seule chose à faire, un seul cas sur lequel enquêter. Il n'avait plus qu'à le mener à son terme.

16

Ashview mettait Janie mal à l'aise. C'était une banlieue de DC, remplie de ces demeures prétentieuses ambiance Stepford qu'elle avait toujours méprisées : des maisons qui n'avaient aucune conscience historique, qui occupaient jusqu'au dernier pouce de l'espace qui leur était alloué avec d'immenses garages malcommodes. Et pourtant… elle était forcée d'admettre qu'il y avait peut-être quelque chose d'attirant pour un enfant, dans ces maisons neuves, surdimensionnées, ces vastes pelouses verdoyantes, les ormes trop bien alignés qui bordaient les rues, la voûte verte de leurs branches surplombant la chaussée.

Ils avaient descendu plusieurs fois la rue principale. Ils s'étaient arrêtés à trois écoles différentes (l'une d'elles étant apparemment celle de Tommy Moran). Toutes étaient agréables à leur manière, avec leurs vastes terrains de football et immenses cours de récréation.

— Tu reconnais quelque chose ? ne cessait de demander Anderson.

Mais Noah ne disait rien. Il avait l'air ébahi, distrait, regardant les bâtiments depuis la banquette arrière et murmurant tout seul en chantonnant de temps à autre :

— Ash-view, Ash-view…

— Nous sommes déjà passés par ici, dit Janie à Anderson.

Il les avait récupérés à la gare routière et ils étaient directement partis en ville.

— Une dernière fois. Nous allons prendre un itinéraire différent.

Il fit demi-tour et ils reprirent l'artère principale de la ville. Janie l'avait mémorisée, depuis. Starbucks, pizzeria, église, église, banque, station-service, quincaillerie, mairie, caserne des pompiers : ils défilaient encore et encore comme une ville dans un songe.

Elle jeta un regard à Anderson. Il conduisait avec raideur, dents serrées, avec une détermination entêtée. Il avait vingt-six ans de plus qu'elle et soixante-quatre de plus que Noah et il ne montrait aucun signe de fatigue.

— Je ne crois pas qu'il reconnaisse quoi que ce soit.

— Ce n'est pas inhabituel. Certains enfants sont plus attachés à la maison en elle-même qu'à la ville. Chacun se souvient des choses à sa manière.

Ils atteignirent enfin une grille. Anderson conversa avec le garde qui vérifia sur une liste et les laissa entrer. Ils remontèrent lentement une rue bordée de demeures encore plus neuves et encore plus imposantes. Un green brillait dans les collines derrière elles. Anderson s'arrêta devant une immense maison de brique qui évoqua à Janie une femme laide encombrée de trop d'accessoires. Le seul signe d'une présence humaine était un camion en plastique sur l'allée dallée près de l'entrée, les roues en l'air comme un scarabée renversé sur le dos.

Ils restèrent assis dans la voiture sans un mot. Janie observait son fils dans le rétroviseur. Son expression lui resta indéchiffrable.

— Bon, dit finalement Anderson. Nous y sommes.

— Ils sont riches, dit soudain Janie. Tommy était riche.

Cela lui fit un choc.

— Apparemment, répondit Anderson avec un sourire tendu.

Eh bien, rien d'étonnant à ce que Noah veuille revenir, songea-t-elle. Qui n'en aurait pas eu envie ? Peu importait que la maison soit aussi peu élégante : quelqu'un qui avait vécu ici pouvait-il se satisfaire d'un petit deux-pièces en rez-de-jardin ?

Anderson se tourna vers Noah et son expression comme sa voix s'adoucirent.

— Est-ce que tu vois quelque chose de familier, Noah ?

L'enfant le regarda, l'œil vitreux.

— Je sais pas.

Anderson acquiesça.

— Et si on entrait voir ?

Noah sembla se réveiller. Il détacha lui-même sa ceinture de sécurité, descendit de la voiture et remonta l'allée.

Un homme en polo et pantalon de toile impeccablement repassé ouvrit la porte. Le visage rougeaud et exaspéré et les cheveux roux et plats, il les considéra avec le désarroi d'un diabétique affrontant une horde de jeannettes chargées de gâteaux. Janie essaya de ne pas l'observer, ni lui ni Noah, qui inspectait les chaussures-bateau de l'homme. Elle se retint de

demander : « Chéri, c'est ton papa de ta vie d'avant ? »
puis faillit éclater d'un rire hystérique.

L'homme les fusilla du regard.

— J'imagine qu'il faut vous laisser entrer tous, dit-il
finalement en reculant et en n'ouvrant pas entièrement
la porte, si bien qu'ils durent passer de profil. (L'entrée
avait la taille du salon de Janie à Brooklyn.) Je pré-
fère vous prévenir. Je ne suis pas d'accord avec tout
cela, continua-t-il. Si vous espérez une compensation,
permettez-moi de vous dire…

— Nous ne voulons pas de négociation, répondit
Anderson d'un ton ferme.

Janie se rendit compte qu'il devait lui aussi être sur
les nerfs. Il se cramponnait à sa serviette.

L'homme le regarda d'un air soupçonneux.

— Pardon ?

— Je voulais dire « compensation ».

— D'accord.

Il les fit entrer dans un vaste salon. Janie tenta de
se détendre et de simplement respirer ; un suave parfum de pâtisserie flottait dans l'air, ainsi qu'une odeur
citronnée et antiseptique qui lui resta dans la gorge.
Au fin fond de la maison, un aspirateur bourdonnait.

La décoration de la pièce était neutre et de bon goût
avec un luxueux mobilier beige et des gravures de fleurs
accrochées aux murs. Par les portes coulissantes vitrées
au fond, elle aperçut une vaste piscine couverte d'une
solide bâche grise. On aurait dit la croûte d'une blessure au milieu du jardin.

— Vous êtes arrivés !

Une blonde menue leur sourit chaleureusement
depuis une mezzanine donnant sur la pièce. Elle portait

sur la hanche un bébé de un an considérablement dodu comme s'il était léger comme une plume. Elle était jolie, avec un visage rond et des traits délicats.

Elle rejoignit le trio qui patientait gauchement devant la cheminée. Elle sourit aimablement à Janie et Anderson, comme à des invités venus prendre le thé, et leur serra la main. Ses cheveux blonds étaient soigneusement retenus sur sa nuque par une pince en émaux qui, remarqua Janie, était parfaitement assortie à son chemisier en soie jaune canari.

— Merci d'avoir fait tout ce chemin, dit-elle. Je suis Melissa.

Elle se tourna vers Noah et lui tendit la main. Il la serra solennellement. Tous les regardaient en retenant leur souffle, le mari sceptique et les deux adultes pleins d'angoisse. Noah se dandina timidement sur la moquette et Janie remarqua avec ennui que sa basket gauche avait un début de trou près de l'orteil. Un détail de plus qu'elle n'avait pas été en mesure de régler.

Melissa sourit gentiment à Noah.

— Tu aimes les cookies aux raisins secs ? demanda-t-elle d'une voix aiguë et légère, comme celle d'une institutrice d'école maternelle. (Noah hocha la tête en levant de grands yeux vers elle.) Je m'en doutais. (Elle cala le bébé dans ses bras.) Ils seront bientôt prêts. J'ai aussi préparé de la limonade à la menthe, si tu en as envie.

Elle était tellement avenante, avec ses cheveux blonds éclatants et son grand sourire… comme Noah. N'importe qui l'aurait prise pour sa mère. Elle était la mère que l'on choisit sur catalogue : c'est celle-là que je veux. N'importe qui aurait voulu revenir dans cette grande maison auprès de cette charmante maman qui faisait des cookies. Janie croisa les bras. Elle avait de petits boutons sur la peau derrière les bras, une affection plus ou moins chronique dont souffrait également Noah. Elle eut envie de tendre les mains pour toucher la peau rugueuse de son fils. *Il est à moi*, songea-t-elle. *En voici la preuve.*

— Asseyez-vous donc, je vous en prie, les implora Melissa.

Ils se laissèrent tomber comme un seul homme sur le canapé tout en courbes. Melissa déposa le bébé sur le sol et ils le regardèrent se redresser entre les meubles sur ses petits pieds potelés et chancelants. Noah se colla contre Janie, abattu, tête baissée, le regard indéchiffrable derrière ses paupières mi-closes. Elle essaya d'absorber la chaleur de son corps pressé contre le sien.

Anderson ouvrit sa serviette et en sortit un papier.

— J'ai une liste des déclarations faites par Noah. Si vous voulez bien la lire afin de voir ce qui correspond…

Janie jeta un coup d'œil à la feuille :

Noah Zimmerman :
– possède une connaissance inhabituelle des reptiles ;
– est capable de calculer le score au base-ball ;
– est fan de l'équipe de base-ball des Washington Nationals ;
– parle d'une personne du nom de Pauly…

Melissa la prit et la regarda en clignant des paupières.

— Je dois admettre… J'étais sceptique lorsque j'ai reçu votre e-mail. Je le suis encore. Mais il y a tellement de… similitudes… Et puis, nous essayons d'être larges d'esprit, n'est-ce pas, John ? (John ne répondit pas.) Du moins j'essaie. J'ai connu une longue période d'introspection depuis… (Elle n'acheva pas. Janie sentit son regard se tourner machinalement vers la fenêtre, vers la piscine bâchée. Quand elle regarda de nouveau Melissa, celle-ci la dévisageait d'un regard insistant, les yeux embués.) Je suis heureuse que vous soyez là, dit-elle. (Elle essuya prestement une larme et se leva d'un bond.) Dites. Et si j'allais les chercher, ces cookies ? Garde l'œil sur Charlie, tu veux bien, chéri ?

John acquiesça sèchement.

— Excusez-moi, demanda soudain Anderson en se levant à son tour. Pourrais-je utiliser vos…

— Par là, fit John en désignant le couloir du menton.

Anderson s'excusa et le silence envahit la pièce. Noah fixait ses baskets. Janie regardait le bébé qui essayait de franchir le périlleux abîme entre le canapé et le fauteuil. Il fit un pas, vacilla, puis tomba. Il se mit à pleurer. John le rejoignit sans se presser et le prit dans ses bras.

— Allons, voyons, dit-il en le secouant gentiment d'un air absent. Allons.

Anderson traversa le couloir et passa devant une porte entrebâillée sur une chambre jaune pâle remplie de peluches avec un berceau, et une autre porte, close, avec une pancarte DÉFENSE D'ENTRER écrite d'une main enfantine au crayon de couleur. Les lettres avaient un air gai, comme si ce n'était qu'une blague. Il s'immobilisa, jeta un regard de part et d'autre, puis il l'entrouvrit.

Une chambre de garçon. On aurait dit qu'elle n'était inoccupée que depuis la veille et non depuis cinq ans et demi. Le couvre-lit imprimé de battes et de balles de base-ball était soigneusement bordé sous l'oreiller; les coupes de base-ball et de football trônant sur la commode brillaient de toute leur fausse splendeur dorée comme si elles venaient d'être gagnées; une corbeille remplie de gants de base-ball et une autre de balles étaient posées sous un fanion des Nationals et un poster encadré montrant différents serpents. Un sac à dos d'enfant avec le monogramme TEM attendait dans un coin. Il semblait encore rempli de manuels scolaires. Sur une étagère étaient alignés plusieurs *Harry Potter* ainsi qu'une encyclopédie sur le base-ball et trois ouvrages de référence sur les serpents.

Anderson referma la porte et se hâta vers la salle de bains.

Il s'y enferma, se passa de l'eau sur les joues et considéra avec inquiétude son visage blême dans le miroir.

Ce n'était pas eux.

Il l'avait soupçonné dès l'instant où ils étaient entrés, mais il en était sûr à présent.

Charlie était un bébé – beaucoup trop jeune pour avoir vécu à l'époque de la personnalité antérieure –, il était impossible que Noah se souvienne de lui. Tommy aimait les serpents, pas les lézards. Et Noah ne semblait rien reconnaître du tout. Ce n'était pas la bonne famille.

La faute lui incombait, évidemment. Ses facultés n'étaient pas encore totalement opérationnelles. Faute d'avoir pu se souvenir du mot «lézards», il avait écrit «reptiles» à la place. Il n'avait pas demandé l'âge du petit frère, Charlie. De petites erreurs cruciales qui ne lui ressemblaient pas et qui l'avaient conduit dans la mauvaise direction, avec des conséquences désastreuses.

Il avait fait montre de trop d'empressement. Cette dynamique lui était si agréable que dans son désir d'aller continuellement de l'avant, il avait presque oublié tout ce qui lui arrivait.

Il se passa une main dans les cheveux. Le dossier était clos. C'était fini. Lui aussi était fini. Sa confiance dans les mots était de nouveau ébranlée, et avec elle, tout ce qui lui restait de foi dans ses capacités professionnelles.

Que faire à présent ? Il s'était fourvoyé, et il allait retourner dans le salon et rectifier le tir. Ensuite, il rentrerait chez lui. Rentrer et recommencer ? Pas de recommencement possible : il était fini. C'était évident. Une fin bien adaptée à une longue et indigne carrière. Oh, mais il s'était donné du mal pour sombrer dans l'obscurité.

Il s'appuya de nouveau au lavabo, se préparant à l'inévitable.

17

Janie sentait l'odeur des cookies depuis l'autre bout de la pièce.

— J'espère que tu les aimes chauds ! lança Melissa en présentant l'assiette comme la couverture d'un livre sur l'art de recevoir.

Elle était sortie de la cuisine pleine d'entrain et encore plus resplendissante, les joues rosies et les lèvres tartinées d'une nouvelle couche de rouge à lèvres. Elle tendit un cookie à Noah et posa le reste sur un guéridon. Le parfum sucré masqua l'odeur de citron et d'ammoniaque des détergents et le relent aigre de Noah qui l'accompagnait partout. Janie se demanda si la femme l'avait remarqué.

John regarda Melissa par-dessus la tête du bébé.

— Charlie est mouillé, fit-il avec une grimace.

Melissa eut un petit rire sec.

— Eh bien, change-le, alors.

Leurs regards se croisèrent et Janie eut la nette impression que plus d'une dispute avait précédé cette visite. John soupira ; père et fils quittèrent la pièce.

Noah ne bougeait pas de sa place sur le canapé, les mains entre les cuisses, la bouche remplie de cookie. Il refusait de lever la tête.

— Alors, fit Melissa avec entrain en se tournant vers Janie. Je crois savoir que Noah est un grand fan des Nationals.

— Oui.

— Quel est ton joueur préféré, Noah ?

— Le Zimmernator, dit Noah à la moquette, la bouche pleine.

— Il aime Ryan Zimmerman. À cause du nom, évidemment, ajouta Janie.

Mais Melissa ouvrit de grands yeux.

— Tommy aussi l'adorait !

En entendant le prénom, Noah leva brusquement le nez. Ce fut impossible de ne pas le remarquer.

Melissa pâlit. Elle regarda Noah. S'humecta nerveusement les lèvres.

— T-Tommy ? Tu es Tommy ?

Il hocha la tête en hésitant.

— Oh, mon Dieu.

Elle porta la main à sa gorge. Son sourire rose semblait flotter dans son visage, désincarné, comme s'il n'avait aucun lien avec les yeux bleus embués qui battaient des cils.

Janie rêvait-elle ? Était-ce bien en train d'arriver ?

— Tommy. Viens là, disait l'autre mère en ouvrant tout grand ses bras blancs. Viens voir maman.

Noah la regarda, bouche bée.

La femme se leva et alla le soulever du canapé pour le serrer contre elle comme une poupée de chiffon.

Mais ce n'était pas possible, songea Janie. Il avait sur le haut des bras cette irritation qu'elle avait aussi. Elle l'avait posé quelques instants après sa naissance contre son sein et il avait immédiatement tété. « Comme un vieux pro », s'était extasiée l'infirmière.

— Oh, mon petit chou, se mit à pleurer Melissa dans les cheveux de Noah. Comme je suis désolée.

— Ah ! fit Noah.

Son front virait au rose et le mot jaillit comme un petit cri.

Quand il était sorti du ventre de Janie, l'obstétricienne l'avait soulevé pour pouvoir le regarder. Il était encore relié par le cordon ombilical, enduit de sang et de traces de placenta. Il avait le visage écarlate, grimaçant, magnifique.

— Je suis tellement, tellement désolée, mon chéri. C'est ma faute, dit Melissa d'une voix rauque, le mascara coulant sur son visage. Je sais que j'ai fait une bêtise. Je vérifie toujours le loquet. Je croyais que je l'avais vérifié. J'ai fait une bêtise.

Janie distinguait à peine le haut du crâne de Noah. Elle ne voyait pas son visage.

— Ah ! marmonna-t-il de nouveau. Ah !

— J'ai laissé le loquet levé ! Je ne fais jamais ça. Oh, j'ai été en dessous de tout. (Elle le saisit par les bras, qui pendaient, raides, le long de son corps, et sa peau vira au rouge sous ses doigts, aussi rouge que son tee-shirt des Nationals.) Mais pourquoi t'es-tu noyé, mon chéri ? Pourquoi ? Tu avais pris des leçons de natation !

— Ah ! fit Noah.

Sauf qu'il ne disait pas « Ah ! » se rendit brusquement compte Janie. Il disait « Pas ».

— Pas, répéta-t-il. (Il se débattit pour libérer sa tête et elle vit qu'il avait les yeux obstinément fermés. Il se débattait, mais il n'arrivait pas à se libérer de l'étreinte de la femme.) Pas, pas, pas !

— Je ne savais pas que tu irais à la piscine, continuait Melissa, haletante. Jamais je n'aurais cru que tu ferais cela. Mais tu savais nager ! Tu savais nager. Oh, mon Dieu, j'ai été en dessous de tout, Tommy. Maman a fait une bêtise !

Elle leva une main pour s'essuyer les yeux et Noah en profita pour se libérer.

Il battit en retraite de l'autre côté du salon. Il tremblait si violemment qu'il claquait des dents. Janie alla le rejoindre.

— Noah, est-ce que ça va ?

— Tommy ! supplia Melissa en tendant ses bras blancs et lisses.

Son regard alla de l'une à l'autre.

— Allez-vous-en ! hurla-t-il. Allez-vous-en ! (Il s'éloigna des deux femmes autant qu'il put, renversant le guéridon et répandant les cookies par terre.) Où est ma *maman* ? cria-t-il en se tournant vers Janie. Tu avais dit qu'on allait voir ma maman ! Tu l'avais *promis* !

— Noah…, dit Janie. Mon chéri, écoute…

Mais il ferma les yeux et se boucha les oreilles en se mettant à fredonner à tue-tête.

Anderson se précipita dans la pièce, suivi de John qui portait le bébé seulement vêtu d'une couche. John contempla la scène, regardant d'abord Noah, puis sa femme, avec ses larmes mêlées de mascara ruisselant sur ses joues.

— Qu'est-ce que vous avez fait ? demanda-t-il.

Noah était assis à la table de la cuisine, les yeux fermés et les mains sur les oreilles. Il fredonnait toujours. Il refusa de regarder Janie et quand elle posa la main sur son épaule, il se dégagea. Un autre plateau de cookies était posé sur le comptoir en marbre luisant. Leur odeur imprégnait la pièce, entêtante et écœurante, comme une erreur qu'il était trop tard pour réparer.

Anderson se racla la gorge. Janie arrivait à peine à le regarder.

— C'est une erreur. (Il semblait s'adresser à tout le monde ou à personne.) Ce n'est apparemment pas la personnalité antérieure. (Personne ne lui répondit.) Permettez-moi d'expliquer, dit-il.

Mais il ne poursuivit pas. Il semblait ne plus savoir où il en était, si tant est qu'il l'eût jamais su.

Melissa était affalée à l'autre bout de la table. Elle s'était mordu la lèvre, et à présent elle saignait. Il y avait une tache rouge sur le col de son chemisier jaune, une traînée sur ses dents blanches.

— Moi qui croyais que j'allais avoir des réponses, marmonna-t-elle.

Janie aperçut des fils gris dans sa chevelure blonde.

Son mari, un paquet de lingettes pour bébé à la main, lui essuyait le visage, le bébé glissé sous le bras comme un énorme ballon qui gigotait.

— Il n'y a pas de réponses, dit-il. C'était un accident.

Il enleva délicatement les traces noires sur ses joues et son menton. Elle le laissa faire, les mains mollement posées sur les genoux. À mesure que le maquillage s'en allait, elle paraissait encore plus jeune, comme une enfant.

— Tu dis toujours ça, gémit-elle. Mais c'est ma faute.

— L'employé de l'entretien avait laissé la grille ouverte. (Le bébé se mit à brailler.) Tu le sais. Ça aurait pu arriver à n'importe qui. C'est un coup du hasard.

— Mais les leçons…

— Ce n'était pas un bon nageur.

— Mais si j'avais vérifié le loquet…

— Il est temps d'arrêter ça, Mel.

Temps d'arrêter ça.

Ces paroles tirèrent enfin Janie de sa torpeur. Cette femme avait perdu son fils, songea-t-elle. Elle avait *perdu* son *fils*. Elle laissa les mots résonner en elle. Elle ne put s'empêcher de voir un charmant enfant blond qui se débattait au fond de la piscine. Son petit corps sans vie flottant dans cette eau bleue et cristalline. Un enfant mort : On en revenait toujours à cela. De toutes les choses affreuses qui pouvaient arriver, c'était la pire. Et ils étaient venus ici rouvrir la blessure de cette femme qui avait déjà souffert au-delà de toute imagination : ils lui avaient redonné espoir, puis ils avaient cruellement tout fracassé, et que ce fût volontaire ou non n'était pas la question. C'était *elle* la coupable ; elle ne pouvait pas accuser Noah. Et elle ne comprenait vraiment pas pourquoi Anderson avait suivi ainsi le diktat de sa méthodologie. Mais étant une mère, elle aurait dû savoir, et pourtant elle avait été cruelle avec cette femme. Ce qu'elle avait fait était impensable, et tout cela parce qu'elle était incapable d'affronter la vérité.

Tommy Moran était mort et ne reviendrait pas.

Le cas d'Anderson était une impasse.

Et Noah était malade.

Il est temps d'arrêter ça.

Le bébé braillait toujours.

— Mel, dit le mari en caressant les cheveux de sa femme comme s'il s'était agi d'un chiot. Charlie a faim. Il a besoin de toi.

Melissa prit machinalement l'enfant des bras de son mari. Elle écarta son chemisier et son soutien-gorge d'un geste vif et habile, et son sein rond surgit, le téton large et rose aussi inattendu qu'un ovni. Janie sentit Anderson détourner le regard, mais elle ne put en faire autant. Melissa posa le bébé affamé sur son sein et au bout d'un moment, son visage se détendit un peu.

La honte ruisselait dans la nuque de Janie. Elle avait fait subir cela à Noah aussi, le désorientant encore plus sans raison valable.

— Je suis désolée, dit-elle à Melissa.

Melissa ferma les yeux, concentrée sur les réactions de son organisme, et Janie se rappela le chatouillis des seins qui s'alourdissaient et s'animaient avec l'écoulement du lait, les petites dents aiguës qui tiraient sur le téton, puis le profond soupir intérieur quand le bébé absorbait le lait dans sa bouche.

— Il faut que vous partiez, maintenant, déclara John, même si ce n'était guère nécessaire de le dire.

Il les précéda sans un mot dans la maison, Janie guidant de ses deux mains posées sur son dos Noah qui continuait de se boucher les oreilles, et Anderson derrière eux. John ouvrit la porte d'entrée. Il refusait de les regarder.

D'un pas lourd, ils descendirent tous trois les marches jusqu'à la jolie rue. Des arbres se balançaient dans la brise ; le green brillait au loin comme un rêve. Un gamin à vélo passa en trombe à côté d'eux sur le trottoir, si concentré qu'il manqua de les heurter. Janie le regarda poursuivre son chemin en oscillant dans la rue.

Ils rentrèrent en silence. Janie était assise derrière avec Noah. Il refusait d'ouvrir les yeux ou d'arrêter de se couvrir les oreilles. Puis au bout d'un moment, ses mains tombèrent, inertes, et elle se rendit compte qu'il s'était endormi.

Noah est malade.

Elle testa mentalement la phrase. Les mots restèrent dans son esprit, privés de sens, comme un bout de plutonium à l'aspect innocent.

Anderson tourna dans une rue, puis une deuxième, et le garde leur ouvrit la grille. Ils étaient revenus dans le monde, maintenant, dans la réalité trépidante et déroutante. Ils prirent Main Street en direction du motel. La femme du GPS poursuivait sa chansonnette indifférente.

— *Continuez pendant trois cents mètres, puis tournez à droite sur Pleasant Street.*

Pleasant, songea Janie. Le mot résonna dans sa tête et se transforma en *Psychose.*

Dehors, les élèves avaient terminé leur journée et quittaient le lycée. De grandes silhouettes dégingandées partaient d'un pas nonchalant vers le parking en se hélant bruyamment les unes les autres.

— *Prenez à gauche sur Psychose Street. Calcul d'un nouvel itinéraire.*

Calcul d'un *nouveau traitement.*

— *Continuez pendant trois cents mètres sur Psychose Street. Calcul d'un nouveau traitement.*

Ils passèrent dèvant une banque en descendant une charmante rue secondaire bordée de petites maisons, aux vérandas décorées de drapeaux américains. Rue secondaire. *Effets secondaires.*

— *Continuez pendant cinq cents mètres, puis prenez à gauche sur Catherine Place.*

Catherine. *Catatonie.*

— *Tournez à gauche sur Catatonie Place. Calcul d'un nouveau traitement.*

Anderson la regardait dans le rétroviseur.

— Janie, je dois m'excuser, dit-il d'une voix calme. Il est évident que ce n'était pas la bonne personnalité antérieure. J'aurais dû m'en apercevoir. Je suis passé à côté de détails que j'aurais dû remarquer.

— Des détails ? répéta Janie en essayant de s'éclaircir les idées.

— Oui, le fils cadet, Charlie : il est trop jeune pour que Tommy l'ait connu… Je croyais qu'ils avaient un enfant plus âgé prénommé Charlie.

Comment arrêter les efforts, quand il s'agissait de son fils ? Pourtant, il fallait bien s'arrêter à un moment.

Il est temps d'arrêter ça.

— *Tournez à gauche sur Déni Road. Calcul d'un nouveau traitement.*

La voiture semblait suivre les rues selon sa propre volonté. Anderson continuait.

— Et j'ai employé le mot « reptiles ». J'aurais dû dire « lézards ». C'est ma faute. Ça ne me ressemble pas, mais ce n'est pas une excuse. J'ai manqué de précision. Je n'ai pas fait la distinction entre serpents et léz…

— Jerry. Arrêtez la voiture.

Il se gara le long du trottoir. Il regardait droit devant lui, des gouttes de sueur perlant sur sa nuque.

— Oui ?

— C'est terminé, Jerry.

— Je suis tout à fait d'accord, c'était la mauvaise… maison.

Ce type était-il idiot ?

— Non, je veux dire… C'est terminé, ces visites d'écoles, de magasins et de maisons. Tout. Ramenez-nous au motel, s'il vous plaît.

— C'est là que nous allons.

— Le GPS a dit à gauche. Vous avez pris à droite. Trois fois, à vrai dire.

— Non, se rembrunit-il.

— Pourquoi elle ne cesse de répéter « calcul d'un nouvel itinéraire », à votre avis ?

— Oh. (Il se cramponnait au volant.) Oh.

Il regarda par le pare-brise comme s'il était perdu en pleine mer.

Elle essaya de garder son calme.

— Jerry. Écoutez-moi. Il n'y a pas de personnalité antérieure. Noah a tout inventé.

Anderson continuait de regarder droit devant lui comme si c'était là que se trouvaient les réponses, sur le goudron de la chaussée.

— Que voulez-vous dire ?

Elle regarda son fils endormi. Il était vautré sur la banquette, sa tête resplendissante penchée de côté, ses cils pâles tremblant sur ses joues roses. Elle voyait la marque que laissait la ceinture de sécurité sur sa joue.

— Il l'a inventé. Parce qu'il souffre de schizophrénie.

Elle l'avait dit, ce mot qui faisait penser à un dérègle-
ment simultané de toutes les fonctions physiologiques.

Elle ouvrit la portière et descendit. Elle se baissa, les
mains sur les genoux, à l'abri d'un épais rideau de cheveux. Le vertige était trop violent. Elle se mit à genoux
sur le bord de la route. Le sol était dur et solide sous
elle, comme la réalité.

— Vous vous sentez bien ?

Il avait mis la main en visière et semblait avoir du
mal à tenir debout.

*Les gens comme nous deux – au bout du rouleau – sont
dangereux*, songea-t-elle brusquement. Elle vit l'autre
mère, avec ses traînées noirâtres sur les joues. Elle se
sentit à nouveau mal, à cause de la culpabilité, cette
fois. Pourtant, elle éprouvait aussi du soulagement, se
rendit-elle compte. Cette porte était refermée. Elle était
de nouveau dans la vraie vie, si terrible fût-elle.

Anderson s'essuya le visage d'un revers de main.

— Il a été diagnostiqué, dit-il enfin.

Elle regarda autour d'elle comme si elle voulait que
quelqu'un la contredise : l'herbe, le goudron, les voitures qui passaient en trombe pour rejoindre le supermarché ou le centre commercial.

— Oui.

Il secoua la tête.

— Par qui ?

— Ce n'est pas vraiment un diagnostic. Une sugges-
tion. Du docteur Remson. C'est un pédopsychiatre de
New York. L'un des meilleurs, paraît-il.

Elle avait lancé ces derniers mots pour le blesser.

Il encaissa sans réagir.

— Pourquoi ne me l'avez-vous pas dit ?

— J'avais peur, sans doute, que vous ne vouliez pas vous occuper de nous.

Ses yeux flamboyèrent.

— Vous ne savez donc pas ce que diraient mes confrères si… (Il inspira longuement, puis, avec effort, il baissa de nouveau la voix.) Vous… (Sa lèvre trembla un peu, puis elle s'immobilisa. Cela lui coûtait, songea-t-elle, de garder son calme.) Vous auriez dû me le dire.

Je me fiche de vos confrères. Je me fiche de ce qui se passe une fois que les gens sont morts. C'est du gosse dans la voiture que je me soucie. C'est la seule chose qui ait jamais compté.

— Oui, j'aurais dû vous le dire, admit-elle mollement. Quand votre fils est très malade, vous n'êtes pas vous-même, vous ne vous comportez pas comme d'habitude. Vous n'avez pas les idées claires. (Elle s'essuya les yeux.) Je me suis conduite de manière irresponsable.

Elle était tout à fait sincère.

Il secoua vivement la tête.

— Noah n'est pas schizophrène, dit-il.

Elle sentit l'espoir commencer à bouillonner de nouveau en elle et elle l'étouffa prestement avant qu'il puisse provoquer d'autres dégâts.

— Et vous savez cela comment ?

— C'est mon opinion de médecin.

Elle se releva et lui sourit faiblement.

— Excusez-moi, mais cela n'a pas beaucoup de poids pour moi en ce moment. (Il grimaça ; elle ne releva pas.) Et puis, vous avez vu le comportement de Noah, aujourd'hui.

— Ce n'était pas la bonne personnalité antérieure. (Anderson baissa la tête.) C'était ma faute. C'est contrariant. Mais…

— C'est terminé. Le dossier est clos, Jerry.

— Oui. Bien sûr. (Il hocha lentement la tête.) Bien sûr. J'ai juste besoin d'un…

C'est alors qu'il s'éloigna de quelques pas dans l'herbe et regarda autour de lui comme s'il cherchait à s'orienter.

— Maman ?

Noah se réveillait. Il s'étira et lui lança un sourire désarmant.

— Comment te sens-tu, mon chéri ? (Elle le recoiffa et frotta la marque rouge laissée par la ceinture sur son visage.) Tu as faim ? J'ai une barre de céréales dans mon sac.

— On est bientôt arrivés ? demanda-t-il avec un sourire ensommeillé.

— Nous sommes presque arrivés au motel.

— Non, Mama-Chou, dit-il d'un ton patient, comme si elle était idiote. Quand est-ce qu'on arrive à Asheville Road ?

Sujith Jayaratne, un garçonnet d'une banlieue de Colombo, capitale du Sri Lanka, commença à présenter dès huit mois une violente peur des camions, et jusqu'au mot lorry, terme britannique signifiant camion qui avait été adopté dans la langue cingalaise. Une fois en âge de parler, il déclara qu'il avait vécu à Gorakana, un village situé à une douzaine de kilomètres de là, et qu'il était mort après avoir été renversé par un camion.

Il fit de nombreuses déclarations concernant cette existence antérieure. Son grand-oncle, un moine d'un temple voisin, en entendit certaines et parla de Sujith à un plus jeune moine du même temple. Celui-ci s'intéressa à l'affaire et alla parler de ses souvenirs avec Sujith, qui avait un peu plus de deux ans et demi à l'époque, puis il consigna ses conversations avant de tenter de vérifier l'exactitude des déclarations. Selon ses notes, Sujith déclarait être de Gorakana et avoir vécu dans le quartier de Gorakawatte, que son père s'appelait Jamis et était aveugle de l'œil droit, qu'il avait fréquenté la kabal iskole, termes qui signifient «école délabrée», et avait eu un maître du nom de Francis, et qu'il donnait de l'argent à une femme du nom de Kusuma, qui lui préparait du *noolputtu, un plat à base de nouilles de riz… Il déclarait également que sa maison était chaulée, que les toilettes étaient situées à côté d'une clôture et qu'il se lavait à l'eau froide.*

Sujith avait également mentionné à sa mère et à sa grand-mère plusieurs autres détails de cette existence que personne n'avait notés jusqu'à ce que sa personnalité antérieure ait été identifiée. Il déclara que son prénom était Sammy, et il se présentait parfois sous le nom de «Sammy de Gorakana»… Il déclara que son épouse s'appelait Maggie et leur fille Nandanie. Il avait travaillé pour les chemins de fer et avait fait une fois l'ascension du pic d'Adam, un haut sommet du centre du Sri Lanka… Il déclara que le jour de sa mort, il s'était querellé avec Maggie. Elle avait quitté la maison, et lui était sorti du magasin. En traversant la rue, il avait trouvé la mort après avoir été renversé par un camion.

Le jeune moine alla à Gorakana rechercher une famille dont la vie d'un membre décédé avait correspondu aux déclarations de Sujith. Après quelques difficultés, il découvrit qu'un vieil homme d'une cinquantaine d'années nommé Sammy Fernando ou «Sammy de Gorakana», comme on l'appelait parfois, était mort après avoir été renversé par un camion six mois avant la naissance de Sujith. Toutes les déclarations de Sujith se révélèrent exactes pour Sammy Fernando, excepté qu'il était mort sur le coup lors de l'accident. Sammy Fernando était décédé une ou deux heures après avoir été admis à l'hôpital.

Jim B. Tucker, docteur en médecine,
La Vie avant la vie

18

Denise se réveilla avec le prénom sur les lèvres. Elle
en avait la saveur dans la bouche, salée et amère, comme
la terre et la mer réunies. Elle s'accorda dix secondes
pour rester allongée, c'est-à-dire sept de trop, puis elle
s'arracha de son lit. Elle s'habilla soigneusement, veil-
lant à ce que les boutons de son chemisier et de son
blazer soient parfaitement ajustés, vérifia que ses bas ne
filaient pas, tira ses cheveux en arrière et les réunit en
un chignon qui ne bougerait pas. Le code vestimentaire
de la maison de retraite était relâché au point d'être
ridicule (jeans et survêtements, pour l'amour du ciel)
mais elle avait toute sa vie soigné sa tenue de travail,
même au début, quand elle était enseignante stagiaire,
et il n'était certainement pas question d'arrêter à présent. Par ailleurs, cela envoyait un message respectueux
aux patients et à leurs familles.

Elle fit le lit, rassembla ses vêtements de nuit et les mit
dans le panier à linge, et c'est seulement ensuite qu'elle
se permit d'aller à la salle de bains. Caché au-dessus du
lavabo, derrière l'aspirine et les tampons, se trouvait
le flacon de cachets que le docteur Ferguson lui avait
donné. Elle en prit un et le coupa en quatre avec le

couteau à beurre rangé sur l'étagère. Même une moitié lui donnait une sensation de relâchement, un léger vertige qu'elle n'appréciait pas, et avec un entier, elle était dans le brouillard toute la journée, mais un quart suffisait généralement. Elle l'avala sans eau et rangea le flacon soigneusement avant de refermer la porte de l'armoire jusqu'au déclic.

Voilà. C'était elle. Cette image brouillée et familière de peau, yeux bruns embués et cheveux noirs. Les racines commençaient à se rebeller ; elle aurait bien voulu faire comme beaucoup d'autres femmes noires et les tondre à ras sans s'en soucier davantage. Elle ne pouvait s'empêcher de regarder quand elle croisait des femmes avec les cheveux comme cela, de s'émerveiller de la simplicité, de l'élégance, de l'absence de chichis. Elle-même n'aurait pas été à l'aise ainsi, elle se serait sentie... sans défense.

En bas, elle mit le café à chauffer et alluma la radio avant de casser quelques œufs dans la poêle. Elle entendit Charlie qui arpentait l'étage, occupé à Dieu sait ce que font les ados de quinze ans le matin. Il ne lui fallait pourtant qu'une minute pour enfiler en vitesse un tee-shirt et un jean.

— Charlie ! Petit déjeuner !

Elle resta à regarder les œufs dans la poêle et écouter les nouvelles à la radio, appuyée contre le comptoir. Par la fenêtre de la cuisine, Denise aperçut une couche de givre qui scintillait sur les chaumes des champs de maïs. L'hiver avait été long et il continuait ses victorieuses incursions à mi-chemin du printemps. Dans le jardin, un oiseau solitaire s'obstinait à vainement essayer de boire dans le bassin à moitié gelé.

Charlie dévala bruyamment l'escalier. C'était toujours un choc pour elle, que cet immense gaillard avec ses dreadlocks sautillantes ait pu sortir de sa personne si menue, que ce soit son fils, cette massive silhouette qui entrait et sortait de sa journée en coup de vent. Il s'affala sur une chaise et commença à tambouriner sur la table avec ses couverts.

Elle posa une assiette fumante devant lui et s'assit.

— Je t'ai préparé des œufs.

— Merci, maman.

Il se leva d'un bond et se servit du jus d'orange.

— Charlie, assieds-toi, tu me donnes le tournis.

— Tu as bien dormi ? Ce fichu chien t'a encore réveillée ?

Elle marqua une pause ; avait-elle encore crié dans son sommeil ? Était-ce ce qu'il lui demandait ?

— J'ai bien dormi.

— Tant mieux, dit-il en se rasseyant bruyamment.

Non, Charlie n'avait rien entendu. Elle respira, soulagée. Cela ne voulait pas dire qu'elle n'avait pas hurlé, évidemment.

Elle resta immobile, écoutant la radio sans prêter attention aux mots. Le cachet était en train de faire son effet ; elle se laissa bercer par le rythme de la voix, une voix d'homme qui respirait le bon sens et l'uniformité, arrondissait les angles des guerres, séismes et ouragans avec son intonation paisible et prévisible. Le monde pouvait arriver à sa fin, vous pouviez être sûr que cette voix serait toujours là pour vous raconter comment cela s'était passé.

— Maman ?

— Mmm ?

— Je t'ai demandé s'il restait du bacon.

Elle se força à se lever et fut prise d'un étourdissement ; elle ouvrit le réfrigérateur et resta devant un moment, cramponnée à la porte, à regarder son contenu frais et éclatant. Il était là, le paquet étincelant. Elle le sortit.

— Ne parle pas la bouche pleine.

Elle alla à la cuisinière et déposa le bacon dans la poêle. Il grésilla, crachotant de minuscules gouttelettes de graisse sur sa jupe marron toute propre. Elle sut dès la seconde où la première bouffée lui monta aux narines qu'elle ne pourrait pas en manger. Elle ne s'était pas rendu compte que le bacon pouvait être aussi peu appétissant.

Les informations se terminèrent et laissèrent la place à de la musique classique. Elle mettait toujours la radio sur la station de musique classique quand Charlie était là. Elle se disait que c'était bon pour lui, tout comme elle regardait les émissions d'actualités ou les documentaires sur la nature le soir quand il était à la maison, alors qu'elle aurait vraiment préféré se poser devant une de ces émissions de télé-réalité, s'évader en regardant des riches idiots mal élevés. Le docteur Ferguson pensait qu'après tout ce qui était arrivé, elle risquait de se relâcher de ce côté-là, mais cela avait été tout le contraire.

Elle enveloppa le bacon dans du papier absorbant, apporta le tout jusqu'à la table, déversa les lamelles luisantes sur les œufs et se laissa retomber sur sa chaise.

— Tu ne manges pas, maman ?

— Attends. Tu n'as pas ton interrogation d'éducation civique ce matin ? On n'a pas revu…

— C'était vendredi. Mais je crois que j'ai pas été trop naze.

— Charlie Crawford !

— Que je *n'ai* pas été trop mauvais.

— C'est comme cela que tu parles en cours ? C'est pour cela que tu as des notes passables ?

Il baissa la tête et commença à engloutir le bacon.

— Non.

— Parce que tu sais qu'il va falloir faire mieux que cela si tu veux aller dans une bonne université. C'est ce que le conseiller d'orientation…

— Je gère.

Il lui jeta un coup d'œil, baissa les yeux vers son assiette et en racla le fond. Comment savoir où était la vérité ? Charlie avait toujours était un élève plutôt bon, mais les gosses de cet âge étaient imprévisibles une fois que les hormones commençaient à sévir ; le fils de Maria Clifford, en bas de la rue, avait dégringolé de la première place pour finir en échec scolaire et travailler à la station-service, et tout cela en moins de temps qu'il n'en fallait pour le dire.

— Tiens, maman, prends du bacon. Il est bon.

Il déposa un morceau sur la table devant elle et la regarda jusqu'à ce qu'elle le ramasse.

— Pourquoi tu t'en prends à moi, ce matin ?

— Parce que tu ne manges pas.

— Je mange. Tu vois bien. (Elle prit le morceau de bacon et le posa sur sa langue. Sa bouche se remplit d'un goût de brûlé. Elle le poussa à l'intérieur de sa joue ; elle le cracherait quand il serait parti.) Écoute. Je vais essayer de sortir à l'heure, aujourd'hui, et nous aurons un dîner digne de ce nom ensemble, d'accord ?

— Pas possible. J'ai répète.

— Répète.

— Ouais.

— Tu ne devrais pas étudier plutôt que de tambouriner sur une batterie dans le sous-sol d'un copain ?

— Son garage.

— Tu as très bien compris.

Il haussa les épaules et se leva. Ramassa son sac à dos posé par terre. Le chien des voisins se remit à aboyer. On l'entendait tout le long d'Asheville Road, et probablement jusqu'à l'autoroute.

— Quelqu'un devrait tuer ce cabot, ça soulagerait tout le monde, dit Charlie qui s'apprêtait déjà à sortir.

— Sois gentil, dit-elle.

Il lui sourit à travers le rideau mouvant de ses dreadlocks.

— Je suis toujours gentil.

Et il fila.

La première chose qu'elle fit, ce fut cracher le bacon. Et la seconde, éteindre la radio. Comme elle détestait cette musique. Ils en passaient toute la journée à la maison de retraite, forçant les vieux à ingurgiter cela tout comme leurs médicaments. Prenez, c'est bon pour ce que vous avez, même si tout ce que cela fait, c'est vous anesthésier pour la journée. Au moins, les Hispaniques apportaient leur propre musique, des percussions et des cuivres mélodieux sur lesquels on pouvait danser, encore qu'elle n'aurait jamais fait une chose pareille. Cependant, elle savait qu'elle s'attardait trop dans la chambre de Mme Rodriguez, à laver ce corps brun et replet pendant que passait cette musique, avec les plantes en pot sur la table et la fille de la dame assise tranquillement à faire des mots croisés à côté du lit, même si cela faisait bien deux ans què Mme Rodriguez ne reconnaissait plus sa famille. Elle aimait faire la toilette. Les odeurs ne la gênaient plus du tout, et Mme Rodriguez était moins fragile que la plupart ; elle n'avait pas à s'inquiéter que ses doigts laissent des marques comme c'était le cas avec beaucoup de Blancs. Il y avait quelque chose d'apaisant à pouvoir toucher quelqu'un ainsi, sans aucun désir ni discussion. Juste de la peau contre de la peau. Un corps, un gant de toilette et un geste serviable. Alors elle s'attardait. Elle savait que ce n'était pas juste pour les autres patients, qui n'avaient pas de famille, de plantes ou de musique. Elle se promit mentalement d'aller plus vite aujourd'hui.

Elle se leva, savourant le silence, et fit la vaisselle en se représentant la chambre de Mme Rodriguez. Une fois qu'elle eut rangé les assiettes, elle s'appuya au comptoir et regarda la pendule en essayant de ne penser à rien. 7 heures. 7 h 30. Elle savait que le prénom courait toujours en liberté quelque part au fond de son esprit, mais le cachet l'étouffait suffisamment pour qu'elle ne puisse pas l'entendre. Quand la grande aiguille indiqua 7 h 55, elle termina sa tasse de café et poussa un immense soupir de soulagement.

Sa longue, si longue journée venait de commencer.

La maison de retraite Oxford avait autrefois eu des ambitions. N'importe qui pouvait le voir aux immenses plantes artificielles, aux colonnes et aux photos de panoramas de montagnes – et jusqu'au nom lui-même, qui n'avait aucun rapport avec la prestigieuse université ; quelqu'un avait dû trouver que cela sonnait bien. Mais quelque part en route, cela avait affreusement mal tourné. Le lino était violemment marqué par le passage incessant des fauteuils roulants, brancards et cannes ; le hall sentait un peu le désinfectant et les cigarettes que fumait le vigile, et beaucoup l'odeur rance et légèrement nauséabonde de la vieillesse et de la maladie. Du plafond juste au-dessus de l'ascenseur pendaient les lambeaux de peinture d'un dégât des eaux resté si longtemps en l'état que la cicatrice avait noirci, comme un genou écorché rongé par la gangrène.

Tout était une question d'attention, songea Denise. Comme personne ne faisait attention, rien n'était fait. La direction avait changé tant de fois que personne ne savait très bien qui et où était le propriétaire actuel, les patients ne suivaient plus assez pour se plaindre, et il n'y avait pas assez de familles qui prenaient la peine de venir jusqu'ici, même si ce n'était qu'à vingt-cinq kilomètres de la ville. C'était un cercle vicieux : l'établissement était si déprimant que personne ne voulait venir, et comme personne ne venait et ne se plaignait, l'endroit devenait de plus en plus déprimant. À un autre moment de sa vie, Denise aurait pris sur elle de faire nettoyer les lieux, commencer à parler au personnel d'entretien du genre de produits nettoyants qu'ils utilisaient, si tant est qu'ils s'en servaient, mais cela ne l'intéressait pas d'endosser des responsabilités qui n'étaient pas les siennes.

Elle s'acquittait de sa part ; elle avait toujours une expression aimable sur le visage et faisait son travail du mieux possible malgré les véritables merdes qui s'abattaient parfois sur elle (elle n'aimait pas dire des gros mots, mais certaines situations l'exigeaient). Elle tenait bon, malgré les plafonds pourris et le manque chronique de personnel qui laissait les patients seuls, parfois des heures d'affilée, et la pénurie d'hydromorphone et de morphine chaque fois qu'on en avait le plus besoin. Elle était heureuse de pouvoir travailler, heureuse d'avoir un salaire et que cette attention l'occupe autant physiquement sans que cela mobilise trop son esprit. Et pourtant : dernièrement, elle avait le sentiment que son esprit avait des velléités d'indépendance qui ne lui plaisaient guère. Par exemple, M. Costello, qui mourait d'un cancer du poumon. Pourquoi lui avait-elle demandé s'il avait peur ? D'où était sortie cette question ?

Peut-être que le sang-froid dont il faisait preuve l'avait agacée. Il avait des tubes dans les narines reliés à une bouteille d'oxygène près de son lit, ne pouvait manger guère plus que des pastilles et des œufs brouillés, dormait par à-coups presque toute la journée, et pourtant, devant sa déchéance physique, ses yeux verts ensommeillés semblaient amusés, satisfaits, même.

— Alors, comment je me porte ?

Elle vérifiait l'oxygène.

— Ça va toujours très fort.

— Bon sang. Moi qui espérais être mort, depuis le temps.

— Allons, voyons.

— Vous croyez que je mens, mais pas du tout.

— Vous n'avez pas peur ?

Les mots avaient jailli de ses lèvres avant qu'elle ait eu le temps de s'en rendre compte.

212

— Nan. Je suis le dernier des Mohicans, vous savez. Ils sont tous morts.

Il avait balayé l'air d'un geste comme si sa femme et ses amis venaient de quitter la pièce.

— C'est bien, alors, avait-elle dit, avant d'ajouter : Je veux dire, que vous n'ayez pas peur.

Il l'avait regardée avec curiosité. C'était un vieux monsieur très intelligent. Il avait été quelque chose, dans le temps – chimiste ? ingénieur ?

— Allons, pourquoi aurais-je peur ?

Elle avait souri.

— Je ne savais pas que vous étiez croyant, monsieur Costello.

— Oh, non, non, je ne le suis pas.

— Mais… vous pensez qu'il y a autre chose, après ?

— Pas vraiment. Je crois que ça s'arrête probablement ici.

— Je vois. Très bien. (Elle s'était sentie transpirer.) Et cela ne… vous tracasse pas ? Vous ne trouvez pas cette idée désagréable ?

— Voilà que vous essayez de me convertir ? Ou bien est-ce le contraire ?

Elle n'avait pas très bien su ce que signifiait exactement le contraire, mais cela ne lui avait pas plu.

— Excusez-moi d'avoir été indiscrète, avait-elle murmuré en se concentrant de nouveau sur la bouteille d'oxygène à moitié vide.

— Vous savez ce qui est vraiment désagréable, madame Crawford ? Ces tubes dans les narines. Ils sont sacrément énervants. Vous croyez que vous pourriez me les enlever ?

— Vous savez bien que je ne peux pas.

Il lui avait souri, têtu.

— Pourquoi, d'ailleurs ? Qu'est-ce que ça changerait ?

— Un peu de vaseline devrait vous soulager.

— Non, non. Ne vous embêtez pas.

Il regarda ses mains. Sa peau était fragile, songea-t-elle, comme le genre de papier qu'on utilise pour envoyer le courrier à l'étranger. Elle se demanda si l'on s'en servait encore, si même des gens écrivaient ce genre de lettres. Probablement qu'ils ne s'envoyaient plus que des e-mails. Les seules lettres qu'elle avait jamais reçues provenaient d'Henry, longtemps auparavant. Les minces enveloppes bleues faisaient tout ce chemin depuis le Luxembourg, Manchester et Munich jusqu'à sa petite boîte à lettres de Millerton, dans l'Ohio, et elle, debout dans l'allée, les sentait palpiter de chaleur dans sa main. Elle passait des heures à scruter ses gribouillis nonchalants à l'encre bleue sur le délicat papier, essayant de déchiffrer les mots, s'attardant sur les tendres phrases désinvoltes – *& j'aimerais que tu sois là pour l'entendre.* C'était au tout début, avant qu'Henry et elle soient mariés, quand elle était enseignante stagiaire, qu'il jouait dans les clubs de Dayton et partait en tournée.

Voilà, c'est de ça qu'il s'agit, songea-t-elle. Pourquoi penser à cela en ce moment ? Qu'est-ce qui clochait chez elle ?

— Toute ma vie, je me suis dit, tu meurs et tu es kaput, continuait M. Costello. Tu es fini et puis c'est tout. Cela dit, pour être franc avec vous, je n'en suis pas toujours aussi sûr. Je ne crois pas en Dieu ni rien.

Ne vous méprenez pas. C'est juste que cela ne m'inspire rien de bon, je crois.

— Contente de l'entendre, avait-elle répondu.

Elle continuait de tripoter la bouteille d'oxygène. Elle n'avait pas encore besoin d'être remplacée, avait-elle décidé. Peut-être qu'elle durerait plus longtemps que lui.

À 16 heures, après avoir terminé les plats-bassins, retourné M. Randolph et jeté un coup d'œil à Mme Rodriguez, juste parce qu'elle aimait voir son demi-sourire épuisé plusieurs fois au cours de la journée, elle appela Henry. Elle se rendit au bureau des infirmières et laissa sonner et sonner. Elle était sur le point de raccrocher quand sa voix surgit dans son oreille.

— 'lô? 'lô?

Elle ne répondit rien. Elle entendait une musique familière dans le fond. Thelonious Monk, *Pannonica*. Cela la frappa brutalement, aux genoux. Elle pouvait encore raccrocher…

— Denise? C'est toi?

— C'est moi.

— Je reconnaîtrais ce silence entre mille, gloussa-t-il.

— Très bien, alors, répondit-elle avant de lui en redonner une dose.

— Charlie va bien?

— Oui, ça va.

Combien de mois s'étaient écoulés depuis leur dernière conversation?

Elle avait perdu le compte.

— Bon, et toi, comment tu vas ?

— Je vais très bien, Henry. Et toi ?

— Ah, tu sais. Ils ont fini par virer ce connard de principal et maintenant, on en a un nouveau, tout aussi têtu. Et ne me lance pas sur le budget. J'ai même plus de salle ou de piano, je vais de salle en salle avec un chariot, comme un vendeur de beignets. Enfin, mais qu'est-ce que tu veux faire avec un chariot ?

— Je ne sais pas.

Elle ne voulait pas parler d'enseignement. L'image d'une salle de classe surgit malgré tout dans son esprit, la sensation de la poudre de craie sur les doigts, les murs couverts de découpages en papier de couleur. Encore que personne ne se servait plus de craie. Au lycée de Charlie, il n'y avait plus que des rétroprojecteurs.

— Je les fais tous chanter *a capella*. Et permets-moi de te dire, un gosse de huit ans qui chante *a capella*, c'est lamentable. *This land is your land…*, chanta-t-il faux exprès.

Le son résonna dans son silence. *Il se donne du mal*, songea-t-elle. *Vraiment.*

— Que projette Charlie, alors ?

— Toujours entiché de son groupe. Il répète constamment.

— Il répète, hein ? Il est bon ?

— Je ne sais pas. (Elle réfléchit.) Peut-être.

— Dieu lui vienne en aide, alors.

— Oh, alors te voilà croyant, à présent ?

— Un batteur a besoin de toute l'aide du monde.

Ils éclatèrent d'un rire empreint de cette ancienne complicité qui lui serra la gorge.

— Tu pourrais l'appeler, tu sais. L'entendre de sa bouche. Je sais que tu lui manques. Il ne veut pas le dire, mais c'est vrai.

— Il ne veut pas le dire, hein.

Elle sentit la colère qui montait en lui.

— Il est réservé, c'est tout. C'est un ado. Ça ne veut rien dire.

— Tu trouves ?

— Henry.

— Dis-moi simplement une chose. Prononces-tu parfois mon prénom dans cette maison ? T'arrive-t-il de penser à moi ? Ou bien c'est comme si je n'avais jamais vécu là-bas ? Parce que c'est l'impression que j'ai, moi.

— Bien sûr qu'on parle de toi, tout le temps, mentit-elle. Ça fait cinq ans, Henry. Je crois qu'on devrait tous les deux…

— Cinq ans, c'est rien. Cinq ans, c'est de la merde.

Elle frémit de nouveau. Il parlait ainsi pour la provoquer. Elle ne devait pas se laisser faire.

— D'accord. Eh bien, sur cette note, je vais…

— Denise ? Tu sais quel jour on est ? (Elle ne répondit pas.) C'est pour ça que tu m'as appelé, hein ? Pour parler de Tommy ?

Le prénom la prit de court. Pendant un instant, elle eut le souffle coupé.

— Non, dit-elle.

— Je le vois tout le temps. Tu sais ? Dans mes rêves.

— Écoute, Henry, je vais raccrocher.

Mais elle resta là, cramponnée à l'appareil.

— Il est debout auprès du lit, il me regarde. Tu sais. Avec cette tête qu'il faisait. Comme s'il voulait qu'on l'aide mais qu'il n'allait jamais demander.

Elle se taisait. C'était pour cela qu'ils n'avaient pas tenu le coup. Elle avançait et continuait, comme s'ils pouvaient trouver Tommy ainsi et seulement ainsi, et lui restait totalement immobile, tête baissée, et se laissait submerger encore et encore.

— Tu crois toujours que Tommy va revenir un jour ? Tu ne crois pas ça, n'est-ce pas Denise ?

Sa voix était si pressante qu'elle s'enfonçait profondément en elle… Cette voix était une main qui fouillait en elle, qui lui tordait et tordait impitoyablement les tripes comme un écheveau de fil. Elle eut soudain conscience que le prénom n'avait jamais cessé de se répéter depuis qu'elle s'était réveillée avec ce matin-là. Qu'elle en avait entendu l'écho toute la journée. Elle se sentit mal. Elle allait vomir si elle ne raccrochait pas. Ses mains se mirent à trembler.

— Denise ?

Elle se prépara à dire quelque chose. Mais il n'y avait rien à dire.

Elle raccrocha.

Elle allait vomir.

Certainement pas. (Pour commencer, elle n'avait pas mangé de la journée.)

D'accord. Dans ce cas, elle avait besoin d'un cachet.

Certainement pas.

Elle ferma les yeux et compta jusqu'à dix.

Puis jusqu'à vingt.

Elle prenait toujours le chemin le plus long pour rentrer, par l'autoroute jusqu'à la sortie, puis elle rebroussait chemin, mais ce jour-là, elle monta dans la voiture et, sans se l'avouer, choisit de gagner la rue principale et tourna à droite au feu. Elle traversa la ville, passa devant l'enfilade de cabinets médicaux, le tout-à-un-dollar, le magasin d'alcools, le Taco Bell, la caserne de pompiers puis le supermarché condamné, en direction des champs de maïs vers la route menant chez elle, et vers McKinley.

L'école élémentaire McKinley était un parallélépipède bas en béton percé de fentes verticales ; elle avait été construite dans les années soixante, une décennie où l'on n'aimait pas les fenêtres, et avait cet aspect sinistre de prison que l'on trouve parfois dans les églises et écoles de l'époque. L'intérieur était tout autre, avec les couloirs tapissés de dessins et d'histoires, les salles bruissant de l'activité débordante des jeunes enfants.

Cela faisait des années qu'elle évitait ce bâtiment, comme un visage qu'on tente de chasser de son esprit, et pourtant, il était là, il y avait toujours été, à cinq minutes à peine de chez elle, et elle se rendit compte que durant ses journées à la maison de retraite, une partie d'elle-même savait ce qui se passait, à chaque seconde, dans l'école : à 8 h 45, la cloche sonnait et les enfants se mettaient en rang pour entrer en classe ; à midi quarante, ils déjeunaient, et à 13 h 10, ils étaient en récréation. Elle avait enseigné là pendant onze ans et ces rythmes étaient enracinés en elle.

Elle se gara en face de l'école, deux maisons plus bas que chez les Sawyer, où Tommy allait après les cours certains jours pour jouer avec Dylan sur sa console vidéo. Les jeux vidéo qu'il y avait chez les Sawyer, elle s'en souvenait à présent, étaient plus violents que ceux auxquels elle le laissait jouer, et ils avaient eu quelques désaccords sur le sujet. Henry et elle s'étaient disputés sur la nécessité d'en parler à Brenda Sawyer, ou plutôt, elle avait oscillé entre son dégoût pour les jeux violents et sa réticence naturelle à dire aux autres comment élever leurs enfants, jusqu'à ce qu'Henry en ait assez de tout cela et s'engage à appeler Brenda et à lui dire qu'il était hors de question que son fils tire sur des gens, même dans un jeu.

Finalement, ils n'avaient pas eu besoin de résoudre le problème. Ils n'avaient pas eu l'occasion d'imaginer ou de découvrir quel genre de parents ils seraient pour Tommy à neuf ans et demi, voire onze ou quinze. Les Sawyer avaient fait partie des gens qui, au cours de ces premières semaines, avaient collé des affiches avec la photo de Tommy dans tout le comté de Greene, apporté des beignets et du café aux policiers avec un enthousiasme feutré, une volonté soutenue dont elle leur avait été reconnaissante au départ, mais que, à mesure que passaient les jours, elle n'avait pu s'empêcher de leur reprocher. Et Brenda et Dylan avaient été parmi les rares venus lui rendre visite un mois après la disparition de Tommy, apportant un plat et des fleurs, comme s'ils n'avaient pas su décider quoi offrir. Elle les avait vus depuis la fenêtre de la chambre, la mère et le fils côte à côte sur le seuil, mal à l'aise, constaté leur visible soulagement quand ils avaient compris que personne n'allait leur ouvrir. Ils avaient laissé le plat et les fleurs sur le seuil et quand ils étaient partis, elle avait jeté les fleurs et raclé au-dessus de la poubelle le répugnant machin à base de nouilles que la femme avait préparé, lavé et récuré le plat en pyrex, et demandé à Henry d'aller le leur rendre le soir même afin de pouvoir être débarrassée d'eux pour toujours.

La maison grise des Sawyer avec son panneau de basket, pareille à elle-même, et McKinley. Des lumières brillaient dans le bureau. Trop tard pour des cours du soir, et il n'y avait pas assez de voitures sur le parking pour indiquer une réunion en cours ; il s'agissait probablement du personnel de surveillance. Ou du directeur Ramos qui travaillait tard.

S'il était encore le directeur. Il avait dû obtenir une promotion. Il avait toujours été ambitieux.

La lumière s'éteignit. Elle aurait dû s'en aller. Mais elle resta dans la voiture, jusqu'à ce que la robuste silhouette de Roberto Ramos sorte du bâtiment et se dirige vers sa voiture sur le parking. La même Subaru. Il fouilla dans sa poche, cherchant ses clés, puis, poussé par quelque instinct, il leva les yeux et la vit de l'autre côté de la rue. Ils se regardèrent par-delà cette distance, une haute silhouette en manteau noir ; un minivan cabossé. Elle frissonna dans l'air froid de la voiture, se frictionna les bras. Peut-être qu'il se contenterait de la saluer d'un geste, de monter dans sa voiture et de s'en aller. Elle espérait qu'il ferait cela.

Et pourtant il vint frapper à sa vitre. Elle marqua un temps d'arrêt d'une milliseconde, puis ouvrit la portière. Il se glissa à côté d'elle dans un souffle d'air et de chaleur humaine, si dynamique avec ses joues roses et lisses, ses cheveux noirs et son écharpe rouge que cela lui fit mal aux yeux de le regarder. Elle avait eu tort de venir. Tant d'erreurs, aujourd'hui. Elle fixa son attention sur le volant.

— Denise. Quel plaisir de vous voir.

— Je passais simplement en rentrant chez moi. Je travaille à la maison de retraite Oxford, maintenant, vous savez, sur Crescent Avenue.

— Je l'avais entendu dire.

Il se frotta les mains. Il portait des gants d'hiver.

— Quel printemps, hein ? Difficile de croire que nous sommes en avril.

— Oui.

— Et comment cela se passe-t-il à la maison de retraite ?

— Oh, bien, merci. Ce sont des gens gentils, pour la plupart, en tout cas.

— Content de l'apprendre. Il fait un de ces froids là-dedans, vous pourriez… ?

Elle mit le contact. Le chauffage s'alluma en ronronnant.

— C'est mieux. Non ?

Elle acquiesça.

— Vous nous manquez, vous savez. Vous me manquez. La meilleure institutrice de cours élémentaire que j'aie jamais eue.

— Je suis sûre que ce n'est pas vrai.

Il posa sa main gantée sur la sienne et elle le laissa faire, la chaleur étouffée de sa chair traversant lentement le cuir. Son directeur ; ils avaient bien travaillé ensemble pendant des années. Cela faisait tout juste six ans, à présent. Un laps de temps durant lequel elle avait pourtant vécu cent mille vies.

Ils n'avaient jamais parlé de ce qui s'était passé entre eux, et elle lui en était reconnaissante. Et pourtant, c'était l'un des rares souvenirs auquel elle pensait – auquel elle supportait de penser : une demi-heure, six ans plus tôt, après le bal de la Saint-Valentin de l'école. Huit mois après la disparition de Tommy.

Elle avait cru, à cette époque, pouvoir reprendre là où elle s'était arrêtée, cru que ce serait plus facile de poursuivre la vie qu'elle avait eue, s'occuper de Charlie, enseigner. Elle consultait tout de même find-tommynow.com tous les soirs, bien sûr, et renouvelait le stock de prospectus à la bibliothèque quand les précédents disparaissaient sous d'autres, le menton de Tommy couvert par les leçons de yoga de quelqu'un ou les cours pour les futures mères. Elle ne jetait plus ces brochures offensantes dans la corbeille, mais se contentait de les écarter, les empiler à une dizaine de centimètres du charmant visage de son fils, et de repartir.

Le docteur Ferguson estimait que retourner au travail ne serait peut-être pas ce qu'il y aurait de pire pour elle, du moment que cela lui permettait de garder les pieds sur terre. Ses collègues à l'école avaient toujours un air désolé quand ils la regardaient – les rires s'arrêtaient quand elle entrait dans la salle des professeurs, même s'il en avait toujours été ainsi, en fait, elle ignorait pourquoi, peut-être qu'ils pensaient qu'elle était trop bien élevée pour le genre de blagues qu'ils racontaient, alors qu'à une époque, elle aurait été ravie de les entendre. Les parents aussi étaient mal à l'aise en sa présence, mais cela lui était égal. Elle était un robot, pas une femme, mais personne n'avait besoin de le savoir. Les gamins avaient un peu peur de la mère dont le fils avait disparu, et ils savaient que quelque chose clochait chez elle, mais ils étaient incapables de le formuler.

Elle allait bien. Surtout quand il y avait du travail à faire. C'est pour cela qu'elle s'était proposée pour chaperonner le bal de la Saint-Valentin, et pour cela elle était restée tard pour tout ranger.

Ils étaient les derniers à partir. Le directeur avait dit aux autres de rentrer – elle avait été la seule à résister. Ils avaient travaillé en silence, décrochant les serpentins comme autant de toiles d'araignée multicolores, balayant les miettes de cupcake, les paillettes et les cœurs en papier.

— Vous devriez vraiment rentrer, Denise, lui avait-il dit au bout d'un moment. Je vais finir. Je suis sûr que votre mari vous attend.

— Non, avait-elle répondu.

Elle ne voulait pas vraiment rentrer. Elle n'avait rien à faire chez elle.

— Pardon ?

— Je voulais simplement dire qu'Henry est en tournée et que Charlie dort chez sa grand-mère. Pourquoi ne rentrez-vous pas, vous pourriez même prendre quelques fleurs pour votre femme…

— Cheryl et moi sommes séparés. (Il s'assit lourdement sur les gradins et se tripota les cheveux.) Je n'avais pas l'intention d'en parler.

— Je ne savais pas. Je suis désolée.

— Moi aussi. Mais c'est comme ça. (Ses yeux s'embuèrent brusquement.) Nom de Dieu. Je ne comptais pas faire ça. Je suis vraiment désolé, Denise. Quel imbécile je fais.

Jamais il ne l'avait appelée Denise. C'était toujours Mme Crawford. Elle s'assit à côté de lui.

— De quoi êtes-vous désolé ?

— D'être là à me lamenter sur mon sort alors que vous…

— Ne dites pas cela, le coupa-t-elle aussitôt. Vous ne pouvez pas arranger les choses avec votre femme ?

— Elle ne veut pas. Je crois qu'il y a… (Il grimaça brièvement.) …quelqu'un d'autre. (Il haussa les épaules, les yeux rouges. Il sortit une fiasque de sa poche et but une gorgée, puis il secoua la tête.) Bon sang. Je suis dé…

— Je peux en avoir un peu ?

— Quoi ? (Il la dévisagea, surpris, et pour la première fois, il la regarda dans les yeux.) Bien sûr.

Elle prit la fiasque, but une gorgée, puis une autre. L'alcool lui brûla les lèvres, doux et râpeux à la fois.

— Mais qu'est-ce que c'est que *ça* ?

Sa réaction le fit sourire.

— Du très bon whiskey. Cela vous plaît ?

— Je… C'est intéressant.

— Oui.

Ils restèrent à boire un moment, la chaleur du whiskey clapotant en elle. La salle était silencieuse et trop éclairée, avec ses empilements de cœurs en sucre scintillants et les tas d'œillets écrasés çà et là sur le parquet luisant. Une forêt de serpentins rouges à moitié décrochés du plafond se balançait. Une salle trop familière emmaillotée dans de l'étrangeté. Elle but une autre gorgée et se lécha les lèvres.

— C'est bon.

— Oui.

Elle regarda un ballon rose se détacher et planer lentement vers le sol.

— Je ne sais pas comment vous faites, murmura-t-il. Comment vous pouvez aller de l'avant comme ça. Vous êtes une femme étonnante.

— Non.

Elle était lasse de ce genre de conversations. Comme si elle avait pu choisir ce qu'elle pouvait endurer. Elle posa la main sur son bras. Elle voyait agréablement trouble.

— Vous êtes un type bien, et c'est une idiote. N'importe quelle femme serait heureuse avec vous.

Il y avait d'autres choses quelle voulait mais ne pouvait dire. Des choses en rapport avec les absences d'Henry qui duraient maintenant des semaines, sa voix au téléphone quand elle l'appelait pendant les tournées, une intonation lointaine comme si l'endroit où il se trouvait exerçait sur lui une attraction trop puissante pour qu'il puisse essayer d'être avec elle ne fût-ce que quelques secondes. Et elle, à la maison avec Charlie, essayant nuit après nuit d'être une mère pour lui, lui préparant à dîner, lui donnant son bain et lui lisant des livres avant d'aller au lit alors qu'elle était vide à l'intérieur. Elle ne se laissa pas aller à dire ces choses à haute voix, mais peut-être que Roberto les entendit tout de même. Il tourna vers elle un visage interrogateur et elle l'embrassa, ou se laissa embrasser, ou en tout cas leurs lèvres se réunirent et elle sentit son cœur fantôme se dévider, tourner à plein régime sur lui-même jusqu'à ce qu'il n'en reste plus rien… L'ancienne Denise n'aurait jamais fait cela, jamais elle ne se serait allongée sur les durs gradins métalliques et n'aurait embrassé un homme avec une violence telle qu'elle la sentait dans tout son corps. Elle sentait le néant en elle se remplir de l'air vicié du gymnase, l'odeur des ballons de basket, de la sueur, des tapis en mousse et des œillets et le goût du whiskey, le désir qui montait et remplissait la moindre fissure, comme de la fumée.

Elle ignora quel instinct la força à se dérober à la dernière minute en posant les deux mains sur sa poitrine avec une force infime, un élan imperceptible qu'elle n'avait ni voulus ni cherchés, mais qui furent suffisants pour qu'il recule, mortifié, et s'enfuie en se répandant en excuses. Cela avait dû être la mère en elle, toujours vivante, même à ce moment, qui l'avait tirée de cette inconscience dont elle avait tant besoin. Après cela, elle resta encore une heure dans le gymnase à balayer et à porter à ses lèvres brûlantes les pétales déchiquetés et glissants des œillets.

Elle ne pouvait pas recommencer cela. Le whiskey ou l'homme. Alors que l'attirance était si forte et Charlie encore si jeune. Elle se mit en congé de maladie le lendemain, puis le jour suivant, puis quitta l'école. Elle ne répondit à aucun des appels ou messages de Roberto. Elle envoya les papiers et resta chez elle. Personne d'autre ne lui posa de question là-dessus ; c'était comme si tout le monde s'y attendait depuis longtemps.

— Si jamais vous voulez revenir, disait maintenant Roberto en tripotant le contour de la boîte à gants comme un coffre qu'il aurait pu décider de forcer, nous pourrions trouver quelque chose… Avoir une orthopédagogue de plus ne nous ferait pas de mal.

— Je ne peux pas revenir, répondit-elle.

Il haussa les épaules, résigné.

— D'accord.

— Comment allez-vous, Roberto ? Vous avez l'air…
fatigué. Vous n'avez pas de problèmes de santé ?

— Je vais bien, en fait. J'ai… Ma femme a eu un
bébé.

— Un bébé ?

— Il y a deux mois. (Il sourit malgré lui et le bleu
pur et lumineux de sa joie jaillit au travers de la tension
qui régnait dans la voiture. Un oiseau se serait échappé
de la boîte à gants pour tournoyer autour de sa tête
qu'elle n'aurait pas été plus surprise.) Enfin, je suis fatigué… vous savez ce que c'est. Mais c'est… c'est bien.
Vraiment bien.

— Cheryl et vous êtes de nouveau ensemble, alors ?

— Vous n'étiez pas au courant ? J'ai épousé Anika.
Anika Johnson ? Anika Ramos, à présent. Elle ensei-
gnait…

— Mais elle…

— Oui ?

Il la scrutait.

— Elle est charmante.

— Oui.

« Elle est si ordinaire, voilà ce qu'elle avait voulu
dire. Mme Johnson, si quelconque avec ses cheveux
raides couleur queue de vache et son teint cireux, ses
petites lèvres fines et pincées. Et vous êtes… tout sauf
ça. » Mais elle savait tenir sa langue. Cela, elle en était
capable.

Mme Johnson avait été l'institutrice de Tommy,
elle avait envoyé une gerbe de fleurs prévisible avec
une carte prévisible… *Désolée de ce que vous endurez,
Tommy est un si gentil garçon. S'il y a quoi que ce soit
que je puisse faire, bla-bla-bla.* La vie poursuivait son

cours, trop vite pour qu'elle suive. Un nouveau bébé.
Le monde continuait de tourner encore et encore, comment cela se pouvait-il, tandis qu'elle… tandis qu'elle…

— Vous vous sentez bien, Denise ? Je peux faire quoi que ce soit pour vous ?

Il la dévisagea avec inquiétude comme s'il cherchait sur son visage une peine qu'il aurait pu chasser comme un cil du bout de ses doigts frais et gantés.

Elle recula, se recomposa le masque qu'elle utilisait jour après jour, le visage qui était le sien désormais.

— Je vais très bien, merci.

Assise seule dans le froid de la voiture. Elle avait coupé le chauffage dès l'instant où il était parti, la porte bâillant sur l'air pur et glacial de la nuit puis se refermant sur elle, le large dos de Roberto se hâtant dans l'obscurité. Elle le voyait enfouir avec gratitude et terreur son visage dans la peau douce et chaude de son bébé. Elle portait cela partout avec elle, à présent, cette peur qu'elle suscitait dans les yeux des autres parents.

Le froid lui tenait l'esprit en éveil. Elle allait le faire. Assise là, elle savait qu'elle n'allait pas résister, aujourd'hui. Elle allait appeler.

Elle avait retardé cela toute la journée, en parlant à Henry, en venant voir Roberto et en faisant tout ce qu'elle essayait toujours de ne pas faire, hormis le plus important, qu'elle s'empêchait de faire chaque heure de chaque journée, cochant les jours sur le calendrier si elle avait réussi à résister. Des mois et des années de croix noires jusqu'à ce que les séances avec le docteur Ferguson ne soient plus que du passé et qu'elle ait presque oublié le sens de ce qu'elle cochait. Mais à présent, rien de tout cela n'avait d'importance, puisqu'elle décrocha le téléphone et appela ce numéro qu'elle avait gravé dans son cœur.

— Lieutenant Ludden à l'appareil.

Il avait décroché au milieu d'une phrase avec quelqu'un d'autre, d'une histoire qu'il racontait ; sa voix était enjouée, blagueuse. Elle en entendait d'autres dans le fond – brusques, banales. Elle sentait presque l'odeur de café brûlé du commissariat.

— Vous voilà lieutenant, à présent.

Il la reconnut, bien sûr, même si quelques années avaient passé. Vous n'appelez pas chaque jour quelqu'un à 11 heures du soir, puis à 8 heures du matin et de nouveau à midi pendant des années sans que votre voix finisse gravée dans sa conscience. C'était le but recherché.

— Ouais.

Elle sentit la lassitude imprégner la voix du policier en entendant la sienne.

— Alors, quand est-ce arrivé ?

— J'ai eu ma promotion l'année dernière.

— C'est Denise Crawford.

— Je sais. Bonjour, madame Crawford. Comment allez-vous ?

— Vous savez bien comment je vais.

Là, elle était elle-même, rauque et implacable. Peut-être était-ce pour cela qu'elle avait eu tant de mal à se retenir de l'appeler.

— Et que puis-je pour vous ce soir ?

— Vous le savez très bien.

Il soupira.

— S'il y avait du nouveau, je vous appellerais, voyons, madame Crawford.

— Eh bien, je voulais prendre des nouvelles. De l'enquête. Savoir où elle en est.

— Où en est l'enquête.

— Oui.

Il y eut un long silence.

— Cela fait sept ans.

Sa voix était ténue, presque suppliante. Elle l'avait épuisé. Elle considéra cela comme une sorte de victoire.

— Six ans, dix mois et onze jours, pour être précise. Vous êtes en train de me dire que vous avez clos le dossier ? C'est ce que vous voulez me faire comprendre ?

— En ce qui me concerne, madame Crawford, ce dossier ne sera jamais clos tant que… nous n'aurons pas retrouvé votre fils. Mais vous devez… Il faut que vous ayez conscience que nous avons de nouvelles affaires chaque jour. Des gens continuent de mourir dans le comté de Greene, et ils ont des mères aussi, et ces mères m'appellent aussi, et je suis obligé de leur rendre des comptes.

— Tommy n'est pas mort.

Elle avait répondu cela automatiquement, d'un ton catégorique.

— Je n'ai pas dit qu'il l'était.

Le sien était lourd, désespéré ; c'était ainsi qu'ils se parlaient, c'était la seule relation sincère qu'elle avait au monde.

Elle se tourna vers la vitre. Tout ce qu'elle vit, ce fut son reflet, ces yeux qui étaient les siens, certes, pas flamboyants comme la voix, mais las, si las. Sa bouche était remplie de ce goût qu'elle avait eu sur la langue toute la journée, un goût de brûlé.

— J'ouvre toujours l'œil, vous savez. Je n'oublie pas. D'accord ? Je n'oublie aucun d'eux, mais surtout pas Tommy. D'accord ?

— Peut-être que vous pourriez éplucher à nouveau les dossiers. Peut-être qu'il y a quelque chose que vous avez manqué et que vous n'allez remarquer que maintenant, après tout ce temps passé. Ou bien on a découvert quelque part un petit détail qui pourrait avoir un rapport… (Il y eut un silence.) Il y *a* quelque chose. (Son cœur se mit à battre. Oh, elle le connaissait. Elle le sentait à son silence.) Qu'est-ce que c'est ?

— Non, il n'y a rien.

— Il y a quelque chose.

— Non.

— Je sais que vous avez trouvé quelque chose. Je l'entends dans votre voix. Dites-moi ce que c'est.

— Un gamin a disparu il y a quelques mois en Floride. Peut-être que vous en avez entendu parler ?

— Je ne lis plus les journaux. Et on l'a retrouvé ? On a retrouvé le garçon ?

Sa voix tremblait d'excitation tandis que son ventre se nouait d'envie. Ce mot résonnait dans ses oreilles : *retrouvé, retrouvé.*

— On a retrouvé le corps.

Et elle fut déchirée, de nouveau, de désespoir. Pour elle, pour les parents de l'enfant, pour tous les parents du monde.

— Vous n'étiez pas au courant ?

— Comment est-il mort ?

— Il a été assassiné.

— Comment ?

— Je ne peux pas vous le dire.

— Inspecteur. Vous savez que je peux encaisser. Vous le savez. Maintenant, dites-le-moi. Comment. Ce. Garçon. A. Été. Tué.

Elle parvenait à peine à garder son calme.

— Non, c'est… ça fait partie de l'enquête. Je ne le sais pas moi-même. Je ne suis pas sur cette affaire, ils nous tiennent au courant au cas… où il y aurait des similitudes.

— Il y en a ?

Il soupira.

— Le garçon avait neuf ans. Afro-américain. On a retrouvé un vélo.

— Un vélo ? Mais… mais… mais il y avait un vélo. On a retrouvé le vélo de Tommy… au bord de la route.

— Je suis au courant des détails du dossier, madame Crawford.

— Et l'homme qui a fait cela… qui a assassiné ce garçon en Floride…

— N'a pas été arrêté, non. On travaille là-dessus jour et nuit, je peux vous l'assurer.

— Jour et nuit. D'accord.

Elle avait vu ce qu'il en était de ce « jour et nuit ». Un certain acharnement pendant une journée, une semaine, un mois, et ensuite, c'était une heure par-ci, quelques minutes par-là.

— Écoutez, je vous tiens au courant si nous avons quoi que ce soit de nouveau. Même s'ils trouvent l'assassin, il n'y a aucune probabilité qu'il y ait un lien. Vous le savez, n'est-ce pas ? Il y a toutes les chances pour que ce soit quelqu'un qui le connaissait, un membre ou un ami de la famille.

— Où a été retrouvé le corps ?

— Madame Crawford.

— Où a-t-il été retrouvé ?

— Dans un torrent derrière l'école du gamin.

— Mais… Nous avons des torrents partout dans le comté. Il faut mettre sur pied une patrouille…

— Madame Crawford. Il n'y a pas un pouce de ce comté que je n'aie moi-même fouillé. Je vous appellerai personnellement s'il y a quoi que ce soit en rapport avec le dossier. Écoutez, même s'il n'y en a aucun, s'ils trouvent cet enfoiré en Floride… je vous appellerai le jour même. D'accord ?

— Personnellement, souffla-t-elle aigrement.

— Oui.

— C'est son anniversaire, aujourd'hui.

— Quoi ?

— C'est l'anniversaire de Tommy. Il a seize ans.

Un silence.

— Prenez soin de vous. D'accord ? Madame Crawf…

Mais elle avait raccroché.

19

Étendu de tout son long sur le lit dans le motel, Anderson était accablé par la consternation.

Il avait commis une erreur. Ses facultés n'avaient pas été totalement opérationnelles. Faute d'avoir pu se souvenir du mot «lézards», il avait écrit «reptiles» à la place. Mon Dieu, il n'était même plus capable de suivre un GPS : la voix disait une chose et son cerveau en entendait une autre.

Il avait fait montre de trop d'empressement. Un cas américain solide et bien étayé : il avait cru que cela ferait toute la différence. Au cours des dernières semaines, il avait été sur un nuage, s'endormant en rêvant de consécration, et tout cela pour se réveiller sur… une succession d'erreurs. Et à présent, il était fini.

Il entendait le gamin pleurer dans la chambre voisine et sa mère tenter de le calmer. Les pleurs pleuvaient sur lui comme des aiguilles. À travers la mince paroi, il entendait les mots «Asheville Road».

— Quand est-ce qu'on va à Asheville Road? avait demandé Noah avec entrain en se réveillant dans la voiture. Quand est-ce qu'on y va?

Malgré son abattement, Anderson avait entendu les mots le traverser au galop et l'enthousiasme du garçonnet avait rallumé le sien. *Asheville Road!*

— Nous sommes à Ashview, en ce moment, mon chéri, avait répondu Janie.

— Mais ce n'est pas le bon endroit, avait patiemment expliqué l'enfant.

— Peut-être, mon chéri. (Elle avait lancé un regard appuyé à Anderson, comme si l'exaltation visible du médecin la chagrinait.) Mais nous en avons terminé, ici.

— Alors on va dans la bonne rue, maintenant?

— Je ne crois pas, mon chéri. Non.

Noah s'était rencogné sur la banquette en les regardant tour à tour avec incrédulité, avant de se tourner vers Anderson.

— Mais vous aviez dit que vous m'aideriez à trouver ma maman.

— Je l'ai dit, je sais, avait acquiescé Anderson, l'air dépassé. (Il leur avait fait de la peine, à la mère comme à l'enfant.) Je suis désolé, Noah.

— Noey, avait dit sa mère. Tu veux une glace?

Le garçon avait ignoré sa mère. Ses yeux, rivés sur ceux d'Anderson, étaient remplis d'un tel désespoir qu'ils n'étaient plus ceux d'un enfant.

— Je suis *tellement déçu.*

Et il avait tourné la tête pour ne plus les voir, caché son visage dans ses mains et commencé à pleurer.

Anderson se leva. Il ouvrit le minibar, prit une mignonnette de vodka, dévissa le bouchon et la porta à sa bouche, pour voir. Cela faisait des années qu'il n'avait pas bu de vodka. Il en laissa couler un peu sur sa langue, la laissa le chatouiller, hésitant, puis il avala le reste d'un trait.

L'alcool le réchauffa agréablement, comme une main invisible qui le caressait là où personne ne l'avait touché depuis des années. Son esprit frissonna, pressentant l'annihilation imminente. Il se passa une main sur le visage et la retira souillée de rouille.

Il regarda dans le miroir. Un filet de sang noir coulait de son nez à ses lèvres, et ses joues en étaient badigeonnées. Il ne put se regarder dans les yeux.

Il se fourra des morceaux de mouchoir en papier dans les narines, retourna au lit en titubant. Il perdait pied ; il vacillait sous l'assaut de l'alcool comme un arbre que commence à déraciner une tempête, son esprit se tournant brusquement, inexorablement, vers l'unique chose à laquelle il ne s'était jamais autorisé à penser. Le dossier qu'il aurait déchiqueté, s'il n'avait pas été une preuve. Son pire cas.

Preeta.

Il se rallongea sur le lit et essaya de la repousser là où il l'avait toujours conservée durant toutes ces années, loin de ses pensées quotidiennes. Pourtant, en cet instant, il ne pouvait s'empêcher de la voir. Une fillette de cinq ans gambadant dans une cour avec ses frères, courant après un ballon, ses cheveux luisants flottant dans le vent. Il avait été heureux d'avoir une enfant si délicieuse comme sujet, après une longue période à travailler avec les timides enfants martyrs des vasières.

Preeta Kapoor, svelte et charmante, avec ses grands yeux et son regard grave.

Il s'était dit qu'elle serait l'un de ses cas les plus impressionnants.

Le soleil qui se déversait par les petites fenêtres de la maison en ciment. La mère qui s'était levée et avait fermé les volets, plongeant la pièce dans l'ombre. La table en bronze martelé brillant dans la pénombre, lui, les mains moites. Le goût du beignet rond et sucré sur ses lèvres – tout sucre, rose et lait.

Un Ganesha en bois dans un coin, leveur d'obstacles. Une télévision contre le mur, où clignotait un film de Bollywood que personne ne regardait.

— Preeta ne parlait pas beaucoup durant les premières années, avait dit son père. Jusqu'à ses quatre ans, elle se taisait presque tout le temps.

— Nous pensions qu'elle était peut-être…, avait grimacé la mère.

— Attardée mentale. Et puis à quatre ans, elle s'est mise à parler. Elle a dit : « Il faut que je rentre chez moi. »

— « Il faut que je rentre chez moi et que je retrouve ma fille », c'est ce qu'elle disait. Elle disait : « Ce n'est pas chez moi, j'ai une fille, il faut que j'aille la retrouver. »

— Et comment réagissiez-vous ?

— Nous lui disions, « c'est ta vie, à présent, peut-être que tu te rappelles une vie différente ». Mais elle… insistait. Et puis elle employait des mots inhabituels.

— Des mots ? Quel genre de mots ?

— Des mots bizarres, avait répondu la mère. Nous avons pensé qu'elle les avait inventés. Du langage enfantin, vous voyez.

— Je vois.

— Alors je les ai cherchés, pour la famille, avait dit leur ami, l'avocat, en sortant des notes de sa serviette. J'ai trouvé cela intéressant, voyez-vous. L'affaire m'intéressait.

— Et ?

L'avocat avait agité l'index.

— Vous ne devinerez jamais ce que j'ai découvert.

Anderson avait réprimé son impatience et souri faiblement à l'avocat, un type jovial, aux joues rondes, qui serrait dans sa main une liasse de paperasses avec dans le regard la lueur du zélote qu'Anderson connaissait si bien.

— Oui ?

— Les mots sont du *khari boli*, un dialecte de l'ouest de l'Uttar Pradesh, à quelque cent cinquante kilomètres d'ici.

— Vous en êtes sûr ?

— Absolument !

Son arrogance avait un peu irrité Anderson : personne ne méritait d'être certain à ce point.

— Et vous ne connaissez pas ce dialecte ? avait-il demandé aux parents qui le regardaient sans s'émouvoir.

— Oh, non.

— Des membres de la famille ? Des voisins originaires de cette région qui pourraient le connaître ? Des connaissances quelconques ?

— J'ai posé la question, était intervenu l'avocat. Vous pouvez demander aussi. La réponse est non. On ne parle pas ce dialecte ici. J'ai tout noté là. (Il avait tendu les papiers à Anderson, qui s'était radouci : ils n'étaient pas si différents, après tout. L'avocat avait tout consigné, depuis les premières déclarations de la fillette, avec les dates.) J'aimerais pouvoir poursuivre ce travail moi-même, mais... malheureusement, j'ai des responsabilités.

Il lui avait laissé les notes, les yeux brillants. Encore un homme fasciné par les faits.

Anderson avait regardé la feuille. Tous ces mots en *khari boli* ; du complet charabia pour la famille de Preeta, et pourtant, la fillette les connaissait depuis qu'elle était toute petite.

L'enfant comprenait les mots d'une langue qu'elle n'avait jamais étudiée ou entendue : son premier cas de xénoglossie. Il y en avait eu d'autres, mais celui-ci avait été le plus impressionnant.

La jolie Preeta, avec ses cheveux luisants et son regard grave.

Ils avaient fait entrer la fillette, mais elle n'avait pas parlé. Le père avait repris ses explications, ses mains élégantes soulignant ses paroles, la mère faisant passer un plat d'amandes grillées, de crème de fruits et de ces beignets ronds et sucrés à la saveur de rose dont il raffolait...

— Elle pleure toujours le soir, elle pleure et pleure. Elle dit que sa fille lui manque.

— Elle s'inquiète pour sa fille. Qui va s'occuper d'elle ? Elle dit que son mari n'est pas un homme bien. Dans sa belle-famille, ce ne sont pas des gens bien. Elle dit qu'elle voulait rentrer chez ses parents, mais qu'ils ne l'ont pas laissée partir. Elle dit qu'elle veut rentrer voir sa fille.

La fillette, assise à la table, écoutait tout cela sans mot dire, la tête légèrement baissée comme une élève punie, les mains sagement posées sur les genoux.

— A-t-elle donné le nom du village de l'Uttar Pradesh ?

— Oui.

Ils iraient, bien sûr. Il avait eu hâte, il serait parti l'après-midi même si cela avait été possible. En l'occurrence, ils avaient dû attendre jusqu'au lendemain matin. Tous les cinq, entassés dans la camionnette de location d'Anderson, ils avaient traversé la campagne. C'était seulement à cent cinquante kilomètres à vol d'oiseau, mais parce qu'ils étaient en Inde, le trajet avait pris neuf heures.

La belle-famille les avait éconduits. Il leur avait parlé sur le seuil pendant longtemps, la tête baissée dans la chaleur, murmurant de son ton le plus respectueux et persuasif, mais ils l'avaient écouté en secouant la tête, le visage fermé.

Ce n'était pas qu'ils n'y croyaient pas, se rappelait Anderson. Oh, ils croyaient possible que leur belle-fille se soit réincarnée, ça oui. Ils ne voulaient simplement rien avoir à faire avec elle, ni dans cette vie ni dans la précédente. Ils refusaient même de leur donner le nom des parents de la personnalité antérieure ou de leur indiquer la ville où elle avait vécu avant de venir ici. La fillette restait silencieuse. Sa mémoire avait uniquement retenu cet endroit et aucun autre. Allez savoir pourquoi.

— Pouvons-nous voir la fille ? avait demandé Anderson alors que la porte se refermait. La fille de Sucheta ? Elle est là ?

— Il n'y a pas de fille.

Les voisins donnèrent une autre version. Il y avait eu une petite fille, des années plus tôt. Elle était morte. Personne ne savait comment.

Preeta avait accueilli la nouvelle sans rien dire. Elle avait remercié les voisins (elle en avait identifié deux par leurs prénoms) et s'était dirigée d'un pas décidé sur un chemin menant au bord de la rivière qui traversait le village, où des femmes lavaient le linge. Anderson avait pris rapidement des notes avec son stylo bleu, les feuilles de son bloc jaune claquant dans la brise, tandis qu'elle leur disait de sa voix rauque d'enfant comment son mari et sa belle-famille l'avaient battue. Comment, toute seule dans ce village, si loin de ses parents à l'âge de quatorze ans, elle avait donné naissance à une fille puis, deux ans plus tard, elle avait été de nouveau enceinte et avait eu une autre fille. Sa belle-mère avait aidé à l'accouchement.

Ils lui avaient pris le second enfant immédiatement.

Mort-née, avaient-ils dit par la suite, mais elle n'était pas sotte, elle avait entendu les cris.

Quand elle les avait accusés d'avoir tué son bébé, ils l'avaient battue, lui avaient donné des coups de pied dans le visage et le ventre le soir même, juste après son accouchement. Elle avait senti la douleur et s'était dit que ce n'était peut-être pas encore arrivé et que le bébé était encore en elle, mais cette fois, elle avait donné naissance à une horrible masse noirâtre de chairs et de sang.

Peut-être qu'elle serait morte, de toute façon. Peut-être qu'elle avait fait une hémorragie.

En tout cas, personne ne saurait jamais : elle s'était jetée dans la Yamuna le lendemain matin.

La fillette, Preeta, leur avait raconté cette histoire ; elle s'était écoulée d'elle en phrases bien plus fluides qu'il n'était possible pour l'enfant qu'elle était alors, debout, criant d'une voix rauque sur la rive de ce torrent boueux pendant que les femmes faisaient claquer leur linge sur les pierres au bord de l'eau et que les pages de son bloc se soulevaient et retombaient comme un éventail, comme une respiration.

Il avait pris des notes.

Ils avaient fait les neuf heures de route du retour en silence. Même la fillette se taisait.

Il leur avait dit qu'il reviendrait la prochaine fois qu'il serait en Inde, pour le suivi, pour voir si elle se rappelait encore. Il se souvenait que les parents lui avaient serré la main honnêtement et fermement. De sa surprise quand la fillette s'était cramponnée à ses jambes, alors qu'il disait au revoir.

Preeta, avec ses cheveux luisants et son regard grave, qui lui faisait signe depuis l'autre côté de la cour…

Rien d'autre à faire que laisser ce souvenir lui remplir l'esprit comme le parfum du jasmin, l'odeur de la terre rouge.

Il essayait de procéder au suivi de ses meilleurs cas tous les deux ou trois ans. Mais il était occupé, dans la fleur de l'âge, il voyageait au Sri Lanka, en Thaïlande, au Liban, il mettait l'Institut sur pied, rédigeait des articles, écrivait son premier livre, puis essayait de le faire chroniquer dans des publications réputées.

Tout cela prenait du temps, et il s'était écoulé quatre ans avant qu'il puisse retourner dans cette région de l'Inde.

Il les avait prévenus par lettre de sa venue, mais, ne recevant pas de réponse, avait fait comme chaque fois en pareille situation : il avait traversé le pays pour les voir.

La mère était venue à la porte, distraite, un bébé dans les bras. Elle avait tressailli en le voyant.

Ils étaient retournés au village sans lui. Elle le lui avait expliqué peu après, dans la pièce dont il se souvenait, avec son volet clos, sa table de bronze martelé qui luisait dans la pénombre, son Ganesha en bois sculpté. Cette fois, la mère avait parlé, tandis que le père était resté silencieux, assis dans l'ombre.

Preeta à neuf ans. Elle lui avait montré une photo. Plus charmante que jamais, les membres déliés, gracieuse, avec un sourire mélancolique. Elle les avait suppliés d'y retourner, pour revoir le village, et au bout d'un certain temps, ses parents, qui l'adoraient, n'avaient pu endurer plus longtemps ses supplications. Son père ayant parfois des affaires dans cette région, où il vendait du textile, il l'avait emmenée avec lui. Ils avaient séjourné dans une petite maison du village qui servait parfois aux voyageurs.

Quand le père s'était réveillé, elle avait disparu.

La même rivière, par deux fois.

Les villageois déclarèrent qu'elle n'avait pas hésité. Elle s'était dirigée d'un pas décidé vers le torrent et avait glissé le long de la rive, la boue rouge souillant le dos de son sari, dont le vert océan éclatant flottait comme un drapeau dans les eaux grises. C'était arrivé rapidement. Aucun des villageois en route pour le marché du matin n'avait prononcé un mot. Frappés de stupeur, tous s'étaient contentés de regarder la jolie tête aux cheveux noirs et au visage résolu qui tressautait à la surface de la rivière, l'étoffe verte qui s'étalait sur l'eau et sombrait, emportée par son propre poids, et qui perdait son éclat dans l'écume grise alors que la fillette disparaissait au détour du torrent.

Personne n'avait sauté pour la repêcher. Ils ne la connaissaient pas. C'était une étrangère dans un petit village. Le torrent était dangereux. Jamais on n'avait retrouvé le corps.

Anderson s'était senti suffoquer dans l'obscurité de la pièce. Il avait remercié faiblement, en s'excusant, les parents de Preeta d'avoir pris le temps de lui raconter leur histoire, et était ressorti en titubant dans la mousson. Il était resté là à laisser les cieux se déverser sur sa tête. Dans un moment de confusion, il avait songé que c'était son enfant qui avait fait cela. Son enfant qu'il avait perdu.

S'il n'était pas venu les voir, ils ne seraient jamais allés au village et la fillette aurait oublié.

Il y avait un suivi à faire dans le village, il fallait noter le récit que faisaient les habitants de sa mort. Il avait fait son enquête, noté tout, chaque témoignage, consigné soigneusement les descriptions à l'encre bleue sur son bloc jaune tout en voyant mentalement ce torrent boueux, cette tête qui tressautait. Il ne pouvait pas regarder directement la rivière ; il avait peur de vouloir s'y jeter.

Ce soir-là, il s'était saoulé, cherchant à se noyer dans le néant, mais les questions fondaient sur lui comme des corbeaux qui avaient seulement attendu qu'il ouvre la porte, des corbeaux qui se jetaient à son visage.

Tout était sa faute.

À cause de lui, les restes de cette enfant gisaient quelque part au fond de la rivière. À cause de lui, elle n'aurait jamais d'enfants à elle, de vie à elle.

Ses travaux étaient inutiles. Pire.

Il avait toujours eu foi dans la lucidité : regarder aussi lucidement que possible ce qui était, malgré le désir de dériver dans le confort des illusions et des projections, et suivre rationnellement les résultats. De sorte qu'il ne pouvait se protéger de la question qui s'ensuivait : À quoi bon renaître si c'était seulement pour revivre les tourments de son existence antérieure ? À quoi cela rimait-il ? Quel était le sens de tout cela ?

Il comprenait, brusquement et pour la première fois, l'attrait de la fuite, du nihilisme. Et pourtant, même en ce moment difficile, quelque chose en lui, le scientifique, l'aidait à ne pas perdre pied, parlait clairement et sans faiblir sous la cacophonie de la culpabilité et du chagrin : la pulsion suicidaire pouvait-elle se transmettre, comme une phobie ou un trait de personnalité, d'une existence à la suivante ? Pouvait-il y avoir des peines si puissantes et tenaces qu'elles perduraient, se déversaient avec la force d'une marque ou d'une malformation de naissance dans l'existence suivante et ne pouvaient en être délogées ?

Il n'était pas du genre à prier, pas du tout, jamais, mais il avait prié tout de même, debout sur la rive de cette rivière qu'il ne pouvait se résoudre à regarder, pour que la prochaine existence de la fillette se déroule loin d'ici.

Il s'était arraché de son désespoir uniquement à la force brute de sa volonté. Il avait souffert du manque durant le long trajet en train jusqu'à Calcutta, l'envie irrésistible lui picotait les nerfs, ses mains tremblaient, preuve d'une addiction dont il n'avait eu que vaguement conscience jusque-là.

Quand il en était finalement sorti, ébranlé et sobre, il avait su qu'il y avait des questions qu'il ne pouvait poser lui-même. Des liens affectifs qu'il ne pouvait se permettre. C'était la seule manière de poursuivre. Et il avait continué ainsi, en travaillant d'arrache-pied.

Jusqu'à ce soir.

Dans le minibar de la chambre du motel, il y avait d'autres minuscules bouteilles – toute une rangée. Anderson tourna la clé, rouvrit la porte et les regarda longuement. Il avait l'impression d'avoir arrêté de boire seulement quelques jours, et non des dizaines d'années plus tôt. L'oubli l'avait patiemment attendu pendant toutes ces années. *Très bien, alors*, songea-t-il. Il tendit la main vers une autre petite vodka.

Non.

Il courut à la salle de bains, cracha et se lava la bouche avant de se brosser deux fois les dents. Pas comme cela. Pas après tout ce temps. Il jeta la clé du frigo dans les toilettes et tira la chasse, mais elle resta dans la cuvette, scintillante comme un trésor au fond de la mer.

Il retourna à son lit et s'y étendit, essayant de revivre la sensation de chaleur que la vodka avait éveillée sous sa peau. Il sentait l'alcool sur ses lèvres sous le dentifrice. De l'autre côté de la paroi, le garçonnet sanglotait toujours.

Bon sang.

Il l'aimait bien. Le gamin. *Noah*.

Bon sang. Bon sang. Bon sang.

Quand Anderson finit par s'assoupir, il rêva d'Owen. Il rêva que son fils était normal. Owen était normal et Sheila était heureuse et il n'était pas nécessaire d'aller en Thaïlande, quoi qu'ait pu dire Angsley au téléphone. Il pouvait rester dans le Connecticut avec les siens et ses rats de laboratoire.

Il se réveilla brusquement, en proie à une sensation de défaite si pure qu'il en resta un instant muet.

Il se redressa. La chambre était toujours dans l'obscurité. Il avait l'esprit clair.

Je peux l'aider, songea-t-il. *Je peux aider cet enfant. Je me suis trompé, mais il n'est pas trop tard pour changer cela. Bon, nous sommes tombés sur la mauvaise personnalité. OK. Ce n'est pas la première fois. À présent, j'ai l'information qu'il me faut. Je vais convaincre sa mère. Pour Noah, je vais rectifier le tir.*

Mais il avait renoncé. N'est-ce pas ?

Il se leva et ouvrit les stores, regardant par la fenêtre la pâle lumière de l'aube qui commençait à s'affirmer sur le parking indifférent. Une autre journée, que cela plaise ou non. Pourtant, malgré toutes ses appréhensions, il avait hâte de la commencer.

Il alluma son ordinateur, trépignant d'impatience. Il ouvrit un moteur de recherche et tapa : « Tommy Asheville Road. »

20

Janie boucla la ceinture de Noah, puis la sienne avec une lugubre détermination.

«En cas de dépressurisation de la cabine, disait l'hôtesse sur la vidéo, mettez d'abord votre masque, tirez sur le cordon, puis aidez les personnes de votre entourage nécessitant assistance.» La vidéo montrait un séduisant papa appliquant le masque sur son visage, pendant que sa fille calmement assise à côté de lui respirait un air raréfié.

Mais quel imbécile avait pondu cette règle? Quelqu'un qui ne comprenait pas la nature humaine.

Elle imagina la cabine se remplir lentement de fumée et Noah suffoquer à côté d'elle. Pensait-on vraiment qu'elle pourrait ajuster le masque sur son visage et respirer un air pur pendant que son fils asthmatique était au bord de l'asphyxie? Le postulat de départ, c'était qu'elle et son enfant étaient deux entités avec chacune leur cœur, leurs poumons et leur esprit. Ces gens ne se rendaient pas compte que lorsque votre enfant suffoque, vous-même vous manquez d'air.

Et pendant ce temps, elle mentait à son fils et cela le faisait hurler de désespoir, dérangeait les passagers de l'avion, les empêchait d'écouter comment attacher leur ceinture et compromettait gravement leur jugement déjà bien embrouillé.

Noah voulait aller à Asheville Road, et ils y allaient, mais il ne pouvait pas le savoir, pas tout de suite, cette fois-ci. Brooklyn via Dayton, c'est ce qu'elle lui avait dit, soulagée qu'il soit encore trop jeune pour comprendre une carte. Pas question de faire deux fois la même erreur. Elle préférait encore en commettre une nouvelle.

— Je veux voir ma maman ! hurlait Noah, et les autres passagers la regardaient comme si elle leur mentait à eux aussi.

L'avion se prépara au décollage et commença à rouler, puis prit de la vitesse sur la piste. Elle n'avait jamais eu peur de l'avion, mais en cet instant, elle ressentait une certaine inquiétude en même temps que les secousses de la carlingue.

Quand elle était enceinte, elle avait lu des articles scientifiques qui disaient qu'un taux élevé de cortisol, l'hormone du stress, pouvait traverser le placenta et imprégner le fœtus, affectant son développement et causant des insuffisances pondérales. Elle avait trouvé cela logique : il n'y avait pas que les carottes, le lait et les vitamines qu'elle absorbait : ce qu'elle éprouvait, son bébé le ressentait aussi. Elle avait essayé de rester le plus calme possible, et avait refusé un boulot juteux avec une grosse entreprise pour éviter au bébé en plein développement l'impact d'un emploi du temps chargé et d'un stress maximal.

En ce moment, elle sentait le cortisol se répandre en elle et se demanda si Noah pouvait encore le ressentir d'une quelconque manière, si d'infimes particules de stress imprégnaient l'air qu'il respirait et aggravaient la situation. Mais elle n'y pouvait rien. Le monde était plus dangereux maintenant que quelques semaines plus tôt. Un monde qui glissait et se dérobait sous vos pieds, où des enfants mouraient parce que des mères oubliaient de vérifier un loquet. Comment pouvait-on protéger son enfant dans ce genre de monde ?

Depuis le moment où elle était montée dans le car jusqu'à celui où elle était arrivée dans l'avion avec Noah et Jerry à l'aéroport de Dulles, elle avait eu l'impression de dégringoler sur une pente abrupte. Elle ne pouvait s'arrêter. Si elle essayait de ralentir sa chute avec ses mains, elles finiraient en sang.

L'avion s'éleva dans le ciel. La voix de Noah devint un geignement plaintif et suraigu. Elle se retrouva démunie. Que faisait-elle ? Comment pouvait-elle recommencer, après le fiasco qu'ils venaient de subir ? Comment pouvait-elle prendre le risque de faire souffrir une autre mère ?

Comment pouvait-elle imaginer que Noah n'était pas son fils à elle et à elle seule ?

Et pourtant, comme en réponse, le vers lui vint soudain en tête :

Tes enfants ne sont pas tes enfants.

Où avait-elle entendu cela ? Qui l'avait dit ?

Elle posa un bref instant le front sur le dossier du siège devant elle et tapota le genou de son fils qui hurlait toujours.

Tes enfants ne sont pas tes enfants.

Elle se rappelait, à présent, alors qu'elle entendait les cris qui la submergeaient et voyait l'hôtesse contrariée qui avançait dans leur direction : c'était une chanson. Une chanson de *Sweet Honey in the Rock* qu'elle avait entendue avec Noah l'été précédent lors d'un concert gratuit à Prospect Park.

C'était un soir de début juillet, l'air était doux et tiède. Elle s'était installée sur une couverture avec des amies et suffisamment de houmous, pita et carottes pour nourrir un régiment d'enfants. Les voix des chanteuses se fondaient dans une parfaite harmonie *a capella* (*Tes enfants ne sont pas tes enfants… même s'ils sont avec toi, ils ne sont pas à toi*), et Janie avait enlevé ses chaussures et agité ses orteils épuisés tout en écoutant les doléances de ses amies (écoles publiques contre écoles privées, maris inconséquents). Une école privée n'était pas dans ses moyens et elle n'avait pas de mari dont se plaindre, mais elle était heureuse, car la chanson se trompait, Noah *était* à elle, c'était une magnifique soirée, et elle ne pouvait imaginer qu'il restait en elle beaucoup d'amour pour quelqu'un d'autre, de toute façon.

Comment aurait-elle pu imaginer à ce moment-là qu'elle serait ici à foncer plus vite que le vent vers une femme qui ne les attendait pas ?

Cela ne remontait qu'à l'été dernier, mais cela aurait aussi bien pu être dans une autre vie.

— JE VEUX MA *MAMAN* ! hurla de nouveau Noah.

Tous les passagers avaient pu l'entendre, comme si elle l'avait kidnappé, comme s'il n'avait pas toujours été complètement à elle.

Quand l'avion fut parvenu sans encombre en altitude et que Noah, épuisé, s'écroula dans un sommeil agité, Janie passa la main sous le siège de devant et en retira les feuilles qu'Anderson avait imprimées la veille. Des coupures de presse du *Millerton Journal and Dayton Daily News* sur Tommy Crawford, domicilié sur Asheville Road, et disparu à l'âge de neuf ans. Il avait été élève à l'école primaire McKinley, où sa mère avait été institutrice.

L'article était illustré d'une photo de l'album de la classe. Drapeau américain sur le côté, arc-en-ciel naïf sur faux ciel bleu. On entendait d'ici la supplication du photographe : « Allez, un grand sourire, maintenant. » Grand sourire. Cela aurait pu être n'importe quel gamin, en fait. Il avait la peau marron clair. Il était afro-américain. Cela la surprit sans qu'elle sache pourquoi. Il lui souriait. Il avait l'air gentil.

LES AUTORITÉS METTENT UN TERME
AUX RECHERCHES DU JEUNE DISPARU

La police du comté de Greene a mis aujourd'hui un terme aux recherches de Tommy Crawford, neuf ans, domicilié au 81 Asheville Road, disparu dans son quartier d'Oak Heights le 14 juin. Bien que l'on craigne que l'enfant soit décédé, l'inspecteur James Ludden, chargé de l'enquête, a déclaré : « En ce qui me concerne, cette affaire ne sera close que lorsque nous aurons retrouvé le garçon, d'une manière ou d'une autre. »

Tommy Crawford, qui fréquentait l'école primaire McKinley, est de l'avis de tous un garçon apprécié et brillant. Ses parents le présentent comme un enfant

enjoué qui adore le base-ball et son frère cadet Charles,
huit ans. « Son frère aîné manque à Charlie, ont déclaré
les parents, Denise et Henry Crawford. Notre fils adoré
nous manque. Si Tommy est avec vous ou si vous savez
où il se trouve, s'il vous plaît, appelez… »

Elle se détourna. Il y avait trop de chagrin sur cette feuille de papier.

Ils étaient dans les nuages, à présent, en route vers un endroit où elle n'était jamais allée. Elle suivait son instinct, ce qui l'étonnait elle-même.

Janie croyait à la cohérence, ce dont elle tirait fierté. Elle disait : « Pas de biscuits avant d'aller au lit », et elle s'y tenait. Elle avait fait montre d'un caractère égal (la plupart du temps) ; elle avait été constante (autant que possible). Les enfants avaient besoin de cela.

Elle avait essayé d'instaurer un ordre dans l'existence de Noah tout comme sa propre mère l'avait fait dans la sienne, après le chaos qu'avait été la vie avec son père. Elle ne se rappelait pas grand-chose de l'époque qui précédait le départ de celui-ci. Elle se voyait juchée sur ses épaules à une foire – mais était-ce un véritable souvenir ou l'avait-elle fabriqué à partir d'une photo qu'elle avait vue ? La fois où ils étaient allés tous les deux faire des courses à la galerie marchande et qu'il lui avait acheté sans qu'elle ait rien demandé un énorme ours polaire en peluche, beaucoup trop grand pour n'importe quelle pièce à part le salon, et sa mère avait protesté, puis elle avait ri et l'avait laissée le mettre à côté de la télévision. L'odeur de sa pipe et de son scotch, et les coups qu'il tambourinait toute la nuit sur la porte quand il buvait et que sa mère refusait de le laisser entrer. Sa mère avec un verre à eau rempli de vin rouge (la première et unique fois où Janie l'avait vue boire) lui disant, de ce ton sans émotion qu'elle avait toujours, qu'elle lui avait demandé de partir et qu'il ne reviendrait pas, et elle avait eu raison : il n'était pas revenu. Janie avait dix ans, à l'époque. Elle se rappelait distinctement ce jour, le spectacle saisissant de sa mère buvant en plein après-midi, le vin qui tressautait dans le verre tandis qu'elle parlait, et Janie qui avait eu peur qu'elle le renverse.

Après cela, sa mère avait repris son métier d'infirmière et elles avaient trouvé un rythme régulier. Elle avait commencé à travailler la nuit quand Janie avait eu treize ans, mais elle était là pour surveiller les devoirs et elle veillait à toujours lui laisser un repas équilibré à réchauffer au micro-ondes et des vêtements bien repassés à enfiler le matin pour aller en cours. Et quand elle se sentait un peu seule durant ces nuits, Janie se retirait dans sa chambre, où tout était exactement tel qu'elle le désirait. Elle ouvrait la porte et voyait ses posters encadrés de chevaux et de châteaux européens perdus dans la brume ; ses meubles peints à la main de vives couleurs ; sa penderie rangée par nuances de couleur ; son univers régi par un code couleur.

Toute une vie passée à créer des espaces ordonnés avait suivi, et qu'en avait-elle retiré de bien ? Le monde n'était pas ordonné.

Même sa mère avait été, vers la fin, un mystère pour elle.

Quand elle avait inspecté sa maison durant la semaine suivant sa mort – ces jours où elle avait été à peine consciente, le cœur paralysé par le chagrin, même si des mots parvenaient parfois à remonter jusqu'à la surface et la percer (des mots comme «pourquoi», «orpheline», même si elle savait que son père était vivant quelque part, et «Dieu», en qui on ne lui avait jamais appris à croire, mais qui était tout de même fâché) –, elle avait trouvé dans le tiroir de la table de chevet le genre de livre dont sa mère s'était toujours moquée, avec un arc-en-ciel sur la couverture et un titre naïf : *Le Pouvoir de changer votre vie*. Elle l'avait feuilleté : il y avait des chapitres sur la méditation, le karma et la réincarnation, le genre de choses à quoi son athée de mère n'avait jamais accordé la moindre attention – elle levait les yeux au ciel et disait : «Qui a le temps de réfléchir à ça ? Quand on est parti, on est parti.» Pourtant, le livre était usé et corné et de nombreux passages étaient soulignés, signalés par des étoiles ou des points d'exclamation. Une phrase, *Tout est une projection de l'esprit*, était même marquée de trois étoiles.

Sa mère avait-elle si désespérément voulu prolonger cette vie qu'elle en avait perdu son sens commun ? Ou bien avait-elle découvert au tout dernier instant quelque chose qui avait changé son point de vue ? Ou étaient-ce le livre et les étoiles de quelqu'un d'autre ? Comme Janie n'en savait rien et ne le saurait jamais, elle l'avait chassé de son esprit, pour toujours... ou du moins l'avait-elle cru.

«Il y a plus de choses au ciel et sur la terre, Horatio.» C'était le genre de phrase que sa mère adorait citer. Elle avait l'esprit pratique, travaillait toute la journée avec des instruments chirurgicaux, mais elle avait toujours eu une tendresse pour Shakespeare. Janie n'avait jamais beaucoup réfléchi à cette citation; c'était ce que disait sa mère, généralement avec un soupir exaspéré, dans les moments où elle était à court d'explications – pourquoi son père ne l'avait jamais appelée, par exemple, ou à l'hôpital, pourquoi elle avait refusé de subir un énième traitement expérimental.

La dernière fois que Janie y avait songé, c'était à Trinité, la nuit où Noah avait été conçu. Cette nuit-là, une fois Jeff parti, n'ayant pu s'endormir, elle était retournée jusqu'à la plage. Il était tard, et elle avait conscience comme toujours de sa vulnérabilité, elle, une femme seule, un sentiment renforcé par cet épisode sexuel si récent, par le fait d'avoir été vue dans un moment d'abandon. Ce moment brut d'intimité avec Jeff avait eu lieu, elle l'avait vécu, et maintenant il n'était plus, comme une allumette dont la flamme vacille dans l'obscurité humide. Elle avait levé les yeux vers le ciel, qui ridiculisait les cieux nocturnes qu'elle avait presque toujours connus : celui-ci était une essence de ciel, dans ses profondeurs d'obscurité et de lumière. Sa beauté, comme un morceau de musique, transformait sa solitude en quelque chose de plus grand, qui la forçait à lever les yeux et regarder autour d'elle et non en elle. Elle avait eu la brusque envie de jeter sa perplexité dans ce vaste espace, dans l'espoir que quelque chose (Dieu ? Sa mère ?) y soit et lui prête oreille.

— Héhooo ! avait-elle crié, à moitié par amusement. Il y a quelqu'un ?

Elle savait qu'elle ne recevrait aucune réponse.

Et pourtant, au bord de l'eau, devant les vagues qui refluaient pour exposer la luisante nudité du sable parsemé çà et là de coquillages et de cailloux, puis qui remontaient, tirant leur rideau éternel sur la nature brute, un sentiment de paix l'avait envahie. Elle avait senti quelque chose, là. Était-ce Dieu ? Était-ce sa mère ?

Il y a plus de choses au ciel et sur la terre, Horatio, avait-elle songé.

Cela avait été Noah. Noah avait été sa réponse, cette présence qu'elle avait ressentie. Cela avait été suffisant pour elle.

Il était donc naturel, se dit-elle en regardant la vaste étendue de ciel bleu, que Noah l'ait ramenée ici, à la plus abstraite des questions, désormais insupportablement pertinente. Car la réincarnation était soit de la foutaise, soit pas. Soit Noah était malade, soit il ne l'était pas. Et il n'y avait aucun moyen de le savoir. Il n'y avait aucun moyen de s'en sortir rationnellement, ou du moins, aucun qu'elle connût ou pût imaginer.

Malgré tout ce qu'elle savait ou ignorait de l'existence, malgré les milliers d'inexplicables cas méticuleusement analysés, malgré ses moments de panique et ses années de bon sens, il allait falloir avoir la foi.

21

« *Vous êtes trop sérieux pour la plage* », disait-elle. Elle *se moquait de lui.*

— Excusez-moi, monsieur ?

Ce n'était pas Sheila, mais l'hôtesse, penchée sur Anderson, qui lui proposait de l'eau et des bretzels. Il se secoua pour se réveiller et prit le minuscule sachet, mais refusa la boisson, bien qu'il eût la gorge desséchée, car il craignait de réveiller l'enfant endormi à côté de lui en abaissant sa tablette.

Assise à côté de Noah, sa mère regardait par le hublot.

Comment s'appelait-elle ?

Son prénom était tombé aux oubliettes. Disparu.

Il se sentait l'esprit plus clair que jamais. Seul le prénom lui échappait. Il était là, juste à sa portée, il le narguait, et pourtant, son cerveau regimbait, refusait ne fût-ce que de tendre un doigt pour le toucher. Il se sentait comme Tantale, mourant de soif et de faim, tentant éternellement d'atteindre l'eau fraîche et les raisins qui se dérobaient chaque fois à lui.

Tantale, puni par les dieux pour avoir dévoilé aux hommes leurs secrets immortels. Tantale avait de grands espoirs pour l'humanité, et où cela l'avait-il mené ? À la damnation. Banni dans le Tartare. Et pourquoi se souvenait-il du nom et de la légende de Tantale, mais pas du prénom dont il avait besoin ? Ah, le cerveau, qui se rappelait telle chose et perdait telle autre. Voilà ce qu'il était : Jerome Anderson, précipité dans le Tartare, la région la plus profonde de l'enfer.

La situation se dégradait rapidement. Le prénom de la femme était dans son dossier, sur le bloc jaune dans sa serviette, qui était posée à ses pieds. Il lui suffisait de se baisser et de la ramasser. Cette information particulière était à sa portée. Pourtant, qui pouvait savoir quand il la perdrait de nouveau, ou ce qu'il perdrait d'autre ? Il n'était pas du tout à sa place, d'autant que le dossier ne progressait pas selon le protocole. Peut-être aurait-il dû arrêter. Le garçonnet finirait par oublier. Mais Anderson ne savait pas comment s'y prendre. Il était l'homme qui ne s'arrête pas, voilà ce qu'il était, voilà tout ce qu'il savait être, depuis le jour où il était rentré après avoir étudié ses premiers cas avec Angsley en Thaïlande.

Il était rentré deux mois plus tard, galvanisé.

Sheila l'attendait sur le canapé, ses robustes jambes repliées sous elle. Elle était restée elle-même : ce visage lunaire, plus beau que jamais, avec son semis de taches de rousseur sur le nez ; ce lourd nuage de cheveux blonds. Lui, en revanche, était un homme changé.

Elle posa sur lui un regard scrutateur – il ne lui avait pas écrit durant ces deux mois, hormis un télégramme pour lui annoncer la date de son retour – et il fut saisi de tendresse pour tout ce qu'il voyait : le vieux canapé rouge dont le rembourrage filait par les coutures et la jeune épouse qui essayait de déterminer si elle avait toujours un mari, le caractère concret et la pure élégance qui constituaient la vie elle-même, la vitalité de l'illusion. Avant de l'embrasser ou d'ôter sa veste, il avait sorti ses dossiers de sa serviette et les avait étalés sur la table basse.

Les photos n'étaient pas jolies, mais il voulait qu'elle les *voie*. Il les disposa devant elle, les morts et les vivants : les difformités, les marques de naissance et les rapports d'autopsie sur les blessures mortelles de la personnalité antérieure. La fille avec les doigts mal formés sur une main, la femme qui avait été tuée quand elle avait laissé brûler le riz. Quand il eut conclu avec l'ultime et improbable détail, il regarda Sheila et retint son souffle, se demandant ce qu'elle dirait. Il sentit que sa vie, son couple tout entier, la seule chose en dehors de ses travaux qui avait jamais compté pour lui, était dans la balance.

— Je dois avouer que tu m'as surprise, Jerry, dit-elle. (Elle avait l'air déconcerté, bouleversé et amusé en même temps. C'était ce qu'il adorait le plus en elle – cette ombre d'amusement face au tour que prenait son existence.) Pendant un moment, quand tu es entré, j'ai cru que tu allais me dire que tu avais rencontré une autre femme.

— Voilà ce que je veux faire de ma vie. Je veux repartir, les interviewer tous à nouveau dans un an ou deux. Trouver d'autres cas.

— Tu sais que les gens vont te faire vivre un enfer à cause de cela ? Que personne ne va te prendre au sérieux ?

— Je me fiche de ce que les autres pensent. Il n'y a que ton opinion qui m'importe.

Cela devait se révéler pas tout à fait vrai.

— Tu renonces à une carrière très prometteuse.

— Je me débrouillerai pour que ça marche. Pour nous, ajouta-t-il. (Le mot resta gauchement suspendu entre eux.) Alors, qu'est-ce que tu en penses ?

Elle marqua une pause et il retint son souffle si longtemps que la tête lui tourna.

— Je ne sais pas, Jerry. Comment veux-tu que je sache ? Ce que tu me racontes… (Elle secoua la tête.) Comment cela peut-il être possible ?

— Mais tu vois bien les données. Je te les ai montrées. Quelle autre explication peut-il y avoir ? Tu crois qu'ils mentent ? Mais quelle raison auraient-ils de mentir ? Leurs familles n'en retirent pas d'argent, ces parents ne cherchent pas à attirer l'attention sur eux, crois-moi… Et oui, il est possible que ces gosses soient doués d'une sorte de super-perception extrasensorielle, j'y ai pensé, mais ils ne se bornent pas à parler de la vie d'autres personnes, ils affirment qu'ils *sont* ces autres personnes. Et si tu écartes cela, quelle autre explication y a-t-il ? Et puis les marques de naissance, les malformations… Leur concordance avec la manière dont ils sont morts, elle n'est pas toujours parfaite, certes, mais il y a un lien, un lien visible et ce n'est que le début – il y a trop d'exemples de ce phénomène pour qu'il soit dû au seul hasard.

— Cela a un rapport avec Owen, n'est-ce pas ?

Pour la première fois, il cessa de parler. Elle lisait immanquablement en lui comme dans un livre ouvert. Elle parcourut, perplexe, les documents étalés devant elle sur la table basse. Les notes, les visages, les corps qui portaient des marques, les autres corps avec des difformités, même si aucune n'était aussi grave que celle d'Owen.

— Tu crois que notre fils est né ainsi à cause de… quelque chose qui lui est arrivé dans une vie antérieure ? C'est ce que tu penses ?

— Ne peux-tu pas admettre que c'est probable ? Ou du moins possible ?

Il insistait, sans la ménager, mais il ne pouvait s'en empêcher. Il en avait besoin.

Elle fronça les sourcils, pensive.

— Tu as toujours été sensé, Jerry. Circonspect. Il ne me semble pas que cela ait changé, même si… (Elle secoua la tête.) Alors si tu penses que c'est possible, je vais admettre que ça l'est. Je te l'accorde.

Il se jeta sur ces mots.

— C'est tout ce que je demande.

— De toute façon, tu vas continuer jusqu'à ce que tu obtiennes des réponses.

Il la regarda dans les yeux.

— Je pense que oui.

Elle soupira, lui jeta obliquement un regard las, amusé et réprobateur. C'était comme si elle avait su en cet instant qu'il n'en verrait jamais le bout, qu'ils n'auraient jamais d'autres enfants, qu'elle passerait le restant de ses jours à vivre dans le sillage de cette obsession jusqu'à ce qu'il n'y ait plus rien d'autre à faire que de s'y joindre.

Et cela n'avait pas changé.

Malgré ses facultés déclinantes, il allait de l'avant. Et à présent, il jetait le protocole par-dessus les moulins.

La femme – celle dont le prénom lui échappait – avait insisté là-dessus.

Elle avait ouvert la porte de sa chambre au motel immédiatement après le coup hésitant qu'il avait frappé. Elle portait les vêtements de la veille et son teint était blême dans la lumière matinale.

— Nous avons passé une mauvaise nuit, dit-elle sans émotion.

Il lui tendit les pages qu'il avait imprimées au centre d'affaires de l'hôtel, couvertes d'informations qu'il avait réunies – indiquant qu'un enfant signalé disparu du nom de Tommy Crawford habitait sur Asheville Road.

— Vous vous fichez de moi, dit-elle quand elle se rendit compte de ce qu'il lui donnait.

Mais elle prit les papiers et les examina pendant que Noah dormait à poings fermés dans le lit voisin.

— Vous pensez que c'est sa personnalité antérieure, dit-elle finalement.

— En effet.

Elle ne cessait de reprendre les feuilles et les reposer.

— Il n'est pas inhabituel que des individus se réincarnent dans un milieu socio-culturel différent, dit Anderson à voix basse, essayant de ne pas se montrer trop pressant. Il y a eu de nombreux cas en Inde d'enfants se rappelant des existences vécues dans des castes plus basses ou plus élevées. Et des enfants birmans semblaient se rappeler une vie antérieure comme prisonniers de guerre japonais dans les camps en Birmanie durant la Seconde Guerre.

— Alors. Si nous faisons cela… (Elle calma son enthousiasme d'un regard.) Si nous allons dans l'Ohio…

Son cœur fit un bond dans sa poitrine. Il ne put s'en empêcher.

— Oui ?

— Nous y allons maintenant. Aujourd'hui.

— Ce n'est pas comme cela qu'on procède, tenta-t-il de la raisonner. D'abord, nous contactons la famille par e-mail. Ou par courrier, si nous pouvons. Nous ne pouvons pas simplement… chercher leur adresse dans l'annuaire et débarquer chez eux.

En réalité, c'est ce qu'il avait fait en Asie, quand les proches de la personnalité antérieure n'avaient ni téléphone ni moyen d'être contactés. Mais en Asie, les familles n'étaient pas comme les familles américaines, et le plus souvent, elles étaient curieuses de le voir.

— C'est très précisément ce que nous allons faire, dit-elle. Je ne vais pas de nouveau contacter une femme en deuil alors que nous ne sommes sûrs de rien. Si Noah ne reconnaît rien, nous faisons demi-tour et nous rentrons, et tout le monde n'y aura vu que du feu.

Son calme commençait à s'évaporer. Elle plaisantait, sûrement.

— Il est préférable de contacter la famille avant.

— J'y vais, avec ou sans vous. Je prends le prochain avion pour là-bas.

— C'est malavisé.

— Eh bien, tant pis. Je ne vais pas ramener Noah à la maison simplement pour tout recommencer. Donc, c'est maintenant ou jamais. Et si nous le faisons… (Elle se redressa sur le lit.) Vous ne pourrez pas en parler dans votre livre. Vous comprenez ? Il s'agit de mon fils, pas de votre contribution à la science.

Il essaya de sourire. Il était tellement fatigué.

— Rien à foutre, de ma contribution.

Sa contribution – oh, il avait eu de grands espoirs, mais il n'était pas allé bien loin. Il y avait tant de choses qu'il ignorait encore. Pourquoi des enfants naissaient-ils avec des souvenirs de vies antérieures, un corps portant des marques de traumatismes passés ? Était-ce lié (ce *devait* l'être) au fait que 70 % des personnalités antérieures que ces enfants se rappelaient avaient connu une mort violente ? Si la conscience survivait à la mort – et il avait démontré que c'était le cas –, dès lors, comment cela s'accordait-il avec ce que Max Planck et les physiciens quantiques avaient compris : les événements ne se produisaient que s'ils étaient observés et en conséquence, la conscience était fondamentale, et la matière elle-même en dérivait ? Cela faisait-il dès lors de ce monde un rêve, où chaque existence, comme chaque rêve, s'écoulait l'une après l'autre ? Et était-il donc possible que certains d'entre nous – comme ces enfants – soient éveillés trop brutalement de ces rêves et brûlent du désir d'y retourner ?

Par le hublot, le ciel bleu s'étendait devant lui, à perte de vue. Il y avait tant de choses qu'il mourait d'envie d'explorer plus en profondeur. Il avait voulu sonder la nature même de la réalité. Il avait voulu terminer ce livre. Mais à présent, son esprit était en miettes et tout ce qu'il voulait, c'était aider cet unique enfant.

Il regarda le garçonnet affalé auprès de lui, niché contre son bras. Cela aurait pu être n'importe quel enfant, doucement endormi. Ce n'était pas n'importe lequel.

— Il vous aime bien, dit la femme.

— Et j'apprécie Tommy. Beaucoup.

Elle poussa un petit soupir.

— Noah.

— Quoi ?

— Il s'appelle Noah.

Bien sûr.

— Je suis vraiment désolé. Je ne sais pas ce qui m'a pris.

Jerry. Jerry. Ressaisis-toi.

Elle avait pâli.

— Je suis désolé. Je suis un peu fatigué…

— Ce n'est pas grave, dit-elle.

Mais elle se détourna en se mordant la lèvre.

Noah. Tommy. Tout se résumait-il à des prénoms ? La preuve que l'on était telle personne et pas telle autre. Et si l'on perdait les prénoms – *quand* on les perdait – et qu'il ne vous restait plus qu'une longue enfilade floue d'humanité, comme un banc de nuages dans le ciel, qu'advenait-il alors ?

Il fallait qu'il se concentre. Qu'il ne perde pas de vue les prénoms. Noah, Tommy. Il allait les enrouler et s'en servir pour colmater les fissures dans son esprit comme d'autres glissaient des vœux écrits sur des morceaux de papier entre les pierres du mur des Lamentations.

Ils regardèrent ensemble le garçonnet endormi.

— Vous savez que je ne peux rien promettre, murmura Anderson.

— Bien sûr.

Mais elle mentait. Elle pensait qu'il lui avait tout promis.

22

Denise se posa du bout des fesses au bord de sa chaise et examina sur le guéridon du médecin le bol de M&M's qui semblait perpétuellement intact. Personne n'en mangeait donc jamais ? Quelqu'un, songea-t-elle, aurait dû faire une expérience. Mettre tous les verts sur le dessus et voir ce qui se passerait. Se moquer du bon docteur.

— Denise ?

— J'écoute.

Elle n'avait pas envie de le regarder, mais estima qu'il en prendrait note si elle ne le faisait pas. L'inquiétude semblait allonger encore plus son élégant visage chevalin.

— Je disais que tout le monde régresse, parfois, disait le docteur Ferguson. Cela arrive.

Son regard revint sur le bol de M&M's.

— Pas à moi.

— Vous êtes trop dure avec vous-même. Vous avez accompli un tour de force pour façonner votre existence. Ne l'oubliez pas.

— Façonner mon existence.

Elle avait dit cela comme elle aurait pu dire : «Une demi-livre de salami, en fines tranches, s'il vous plaît», ou : « C'est l'heure de prendre vos médicaments, monsieur Randolph. » Mais ce qu'elle voulait dire, et même un imbécile l'aurait compris, c'était : « J'ai une vie de merde. »

Le docteur Ferguson n'était pas un imbécile. Elle sentit son regard sur elle.

— Vous êtes déçue de vous-même.

Elle glissa un M&M's vert dans sa bouche. Le sucre se réduisit en poudre sur sa langue. Elle ne sentit pas le moindre goût.

— J'en ai terminé.

— Et qu'est-ce que cela veut dire ?

Elle pouvait aussi bien lui dire la vérité. À qui d'autre pouvait-elle en parler ?

— J'en ai terminé avec tout ça. Durant toutes ces années, je me suis épuisée à tenir bon pour Charlie, et un seul coup de fil suffit à me ramener en arrière comme si c'était arrivé la veille. Et je ne peux pas… (Elle prit une profonde inspiration.) Je n'en peux plus.

Elle sentit qu'il choisissait précautionneusement ses mots.

— Je comprends que cela doit être extrêmement bouleversant d'éprouver de nouveau cela.

— Je ne peux pas, dit-elle en secouant la tête.

Il croisa ses longues jambes maigres.

— Et quel autre choix avez-vous ?

Sa pomme d'Adam tressauta dans son cou, comme celle d'Ichabod Crane dans un film qu'elle avait vu dans le temps. *Du coup, c'est sûrement moi le cavalier sans tête*, songea-t-elle. Et ce serait bien mérité. Elle ne ressentait ni ne pensait plus rien. Elle se regardait depuis une très grande hauteur, comme lors d'une de ces expérience de mort imminente.

— Disons simplement que je réfléchis aux choix qui s'offrent à moi.

— Êtes-vous en train de me dire que vous songez au suicide ? (Elle remarqua son inquiétude. C'était comme une bulle de pensée planant au-dessus de sa tête, sans signification. Elle haussa les épaules. Une habitude de Charlie qui l'agaçait toujours, mais dont elle voyait maintenant l'utilité.) Parce que si c'est de cela que vous parlez, si vous êtes sérieuse, je suis dans l'obligation de prendre des mesures. Vous le savez.

Cet hôpital. Ces canapés tachés, ces linos usés, ces visages vides regardant des émissions de télévision idiotes. Elle frémit.

De toute façon, il ne lui ferait jamais d'ordonnance s'il la croyait suicidaire. Et elle avait besoin des cachets. Elle ne savait pas pourquoi elle avait dit cela.

— Vous savez bien que je ne ferais jamais ça. Je ne lui donnerais jamais cette satisfaction.

— À qui donc ?

Elle le foudroya du regard.

— L'homme qui m'a volé Tommy, évidemment. (Elle sut que c'était la vérité à la seconde où les mots franchirent ses lèvres. Elle ne pourrait pas le faire. Bon sang. Et elle s'était sentie tellement calme, en plus.) Et bien sûr, je ne pourrais pas faire cela à Charlie.

Évidemment qu'elle ne pourrait pas. Et n'y avait-il pas en elle une part infime qui désirait encore retirer quelque chose de cette vie ? Jeter au vent ces fragments d'elle-même, pour voir s'ils pouvaient prendre racine quelque part ?

— Alors, que vous a dit l'inspecteur Ludden, quand vous l'avez appelé ?

— Vous voulez dire hier soir, ou ce matin ?

Voilà, docteur, maintenant vous voyez à quel point nous en sommes, n'est-ce pas ?

Un silence.

— L'un ou l'autre.

— Il a dit que les policiers de Floride travaillent dur sur l'affaire. C'est ce qu'il dit toujours : « Ils travaillent dur, madame. » Toujours très poli, vous voyez. Et je sais qu'il pense que je suis folle. C'est ce qu'ils pensent tous.

— « Tous » ? C'est-à-dire ?

— Tout le monde. Vous pensez que je suis paranoïaque ? Je ne le suis pas. Chaque fois que je croise des gens, ils ont cette manière de me regarder, même maintenant, c'est subtil mais je le vois, comme s'ils étaient surpris, comme si...

— Comme si quoi ?

— Comme si quelque chose clochait chez moi, et que je ne devrais pas être encore là, que je devrais être...

— Oui ?

— Morte. Parce que Tommy est mort.

C'était la première fois qu'elle le disait et elle le regretta aussitôt. Les mots avaient jailli de sa bouche comme des billes qui s'étaient éparpillées partout sur le sol, impossibles à rattraper.

Et les gens avaient raison, songea-t-elle. Pourquoi devait-elle continuer de respirer ? Durant toutes ces années, elle avait tenu bon non seulement pour Charlie, mais aussi pour Tommy : de façon à être telle qu'elle avait toujours été quand il lui reviendrait.

Mais elle ne pouvait plus faire semblant : Tommy était mort et elle était une… une quoi ? Pas une veuve, pas une orpheline. Il n'y avait pas de mot pour dire ce qu'elle était.

— Je vois, fit le docteur Ferguson en faisant glisser vers elle la boîte de mouchoirs en papier.

Leurs regards se croisèrent. Il attendait qu'elle pleure, se rendit-elle compte. La boîte carrée la regardait et patientait, sa peau de carton ruisselant d'absurdes bulles roses et vertes, un mouchoir dépassant de la fente, obscène, réclamant ses larmes, réclamant – comment disaient les livres ? – sa catharsis. Il voulait la voir craquer. Eh bien, pas question de sombrer devant lui. Quel intérêt cela avait, la catharsis ? Il fallait quand même se relever et poursuivre sa vie, une vie de merde. Elle se leva.

— Où allez-vous ?

— Vous allez me la faire ou pas, cette ordonnance ?

— Il n'est pas conseillé…

— Oui ou non ? Parce que je vais aller ailleurs… Vous savez, quelqu'un d'autre me la fera si vous refusez.

Il hésita, mais il lui donna la feuille.

— Revenez rapidement, d'accord ? La semaine prochaine ?

Il fallait quand même se relever et franchir cette porte pour affronter le soleil aveuglant de l'après-midi sur les pare-brise des voitures garées sur le parking.

Il fallait quand même retrouver sa voiture, mettre le contact et l'entendre revenir à la vie avec une plainte déchirante. Il fallait quand même la diriger sur la route avec toutes ces autres créatures vivantes, mouvantes, en partance vers une destination ou une autre comme si la rotation de la Terre dépendait de leurs visites chez le teinturier ou au centre commercial. Il fallait quitter la route pour entrer sur le parking de la pharmacie et descendre de voiture et faire la queue au comptoir avec tous les autres gens venus chercher les potions qui leur accorderaient un jour ou une heure de plus, qu'ils le veuillent ou non, et il fallait vous glisser un demi-cachet dans la bouche, juste une moitié, et l'avaler, à sec, sans rien, la sentir descendre en vous éraflant la gorge. Et puis, comme vous n'aviez rien à manger à la maison et que vous deviez vous occuper d'un être humain en plus de vous-même, il fallait descendre un peu plus loin jusqu'au Stop & Shop. Il fallait entrer et vous retrouver plantée là, éblouie sous ces lumières beaucoup trop vives, tous ces rayons et ces couleurs qui vous sautaient dessus, ces tomates si rouges qu'elles vous blessaient les yeux, ces sachets de Doritos orange flamboyant, ces Seven-Up vert fluo par packs de six, et tous gazouillant : « Prends-moi ! Prends-moi ! Prends-moi ! »

Et vous ne pouviez pas rester figée comme si vous n'aviez jamais vu de supermarché de votre vie. Il fallait, même en cet instant, surtout en cet instant, quand votre élan commençait à diminuer, continuer d'avancer. Vous remplissiez votre chariot avec le nécessaire pour la maisonnée. Vous mettiez un poulet mort et plumé dedans, une grande boîte de corn-flakes et deux litres de lait. Vous y mettiez des brocolis pour Charlie, le seul légume qu'il acceptait de manger, et quelques oignons doux pour Henry au cas où il passerait un jour et vous mettiez aussi un sac de tomates-cerises. Vous saviez que Charlie ne les mangerait pas et vous-même vous préfériez un beefsteak mais vous les preniez quand même, avec leur peau lisse et rouge qui vous regardait par les trous du filet, vous les preniez parce que Tommy les aimait, il aimait les glisser entre ses dents et les faire gicler jusqu'à l'autre bout de la pièce, et vous vouliez vous prouver que vous vous rappeliez ce qu'aimait Tommy, même si cela vous explosait le cœur et y laissait un trou énorme.

Et puis il fallait faire la queue en ignorant Mme Manzinotti qui vous dévisageait depuis le rayon crémerie, alors vous feuilletiez les magazines remplis de célébrités qui tombaient en ruine ou amoureuses ou les deux, en remarquant que Mme Manzinotti venait à présent dans votre direction et en espérant qu'elle vous ignorerait toujours comme durant les premières années, évitant de croiser votre regard, tressaillant quand vous la croisiez au marché ou en ville. Mais elle était là, avec une inébranlable bonne humeur, fonçait vers vous comme si tout était terminé et qu'il fallait continuer comme avant. Peu importe que vous fussiez prête ou non ; il fallait l'être, et vite. Alors vous disiez combien c'était agréable qu'on ait enfin l'impression d'être au printemps (comme si vous l'aviez remarqué) et vous demandiez des nouvelles de M. Manzinotti et d'Ethan et de Carol Ann, et quand elle disait : « Et comment va Charlie ? » vous répondiez : « Nous allons très bien, merci », comme si votre vie était un article dans un magazine que n'importe qui pouvait feuilleter et remettre sur le présentoir, comme si votre petit garçon adoré n'était pas (allez, dis-le) quelque part en morceaux six pieds sous terre.

Et pendant que vous payiez à la caisse, à cet instant, il vous venait à l'esprit qu'il y avait un homme en Floride qui s'arrêtait à une station-service à cette minute précise. Vous le voyiez comme s'il était devant vous, en train d'acheter un gros sachet de Doritos, du bœuf séché et un Red Bull, puis laisser le sachet là sur le comptoir devant le caissier pour aller aux toilettes avant de reprendre la route. Et les yeux de ce type planté là, ces yeux impénitents qui fixaient le miroir des toilettes, étaient les derniers yeux que Tommy avait vus avant que…

Non.

Non, parce que Tommy était en vie.

En vie sur cette terre en cet instant avec tout ce qui faisait de lui Tommy : son amour des tomates, des marshmallows et des caramels, sa façon de lui prendre la main quand elle se levait pour quitter sa chambre le soir, et de lui demander de rester encore quelques minutes (oh, pourquoi s'était-elle libérée et lui avait-elle souhaité bonne nuit ? Pourquoi n'était-elle pas restée ces quelques minutes qu'il demandait ?), la fossette sur sa joue qui apparaissait quand il faisait son sourire idiot et fourbe après quelque bêtise, comme la fois où il avait crevé la baudruche de son frère en rentrant de la foire et avait prétendu que c'était un accident.

Tommy était en vie quelque part sur cette terre et personne n'avait le droit de lui dire le contraire.

Tommy était en vie quelque part sur cette terre et un jour ils se reverraient.

Cela arrivait parfois. Cette fille dans l'Utah, par exemple. Celle qui avait ce visage franc et aimable, ces cheveux blonds, qui avait l'air d'être sortie de la bergerie du Club 4-H et non pas d'avoir rampé à quatre pattes hors du purgatoire. Elle était sur la couverture du magazine que Denise gardait dans le tiroir de sa table de chevet, elle le connaissait par cœur : la fille avait disparu de sa chambre une nuit et cinq ans après elle était de retour à la maison et le monstre qui avait fait cela allait en prison pour la vie. Il y avait des photos d'elle avec ses parents, assis sur le canapé avec le bras de sa mère sur une épaule et la main de son père sur l'autre, naturels comme tout. Elle avait repris les cours, disait l'article. Jouait du piano. Un timide sourire sur le visage, des rubans bleus dans les cheveux. La fille était indemne. Plus ou moins. Cela pouvait arriver. N'importe quoi pouvait arriver. Ce n'était ni plus ni moins improbable qu'un enfant qui partait en vélo chez son meilleur copain au bout de la rue un samedi matin et qui tombait du bord de la terre.

Mais ces pensées étaient comme les pages du magazine, usées à force d'avoir été feuilletées. Ce qui la ramena à son autre pensée. L'idée qu'elle ne pouvait plus continuer.

Je ne peux pas me cramponner à l'espoir et je ne peux pas tenir sans non plus, songea-t-elle.

Elle sortit du parking. En arrivant au carrefour, au lieu de prendre à droite vers la maison, elle prit à gauche et se retrouva à rouler vers Dayton. Elle continua pendant un moment, longeant les champs d'un vert uniforme, sans trop savoir encore où elle allait, jusqu'à ce qu'elle voie le panneau indiquant le nouveau magasin Staples derrière le centre commercial. Il lui faisait son immense sourire de néon, comme s'il l'attendait depuis toujours, comme si elle était l'une des fidèles qui retrouvait le chemin de la maison.

Elle eut un petit frisson en constatant que personne ne la regarda quand elle entra. Tous ces gens continuaient leurs occupations, consistant en rien, d'après ce qu'elle observa. Une fille avec d'horribles tresses méchées feuilletait un magazine. Un ado blanc avec un bonnet sur le crâne (pourquoi portaient-ils ça à l'intérieur, à moins d'être chauves ?) encaissait des articles. Elle entendait les arpèges de son rire nerveux résonner dans tout le magasin. Elle se promena pendant un moment en savourant l'air glacial dans les rayons où pendouillaient toutes sortes de marchandises, chacune avec sa fonction évidente. Dans l'allée dix, elle prit une agrafeuse étincelante et alla au fond du magasin à la section photocopies.

Des paperasses à la main, des gens faisaient la queue. Des annonces pour vendre une voiture, peut-être, ou proposer des cours de piano. Elle se mit dans la file, animée comme les autres par le besoin de multiplier exponentiellement son envie, tenant dans l'autre main l'affichette qu'elle conservait exprès dans sa boîte à gants. Elle attendit son tour, puis elle la tendit à un jeune homme d'une vingtaine d'années, à la peau brune très foncée et avec un visage lisse, aimable et las.

Peut-être que Tommy aura cet air-là un jour, songea-t-elle. Peut-être que Tommy sera employé chez Staples. Il pourrait connaître pire. Elle s'autorisa à l'imaginer, comme si son esprit conscient était resté sur le parking du Stop & Shop et qu'elle laissait cette autre partie d'elle-même avoir à nouveau le dessus.

— Deux cents, s'il vous plaît.

Il prit la feuille sans la regarder. *Merci*, songea-t-elle. *Merci de ne pas regarder.* Les gens des papeteries en ville avaient l'habitude d'elle, désormais; la pitié dans leurs yeux n'était plus nouvelle, elle s'était cristallisée au cours des années en quelque chose de familier, automatique, comme si Denise était un chien errant qui passait de temps en temps pour mendier un croûton ou une caresse.

Mais elle n'avait pas besoin de caresse ni de pitié réchauffée. Il lui fallait ses deux cents photocopies.

— Les voulez-vous sur des couleurs différentes, madame ? Ou sur papier blanc ?

— Le visage sera visible sur des couleurs différentes ?

— Bien sûr. On peut faire ça.

— Alors peut-être des couleurs différentes, cette fois.

— D'accord. Lesquelles voulez-vous ?

— Je vous laisse choisir.

— Je vous propose jaune, vert et rouge. Ça vous va ?

— Parfait.

Elle lui sourit. Elle resta derrière le comptoir, appuyée du bout des doigts sur l'arête dure et tranchante. La sensation du cachet qui glissait dans son organisme. L'agrafeuse qui pesait dans son autre main. Henry s'était débarrassé de l'autre. Elle lui avait coûté 29 dollars, et il l'avait flanquée à la poubelle.

Il faut que tu arrêtes avec ces affichettes, avait-il dit.

Les mots traversèrent son esprit, aussi froids que l'air glacé, comme si c'étaient des paroles qu'elle aurait surprises, échangées par des inconnus.

De quel droit tu te pointes ici pour me dire ce que je dois faire ?

Charlie m'en a parlé. Voilà de quel droit. Notre fils. Il dit que tu n'es même pas là pour le dîner la moitié du temps.

Le gosse mange. Regarde-le. Il ne meurt pas de faim.

Ce n'est pas la question. Tu t'épuises et tu épuises Charlie aussi. Et moi également.

Qu'est-ce que ça peut te faire ?

Il faut que tu arrêtes. S'il te plaît.

Je ne peux pas. Et si…

Appelle le médecin, alors. Fais-toi soigner.

Et si ça changeait quelque chose, Henry ? Et si quelqu'un en voit une et…

Mais nom de Dieu, Denise…

L'ado était revenu.

— En fait, le rouge est un peu sombre, pour le visage. Qu'est-ce que vous pensez du bleu ? Le bleu est vraiment clair.

— Ça ira.

Elle attendit. Elle n'avait que cela à faire, tout en tripotant l'arête tranchante du comptoir, le visage de Tommy se multipliant en vert, bleu et jaune. Elle laissa son esprit s'attarder sur chacun des visages qui sortait de la machine en pensant, *peut-être celui-là*. Peut-être que ce sera celui qui changera quelque chose.

23

Charlie Crawford rentrait lentement chez lui en vélo de chez Harrison Johnson, la tête bouillonnante de riffs de guitare, le corps tout entier palpitant de l'excitation de la victoire et de l'herbe de premier ordre qu'Harrison avait toujours sous la main grâce à un copain de son frère qui travaillait à la pizzeria.

Ba DA DA ba DA DA DA DA. En prolongeant ce dernier enchaînement, en le faisant rouler et tenir pour qu'il résonne dans tout le garage, il avait su tout de suite qu'il n'avait pas merdé. Il l'avait vu quand Harrison et Carson s'étaient arrêtés et avaient écouté pour la première fois, putain, et quand ils avaient hoché la tête à contrecœur dans sa direction alors qu'il partait à la fin de la répète. Il savait qu'ils avaient eu l'intention de le virer pour prendre ce mec du collège d'enseignement général professionnel, Mike, jamais ils avaient estimé qu'il était assez bon, il avait toujours été le mec à la batterie qui habitait dans le coin et qui savait plus ou moins tenir le rythme. Seulement, aujourd'hui, il leur avait sorti du lourd. Il avait tout démoli, il avait foutu le feu.

OK, OK, peut-être que ce n'était pas le meilleur solo de batterie de tous les temps, peut-être qu'il n'était pas l'égal de, disons, Lars Ulrich, mais dans sa vie, c'était ce qui revenait à une putain d'énorme victoire et il allait se la ramener à la maison et y penser tout le long de la route, lui, avec la gé-niale herbe du pote du frère d'Harrison qui le baignait tout entier et grâce à laquelle tout était trop cool, tellement cool qu'il fit un tour du pâté de maisons de plus, avec un aller-retour devant le féroce cabot des voisins en bordure des champs de maïs et sans même trop flipper en remontant l'allée de chez lui, parce que Dieu merci, la voiture de sa mère n'était pas là. Elle bossait tard : que demander de plus ? Il allait prendre une boîte de glace et monter dans sa chambre chatter par texto avec Gretchen. Ou – mieux encore – penser à Gretchen sans éprouver le stress de chatter réellement avec elle, allongé sur son lit, toujours défoncé, les seins de Gretchen tressautant au rythme de son mortel solo de batterie, ses genoux s'ouvrant et se refermant et la minijupe en jean qu'elle portait en cours avant-hier – ou non, mieux encore –, pas de Gretchen, trop prise de tête, mais foncer se défouler sur Internet, à vos marques, prêt, partez ! Ça, c'était une manière sympa de passer l'après-midi.

Il fit demi-tour, bouillant d'impatience, ses dread-locks volant comme des ailes au-dessus de ses oreilles, puis il décida qu'il fallait en profiter avant que cesse l'effet de l'herbe. Il ne prenait jamais le risque d'en apporter à la maison – déjà, sa mère ne le lâchait pas avec ça et elle aurait été fichue de l'envoyer en pension à l'académie militaire si elle avait trouvé même un malheureux bourgeon dans sa poche, et d'ailleurs c'était difficile de gérer et de veiller à ce qu'il n'y ait jamais la moindre trace, quand on était défoncé aussi souvent que lui. Jusqu'à maintenant, cela dit, elle avait tout au plus humé l'air quelques fois quand il rentrait, comme s'il avait été un morceau de viande pas frais dans le frigo. Elle ne connaissait sûrement pas l'odeur de l'herbe et avait dû trouver qu'il puait du caleçon. Heureusement que personne ne tripotait son casier au lycée. Il aurait pu y planquer toute une cargaison, personne ne se doutait de rien.

Il laissa tomber son vélo dans le jardin et fonça à la porte. Mais il y avait des gens qui tournaient autour de la maison en jetant des coups d'œil alentour. Des Blancs. Un homme et une femme, et un petit garçon, aussi. Houlà. Peut-être des témoins de Jéhovah, même si la plupart de ceux qu'il avait vus par ici étaient noirs. Il ne savait même pas qu'il y en avait des Blancs. Est-ce que les mormons s'aventuraient jusqu'ici ? Il fallait leur reconnaître qu'ils étaient malins de venir avec leur gosse. C'est dur de claquer la porte au nez d'un môme.

Il était bizarre, aussi, celui-là. Il sautait dans tous les sens, à croire qu'il se prenait pour un kangourou, en braillant : « C'est ici ! C'est ici ! C'est ici ! » Il n'arrêtait pas de caresser les bardeaux d'aluminium, comme si toute la maison avait été un énorme chien rouge.

— Vous cherchez quelqu'un ? demanda Charlie.

En faisant son plus beau sourire de gamin bien élevé, qu'il était capable de décocher même à travers le brouillard de l'herbe. Sa spécialité, en fait. Il aurait pu se retrouver dans le bureau de la principale Ranzetta en personne qu'elle n'y aurait vu que du feu. Et il l'avait déjà fait, d'ailleurs.

Tous les trois le regardèrent, bouche bée.

La femme prit la parole.

— M. ou Mme Crawford sont là ?

Bon sang, ils se renseignaient, ces évangélistes, il n'y avait pas à dire.

— Maman n'est pas là à cette heure-ci. Peut-être que vous pourriez revenir une autre fois ? ajouta-t-il, plein d'espoir.

La dame et le vieux échangèrent un regard. On aurait cru qu'ils n'étaient pas d'accord sans rien dire pour autant. Comme si la femme avait quelque chose en tête et que le vieux bonhomme avait voulu ficher le camp.

Est-ce qu'ils étaient du lycée ? Il ne les reconnaissait pas, mais le vieux avait des allures de proviseur et la femme aurait pu être une administratrice ou peut-être même une flic, elle en avait l'air énervé. Peut-être qu'ils avaient trouvé l'herbe dans son casier et qu'elle allait le coffrer ou le virer ou l'envoyer en désintox comme ce pauvre naze en instruction civique qui s'était fait piquer avec une bouteille de liqueur de menthe dans son bureau. Non, mais c'est vrai, quoi. De la liqueur ? C'est pour ça qu'on vous arrête ? Dans votre bureau ? De la liqueur ?

Mais pourquoi ils auraient amené un môme, songea-t-il, s'ils étaient venus l'arrêter ? Il n'arrivait pas à piger. Le gosse lui fichait un peu les jetons, aussi. Il regardait Charlie avec un drôle de regard brillant.

— Alors. Vous voulez voir ma mère pour quoi ?

Charlie abandonna son numéro de jeune homme bien élevé et jeta un regard aigu au trio planté sur la véranda.

— Je crains que cela ne regarde qu'elle, dit la femme.

Elle avait l'air tendu.

Oh, oh.

Une pensée lui vint. Comme elle brillait de possibilité dans son cerveau, il la formula.

— Vous êtes de la télé ?

— Quoi ?

— Vous savez, genre *America's Most Wanted*, quelque chose comme ça ?

— Non, pas du tout. Désolée.

— Ah.

Sa mère parlait tout le temps d'aller dans une émission de ce genre, pour rendre publique leur histoire. Mais à sa connaissance, ils ne recherchaient pas les gamins noirs. Seulement les jolies filles blanches.

Alors qui ils étaient ? Il posa sur eux un long et lourd regard enhardi par l'herbe et les vit se dandiner, mal à l'aise. *Tant mieux. Fichez le camp, les drôles de Blancs.*

Un silence. Personne ne disait rien hormis le petit môme, qui continuait de sautiller en marmonnant tout seul : « C'est ici, c'est ici. »

Fichez le camp, fichez le camp, fichez le camp, les drôles de Blancs, répéta-t-il intérieurement.

— Nous reviendrons plus tard, dit le vieux.

Alléluia. *Vous, monsieur, vous êtes un vrai télépathe.* (Peut-être que ce n'était pas trop tard pour regarder du porno, finalement ?)

— Non ! (Le gosse avait une toute petite voix aiguë, comme s'il avait respiré de l'hélium.) Je veux rester !

— On reviendra dans très peu de temps, mon chéri, d'accord ? dit la dame en lui ébouriffant les cheveux.

Elle n'avait plus du tout l'air d'une flic.

— NON !

Le gosse commençait à lui taper sur les nerfs.

— On reviendra, Noah. Ce n'est pas grave.

Le gamin se mit à pleurer. L'homme s'accroupit à côté de lui et lui demanda quelque chose d'une voix si basse que Charlie ne comprit pas. Le gosse hocha la tête. Puis il le désigna.

— Bien sûr que c'est Charlie, dit-il.

Le vieux et la dame regardèrent Charlie. Il commença à avoir des suées, comme s'il avait fait quelque chose de mal.

— J'ai rien à voir avec ce gosse, dit-il. Je le connais même pas.

Il leur jeta un regard suppliant. Cette herbe n'était pas si géniale, en fin de compte. Elle le rendait parano.

— C'est votre prénom ? Charlie ? demanda le vieux.

— Ouais.

Ils restèrent tous les quatre à se dandiner sur le petit perron en ciment, avec le gamin blond qui continuait à piailler et lui fichait les jetons.

Finalement, il lui vint à l'esprit que sa mère connaissait peut-être ces gens. Après tout, ils connaissaient son prénom. Elle le tuerait si elle découvrait qu'il les avait laissés attendre dehors.

— Vous voulez entrer ?

— Ce serait très aimable, merci, dit le vieux. Le voyage a été long.

Qu'est-ce qu'il fallait faire d'un grand-père, d'une femme et d'un môme pleurnichard tous plantés dans votre salon ? Le vieux posa les fesses sur le rebord du canapé et se mit à rédiger des notes d'une minuscule écriture en pattes de mouche sur un bloc jaune.

— C'est ici, répéta le môme.

Il avait l'air vraiment surexcité. Il se mit à courir partout dans la pièce et la dame (il était pratiquement sûr que c'était sa mère) s'élança aussitôt derrière lui.

Il savait qu'il était censé faire quelque chose. L'idée lui vint petit à petit, un dense miroitement à l'autre bout du salon qui prit lentement corps et se mit en mouvement, flottant vers son cerveau comme un spectre serviable. Manger. Quand vous avez des gens chez vous, vous leur proposez à manger.

— Vous voulez manger quelque chose ? Grignoter ?

— Ce serait bien, répondit le vieux bonhomme.

Il avait l'air vraiment reconnaissant, à croire qu'il n'avait rien pu se mettre sous la dent de la journée.

Quand Charlie revint de la cuisine (sans rien d'autre que des verres d'eau du robinet – le frigo était vide à part une vieille sauce pour pâtes et la glace dans le congélateur qu'il se réservait), le gosse, devant la cheminée, était en train de montrer le tableau de la ferme que son grand-père Joe avait peint dans le temps.

— C'était en haut, disait le gosse. Dans le grenier.

— Ouais, on l'a descendu une fois que papa est parti... (Il s'interrompit.) Qu'est-ce que tu as dit ?

— Papa n'est pas là ?

— Mon père habite à Yellow Springs, maintenant.

— Pourquoi il est parti là-bas ?

— Eh bien, lui et maman ne s'entendaient plus, alors ils...

Le gosse le regardait en ouvrant de grands yeux. Mince, il était trop bizarre ce gamin.

— Mes parents... Ils sont séparés.

— Séparés ?

Le gamin jetait des regards tout autour de lui comme s'il enregistrait tout.

— Tu sais ce que veut dire *séparés*, mon chéri ? dit la dame. C'est quand un père et une mère décident de vivre chacun dans un endroit...

Le gamin s'approchait du piano, maintenant, et soulevait le couvercle du tabouret.

— Où est toute la musique ?

— On n'en a pas.

— Il y en avait.

Charlie sentit qu'il commençait à craquer. Flipper. Il avait de moins en moins prise sur la réalité. Peut-être qu'il y avait autre chose dans l'herbe du pote du frère d'Harrison, genre du peyotl. Il avait entendu dire que certains faisaient ça, qu'ils coupaient l'herbe avec un truc bien hard qui vous faisait triper à fond, même s'il avait du mal à comprendre qu'on puisse agir comme ça, étant donné que le but du jeu, pour lui, c'était plutôt d'arrondir les angles.

Il regarda le gosse qui s'était assis sur le tabouret. *Allez, Charlie, donne-toi un peu de mal.*

— Tu joues du piano ?

Le gosse se contenta de rester assis là.

— Non, il ne sait pas, dit la dame.

Puis le gamin se mit à jouer. C'était le thème principal de *La Panthère rose*. Charlie reconnut l'air immédiatement dès les premières notes. Il ne l'avait pas entendu depuis des années, mais à cette époque, celle où son frère le jouait, il l'entendait tous les jours, parfois toutes les deux heures jusqu'à ce que leur père le menace de l'étrangler, et il comprit sans l'ombre de l'ombre d'un doute qu'il était mal barré. Il était à l'ouest. À l'ouest et sur le point de flipper là maintenant, devant tous ces Blancs.

— Il faut que tu arrêtes de jouer ça, dit-il. (Le gamin continua.) Il faut que tu arrêtes de jouer ça.

Il entendit la voiture qui remontait l'allée avec le sifflement bien reconnaissable de son pot d'échappement.

Oh, mon Dieu, merci. Maman est là.

— Hé, gamin.

Putain de Panthère rose.

— Tu ne me reconnais pas, Charlie ? demanda le gosse.

La portière de la voiture claqua. Elle sortait quelque chose du coffre. *Viens, maman. Viens et arrange ce merdier, sors-moi de là.*

— Non, dit Charlie. Non, je ne te reconnais pas.

— Je suis Tommy, dit le gosse.

Il essaya de s'accrocher aux derniers lambeaux de défonce, mais il n'y avait plus rien, elle s'était dissipée depuis longtemps.

24

Rétrospectivement, ils s'y étaient mal pris.

Dans la cuisine des Crawford, Anderson tentait mentalement de détailler exactement comment tout était allé de travers malgré lui.

Au cours de sa carrière, il avait traité près de trois mille cas, dont il avait toujours fait l'autopsie et le suivi, non seulement pour ne pas perdre ses sujets de vue, mais aussi pour apprendre de ses erreurs. Aujourd'hui cependant, il se sentait aussi inexpérimenté et inculte qu'à ses débuts. Comme prévu, ce dernier cas était important, non pas parce qu'il révélerait au monde entier que des preuves de la réincarnation existaient, mais parce qu'il allait lui permettre d'en finir avec ce chapitre de sa vie.

Il aurait dû le savoir. Où avait-il eu la tête ? Ils n'auraient pas dû parler à l'adolescent, ils auraient dû partir immédiatement et faire le point. Presque trois mille cas et certainement entre cinquante et soixante convenables en Amérique : il *savait* que ce n'était pas l'Inde, où les villageois s'empressaient de désigner des cas de réincarnation possible et lui faisaient examiner des marques de naissance qu'il distinguait à peine.

En Inde, les gens voulaient qu'il réussisse, ils étaient enthousiastes à l'idée de prouver ce qu'ils savaient déjà. Avec les cas américains, il fallait être circonspect. Progresser lentement, très lentement, jusqu'au cœur du sujet, dans les termes les plus délicats possibles, en spécifiant clairement que vous ne faisiez rien d'autre que poser des questions.

Ils auraient dû partir avant que la mère arrive.

Il aurait dû prévoir que l'adolescent allait brûler les étapes comme cela. «Maman, ce gosse dit qu'il est Tommy», avant que la pauvre femme ait pu franchir le seuil.

Il aurait dû se souvenir, surtout, qu'aucun cadavre n'avait été découvert et que par conséquent, cette mère ignorait que son fils était mort.

«Maman, ce gosse dit qu'il est Tommy», avait dit l'adolescent alors qu'elle se faufilait à peine à l'intérieur, de biais, une hanche en avant, serrant un sac de courses contre sa poitrine et une liasse de papiers sous un bras.

«Ce gosse dit qu'il est Tommy», et Noah dans le salon en train de jouer du piano, et lui-même paralysé par sa fichue timidité verbale et aussi par l'allégresse inondant les récepteurs de dopamine de son cerveau : l'allégresse qui le gagnait toujours lorsque la correspondance des personnalités était confirmée – car il était tout à fait certain que l'enfant n'avait jamais joué de piano jusque-là, et que l'air qu'il jouait signifiait quelque chose pour la famille de la personnalité antérieure.

La musique : y avait-il plus puissant pour évoquer ce qui était perdu ? Était-ce vraiment si surprenant que, quand la femme s'était tournée vers la pièce, il y ait eu de l'espoir dans ses yeux, cet espoir fou et désespéré que l'on voit parfois sur le visage des malades au stade terminal qui discutent des nouveaux traitements ? Était-ce vraiment si surprenant que l'espace d'un instant, elle ait cru que son fils perdu était là, quelque part dans le salon, qu'il était vivant et lui était revenu ?

Ou que, lorsque, au lieu de cela, ses yeux s'étaient posés sur le petit enfant blanc qu'était Noah, qui se précipitait à présent vers elle comme un missile à tête chercheuse blond et se jetait dans ses jambes, elle serait anéantie ? Elle avait été obligée de tout absorber d'un seul coup, l'espoir, le choc de la déception et toute la vitalité de Noah qui s'écrasait sur elle, et tout cela sur le seuil de sa maison, son manteau encore sur le dos, ses clés dans une main et un lourd sac de courses sous le bras.

Il aurait dû prendre le relais immédiatement. Instaurer un semblant d'ordre. La soulager de son sac. « Madame Crawford, je suis le professeur Anderson, veuillez vous asseoir et nous allons vous expliquer notre présence ici », voilà ce qu'il avait prévu de dire. Il s'entendait parler d'un ton apaisant. Mais il hésita, voulant être sûr de bien formuler sa phrase, et avant qu'il ait eu le temps de se lancer, Janie se précipita, empoigna Noah par le bras et essaya de lui faire lâcher les jambes de la femme.

— Partons, mon chéri.

— Non.

— Il faut que tu la lâches. Je suis vraiment désolée, dit-elle à Denise.

Elle essaya d'entraîner Noah, mais il se cramponna de plus belle en entourant les deux jambes de ses petits bras.

— C'est une plaisanterie de mauvais goût ?

— Noah, tu embêtes la dame, lâche-la *tout de suite*.

— Non ! dit-il. C'est ma maman !

— C'est de la folie, dit Denise Crawford.

Elle secoua la jambe pour se dégager. Elle portait toujours son sac de courses. Personne ne l'en avait soulagée. L'adolescent était planté au même endroit, bouche entrouverte. Anderson regardait la scène, préparant mentalement sa phrase. Noah se collait contre Denise et Janie essayait de le tirer dans l'autre sens, l'un et l'autre engagés dans un bras de fer, tel le combat primitif entre mère et enfant, jusqu'à ce que la liasse de papiers calée sous le bras de Denise commence à glisser, et qu'en tentant de la rattraper, elle secoue de nouveau la jambe, ou donne un coup de pied, et que Noah tombe.

Il partit à la renverse et sa tête cogna bruyamment le parquet.

Anderson sentit le bruit résonner dans tout son être.

L'enfant ne bougea pas. Il était allongé par terre, les yeux fermés. Anderson entendit un cri étouffé – Janie – puis le bruit d'éclaboussure des papiers qui échappaient à Denise et s'éparpillaient devant eux, avec Tommy Crawford qui leur souriait en vert, en jaune et en bleu.

Janie se précipita immédiatement sur son fils.

— Noah ?

Puis Anderson se ressaisit et alla s'accroupir auprès de l'enfant. Il lui prit le pouls et les solides pulsations ramenèrent la vie dans la pièce.

Noah ouvrit les yeux, battit des paupières et regarda le plafond. Ses pupilles paraissaient normales.

— Tu sais qui je suis ? demanda Anderson.

Le regard de l'enfant glissa du plafond vers le visage d'Anderson. Il le regarda, attristé, comme si la question le décevait.

— Bien sûr que je sais qui vous êtes. Je connais tous les gens dans la pièce.

Anderson se releva en s'époussetant les genoux.

— Je pense qu'il n'a rien.

— Ce n'est pas sûr ! s'écria Janie. Et s'il a un traumatisme crânien ?

— Nous allons surveiller d'éventuels symptômes. Mais c'est peu probable.

— Vraiment ? Qu'est-ce que vous en savez ?

La question vibra dans l'air. *Elle ne me fait pas confiance*, se dit-il. *C'est logique. Pourquoi se fierait-elle à moi ?*

— Oh !

Il y eut un autre bruit sourd, le sac de courses qui tombait, échappant finalement à Denise, des oignons roulant sur le sol comme des balles de flipper. Denise regarda Noah et tout ce désordre en secouant la tête.

— Je suis désolée…

Noah se redressa péniblement en grimaçant.

— Maman ?

— Je suis désolée, répéta Denise.

Ses genoux eurent l'air de flageoler, et Anderson craignit un instant qu'ils se dérobent, qu'elle tombe et que ce soit le couronnement de cette farce. Mais elle s'accroupit et ramassa les feuilles qu'elle empila soigneusement.

Janie prit Noah dans ses bras.

— Viens, mon chéri. Allons prendre un… un verre d'eau, d'accord ?

Et sans attendre sa réponse, elle se releva et quitta la pièce.

— Je ne voulais… blesser personne…, dit Denise d'une voix rauque, encore sous le choc, tout en ramassant les affichettes une par une.

— Maman, dit l'adolescent. Laisse ça.

— Non, il faut que…

— Laisse ces papiers tranquilles.

— Ce n'est pas votre faute, dit Anderson. C'est la mienne.

Elle leva les yeux vers lui, mais il ne parvint pas à croiser son regard.

Dix minutes plus tard, Anderson, assis bien droit sur le canapé, encaissait toute la fureur et la perplexité de la femme qui déferlaient sur lui. Il était conscient de les mériter.

— Qu'est-ce que vous me chantez ?

— Peut-être que nous devrions en discuter une fois que vous serez remise, répondit lentement Anderson. Du choc.

— Oh, je m'en suis remise.

Mme Crawford se dressait devant lui. Elle n'avait pas l'air tout à fait stable.

Voilà qui prouve simplement que la manière d'aborder les gens est toujours cruciale, songea Anderson. Il n'aurait pas dû écouter Janie. Il aurait d'abord dû contacter cette femme par e-mail. La prévenir, d'une manière quelconque.

Elle croisa les bras et il sentit la colère monter en elle puis se déverser dans sa voix tremblante et son regard flamboyant.

— Alors, que ce soit bien clair. Vous pensez que mon fils est... réincarné quelque part dans cet enfant. C'est bien ce que vous croyez ?

— Madame, nous essayons de ne pas nous précipiter... (Il la regarda. *Oh, et puis rien à foutre.*) Oui. C'est ce que je crois.

— Vous êtes complètement cinglés, tous autant que vous êtes.

— Madame. Je suis peiné que vous...' en arriviez à cette conclusion.

Il prit une profonde inspiration. Il avait si souvent affronté des résistances. Pourquoi fallait-il que cela l'affecte cette fois-ci ? Il n'arrivait pas à retrouver en lui la clarté pour exprimer ce qu'il devait expliquer.

— Si vous voulez bien prendre un instant et me laisser vous exposer quelques-unes des choses que Noah a dites, et vous pourrez ensuite soit... les accepter ou...

— Une espèce de vaudou insensé...

— Ce n'est pas du vaudou, coupa Janie, en apparaissant dans l'embrasure.

Anderson fut soulagé de la voir.

— Comment se sent Noah ?

— Ça va. Pour l'instant. Il refuse de me parler. Charlie l'a installé dans la cuisine à regarder des dessins animés sur l'ordinateur. (Elle se tourna vers Denise.) Écoutez, dit-elle. Je sais que cela paraît fou, et complètement tiré par les cheveux... et à vrai dire, c'est *effectivement* tiré par les cheveux, de A à Z, mais peut-être que c'est aussi… (Elle jeta un coup d'œil à Anderson, écarquilla les yeux, comme on ouvre brusquement des volets.) C'est également vrai. (Anderson fut momentanément rempli de gratitude. Peut-être que tout n'avait pas tourné en eau de boudin, en fin de compte.) Écoutez, nous ne voulons surtout pas vous bouleverser, dit Janie, mal à l'aise.

Denise éclata d'un rire épouvantable.

— Allez-y, vous pouvez croire ce qui vous chante. C'est votre droit. Mais s'il vous plaît, laissez-nous, moi et ma famille, en dehors de tout cela.

— Tommy avait-il un lézard appelé Magyar à pointes ? demanda soudain Anderson.

Les bras croisés, Denise resta de marbre.

— Et si c'était le cas ?

— Noah se rappelle avoir été un garçon prénommé Tommy qui avait un lézard du nom de Magyar à pointes et un frère prénommé Charlie. Il a fait de nombreuses fois référence aux *Harry Potter* et il est fan de l'équipe de base-ball des Nationals.

Anderson lui-même fut surpris de sa maîtrise retrouvée des prénoms, comme si une autre partie intacte de son cerveau récupérait l'information nécessaire. Les caprices de l'aphasie étaient du grain à moudre pour quiconque aurait rédigé une étude sur le sujet, sauf qu'en l'occurrence, il s'agissait de sa vie, de l'instant présent.

— Il a raconté avoir tiré avec un fusil calibre 54.

Denise grimaça un mince sourire.

— Eh bien, voilà. Nous n'avons jamais eu d'armes à feu chez nous. Je n'ai jamais laissé les garçons jouer ne serait-ce qu'avec des pistolets en plastique.

— Il dit que sa mère lui manque. Son autre mère, ajouta calmement Janie. Il pleure après elle constamment.

— Écoutez, je ne sais pas pourquoi votre fils raconte tout cela. Si quelque chose cloche chez lui, j'en suis sincèrement désolée. Mais c'est absurde, c'est un ramassis de vagues coïncidences, et vous vous adressez à la mauvaise personne, car franchement, je m'en contrefiche. (Denise éclata de nouveau de rire, si on pouvait appeler cela ainsi. Anderson perçut son chagrin derrière cette façade furieuse, comme un éclair zébrant l'horizon. Pas moyen de communiquer.) Écoutez, je ne suis pas pasteur et d'après ce que je vois, vous non plus. Il n'est pas question que je reste plantée au milieu de mon salon à spéculer sur l'au-delà, parce que cela ne change rien du tout. Rien de tout cela ne me ramènera mon petit Tommy. Il est… (Sa voix se brisa. Elle secoua la tête et se reprit.) Mon fils est mort.

Les mots résonnèrent dans la pièce. Elle les dévisagea l'un après l'autre, comme si l'un d'eux avait réellement pu la contredire. Anderson regretta brusquement de ne plus être un interne, armé de sa blouse blanche, soignant les malades ; tout sauf être ce qu'il était, là où il se trouvait : dans ce salon, en train de confirmer à cette mère que son fils était mort.

— Je suis vraiment désolée, dit Janie, d'une voix mêlée de larmes.

Denise Crawford, en revanche, ne pleurait pas. Elle continuait, si froidement qu'Anderson sentit le chagrin glacé familier le pénétrer jusqu'à la moelle.

— Il est mort. Et il ne reviendra jamais. Et vous… vous devriez avoir honte de ce que vous faites.

— Madame Crawford…

— Je pense que vous devriez partir, à présent. Vous en avez assez fait. Partez, c'est tout.

Janie s'efforça de sourire.

— Madame Crawford… Nous allons partir, cela ne nous ennuie pas, mais si vous pouviez voir Noah quelques minutes… Vous n'êtes pas obligée de dire quoi que ce soit, restez simplement avec lui, soyez… gentille…

— Vous avez convaincu ce gosse qu'il est quelqu'un d'autre. Et vous l'avez traîné jusqu'ici depuis Dieu sait où…

— New York.

— Tiens, comme c'est étonnant ! Vous avez lavé le cerveau de ce pauvre enfant et vous l'avez trimballé depuis New York. Et maintenant vous voulez que je me prête à votre petit jeu. (Elle secoua la tête.) Pour moi, ce n'est pas un jeu. Maintenant, sortez de chez moi.

— Ce n'est pas un jeu pour nous non plus, dit lentement Anderson, d'un ton ferme. Écoutez, madame… Je sais que vous avez vécu un deuil. Une perte terrible. Je comprends ce que vous ressentez.

— Vous comprenez ? Pourquoi ? Qui avez-vous perdu ?

— J'ai perdu mes… mes… (Il chercha le mot, mais il se brisa sous lui comme le barreau d'une échelle, le faisant choir dans les ténèbres. Il vit mentalement le visage de sa femme. Qui le regardait d'un air déçu.) Mes autres.

C'est tout ce qu'il avait trouvé. Il avait perdu le prénom de son épouse. De son propre fils.

Denise Crawford se redressa de toute sa hauteur. Elle était presque aussi grande qu'Anderson.

— Je vous ai dit de partir.

C'est pour cela que j'ai passé tellement d'années en Asie. Voilà ce qui arrivait sur les cas américains. Il ne bougea pas. Il était incapable de réfléchir.

Janie le regarda, et il la suivit dans le couloir.

Je suis désolé, pensa-t-il. *Désolé de vous avoir entraînée là-dedans. Désolé de vous avoir convaincue de croire ce lamentable vieux sac d'os que je suis.*

— Alors, qu'allons-nous dire à Noah ? chuchota-t-elle avec impatience. (Sa proximité dans le couloir, l'haleine de son murmure sur son visage, tout cela le frappa brutalement et le fit se recroqueviller.) Comment vais-je pouvoir rattraper cela ?

— Vous trouverez une solution.

— C'est tout ce que vous avez à dire ? Que je trouverai ?

De quelque part non loin, le rythme de tambours se fit entendre, menaçant, implacable, comme menant son armée à la défaite. Il se força à relever la tête et à la regarder dans les yeux.

— Je suis désolé.

Elle se détourna et ouvrit la porte de la cuisine. Mais elle n'allait pas avoir besoin de trouver quoi que ce fût, car Noah avait disparu.

25

Un château de cartes qui s'effondre, songea Anderson. Tout ce qui pouvait mal tourner avait déraillé. Et devant cette hystérie collective, il était resté encore plus impuissant que tous les autres. Il avait cherché les mots et ne les avait pas trouvés.

Ce ne serait jamais arrivé en Inde. Là-bas, les gens comprenaient que la vie se déroulait telle qu'elle le devait, que cela vous plût ou non : la vache sur la route, le coup de volant brutal qui vous sauve ou vous tue. Une vie s'achevait, une autre commençait, peut-être meilleure que la précédente, peut-être pas. Les Indiens (et les Thaïs, et les Sri-Lankais) acceptaient cela tout comme ils acceptaient les moussons ou la chaleur, avec une résignation proche du simple bon sens.

Maudits Américains. Les Américains, ignorants des tas de bouses qu'on brûle et des coups de volant, ne pouvaient s'empêcher de s'agripper de toutes leurs forces à la vie qu'ils menaient comme on se cramponne à une branche si grêle qu'elle ne peut que se casser… Et quand les choses ne se passaient pas tout à fait comme prévu, ils perdaient les pédales.

Lui y compris.

Explication qui n'était pas pire qu'une autre pour ce qui s'était passé cet après-midi-là.

Mais l'Amérique ne pouvait pas être la seule coupable.

Parce que les choses dérapaient aussi en Inde, parfois, non ?

Les êtres humains étaient si complexes, comment pouvait-on prévoir comment ils réagiraient, confrontés à l'impossible ?

On ne pouvait pas.

Debout au milieu de la cuisine, il essayait de reprendre ses esprits. Sur le frigo était collée une photo d'une souriante équipe de minimes. Il l'étudia, les yeux plissés, et distingua Tommy au premier rang à gauche, brandissant une pancarte qui disait : CHAMPIONS DIVISION MINIMES – MILLERTON SUD – « LES NATIONALS ».

Ah, les Nationals. La pièce manquante du puzzle. Il avait oublié qu'on donnait parfois aux équipes scolaires amateurs des noms inspirés d'équipes professionnelles. La preuve était solide, mais pourtant, elle ne lui apportait aucune satisfaction. À quoi servaient les preuves, à présent ?

Il sortit de la cuisine et partit à la recherche du garçon disparu.

Depuis la porte de la cuisine de la maison de Denise, Janie contemplait une vaste étendue de néant.

Elle avait baissé la garde une minute à peine, mais cela avait été une minute de trop, et maintenant, Noah était parti.

Elle avait inspecté une fois de plus le cellier, le salon et la salle de bains du rez-de-chaussée pendant que l'adolescent vérifiait les autres pièces de la maison, mais il n'était pas là.

Il avait dû filer par la porte de la cuisine pendant qu'elle parlait à Denise et que Charlie était parti répéter sa batterie. Il avait dû croire que Denise l'avait rejeté et que c'était pour cela qu'elle lui avait donné un coup de pied. Évidemment qu'il ne pouvait que le penser. Ou bien il s'était dit que tout était sa faute, alors que c'était elle, Janie, qui était en tort… Enfin, le moment était mal choisi. Elle aurait tout le temps de regretter plus tard.

Elle ouvrit la porte : une étendue d'herbe boueuse, des plaques jaunes où les nouvelles pousses vertes apparaissaient, comme une tête qui aurait grisonné à l'envers. Une feuille qui tournoyait sans fin au milieu d'un bassin à oiseaux où croupissait une flaque d'eau noirâtre. La silhouette d'un arbre, aux extrémités couvertes de bourgeons. Puis le jardin s'arrêtait et les champs commençaient et s'étendaient à perte de vue.

— Noah ? (Elle avait oublié combien la campagne était silencieuse. Quelque part, un chien aboya.) Noah !

Jusqu'où pouvait aller un enfant de quatre ans ?

Des fragments de paroles consolatrices lui traversèrent l'esprit : d'un instant à l'autre, ne t'inquiète pas, tout ira bien, tout s'est toujours bien passé, il est forcément quelque part. Et au-dessous, la panique qui montait comme une crue, emportant tout sur son passage. La pelouse qui s'étendait jusqu'aux jeunes pousses vertes du champ de maïs.

— NOAH !

Elle s'élança.

Les tiges des chaumes lui piquaient les chevilles alors qu'elle traversait les champs, cherchant du regard une tête blonde. Elle sentait les pousses tendres se briser sous ses semelles à chaque pas.

— No-ah !

Il pouvait être n'importe où. Roulé en boule sur le sol humide hors de son champ de vision, entouré par les tiges vertes. Il pouvait être dans les arbres au-delà des herbes, dans les sombres tréfonds des bois.

Peut-être était-ce le prénom. Il était têtu. Peut-être qu'il le faisait exprès et qu'il réagirait si elle utilisait l'autre prénom.

— Tommy ? (Le prénom s'arracha de sa gorge et griffa l'air.) TOMMY !

« Noah ? Tommy ? Noah ! »

Les prénoms résonnèrent sur la terre plate et la courbe grise du ciel.

— Tommy ! Noah ! Tommy ! appelait Janie en scrutant ce monde gris et vert.

Cherchait-elle une tête blonde ou brune ? Allait-il être perdu une seconde fois, était-ce cela son destin ? Être perdu, perpétuellement ?

Non. Tu paniques. Il est quelque part dans les environs. Tu vas le trouver d'un instant à l'autre.

Ou peut-être pas.

— Noah ! Tommy !

Elle quitta les champs et entra dans les bois, puis elle finit par ne plus savoir où elle était. Comment pouvait-elle aider l'enfant si elle-même était perdue ?

Elle ne put s'empêcher alors de penser à Denise Crawford. Denise, qui devait s'être trouvée au même endroit il n'y avait pas si longtemps, en criant ce prénom, en le hurlant à la face d'un ciel indifférent jusqu'à ne plus avoir de voix, et dans sa panique et son malheur, Janie comprit que la distance entre cette autre femme et elle s'était réduite à néant. Elles étaient des mères. Elles étaient semblables.

26

Denise était allongée sur le lit. Elle avait voulu aider à chercher le petit garçon, mais ses jambes se dérobaient sous elle, et il avait suffi qu'elle jette un coup d'œil à ce médecin, enfin, si c'en était un, pour qu'il lui dise d'aller se reposer. La douleur dans sa tête avait été violente, mais elle décroissait rapidement, évidemment, avec les deux autres cachets qu'elle avait pris. En se regardant dans le miroir de l'armoire à pharmacie, elle avait été tentée de gober le contenu entier de ce fichu flacon pour mettre un terme à tout cela une bonne fois pour toutes, mais elle s'était consolée en n'en prenant que deux pour l'instant, sans avaler une goutte d'eau, et de glisser le reste dans sa poche.

À présent, elle n'avait plus mal, plus mal du tout, merci bien, et elle était dans un rêve, une réalité alternative où tout était différent et sens dessus dessous. Des démons avaient tenté de la tromper, et elle avait blessé un ange qui lui demandait quelque chose, mais ils étaient partis.

Des éclats de voix, déchirant l'air. La vie était un verre qu'elle avait laissé tomber et se fracasser et ils étaient les morceaux. Les gens étaient les morceaux.

Quelqu'un appelait Tommy.

Mais Tommy était parti.

Tommy avait disparu. Elle s'entendait elle-même l'appeler. On lui avait fait faire demi-tour et on l'avait renvoyée à cet endroit, à ce jour qu'elle n'avait jamais quitté.

Elle croyait l'avoir mis de côté ; l'avoir dépassé, contourné – pas en oubliant, jamais en oubliant, mais en faisant un long détour pour pouvoir continuer, pour tenir jour après jour, mais elle s'était trompée, car il avait toujours été là, il continuait de passer sur l'écran de son âme. Elle ne l'avait jamais quitté. Ce jour-là.

Tommy !

Elle s'était réveillée en entendant les garçons se disputer. Henry était rentré la veille en apportant des cadeaux de dernière minute trouvés dans un aéroport quelconque, et comme d'habitude, il avait raté son coup et Tommy préférait celui de Charlie. Alors les gamins se chamaillaient et l'avaient réveillée, et elle avait pensé : *Bon sang.* Sans savoir. Sans avoir la moindre idée de ce que la journée lui réservait. Se dire bon sang, parce que les gosses se disputaient et qu'Henry, mort de fatigue à côté d'elle, se remettait de son dernier concert à pas d'heure, d'une autre tournée qui s'était éternisée, faisant d'elle la mère célibataire qu'elle n'avait jamais eu l'intention d'être. Ils s'étaient querellés à ce sujet la veille, elle voulait qu'il retourne dans l'enseignement, qu'il ait un revenu régulier, qu'il soit là pour sa famille, ils s'étaient pris de bec devant les garçons alors qu'ils avaient toujours évité de le faire.

— Tu m'enlèves ce que j'adore, avait clamé Henry. Tu m'enlèves ce que j'adore.

Et elle s'était réveillée en entendant les garçons se chamailler et elle avait pensé : *Bon sang, maintenant il va falloir que je m'occupe de ça, c'est encore moi et personne d'autre*, alors elle avait passé la tête par l'embrasure et crié : « Réglez ça, les garçons, sinon vous allez réveiller votre père ! »

Et comme Tommy voulait aller jouer chez Oscar, elle avait dit d'accord, vas-y, parce que Henry dormait et que les gamins se chamaillaient et qu'elle pensait qu'elle serait tranquille un moment si elle ne l'avait pas dans les pattes.

Et c'est ainsi qu'elle avait eu sa journée, sa journée sans Tommy dans les pattes. Charlie, tranquille, qui s'amusait avec son nouveau jouet. Henry qui dormait. Dans l'après-midi, ils avaient déjeuné sans se presser et elle avait décidé de préparer des lasagnes pour le dîner. Pendant qu'elle faisait la cuisine, elle avait regardé par la fenêtre les jonquilles qui fleurissaient autour du bassin à oiseaux, et Henry était là, et la maison était tranquille, et elle savourait son bonheur. Il y avait Henry à la maison et Charlie et Tommy et sa maison avec la mangeoire pour les oiseaux et les vacances d'été sous peu et elle savourait son bonheur de vivre ce moment de tranquillité, cette vie, cette journée.

Tommy !

Mais c'était la fin de l'après-midi et le soir approchait et elle était allée chercher Tommy pour qu'il rentre dîner.

En descendant la route tranquillement. Rien ne pressait. On était samedi. Les champs verdoyants luisaient dans le crépuscule. L'été arrivait et l'air en était tout embaumé.

Elle passa devant le chien des voisins qui aboyait et les boîtes à lettres des Clifford et des McClure, puis elle tourna dans l'impasse où habitait Oscar, un demi-cercle de maisons sous de grands arbres qui se balançaient dans la brise. L'un d'eux devait être malade : un homme perché tout en haut sciait les branches. Elle s'arrêta pour le regarder, trouva vraiment dommage que les branches de cet immense vieil arbre plusieurs fois centenaire doivent tomber, au moment même où tout autour de lui, le printemps enveloppait le monde. Dans l'impasse, les gens étaient dehors, ils faisaient du skate-board, écoutaient la radio, lavaient leurs voitures. Oscar jouait au basket-ball sur son allée, et dans le jardin sur le côté de la maison, sa mère arrosait les tomates. Denise les vit en montant les marches de l'entrée, elles étaient petites, rondes et vertes sur la tige, comme une promesse.

Elle entendait le ballon qui passait en sifflant dans le filet. L'eau qui giclait du tuyau d'un voisin rinçant la mousse de sa voiture. Le bourdonnement de la scie dans l'arbre, puis le lent craquement de la branche qui commençait à tomber.

Si elle avait pu revenir en arrière – ce qui était impossible –, elle serait revenue à ce moment exact, sur l'allée en plein printemps, écoutant le ballon d'Oscar bruisser à travers le filet, en attendant Tommy. Ce moment avant que la mère d'Oscar lève les yeux de ses tomates, que Denise voie la surprise clairement gravée sur son visage, et que sa vie soit fendue en deux.

Dès lors, il y aurait toujours la partie de son existence qu'elle vivait, et l'autre partie, la partie vécue dans l'obscurité, dans laquelle quelque chose arrivait à Tommy quelque part.

Mais tout recommençait, ce moment où Tommy avait disparu n'avait jamais cessé de passer. Elle était enfermée à l'intérieur et il n'y aurait jamais aucune issue, malgré tous les cachets qu'elle pourrait prendre. Elle avait toujours été là, en ce jour, elle avait juste imaginé qu'elle avait continué sa vie, qu'elle avait élevé Charlie du mieux qu'elle avait pu, qu'elle avait continué de travailler.

Denise leva les yeux au plafond, la tête lui tournait. Tout allait trop vite, à présent, des fragments tombaient tout autour d'elle comme des éclats de verre. Les lumières bleues et blanches de la voiture de police clignotant par la fenêtre. La voiture qu'elle avait appelée trop tard, parce que cela faisait des heures qu'il avait disparu, il n'était jamais arrivé chez Oscar.

Allongée sur le lit, elle tripota les cachets dans sa poche. Elle aimait les sentir sous ses doigts, lisses, avec leurs arêtes friables. Amicaux. Elle en mit un autre sur sa langue, il était sec et amer, mais une pilule amère, ce n'était rien pour elle.

Elle les sortit de sa poche et les regarda.

Douze petits amis qui lui faisaient des clins d'œil et l'appelaient.

27

Revenue des champs de maïs, Janie s'assit à la table de la cuisine à côté d'Anderson. Elle se prit la tête entre les mains et essaya de faire taire le vacarme de son esprit. Anderson parlait très lentement à quelqu'un au téléphone. Elle se demanda comment il pouvait garder son sang-froid alors que Noah avait disparu. Mais Noah n'était pas son enfant, après tout. Anderson était un étranger ; un scientifique. Tout comme Noah, cette panique particulière n'appartenait qu'à elle.

Il essaya de la calmer d'un regard. Elle se détourna, contempla la cuisine de Denise. La fenêtre donnant sur le bassin à oiseaux et les champs de maïs. Un tableau de pêches encadré au-dessus de la cuisinière. La pendule ornée d'un coq et son bruyant tic-tac. Cela ne lui plaisait pas de penser aux peines qu'avait connues cette pièce.

Anderson raccrocha.

— La police arrive.

— Tant mieux. (Elle avait la voix éraillée à force d'avoir crié.) Avez-vous…

— J'ai fouillé toute la maison.

— Et Mme Crawford ?

— Elle se repose, mais le petit n'était pas là.

— Et l'ado ?

— Il cherche.

— Vous avez regardé dans le sous-sol ?

— Et au grenier. Nous retournerons voir. Nous le trouverons, dit Anderson.

Il avait l'air épuisé, mais aussi concentré et aux aguets. Il faisait partie de ces gens, songea-t-elle amèrement, qui s'animent dans l'adversité. Elle avait cru être de cette espèce, elle aussi, mais en cet instant, elle n'en était plus sûre.

— Je devrais faire le tour du quartier en voiture, dit-elle en se levant. Donnez-moi les clés.

— Reposez-vous un instant, dit-il.

— Je vais bien.

— Juste un instant.

— Non !

— Vous nous aiderez davantage en gardant votre calme.

Elle se rassit à la table, les genoux tremblants.

— Comment est-ce arrivé ? Comment ai-je pu laisser cela arriver ? Il a quatre ans !

— Alors il ne pourra pas aller bien loin.

— Ah bon ? (Elle se tourna vers lui.) Jamais je n'aurais dû venir ici. Jamais je n'aurais dû prendre part à votre expérience insensée. Mais qu'est-ce que je m'imaginais ?

— Vous tentiez d'aider Noah.

— Eh bien, c'était une erreur.

— Regardez-moi. (Son regard était limpide.) Nous allons trouver Noah.

Noah. Le prénom raviva son désespoir. Que n'aurait-elle donné pour l'avoir à nouveau dans ses bras. Son petit corps potelé et ses cheveux soyeux. Jamais elle n'avait compris que des gens qualifient leurs enfants de délicieux, mais à présent, elle saisissait, elle voulait le retrouver pour pouvoir l'engloutir, l'inhaler au plus profond d'elle-même afin de ne plus jamais le perdre.

Anderson se leva et remplit un verre d'eau.

— Tenez. Buvez.

Elle prit le verre et l'avala d'un trait.

— Et s'il a une crise d'asthme pendant qu'il est dehors ? Et si l'homme qui a enlevé Tommy est toujours dans les parages ?

Anderson remplit de nouveau le verre et le lui donna. Elle le vida.

— Maintenant, respirez un bon coup.

— Mais…

— Respirez un bon coup.

Elle obéit. La pendule de la cuisine de Denise continuait son tic-tac. Elle n'avait pas arrêté durant toutes ces années.

— Ça va, à présent. Je peux conduire.

— Vous êtes sûre ?

— Certaine.

Il lui tendit les clés.

— Faites attention, Janie.

— D'accord. (Elle referma les doigts sur les clés et se leva. À la porte de la cuisine, elle se retourna vers Anderson. Il s'était servi un verre d'eau qu'il contemplait, assis à la table. Il avait l'air fatigué. Il n'avait pas cherché à ce que tout cela arrive. Elle eut de la peine

313

d'avoir été si dure avec lui.) Comment avez-vous fait ? demanda-t-elle à mi-voix.

— Fait quoi ?

— Votre deuil quand vous avez perdu quelqu'un ? Comment l'avez-vous supporté ?

— On respire un bon coup, répondit-il avant de boire une gorgée. Et on recommence.

Les clés cliquetaient dans sa main.

On sonna à la porte.

Anderson leva les yeux.

— La police est arrivée.

Le cas de Nazih Al-Danaf, au Liban, comprenait plusieurs éléments de reconnaissance. À un âge très précoce, Nazih décrivit une existence antérieure à ses parents et à ses sept frères et sœurs, qui étaient tous disponibles pour des entretiens. Nazih décrivit la vie d'un homme que sa famille ne connaissait pas. Il déclara qu'il portait des pistolets et des grenades, qu'il avait une jolie femme et de jeunes enfants, une maison de deux étages entourée d'arbres avec une grotte non loin, qu'il avait un ami muet et qu'il avait été abattu par un groupe d'hommes.

Selon son père, Nazih exigea que ses parents l'emmènent à sa précédente maison dans une petite ville à une quinzaine de kilomètres. Ils l'y conduisirent, en compagnie de deux de ses sœurs et d'un frère, quand il avait six ans. À moins d'un kilomètre de la ville, Nazih leur demanda de s'arrêter devant une piste en terre qui quittait la route principale. Il leur expliqua qu'elle finissait sur un cul-de-sac où se trouvait une grotte, mais ils continuèrent sans corroborer le fait. Quand ils arrivèrent au centre de la ville, où convergeaient six rues, le père de Nazih lui demanda quel chemin ils devaient prendre. Nazih désigna l'une d'elles et lui indiqua de poursuivre *jusqu'à ce qu'ils arrivent à une bifurcation où ils verraient sa maison. Arrivés à cet endroit, ils descendirent de voiture et commencèrent à demander s'il y avait eu par ici quelqu'un qui était mort de la manière décrite par Nazih.*

Ils découvrirent rapidement qu'un certain Fouad, qui possédait une maison dans cette rue et était mort dix ans avant la naissance de Nazih, semblait correspondre à la description faite par l'enfant. La veuve de Fouad demanda à Nazih : « Qui a construit les fondations de ce portail à l'entrée de la maison ? » et l'enfant répondit correctement : « Un homme de la famille Faraj. » Le groupe entra ensuite dans la maison, où Nazih décrivit sans se tromper l'armoire où Fouad rangeait ses armes. La veuve lui demanda si elle avait eu un accident dans leur précédent logement et Nazih donna sans aucune erreur les détails de cet accident. Elle lui demanda aussi s'il se rappelait ce qui avait rendu leur fille cadette gravement malade, et Nazih répondit correctement qu'elle avait avalé par erreur un des cachets de son père. Il décrivit également avec justesse d'autres événements de la vie de sa personnalité antérieure. La veuve et ses cinq enfants furent tous très impressionnés par les connaissances dont Nazih faisait preuve, et ils furent tous convaincus qu'il était la réincarnation de Fouad.

Peu après cette entrevue, Nazih rendit visite au frère de Fouad, Cheikh Adib. Quand Nazih le vit, il accourut en disant : « Voici venir mon frère Adib. » Cheikh Adib demanda à Nazih la preuve qu'il était son frère et celui-ci répondit : « Je t'ai donné un Checki 16. » Un Checki 16 est un modèle de pistolet tchèque peu répandu au Liban, et Fouad en avait effectivement offert un à son frère. Cheikh Adib demanda ensuite à Nazih où se trouvait sa première maison, et Nazih le conduisit au bout de la rue et annonça correctement : « Cette maison est celle de mon père et celle-ci [la suivante] est ma première maison. » Ils entrèrent dans cette dernière, où la première épouse de Fouad habitait encore, et quand Cheikh Adib demanda ensuite qui elle était, Nazih donna son prénom sans se tromper.

Jim B. Tucker, docteur en médecine,
La Vie avant la vie

28

Paul Clifford se réveilla lentement et fit le bilan de sa personne. Un jour de plus avait passé et il était intact – plus ou moins. Son nez était peut-être cassé ; il lui faisait un mal de chien et sa lèvre supérieure le démangeait à cause du sang coagulé. Mais probablement pas. C'est dire la chance qu'il avait toujours. Il était entraîné dans un putain de pétrin quelconque, il tombait dans les pommes et puis il se réveillait toujours en vie sur cette foutue planète. Une évolution décevante, comme lui avait dit son vieux guide aux Alcooliques anonymes, un jour qu'il l'avait appelé au milieu d'une beuverie particulièrement monumentale. Aujourd'hui, il gisait à plat ventre sur du ciment, pas de la terre ou de la moquette. Ce qui voulait dire qu'il était dans le sous-sol chez sa mère.

Il avait mal à l'entrejambe et il se rendit compte que c'était une raquette de ping-pong. Il avait dû trébucher contre la table et tomber la veille, puis rester vautré au même endroit. Sa lèvre aussi lui faisait une drôle de sensation, enflée ; il tourna sa langue dans sa bouche. Ça avait goût de sang, de terre, de mauvaise haleine et de vomi. Il en avait un peu dans les cheveux, même s'il

318

ne voyait pas comment il aurait pu vomir quoi que ce fût. Il n'avait rien mangé de solide depuis des jours.

Il leva la tête. Ce fut l'horreur, évidemment. Il la reposa délicatement sur le ciment frais, agréable comme un oreiller. Peut-être qu'il allait rester comme cela un moment. Il ne se rappelait pas ce qui s'était passé ni avec qui il s'était battu, mais il avait dans l'idée que c'était largement après midi. Il avait encore royalement merdé. Pas question que M. Kim le reprenne à la station-service, à présent. Ce qui voulait dire que Jimmy allait sûrement le flanquer dehors. Il avait des loyers en retard, même s'il n'avait jamais vraiment apprécié de devoir payer pour un canapé chez quelqu'un. Il se faisait arnaquer, de toute façon, non ? Alors qu'est-ce que ça pouvait faire ?

Le boulot à la station-service n'était pas mal, et cela lui occupait l'esprit. Quand il travaillait, sa mère lui cassait moins les pieds pour qu'il passe son bac ou qu'il retourne aux Alcooliques anonymes. Il avait essayé de lui dire qu'il n'y retournerait pas, mais elle ne comprenait pas et il ne pouvait pas lui expliquer. Elle n'arrêtait pas de lui demander : « Pourquoi ? »

— À cause de questions comme ça, voilà pourquoi, répondait-il.

Aux AA, c'était toujours la même rengaine. Ils vous demandaient de raconter une « histoire ». Votre « histoire ». Ils voulaient que ça sorte de vous, votre enfance malheureuse ou Dieu sait quoi, et ils n'écoutaient jamais quand il disait qu'il n'avait pas d'histoire à raconter. Son père était un connard, et quand Paul avait eu quinze ans, il avait divorcé de sa mère et épousé une collègue avec qui il baisait, mais des tas de pères faisaient pareil. Qu'est-ce que ça changeait de savoir pourquoi il était devenu comme ça ? Il était là, à présent, non ? Mais ça ne leur suffisait pas. Ils voulaient son sang, c'est ça qu'il leur fallait. L'animatrice de la dernière fois, pas moyen qu'elle parle d'autre chose. Elle n'arrêtait pas de le regarder et de le regarder comme si elle avait su qu'il mentait. Son cerveau avait commencé à avoir cette sensation vertigineuse, une roulette qui tourbillonnait et allait s'arrêter à tout moment sur le mauvais numéro. Et il avait été obligé de quitter la salle sur-le-champ. Il était sorti par la porte de derrière et avait filé droit sur le magasin d'alcools acheter une bière. Juste une. *Tu es contente, maintenant, salope ?* avait-il songé en la descendant d'un trait. Il était rentré dans le sous-sol chez sa mère avec ce goût dans la bouche et dans la tête comme l'odeur d'une fille qu'il ne pouvait pas oublier et puis dans le milieu de la nuit, il avait fait main basse sur tout ce qu'il avait pu trouver dans la maison : alcools, sirop contre la toux, liqueurs et Dieu sait quoi et pendant toute une journée il n'avait pensé à rien et puis elle l'avait fichu dehors.

Il entendait sa mère et son frère qui allaient et venaient au-dessus et faisaient les trucs qui les occupaient toute la journée. Depuis le sous-sol, il sentit les hot-dogs qu'elle préparait. Il avait la gueule de bois, mais il crevait de faim, aussi : il n'aurait jamais cru possible d'avoir en même temps la nausée et la dalle, sauf qu'il éprouvait ça tout le temps. Il aurait tué pour un hot-dog, en cet instant, ou même un sandwich au beurre de cacahuète, mais il ne voulait pas risquer de monter parce qu'il suffirait que sa mère jette un coup d'œil sur lui pour tout piger. Elle n'était pas idiote, même si elle continuait de le laisser dormir au sous-sol de temps en temps.

Il resta allongé jusqu'à ce que sa mère et Aaron aient fini de manger, que la porte-moustiquaire claque et qu'ils sortent. Peut-être qu'Aaron avait une compète de lutte au lycée.

Une fois qu'ils furent partis, il lui fallut du temps avant de trouver l'énergie pour se lever et il resta allongé par terre dans ce sous-sol où il avait passé tellement d'heures étant gosse à jouer à l'air-hockey, au ping-pong et à des jeux vidéo. Il pensa à la faim qui le tenaillait et à la merde dans laquelle il avait sombré.

Puis il commença à éprouver de nouveau cette sensation d'angoisse, comme s'il allait exploser ; il tâtonna autour de lui au cas où il trouverait quelque chose et tomba sur une bouteille de vodka qu'il avait dû acheter la veille. Il en restait une lampée, mais ce ne serait pas suffisant.

Il se força à gravir l'escalier pour aller chercher à manger. Peut-être qu'il y avait un flacon d'amaretto ou quelque chose de planqué qu'il n'avait pas encore trouvé, même s'il en doutait beaucoup, depuis la dernière fois.

Il y avait quelqu'un dehors ; il entendait le gravier crisser. Peut-être que c'était un livreur de pizza qui s'était trompé d'adresse. Il aurait été capable de manger une pizza entière, même avec des champignons. Il trouverait du fric quelque part. Il y avait forcément de la monnaie entre les coussins du canapé. Il ouvrit la porte d'un seul coup.

Un gosse se tenait devant lui.

Un petit garçon, avec les cheveux blonds. Il était dans l'allée et regardait la maison. Il avait un lézard sur l'épaule. C'était un spectacle sacrément bizarre. Il connaissait tous les gosses du quartier et celui-là n'en faisait pas partie.

— Salut, fit Paul.

Le garçonnet avait l'air vraiment mal à l'aise. Peut-être que d'autres gosses l'avaient défié de venir ici. Toutes les mères du quartier disaient à leurs gosses ne pas lui parler, il s'en rendait compte à leur air affolé chaque fois qu'il disait bonjour. Cela lui faisait mal à la tête rien que d'y penser. Il voulait que le gamin s'en aille.

— Tu as besoin d'aide ?

Il restait planté là. Il ne disait rien. Un môme bizarre. Peut-être que quelque chose clochait chez lui. Comme s'il était mongolien ou un truc du genre. Comment on appelait ça, maintenant ? Syndrome de Down. Il avait un copain dont la sœur était atteinte de ça, et elle le regardait fixement des fois, et ça ne voulait rien dire pour autant. Cela dit, ce gosse avait des yeux normaux, de grands yeux bleus qui le regardaient comme s'il lui avait volé sa sucette.

Paul sourit. Essaya d'être aimable. C'était juste un gosse. Et lui n'était pas le complet connard que tout le monde imaginait.

— Tu as besoin de quelque chose ?

— Tu ne me reconnais pas ? demanda le garçonnet.

Il avait l'air déçu. Paul s'était encore débrouillé pour dire ce qu'il ne fallait pas. La lassitude l'envahit. C'était trop difficile, des fois, d'essayer d'être gentil avec des gens.

— Je ne connais aucun petit garçon.

— Mon frère s'appelle Charlie.

— D'accord. (Une idée lui vint.) Tu es perdu ? Tu veux entrer et appeler ta mère ou quelque chose ?

— Non ! Non ! se mit à piailler le gosse. Laisse-moi tranquille !

— OK, alors. OK. Il faut que je… euh… continue ce que j'ai à faire, alors. Bonne chance pour rentrer chez toi.

Si le môme se mettait à faire des histoires pour rien, pas question de s'en mêler. Sans doute qu'il fallait appeler la police pour le signaler. Mais peut-être qu'un des voisins le ferait. Il s'apprêta à refermer la porte.

— Attends…

Il se retourna.

— Quoi ?

Le garçon avait la bouche tordue par une grimace.

— Pourquoi tu m'as fait ça ?

— Fait quoi ?

On aurait dit que ses yeux allaient jaillir hors de sa tête.

— Pourquoi tu m'as fait du mal ?

Paul commença à transpirer. Sa sueur sentait l'alcool et cela lui donnait envie de boire.

— Je ne t'ai jamais vu. Comment j'aurais pu te faire du mal ?

— Tu m'as fait beaucoup de mal, Pauly.

Merde, comment ce gamin connaissait-il ce surnom ? Personne ne l'appelait plus comme cela depuis des années.

— Je ne sais pas de quoi tu parles.

— J'allais chez Oscar et tu m'as arrêté. Tu étais gentil et puis tu m'as fait du mal.

Il se mit à trembler. Peut-être qu'il souffrait de *delirium tremens*. Mais comment était-ce possible ?

— Tu dis n'importe quoi. C'est la première fois que je te vois. Je ne t'ai jamais fait de mal.

— Sûrement que si. Avec les armes.

Il se figea. Il n'en revenait pas.

— Qu'est-ce que tu dis ?

— Pourquoi tu as fait ça ? Jamais je ne t'ai fait de mal, moi.

Il était en train de devenir fou. Voilà ce qui se passait. Comme ce truc superflippant qu'il avait lu au lycée avant de lâcher les cours, le cœur qui bat à travers le plancher jusqu'à ce que vous perdiez la tête. Le gosse n'était même pas là. Pourtant, il le voyait donner des coups de pied dans la poussière, les poings serrés, l'air tout à la fois effrayé et furieux. Un petit blondinet. Rien à voir avec celui qui était mort. Quelqu'un était-il en train de lui jouer un tour ? Mais qui était au courant ?

— Tu ne m'as même pas laissé l'essayer, reprit le gamin. Tu avais promis que je pourrais.

— Comment tu es au courant de ça ? Personne ne le sait, dit-il.

À tous les coups, il était encore bourré. Peut-être que c'était ça. Mais il n'avait pas l'impression d'être ivre.

Le gamin restait là, les poings serrés, tremblant de tout son corps.

— Pourquoi tu as fait ça, Pauly ? Je ne sais pas pourquoi.

Paul éprouva de nouveau cette sensation, cela tournait et tournait comme une fichue roulette, sauf que cette fois il n'y avait pas moyen de l'arrêter, cette fois, elle allait arriver là où elle aurait dû depuis le début.

29

Janie roulait, absorbée dans un univers divisé, un monde de Noah et un monde de Non-Noah. Les lampadaires qui s'allumaient les uns après les autres, le léger sursaut de l'asphalte craquelé sous ses roues, les maisons sur deux niveaux avec leur panneau de basket, les pelouses vertes virant au gris dans l'obscurité tombante et jusqu'à l'air nocturne qui fraîchissait rapidement et bourdonnait avec le soir : tout cela était Non-Noah, et en conséquence inutile.

Le monde mesurait à peine un mètre de haut, il avait la peau claire, des cheveux blonds, les veines palpitantes de vie.

C'était tout ce que ses yeux voulaient voir. Tout ce qu'ils voulaient reconnaître. Elle voyait sans en prendre conscience les formes de ce monde sans Noah.

Mais son cerveau…

Sa faute.

Elle ne pouvait s'empêcher de penser cela. Tant d'erreurs, tant d'endroits où elle aurait pu quitter ce chemin, tant de choses simples qu'elle aurait pu faire. Elle aurait pu ne pas appeler Anderson. Elle aurait pu décider que ce voyage était en fait une mauvaise idée.

Elle aurait pu rester avec Noah dans la cuisine pendant qu'il regardait cette vidéo. Elle aurait pu vérifier qu'il était toujours là. Elle aurait dû. Pourquoi ne l'avait-elle pas fait ? Il n'avait que quatre ans.

Sa faute.

Elle avait cru que venir ici l'aiderait, alors qu'en réalité, elle aurait dû prendre ses jambes à son cou et fuir dans la direction opposée. Se souvenir n'était pas la solution. C'est oublier qui l'était. Pas d'autres vies, pas d'autres mondes. Celle-ci, juste là, cette vie remplie d'asphalte craquelé, avec Noah dedans. Elle n'en demandait pas plus. N'en désirait pas plus. Cependant, elle avait commis une erreur, et peut-être l'avait-elle perdu... pour de bon ?

Non. Bien sûr que non. Elle allait l'apercevoir d'une minute à l'autre.

Mais il faisait de plus en plus nuit. Son enfant errait quelque part là-dedans, perdu et seul. Bientôt, l'obscurité engloutirait son blouson rouge, ses éclatants cheveux blonds. Comment le trouverait-elle, alors ?

Elle baissa la vitre et l'air nocturne remplit la voiture de toute sa dense fraîcheur sans Noah.

— *No-ah !*

Elle balaya les alentours du regard, sans rien trouver.

Anderson avançait d'un pas lourd sur la route depuis la maison des Crawford, sa torche projetant un piètre filet de lumière sur le large visage narquois du crépuscule. La nuit commençait à tomber, Noah était quelque part dans les environs et la nécessité de tout arranger le parcourait, remplissait tout son organisme de l'âpre picotement d'énergie des hormones sécrétées par les glandes surrénales : l'adrénaline, qui augmentait son rythme cardiaque, son pouls et sa tension artérielle, élevait les taux de glucose et de lipides et faisait ricocher son cerveau sur le mur du présent, dix, vingt, trente ans en arrière.

Preeta Kapoor.

Le même torrent, deux fois.

Qui était-il pour jouer avec les vies, passées et présentes, comme s'il était un dieu ? Alors que les gens ne sont pas faits pour se souvenir. C'est pour cela que la plupart d'entre nous ne se rappellent pas. Les gens sont faits pour oublier. Le Léthé : la rivière de l'oubli. Seules quelques âmes perdues avaient oublié de boire ses eaux apaisantes – elles avaient oublié d'oublier.

Et voilà qu'il se retrouvait à arpenter les rues de cette banlieue qui lui étaient plus étrangères que n'importe lequel de tous ces villages indiens, et qu'il lâchait vers le ciel le nom d'un enfant perdu, l'arrachait de sa poitrine. Son dernier enfant.

Noah, blond, bondissant et bouillonnant de vie.

Marcher et crier, une bouche, deux yeux : il n'était plus bon qu'à cela. Les eaux du Léthé montaient autour de lui et bientôt il oublierait tout, même les noms de ceux qui étaient perdus.

Il fallait qu'il fiche le camp d'ici.

Paul se précipita dans la maison. Il entendait toujours le garçonnet l'appeler et pleurer dehors.

En trombe, il franchit la porte de la cuisine, traversa le jardin, le trou dans la clôture et s'élança à toutes jambes dans le champ. Quand arriva le vieux puits, il fit un très large détour, comme si les ossements qu'il contenait avaient pu en jaillir et le gifler, c'est dire le film de dingue qu'il était en train de se faire dans sa tête, sauf que ce n'était pas un film et que ce n'était pas dans sa tête. Il traversa le bois comme une flèche, en trébuchant et en dérapant sur les aiguilles de pin, mais toujours plus loin, en avant, comme s'il pouvait distancer ce 14 juin une bonne fois pour toutes alors qu'il savait qu'il ne lui échapperait jamais, qu'il serait toujours là, ce gamin planté dans le jardin.

«Pourquoi tu m'as fait du mal, Pauly ?»

«Pourquoi tu m'as fait du mal, Pauly ?»

«Pourquoi tu as fait ça ?»

Et son cœur battait la chamade, *je sais pas je sais pas je sais pas.*

Il était assis au bord de son lit. Sa peau douce et luisante. Son sourire radioactif.

Bonjour, maman.

Denise ouvrit les yeux.

La nuit tombait. Elle était seule dans la pièce. Tommy n'était pas là. Elle avait entendu sa voix en rêve.

Le mot résonnait encore dans ses oreilles. *Maman.*

Elle se redressa. La chambre était plongée dans le noir. Des voix pas très loin, des points lumineux qui glissaient dans les champs.

Tommy !

Elle s'assit brusquement, tout étourdie. Elle avait la bouche pâteuse, avec le goût amer du médicament, et ses yeux lui faisaient mal quand elle clignait des paupières. Elle ouvrit la main et vit les cachets dans sa paume. Par la fenêtre, elle distinguait l'éclat des torches de la police dans les champs et les bois. Elle l'entrouvrit pour avoir un peu d'air frais. Devant la maison, des gens parlaient. Des bribes de conversation lui déchirèrent les oreilles.

— … Nous avons une dizaine d'hommes dans les bois, à présent, lieutenant…

— … Quatre ans, répond au nom de Noah…

Elle se rallongea. Tout revint déferler dans son esprit : ces gens chez elle, leurs paroles qui lui vrillaient les oreilles, qui parlaient de l'au-delà.

Ce vieux refrain. Elle l'avait déjà entendu, mais avec d'autres réponses. Elle était née en l'entendant.

À présent elle revoyait la tente – cette grande tente en Oklahoma à laquelle elle n'avait pas pensé depuis trente et quelques années. Assise avec son grand-père dont tout le monde racontait qu'il travaillait du chapeau. Sa mère affirmait qu'il n'y avait là qu'une bande de charmeurs de serpents, mais elle s'en moquait, cela l'intéressait de voir des charmeurs de serpents et elle voulait suivre son grand-père partout où il allait. La tente était immense comme un chapiteau de cirque. Elle était remplie de plus de gens qu'elle n'en avait jamais vu de toute sa vie, sur des rangées et des rangées. Le pasteur était devant et il parlait si fort que toute la tente l'entendait. Il était grand et maigre avec la peau très foncée et Denise trouvait qu'il avait l'air en colère, mais les gens ne semblaient pas trop s'en inquiéter. Certains l'écoutaient sans bouger et d'autres riaient, soupiraient et le hélaient.

Elle était assise sur les genoux de son grand-père, qui l'aimait plus que quiconque. Elle ignorait comment elle savait cela, mais elle le savait. Sa grosse main était posée sur sa tête et de temps en temps il tirait sur une de ses tresses comme pour lui dire bonjour.

Elle se rappelait les jolis chants, puis le pasteur avait commencé à parler. Avec le genre de voix que prennent ceux qui citent les Écritures.

Et les Israélites étaient épuisés par leur voyage et leurs espoirs s'évanouissaient dans le désert.

Ils parlèrent contre Dieu, ils dirent : Dieu pourrait-il dresser une table dans le désert ?

Et Dieu fit pleuvoir sur eux la manne pour nourriture et leur donna le blé du ciel…

Elle se rappelait qu'elle avait pouffé, qu'elle avait trouvé cela drôle, cette idée de dresser une table au milieu des bois. Elle s'était adossée à la poitrine de son grand-père qui avait sa main sur sa tête et sentait le savon, l'herbe et le fumier et elle s'était assoupie au beau milieu de ce vacarme. Et puis la grosse voix du pasteur avait commencé à crier : « Qui veut entrer dans le Royaume des Cieux ? Qui est ici pour témoigner ? Qui est venu pour être guéri par Sa puissance ? Faites-vous connaître. »

Elle avait ouvert les yeux et vu des gens marcher dans les travées vers l'estrade. *Marcher* n'est pas le bon terme. Ils traînaient des pieds, clopinaient ou roulaient, plutôt. Certains étaient dans des fauteuils roulants et d'autres portaient des enfants plus âgés qu'elle et incapables de marcher seuls. Ils s'étaient tous massés devant et avaient dit leurs noms et tous étaient de la même famille. Je suis sœur Green. Je suis frère Morgan. Comme ça. L'un après l'autre. Ils étaient tous malades. Ils faisaient tous partie de la même famille malade, ils avaient une rage de dents, le cancer, la goutte, un pied-bot, ils étaient aveugles ou paralytiques. Jamais elle n'avait vu un tel nombre de maux différents.

Peut-être que certains avaient été guéris ce jour-là, mais il ne lui semblait pas. Elle ne s'en souvenait pas. Elle se rappelait avoir été choquée que le monde recèle tant de souffrance et trouvé injuste qu'une seule famille ait dû en subir autant.

Et son grand-père était mort, à présent. Il était parti à Tulsa acheter du matériel pour son tracteur et il s'était écroulé dans la rue, terrassé par une crise cardiaque, et comme personne ne s'étonnait de voir un Noir allongé par terre ou ne s'était arrêté pour l'emmener à l'hôpital, il était mort sur le trottoir sous un soleil de plomb. Et sa grand-mère était morte quelques années plus tard, de chagrin. Et sa mère quelques années auparavant, du diabète. Et maintenant Tommy aussi était mort.

Et à présent, c'était son tour.

— Excuse-moi…

La voix de Charlie. Faible, inquiète, portée par le vent ; elle aurait reconnu la voix de son fils entre mille.

Charlie était quelque part, quelque chose n'allait pas. Il croyait que c'était sa faute.

Non, non, Charlie, pas ta faute. La mienne.

J'aurais dû aller le chercher plus tôt. Appeler la police. Je savourais ce moment de calme. J'aurais dû aller le chercher plus tôt et puis j'aurais dû appeler la police parce que le temps était compté. Tout le monde sait cela. Quand un enfant a disparu, il faut s'en occuper immédiatement, c'était la règle nº 1, la règle d'or de l'Alerte disparition. On appelle la police. Sur-le-champ.

Mais comme elle ne savait pas qu'il avait disparu, il s'était écoulé des heures et des heures avant qu'elle appelle.

Pas ta faute, Charlie.

Il fallait qu'elle le lui dise. Il fallait qu'elle lui dise de ne pas être désolé, qu'il n'avait aucune raison de l'être.

J'aurais dû être une meilleure mère pour Tommy. Et pour toi. Pour toi.

Pendant tout ce temps, il l'avait attendue, son Charlie. Des années s'étaient écoulées et elle l'avait laissé tout seul, elle l'avait perdu de vue, et pourtant il était là, il l'attendait encore quelque part, il attendait qu'elle lui dise : « Pas ta faute, mon chéri. La mienne. À moi toute seule. »

Dieu peut-il dresser une table dans le désert ?

Elle ouvrit la main et regarda les douze cachets et demi qu'elle avait serrés dans son poing fermé. Elle les contempla un moment, puis elle courut à la salle de bains. Elle jeta les cachets dans le lavabo, fit couler de l'eau par-dessus et poussa des doigts dans la bonde le résidu blanchâtre. Elle se lava soigneusement les mains et les essuya. Elle se rajusta dans la glace en lissant ses cheveux et en se passant une serviette humide sur le visage. Rien à faire pour ces yeux-là.

Puis elle descendit l'escalier et sortit dans la nuit pour retrouver Charlie.

32

Le lézard avait disparu. C'est ce que Charlie avait remarqué en premier. Quelqu'un avait sorti Magyar à pointes de son terrarium dans sa chambre.

Il ne planait plus autant à présent, et il avait la sensation que rien n'allait et n'irait plus jamais bien. C'était une sensation familière. Celle de ne pas être défoncé.

Il cherchait le gosse et il avait vu que Magyar à pointes avait disparu et il avait compris. Putain, il avait compris où était le môme.

Il claqua la porte de la cuisine, traversa la cour, passa devant le bassin à oiseaux et finit par atteindre l'orée des bois. Là se dressait un vieux chêne avec des chevilles profondément enfoncées dans l'écorce, et au-dessus quelques planches que son père avait clouées ensemble un jour dans une tentative de bâtir une cabane. Elle n'avait jamais été achevée – la construire était plus compliqué que prévu. Henry avait juré ses grands dieux qu'il la stabiliserait et l'étaierait, mais il ne l'avait jamais terminée et leur mère leur avait interdit d'y grimper, étant donné qu'elle se bornait à un plancher sans balustrade ni paroi pour les empêcher de tomber. Mais Tommy et lui y allaient en douce, parfois, quand il leur fallait une cachette sûre. C'était haut, et, en été, le feuillage la dissimulait aux regards.

Ils l'appelaient leur forteresse. Ils y cachaient des trucs – le journal que Tommy avait tenu pendant quelques mois, la collection de pierres de Charlie, des magazines d'armes et de voitures qu'ils avaient piqués chez le dentiste. Parfois, Tommy aimait y emmener Magyar à pointes et le laisser gambader comme si c'était la jungle. Jusqu'à l'année dernière, Charlie y montait pour fumer.

Maintenant il fallait qu'il fasse passer sa grande carcasse par le trou découpé dans le plancher.

Le gosse était assis dans le noir, les genoux dans les mains, tandis que Magyar à pointes se prélassait sur son bras. Le gamin était dans tous ses états. Ses yeux et son nez étaient de vraies fontaines.

Charlie s'accroupit auprès de lui.

— Tout le monde te cherche, tu sais.

— Notre chambre a changé.

— Quoi ?

— Notre chambre. Les affaires sont parties.

— Quelles affaires ?

— Les livres sur les lézards. Mon gant et mes battes et ma coupe de championnat.

— Oh, tu veux parler des affaires de Tommy. Bon, ça faisait un moment qu'elles étaient là.

Il avait peur de le regarder dans les yeux. Le gosse avait-il une sorte de pouvoir comme certains mômes dans les films ? Peut-être qu'il voyait les morts. Peut-être que le fantôme de Tommy aimait bien venir le voir. Peu lui importait ce que c'était ; ça fichait trop la trouille et il ne voulait rien avoir à faire avec tout ça. Il voulait que ce gosse retourne chez lui et puis qu'il sorte de sa vie.

— Pourquoi tu as jeté mes affaires ?

— Je n'ai rien jeté. C'est papa qui a demandé à maman de le faire. Il a dit que ce ne serait pas bon pour moi quand je reviendrais.

Son visage s'éclaira.

— Tu es revenu, toi aussi ?

— Eh bien, j'étais chez ma grand-mère, tu vois, pendant les six premiers mois. Pendant que papa et maman étaient partis à la recherche de… de Tommy.

Ces longs mois chez sa grand-mère. Il n'y avait pas pensé depuis des années. À genoux sur le tapis à poils longs, les airs de gospel de Grand-mère sur son vieux tourne-disques, à se demander ce qui se passait à la maison, si on avait retrouvé son frère. Jamais ils n'en parlaient. « S'il y a du nouveau, nous serons les premiers à savoir, disait-elle. Alors laisse-les faire leur job. Nous, on ne peut que prier pour qu'il revienne. » Elle n'était plus très bien, déjà, les pieds tellement enflés qu'elle arrivait à peine à quitter son fauteuil pour se mettre à genoux. Mais il n'arrivait pas à prier, lui. Il avait trop peur.

— Qui s'est occupé de Magyar à pointes ? demanda le gosse.

— Je l'ai emmené chez Grand-mère, dit-il en riant. Je l'ai laissé en liberté sur le tapis un jour pour lui faire peur. Ça ne lui a pas plu du tout.

— Nan, elle déteste les lézards.

— Ouais.

— Et les serpents.

— Ouais.

Il baissa les yeux et regarda à travers les branches. Il apercevait les faisceaux des torches de la police qui se déplaçaient dans les champs et les bois. Ils cherchaient le gosse, mais le gosse flottait très loin au-dessus de tout cela, le gosse était totalement ailleurs.

— Excuse-moi d'avoir cassé ton sous-marin.

— Mon sous-marin ?

— Le sous-marin que papa t'avait donné.

— Oh.

La dernière fois qu'il avait vu Tommy. Ce dernier jour. Ils s'étaient disputés comme jamais. Son père était revenu d'une longue tournée et il avait rapporté à Charlie un splendide sous-marin tout neuf alors que Tommy avait eu seulement un livre et, oh, lala, ce qu'il avait été furieux. Tommy avait voulu jouer avec son sous-marin, juste un coup, il n'arrêtait pas de le répéter, mais Charlie n'avait encore jamais rien eu que Tommy lui enviât, c'était toujours l'inverse, et il adorait son splendide sous-marin tout neuf que Tommy voulait et il lui avait dit : « Pas question. » Il lui avait dit : « Tu n'as qu'à t'en trouver un, de sous-marin. »

— Juste un coup, avait dit Tommy.

— Non, avait dit Charlie. Il est à moi et tu n'as même pas le droit d'y toucher.

Et Tommy le lui avait arraché des mains, brisant le périscope en deux.

— En tout cas, je suis désolé, disait le gamin.

— C'est pas grave. C'était ma faute. J'aurais dû te laisser jouer avec, dit Charlie.

Il se rendit compte qu'il était en train de lui parler comme si c'était Tommy. Ce fut suivi par une autre pensée (elles le frappaient comme des coups de poing, l'une après l'autre, et il voyait des étoiles) : il n'y avait que lui et Tommy qui savaient que celui-ci avait cassé le périscope. Il avait voulu faire punir son frère pour cela, mais Tommy avait disparu avant que Charlie en ait la possibilité. Il observa l'obscurité au travers des branches qui bruissaient et se sentit submergé par un vertige ; il s'assit et étendit ses longues jambes sur le plancher. Il n'y avait qu'à regarder : c'était son corps, ses jambes couvertes de chair de poule, son short en satin brillant, ses baskets montantes.

— Je l'ai cassé parce que j'étais furieux, dit le gosse. Il était tellement beau. Jamais je n'en ai eu un comme ça.

— C'est pas grave.

Charlie resta assis, bouche bée.

— Tu es Tommy, hein ? demanda-t-il, fasciné par ces mots qui franchissaient ses lèvres. Comment ça peut être possible ?

— Je n'en sais rien, dit le gamin.

Ils se turent. Le petit caressa les épines sur le dos du lézard.

— Merci de t'être occupé de Magyar à pointes.

— C'est rien, dit Charlie.

Il se sentit fier, brusquement, d'avoir gardé en vie le lézard de Tommy pendant toutes ces années. Il sentit une bouffée d'orgueil l'envahir, comme quand il était petit, qu'il avait fait un beau lancer et que Tommy disait : « Belle balle, Charlie ! »

Le gamin caressait les flancs du lézard qui le regardait de ses yeux jaunes. Il se demanda si Tommy lui avait manqué et s'il le reconnaissait maintenant, ou bien si c'était une journée comme les autres pour le lézard.

— Je suis désolé de ce qui t'est arrivé, dit finalement Charlie.

— Tu n'as rien fait.

— Oui, mais peut-être que j'aurais pu l'empêcher.

— Nan, Charlie, tu étais un gosse.

Charlie déglutit. Il avait le cœur serré. Il sentit les mots qui lui brûlaient la gorge, puis il les prononça :

— Maman m'a demandé de te dire de rentrer déjeuner. De revenir de chez Oscar. Elle m'a demandé de te dire ça. Mais j'étais tellement fâché contre toi parce que tu avais cassé mon sous-marin que je ne voulais pas te parler et du coup je ne l'ai pas fait. Et peut-être que si je te l'avais dit, tu serais rentré plus tôt et peut-être que…

— Non, Charlie. De toute façon, j'étais déjà mort.

— Ah bon ?

— Ouais. Je suis mort très vite.

— Qu'est-ce qui s'est passé ? demanda Charlie.

Cela faisait des années qu'il attendait de le savoir. Le gosse ne répondit pas. Son nez recommença à couler. Le lézard descendit de son bras sur le sol, Charlie le ramassa et garda le petit corps froid et palpitant dans sa main. Au bout d'un moment, il entendit un froissement au pied de l'arbre. Il y avait quelqu'un en bas, qui respirait. Mais qui ne disait rien.

— Je l'ai vu, dit finalement le gamin.

— Qui ?

— Pauly.

— Pauly ?

— Pauly. En bas de la rue.

— Tu veux dire Paul Clifford ?

Il hocha la tête.

— C'est lui... qui m'a tué.

— Paul Clifford ? Pauly du bas de la rue ? C'est lui qui... Il t'a tué ? (Le gamin acquiesça.) Merde. *Paul Clifford ?* Qu'est-ce qu'il a fait ?

— Je ne sais pas. Ça s'est passé tellement vite. (Le gosse respira un bon coup.) J'étais sur mon vélo et j'allais chez Oscar, et j'ai vu le frère d'Aaron, Pauly. Il a dit... Il a dit qu'il avait un fusil et il m'a demandé si j'avais envie de tirer avec, que ça ne prendrait qu'une minute. Alors j'ai répondu d'accord parce qu'il disait que ça ne prendrait qu'une minute, et puis tu sais bien que maman ne nous permettait pas de toucher à des armes.

— Ouais.

— Alors on est allés dans les bois et il a tiré sur quelques bouteilles, mais il ne voulait même pas me prêter le fusil. Alors je lui ai demandé si je pouvais essayer et il m'a tiré dessus.

— Il t'a tiré dessus ? Parce que tu voulais essayer ?

— Je ne sais pas pourquoi. Je ne sais pas. J'étais là et puis tout à coup, je ne vois plus rien, tout est noir. Et quand je me réveille, je suis en train de tomber.

— De tomber ?

— Je tombe et ça dure longtemps et l'eau est froide. Il fait très froid là-dedans, Charlie, j'ai de l'eau au-dessus de la tête, elle est froide et elle sent mauvais. J'essaie de garder la tête hors de l'eau, mais il ne me fait pas sortir, Charlie, il ne veut pas, et je crie, je crie, et ça me fait mal partout, vraiment mal, mais je continue de crier et personne ne vient, personne ne vient et je suis tout seul là-dedans, tout seul et je ne peux pas y arriver. J'essaie, Charlie, je fais des efforts, mais je n'arrive plus à garder la tête hors de l'eau. Il fait froid là-dedans et je ne peux pas respirer. Je vois le soleil qui brille à travers l'eau, il brille tellement que le seau en fer scintille. Il brille. Je le vois scintiller à travers l'eau. Et puis je suis mort.

— La vache. Oh, la vache. Oh, la vache. (Il était incapable de dire autre chose. Il voyait son frère Tommy se noyer. Ils étaient tous là-dedans, Tommy, lui, leur mère et leur père, aussi, tous dedans, en train de se noyer dans l'eau glacée.) Merde. Paul Clifford. Pourquoi il a fait une chose pareille ?

— Je ne sais pas. J'ai essayé de lui demander pourquoi il m'avait fait ça, mais il n'a pas voulu répondre. Il s'est enfui.

Le gamin se tut pendant une minute. Il essuya son nez d'un revers de manche, puis grommela quelque chose d'une voix sourde.

— Quoi ?

— Elle ne veut pas de moi, Charlie.

— Qui ?

— Maman. Elle ne veut pas me voir. Elle m'a complètement oublié. Et j'essaie de revenir ici depuis le jour où je suis né.

Charlie ne sut quoi répondre. Il posa la main sur le dos du gamin et le massa en faisant de petits cercles. Le dos du gosse bougeait d'avant en arrière tandis qu'il prenait de grandes goulées d'air. *Tout va bien*, songea Charlie. *Continue de respirer. Respire, c'est tout. Respire pour nous tous. Tu as largement de quoi rattraper de ce côté-là.*

Tous ses sentiments pour Tommy avaient été enfermés à clé quelque part dans une pièce, et maintenant que la porte était ouverte, ils se déchaînaient.

Il regarda le gamin. Ce petit gosse blanc morveux qui était et n'était pas son frère. Il n'arrivait pas à comprendre. Il n'essaya même pas.

33

— Tommy?

Au pied de l'arbre, Denise entendit le prénom franchir ses lèvres. Il lui laissa une étrange sensation sur la langue et dans les oreilles, comme si elle l'essayait, comme si elle ne l'avait encore jamais prononcé de toute sa vie.

Elle était restée là à écouter dans l'obscurité et cela l'avait tout étourdie, elle n'avait aucune prise, elle ne pouvait se raccrocher à rien, hormis à ces deux voix qui ressemblaient en tout point à ses deux garçons qui bavardaient dans cet empilement de bois branlant où ils avaient l'habitude d'aller se cacher. Ses deux garçons à elle, elle les aurait reconnus entre mille, sauf que ce n'était pas eux. Elle avait entendu et elle n'avait pas entendu. Il y avait quelque chose qu'elle devait faire, mais elle ignorait quoi et elle ne savait plus ce qui était réel, et c'est alors qu'elle entendit une voix qui était la sienne prononcer ce prénom.

— Tommy?

Elle ne voulait pas regarder. Elle refusait de voir. Ce n'était pas Tommy là-haut, elle savait que ce n'était pas lui. Elle entendait et elle n'entendait pas. Tommy était mort et celui-ci était un autre garçon.

Mais elle empoigna les barreaux cloués au tronc et les gravit jusqu'au trou par lequel elle glissa sa longue silhouette.

Le petit garçon ne ressemblait pas à son fils. C'était un petit enfant blanc, aux cheveux d'un blond doré même en pleine nuit comme une photo dans un catalogue. Pas du tout comme son fils avec sa peau marron clair qui semblait illuminée de l'intérieur et son sourire qui vous fendait le cœur. Rien à voir avec son petit garçon perdu.

Un autre enfant était assis là avec la main de Charlie posée sur son dos.

Le garçon leva les yeux vers elle. Il était tout écorché, les joues souillées de terre, de sang et de larmes, comme s'il avait grimpé ici en sortant tout droit des entrailles de l'enfer.

— Oh, mon chéri.

Elle tendit les bras vers lui et à quatre pattes, il se précipita vers elle, en collant si fort son petit corps contre le sien qu'elle fut forcée de reprendre son souffle et de s'appuyer au tronc, si réel, si rêche et dur contre son dos.

Elle ne savait pas si Tommy était quelque part dans ce petit être. Elle ignorait comment cela aurait pu être. Elle songea que dans son état de confusion, elle était de bonne foi en le souhaitant si fort qu'il finissait par l'être. Mais elle l'avait reconnu à cette expression dans son regard ; il faisait partie des garçons perdus, il était des siens.

34

Paul se réveilla. Il faisait nuit. Il se sentait nettoyé. Propre. Il avait dû s'évanouir. Il était allongé sur les aiguilles de pin et contemplait le ciel nocturne à travers les branches. La nuit était claire. Les étoiles le regardaient. Il y en avait tellement. Il avait toujours aimé les étoiles. Elles ne le harcelaient ni ne le jugeaient. Elles le regardaient, c'est tout. Rien de tout ça n'a d'importance, c'est ce qu'elles disaient. Quoi que ce soit, ça n'a pas d'importance.

Il n'avait pas envie de bouger. S'il détournait ses yeux du ciel, il ne savait pas ce qui lui arriverait.

Des hommes approchaient. Il entendait les craquements dans les bois. Il sentait les torches qui envahissaient l'obscurité. Ils avançaient entre les arbres, comme au cinéma, sauf que dans un film, il y aurait des chiens. Et lui serait en train de courir, haletant. Mais ce n'était pas le cas. Il était tranquillement allongé, face au ciel.

— Qu'est-ce que c'est que ça ?

— J'ai cru voir quelque chose !

Il entendait les vraies voix et aussi celles, aiguës comme celles de jouets, qui grésillaient dans leurs talkies-walkies.

— Il y a quelque chose ici !

Pas quelque chose, pensa-t-il. *Quelqu'un.*

Il se dit qu'il fallait s'enfuir. Il aurait dû déjà être parti. D'une manière ou d'une autre, le gamin savait, il le leur avait dit et ils venaient le chercher. Mais il sentait son corps s'enfoncer encore plus dans les aiguilles de pin et la terre.

Il se rappelait cette journée, à présent. Le 14 juin. Il se rendit compte qu'il ne l'avait jamais quittée, qu'il avait toujours été là-bas, dans cette journée, à entendre le gamin qui criait depuis le fond du puits.

Tout avait commencé avec le chat.

Cela faisait au moins deux mois qu'il avait remarqué ce chat maigrichon, avec ses taches blanches et noires, qui faisait presque autant partie du décor que l'herbe couleur de crotte, le champ de maïs derrière ou la clôture grise qui séparait leur terrain de celui des McClure et que le chat traversait quotidiennement. Il le regardait distraitement quand il se préparait pour l'école, avec sa manière d'avancer le long de la clôture, une patte prudemment après l'autre, comme s'il avait en tête un plan grandiose qu'il suivait pas à pas, et il enviait ce chat galeux qui pouvait aller où bon lui semblait.

Puis un jour qu'il était dehors et s'amusait à lancer une balle de tennis sur le mur de la remise, le chat était apparu près de la clôture et l'avait regardé. Il l'avait senti dans tout son être, le chat le regardait droit dans les yeux. Personne ne le regardait comme ça, ces derniers temps. Pas droit dans les yeux comme ça. Il avait l'impression d'être l'homme invisible, parfois. Le lycée était trois fois plus grand que son école et personne ne faisait attention aux première année, de toute façon, et puis il n'avait pas de copains étant donné qu'ils avaient vendu leur belle maison et déménagé de l'autre côté de la ville pour cette location merdique. On ne s'en prenait pas à lui, mais il était souvent tout seul l'après-midi quand il faisait ses devoirs, jouait à ses jeux vidéo ou à lancer durant des heures une balle contre le mur de la remise.

Le lendemain, il sortit de nouveau lancer sa balle et le chat était là sur la clôture, et il lui apporta un bol de lait que l'animal vint aussitôt laper.

Alors il recommença le lendemain et puis le jour suivant, jusqu'à ce que le chat se montre dès qu'il le voyait franchir la porte de la cuisine, comme s'il avait été son maître. Un jour, le chat vint se frotter contre lui, il sentit son corps se presser contre sa jambe. Il avait le pelage sale et Paul n'osait pas trop le toucher, peut-être qu'il avait des puces ou Dieu sait quoi. Il faisait un petit bruit. Un ronronnement. La sensation remonta de son mollet dans tout son corps. Cela le fit vibrer tout entier.

Ce samedi-là, il se réveilla en retard et aperçut le chat dehors, et quand il versa le lait dans le bol, il entendit crier :

— Qu'est-ce que tu fais ?

Il leva les yeux et vit son père qui le regardait. Il était assis dans le salon, une chaussure à la main, tout rouge.

Paul sursauta si fort que sa main trembla et que le lait se répandit à côté du bol sur la table et ruissela, faisant une flaque sur le lino.

— J'ai dit : qu'est-ce que tu fais ?

La scène était banale. Sa mère lisait sur le canapé, son petit frère étalait ses vignettes de base-ball par terre devant la télé, son père regardait les informations, assis sur son fauteuil – sauf qu'il ne les suivait pas. Il continuait de le regarder, lui.

C'était comme lorsque la lumière s'allume brusquement alors qu'on est resté longtemps dans le noir. Il regarda la flaque de lait s'agrandir sur le sol.

— Je nettoie, dit-il.

Il alla chercher une serpillière et essuya tout. Il espérait que son père le laisserait tranquille, à présent. Paul s'humecta les lèvres. Son père continuait de le regarder.

— Tu bois du lait dans un bol, maintenant ?

— Non.

— Alors pourquoi tu fais ça ?

Il regarda les pieds nus de son père, posés sur le pouf. Les pieds les plus hideux du monde, les orteils gonflés par l'arthrite à force de rester debout toute la journée dans ses belles chaussures. Dans le temps, il préparait le café pour sa mère et il partait le matin en sifflotant pendant qu'eux prenaient le petit déjeuner, et il dormait le week-end et regardait parfois un match à la télé, mais à présent, le samedi, il était levé avant tout le monde, les pieds sur le pouf, à cirer ses chaussures. Et maintenant, son père le fixait, paupières plissées, deux fentes rouges dans ce lourd visage gris, comme si Paul était le seul coupable de la tournure qu'avait prise leur vie et qu'il était obligé de rester debout toute la journée à essayer de vendre des chaînes hi-fi à des gens qui ne voulaient que des haut-parleurs pour leurs iPods.

— Pour le chat.

— On n'a pas de chat, dit son père.

— Il y en a un dehors.

Son père se redressa.

— Tu crois que c'est ton chat ? Ce chat n'a rien à faire avec toi. Ce n'est pas ton chat. Tu crois que je vais te nourrir et nourrir un chat, en plus ? Tu n'as qu'à te trouver un boulot et acheter le lait toi-même. Et tu pourras avoir un foutu chat.

— Il est au lycée, dit sa mère derrière son livre depuis le canapé. C'est ça, son travail.

— Eh bien, il a intérêt à s'améliorer.

— Il s'en sort bien.

Paul sentit que son père était reparti pour un tour. Il regarda le mur. Ces derniers temps, il ne fallait pas grand-chose pour le lancer.

— En quoi un C en sport, c'est bien ? Comment on peut avoir un C, si on va en cours, à moins d'être la dernière des mauviettes ?

Sa mère leva le nez, agacée de devoir interrompre sa lecture. Elle lisait tout le temps ces livres policiers inspirés de faits réels avec un cahier de photos atroces au milieu.

— C'est seulement la première année. Donne-lui le temps, Terrance. Il n'est pas comme toi.

Son père avait été champion de lutte au lycée. Ses coupes étaient exposées sur une étagère dans l'ancienne maison. Mais il ne savait pas où elles étaient, à présent. Sa mère avait jeté la plus grande partie de ces trucs.

Son père passa un peu de cirage sur sa chaussure.

— Tu peux le dire. C'est une foutue déception.

Paul ne répondit pas. D'abord, il avait cru que son père parlait du type à la télé, un sénateur quelconque qui discutait avec le présentateur, puis il se rendit compte que c'était de lui.

— Terrance…, dit sa mère.

Mais elle avait dit cela sans conviction. À croire que cet unique mot consumait toute son énergie. Elle n'en avait déjà pas beaucoup. Quand elle rentrait après son service de nuit chez Denny's, elle aimait surtout ne rien faire.

— Comme si on avait de l'argent pour un chat, ricana son père avant de se retourner vers l'écran.

Paul termina de nettoyer la cuisine et alla s'enfermer dans sa chambre. Il alluma sa PlayStation et traqua les paysans un par un en les annihilant avec ses giclées de feu.

En atteignant le niveau suivant, il se sentait toujours aussi nerveux. Quand il réapparut, ils étaient tous partis. Son père s'en était allé au travail et sa mère avait dû emmener Aaron au parc ou quelque chose de ce genre. Il resta immobile un moment à respirer la maison vide. Il alluma la télé en quête d'un match de base-ball ou de quelque chose pour lui occuper l'esprit, mais rien ne l'intéressait. Il ouvrit le frigo, mais aucun yaourt ne le tentait. Il ne cessait de demander à sa mère d'acheter ceux qu'il aimait, mais elle continuait de prendre l'autre marque. Il n'y avait pas de soda non plus.

— On doit se serrer la ceinture, avait-elle dit.

Foutue déception.

Il but l'une des bières de son père. Il se dit que cela le rendrait peut-être heureux et le détendrait comme c'était parfois le cas pour son père, mais au lieu de cela, il se sentit nauséeux et étourdi. Il entra dans la chambre de ses parents. Il ouvrit quelques tiroirs et regarda les sous-vêtements de sa mère, puis il les referma soigneusement. Il s'accroupit près du lit et sortit les fusils qui étaient dessous. Son père les laissait rangés dans leurs cartons d'origine. Personne n'était censé les toucher, mais il aimait bien les regarder de temps en temps quand il était tout seul. Quand il était plus jeune, son père l'emmenait dans les bois s'entraîner au tir. «Bien joué, Pauly!» disait-il quand il touchait une boîte de conserve, avant de lui ébouriffer les cheveux. Il faisait des trucs comme ça avec lui tout le temps quand il était tout gosse.

Son père chassait, avant, mais il avait entendu sa mère dire un jour qu'il buvait trop maintenant pour tirer sur quoi que ce soit.

Paul souleva précautionneusement les couvercles des cartons et y plongea la main pour caresser le métal. Ils étaient magnifiques.

Il en sortit un de sa boîte. Il avait envie de le sentir de nouveau dans ses mains, se rappeler quel effet cela faisait de détenir un tel pouvoir. Il songea que cela lui ferait du bien de tirer avec. Cela soulagerait peut-être toute cette tension qu'il avait dans la tête et cette drôle de sensation dans le ventre à cause de la bière. Tirer sur une cible fixée à un arbre et imaginer que c'était le visage de son père. *Foutue déception.* Alors qu'il s'était donné un mal de chien dans son nouveau lycée et qu'il avait principalement eu des B et même un A en biologie. Il prit quelques cartouches dans la boîte sous le lit, fourra le fusil sous sa chemise et sortit par la porte de la cuisine.

Il passa par le trou de la clôture et entra dans les champs de maïs. Il y avait un vieux chemin de terre qui les traversait en serpentant et finissait par longer les bois. En cette belle journée de printemps, il était agréable de marcher sur ce chemin, bordé de part et d'autre par les tiges de maïs, le fusil contre le ventre. Tout son être vibrait d'excitation. Il trouvait vraiment dommage qu'aucun de ses copains ne soit là pour le voir avec son fusil, quand il entendit un crissement de pneus sur la terre et vit un gamin qui fonçait vers lui en oscillant sur son vélo, les mains à une trentaine de centimètres au-dessus du guidon, avec un sourire de dément, comme s'il savait que sa mère le tuerait si elle le voyait pédaler comme ça à toute allure sans les mains.

Le garçon ralentit quand il le vit et reposa les mains sur le guidon pour le contourner.

Paul l'avait déjà vu dans le quartier et il avait même joué une fois avec lui au base-ball à Lincoln Park. Il avait l'âge d'Aaron, mais il était sympa, et vraiment un bon lanceur, pour ses neuf ans. Aaron disait toujours qu'il jouait avec les grands. Il était noir, comme beaucoup de gamins de ce quartier, et Paul ne l'en appréciait que plus, sans trop savoir pourquoi. Le gamin arriva à sa hauteur et le salua d'un signe de tête (pourquoi ce môme ne pouvait pas être son frère au lieu d'Aaron l'Agaçant ?) et il songea : *Eh bien, pourquoi pas ?* Ce n'était pas comme flamber devant un copain, mais cela ferait l'affaire. Il en avait assez d'être constamment tout seul. Le gosse s'appelait Tommy.

— Hé ! Tommy ! le héla-t-il. (Tommy l'avait dépassé ; il posa les pieds à terre et se retourna vers lui.) Tu veux voir un truc ?

Tommy revint sur son chemin et le regarda par-dessus le guidon comme s'il sentait venir un piège.

— Quel genre de truc ?

— Un truc super cool. Viens voir. (Tommy descendit de son vélo et s'approcha de Paul.) Tu ne peux pas en parler à Aaron. Si tu lui dis, je le saurai et tu le regretteras.

— Je ne dirai rien.

Ce n'était pas une si bonne idée, songea Paul. S'il en parlait à Aaron, son frère moucharderait sûrement et il aurait de gros ennuis. Mais Tommy attendait qu'il tienne sa promesse. Il serait un sacré naze s'il reculait, maintenant. Il serait la risée de tout le quartier.

Paul poussa tout doucement sur le fusil jusqu'à ce que le canon dépasse de son col.

— Regarde-moi ça.

— Wow. C'est cool, dit Tommy, l'air impressionné. Il est à toi ?

Il répondit avec un sourire narquois. Il aimait bien ce gamin. Il était drôlement sympa.

— Ouaip. Un vrai Renegade calibre 54. Je vais m'entraîner. Tu veux l'essayer ?

— Je sais pas trop, hésita Tommy.

Il sourit et grimaça tour à tour comme s'il n'arrivait pas à se décider. Paul lisait quasiment dans ses pensées : ça ne plairait pas à ma mère, il se disait. Pour une raison inconnue, cela donna encore plus envie à Paul qu'il vienne.

— Allez. Je te le proposerai pas deux fois. C'est que pour aujourd'hui.

— Je vais chez Oscar.

— Allez. Juste une minute. Je le dirai à personne. Je parie que tu n'as jamais essayé.

Tommy leva son visage vers Paul avec une drôle d'expression, comme s'il voulait qu'on lui dise ce qu'il devait faire. Comme s'il avait vraiment envie d'aller chez son copain, mais qu'il avait aussi vraiment envie d'essayer le fusil et n'arrivait pas à décider lequel des deux choisir.

— Tu es sûrement un bon tireur, vu comment tu lances et tout.

Il savait que cela ferait mouche et ce fut le cas.

— Bon… D'accord. Juste une fois.

Et Tommy descendit de son vélo, le posa contre les tiges de maïs et le suivit sur la route jusque dans les bois.

Son père emportait toujours un morceau de carton avec une cible dessus quand ils allaient s'entraîner, mais il n'avait pas pensé à en prendre un. Ils étaient allés tirer dans un endroit loin dans la forêt où il y avait un vieux puits avec un seau qui se balançait au-dessus et des détritus remontant à l'époque où les hippies et les motards venaient traîner dans cette partie du bois.

— Hé, Tommy, regarde-moi ça.

Il ramassa quelques canettes de soda et les aligna sur la margelle. Il s'empara du fusil, le soupesa et visa, puis sans réfléchir, il tira. Le recul faillit le faire tomber à la renverse, mais à part ça, ce n'était pas tellement différent de son jeu vidéo.

— Hé, fit Tommy. Joli.

Il regarda à terre et vit qu'il avait fait sauter la bouteille du vieux puits. Ne pas réfléchir avait été la clé. Chaque fois qu'il réfléchissait trop, il ratait son coup.

— Ouais. Merci.

Tous ces jeux vidéo avaient dû vraiment améliorer sa coordination entre œil et main. Son père lui reprochait toujours d'y jouer, mais s'il l'avait vu en cet instant il ne l'aurait pas traité de mauviette du tout. Sauf qu'il l'aurait tué pour avoir pris son arme.

— Tu peux en remettre une autre ? demanda-t-il à Tommy.

— OK.

Tommy courut jusqu'au puits et posa une autre bouteille sur la margelle. Vraiment sympa, ce gosse.

Il visa la bouteille et la fit sauter aussi. C'était trop génial. Mouche à chaque coup.

Le gamin courut vers lui, haletant.

— Tu es doué.

Il le regardait comme s'il venait de remporter le championnat du monde de tir de précision.

— Tu crois que je peux encore y arriver ?

— Bien sûr que oui, Pauly, opina Tommy. Mais je pourrai essayer, après ?

Ça démangeait le gosse d'avoir le fusil en main et de montrer de quoi il était capable. Paul se demanda s'il serait meilleur tireur que lui. C'était possible.

— Juste encore une, dit-il.

Tommy alla poser une autre bouteille sur la margelle et s'écarta.

Paul visa la bouteille, puis il tourna le canon vers le vieux seau à moitié rouillé qui brillait au soleil. Il revit le visage de son père qui disait : « Foutue déception », au moment où il appuya sur la détente. Il entendit le tintement de ferraille de la balle qui ricochait. Ha !

Le seau se balançait au bout de sa corde. *Essaie de faire pareil, gamin*, songea-t-il.

— J'ai réussi ! (Il se tourna vers le gosse.) Trois fois !

Mais Tommy n'était pas là. Il gisait sur le sol.

Il ne bougeait pas. Il avait une drôle de tache rouge dans le dos.

Paul regarda autour de lui. Rien ne bougeait dans la forêt. Il n'y avait pas âme qui vive ici. Même pas des oiseaux qui chantaient. La journée était belle et chaude, on aurait pu croire que rien n'était arrivé. Il ferma les yeux en espérant pouvoir remonter quinze secondes en arrière jusqu'au moment où il avait visé le seau, mais quand il les rouvrit, le gamin gisait toujours à terre.

Pourquoi n'avait-il pas pu viser la bouteille au lieu du seau ? Rien n'aurait ricoché sur la bouteille. Elle aurait volé en éclats, c'est tout.

Il laissa cette pensée emporter sa conscience pendant un temps dont il n'eut pas vraiment conscience (une minute, une heure ?), comme si en s'y abandonnant il pourrait rester là-bas, dans le passé. Mais le présent finit par se rappeler à lui dans sa bouche sèche et la chaleur qui lui martelait le crâne. Il n'y avait pas moyen de revenir en arrière. Il était ici. Le corps de Tommy était là-bas. Sa vie était fichue. Il allait probablement passer le restant de ses jours en prison. Il n'y avait plus rien d'autre à espérer. Il ne pourrait pas être vétérinaire ni rien du tout.

C'était irréel. Sa vie était finie à cause de ce cadavre qui gisait là-bas. Mais s'il n'y avait pas de corps, sa vie ne serait pas finie et elle continuerait comme avant.

Il ferma les yeux, les rouvrit et les referma. Mais chaque fois qu'il les rouvrait, le corps était là et il supportait à peine de le regarder.

Comment toute votre vie pouvait-elle finir aussi vite ? Elle était là devant vous, pas parfaite, mais c'était la vôtre, et l'instant d'après, elle n'y était plus. Il posa le fusil sur le sol. Il n'arrivait pas à se faire à cette idée.

Il n'avait pas voulu tuer Tommy, mais personne ne le croirait. On estimerait probablement qu'il était raciste parce que Tommy était noir. Son père allait le massacrer. L'étrangler à mains nues. Sa mère ne lui adresserait plus jamais la parole.

Mais qu'en serait-il, s'il pouvait faire disparaître le corps ? La vie de ce gamin était terminée. Il n'avait pas voulu le tuer, mais il était mort, à présent. Mais pourquoi aurait-il dû en être de même pour la vie de Paul ? Il ne voulait pas perdre sa vie, se rendit-il compte. Une heure plus tôt, elle ne lui paraissait pas très plaisante, mais en cet instant, il voulait la récupérer plus que tout.

Il souleva le corps de Tommy et le porta jusqu'au puits. Il était plus léger qu'il n'aurait cru et ce fut facile de le faire basculer dans l'eau noirâtre. Il entendit les éclaboussures. Il examina le sol à l'endroit où était tombé le gamin, mais il n'y avait pas de sang ni rien qui trahît ce qui s'était passé. Il resta là, auprès du puits, haletant, essayant de reprendre ses esprits. *Voilà*, songea-t-il. *C'est terminé.* Ce n'était jamais arrivé. Il n'avait jamais croisé le garçon. Il s'entendit respirer, puis un chien aboyer plus loin sur le chemin, puis des bruits d'éclaboussures et quelque chose qui ressemblait à une voix.

Celle du gamin. Tommy. Qui appelait. Il n'était pas mort. Il était vivant, dans le puits, en tout cas plus ou moins en vie. Peut-être qu'il était en train de mourir là-dedans. Probablement qu'il était presque mort. Il allait mourir d'une seconde à l'autre.

La voix rauque et faible appelait à l'aide quelque six mètres plus bas. Il l'entendait se débattre dans l'eau.

Il resta auprès du puits. Il n'arrivait pas à se résoudre à regarder dedans ou à répondre. La voix le serrait à la gorge. Il courut en tous sens, cherchant une liane, une corde ou quelque chose pour le sortir de là, mais il n'y avait rien, aucun moyen de hisser quelqu'un hors d'un puits aussi profond, et encore moins quelqu'un qui était sûrement en train de mourir d'une blessure par balle. Il pouvait courir chercher du secours, mais ils étaient à presque un kilomètre de toute habitation, et le temps qu'il y arrive, le gosse serait probablement déjà mort, et puis comment s'expliquerait-il ? Tommy s'est tiré dessus et ensuite il s'est jeté dans le puits ? Pétrifié, il essaya de trouver ce qu'il pourrait dire, ce qu'il fallait faire, toutes ces pensées le parcouraient tandis qu'il écoutait cette voix qui semblait sortir de son propre corps et qui disait : « Aide-moi, Pauly ! Aide-moi ! Fais-moi sortir ! Fais-moi sortir ! Fais-moi sortir ! », puis juste « Maman ! Maman ! Maman ! » et puis finalement, plus rien.

C'était terminé. Après un long moment, il scruta le fond du puits et ne vit que l'eau noirâtre qui avait toujours été là. Le soleil brillait encore. Il ramassa le fusil de son père et les balles, sortit du bois à toutes jambes, et sans cesser de courir, prit le chemin le long des champs, passa à côté du vélo de Tommy et ne s'arrêta qu'une fois arrivé chez lui. Il reposa le fusil dans sa boîte et le glissa sous le lit, but une autre des bières de son père et regarda la télé. *C'est fini*, se dit-il.

Le soir venu, la police vint sonner à toutes les portes du quartier et sa mère sortit avec les autres fouiller les champs et les bois. Dès le lendemain matin, il vit le visage de Tommy lui sourire sur les moindres poteaux et devantures de magasin en ville. On vida l'étang de l'autre côté des champs. On signala Tommy dans le Kentucky, mais c'était une erreur. Le prof d'informatique de l'école fut emmené au commissariat pour interrogatoire, mais il revint travailler. Paul attendit qu'on retrouve Tommy dans le puits, mais rien n'arriva.

Sauf que rien n'était pas rien. Le rien s'était insinué en lui comme ces parasites qu'il avait étudiés en cours de biologie, comme ce ver africain qui pénétrait dans votre orteil quand vous nagiez et qui vous dévorait tout entier avant que vous ayez le temps de vous en rendre compte. Chaque fois qu'il entendait le prénom de Tommy ou voyait son visage, chaque jour d'abord, puis de moins en moins à mesure que passaient les mois et les années, il sentait ce ver le grignoter encore un peu plus. Il lui pourrissait tellement le cerveau qu'il n'arrivait plus à se concentrer en cours. Une fois qu'il était complètement à la ramasse, il avait vu le visage de Tommy sur une affichette et cru que son cadavre lui souriait. Voilà ce qu'était ce rien.

Jusqu'à aujourd'hui, quand il avait entendu les paroles de Tommy sortir de ce petit gamin blanc.

Les gens se rapprochaient, à présent. Il les entendait se faufiler dans les taillis. Il aurait dû s'enfuir. Il restait immobile, écoutant sa respiration calme et régulière. Contemplant les étoiles. Ce devait être comme ça quand vous perdiez la tête, songea-t-il, mais il se sentait plus lucide que jamais depuis longtemps. Il avait voulu être quelqu'un de bien naguère, ou du moins pas quelqu'un de mauvais, mais il avait abattu Tommy Crawford et il avait eu tellement peur qu'il l'avait laissé mourir dans le puits. Il n'avait pas voulu faire ça, mais il l'avait fait quand même.

Les torches glissèrent sur le sol et les troncs et remontèrent jusqu'à son visage. Il cligna des yeux, ébloui. La police. Il aurait reconnu n'importe où leurs voix de robots.

Il ferma les yeux et revit les étoiles. Toute la tension dans son esprit se dissipait ; il la relâcha d'un souffle vers le ciel. Il s'était cramponné aux mots *(C'est moi qui l'ai tué)* et maintenant il pouvait les libérer. Tout ce qu'il avait à faire, c'était parler.

35

Janie vit d'abord la torche qui balayait la route. Quand elle s'arrêta à la hauteur d'Anderson, il la regarda par la vitre sans la reconnaître, sa chemise débraillée, le regard fou. Le spectacle la bouleversa. Elle ne s'était pas rendu compte qu'il tenait à ce point à son fils. Elle ouvrit la portière, il cligna des yeux, puis il monta sans un mot.

— Je vais fouiller de nouveau la maison, dit-elle.

Il n'était pas question qu'elle cesse de s'activer ou qu'elle réfléchisse.

— D'accord, opina-t-il.

Ils continuèrent en silence jusqu'à la maison.

Quand ils arrivèrent, ils virent un inspecteur en costume marron près d'un véhicule sur l'allée. L'homme leur tournait le dos et faisait les cent pas tout en braillant au téléphone. Janie descendit de voiture et ses paroles lui sautèrent au visage.

— Il faut le vider tout de suite, nom de Dieu. Je me fiche de la profondeur, s'il dit que le corps du gosse est là-dedans…

Les phrases résonnèrent dans l'esprit de Janie, réduites à des bribes. Embrouillées.

Vider…

Le corps du gosse…

Elle se sentit perdre pied. Ce n'était pas réel. Elle refusait que ce le soit. Elle voulait partir le plus loin possible de ce qui était en train de se passer.

— Entrez dans la maison. (Elle entendit la voix d'Anderson, mais les mots n'avaient aucun sens pour elle.) Venez.

C'était bien de ne pas comprendre les mots. Si vous vous laissiez aller à les comprendre, vous risquiez de les sentir et là, il pouvait arriver n'importe quoi.

Anderson essayait de l'entraîner par la main, mais elle ne sentait plus ses pieds. C'est ainsi qu'était la chair dans l'irréel. Comme des ombres. L'homme à côté d'elle était une ombre, et le policier aussi, et les silhouettes qui s'avançaient lentement vers elle dans le jardin, deux ombres de haute taille, une autre plus petite, comme un enfant, comme…

Noah ! Le cœur de Janie explosa. Elle s'élança.

Cramponné à la taille de Denise, il leva les yeux vers elle. Le magnifique Noah, tout sale, des traînées de morve sur les joues. Janie était juste devant lui, mais il ne quittait pas l'autre femme des yeux.

— Noah ?

Il ne voulait pas la regarder. Pourquoi refusait-il ? Comment cela pouvait-il être possible ? Elle sentit ses genoux se dérober sous elle. Elle tombait, mais quelque chose derrière elle lui prenait les bras et la soutenait. Anderson. Elle se laissa faire.

— Noah ! C'est moi ! C'est maman !

Noah se tourna alors. Il la considéra d'un air perplexe, comme de très loin, comme un oiseau au fond de la forêt pourrait contempler un être humain qui passe au-dessous de lui.

Tous le virent la regarder, puis tenter de respirer, sans y arriver.

Respire, Noah, respire.

Cela n'avait jamais été aussi grave. Janie le tenait sur ses genoux dans la voiture, l'inhalateur collé sur le visage. Elle ne s'était même pas préoccupée du siège.

Devant eux clignotaient des lumières rouges et bleues qui ouvraient le chemin. Si Noah avait été conscient en cet instant, il aurait adoré. Son escorte de police rien qu'à lui, avec sirènes et gyrophares.

Respire. Sa tête dodelinait contre la sienne comme s'il était un bébé. Malgré cette nouvelle inquiétude, elle était soulagée de l'avoir à nouveau dans ses bras, elle qui croyait que cela ne se reproduirait plus jamais. *Respire.*

— Il va se remettre, hein ? demanda le fils Crawford.

Il avait tenu à venir et était assis à côté d'elle, tambourinant des doigts sur ses genoux dans une frénésie d'angoisse. Janie aurait bien aimé que sa mère lui dise d'arrêter, mais Denise semblait ne pas s'en rendre compte. Assise devant à côté d'Anderson, comme assommée, elle lui indiquait le chemin.

— Tout ira bien, dit Janie, autant pour elle-même que pour tout le monde. Une bonne dose de Ventoline serait bienvenue, mais on lui en donnera à l'hôpital.

— C'est déjà arrivé ? demanda l'adolescent.

— Oui. Il a de l'asthme.

— C'est vrai ?

— Oui, c'est vrai.

— Alors c'est de l'asthme ?

— Oui.

— Wow, quel soulagement. J'ai cru qu'il faisait une espèce de flash-back sur ce qui était arrivé la dernière fois et que, vous voyez, il était en train de se noyer à nouveau.

Janie resta un moment sans rien répondre. Elle serrait son petit garçon, qui s'efforçait de respirer et n'avait rien à voir avec cette histoire-là ni aucune autre.

— Cela ne fonctionne pas comme ça, dit Anderson tout en conduisant. Même si parfois, il y a des relations entre le type de décès et des… anormalités. Parfois, des sujets qui ont de l'asthme ont une personnalité antérieure qui s'est noyée ou qui a été asphyxiée d'une manière ou d'une autre.

Taisez-vous, Jerry, songea Janie.

— Bon à savoir, répondit Charlie.

Anderson lui jeta un coup d'œil dans le rétroviseur.

— Il vous a parlé de noyade ?

— Oui. Dans le puits. Il s'est mis dans un drôle d'état.

— Je ne comprends pas, dit Janie à Charlie. Il vous a dit qu'il s'était noyé dans un puits ? Pourquoi est-ce à vous qu'il l'a dit ?

— Peut-être parce qu'il pense que je suis son frère ?

Elle le regarda : un adolescent vêtu d'un tee-shirt sans manches des Cleveland Indians et d'un short, une longue silhouette maigre et nerveuse irradiant la jeunesse.

— Vous le croyez ?

— On n'a pas vraiment le choix, si on l'écoute, non ?

Elle se cramponna à Noah. Collé contre sa poitrine, il lui agrippait le bras. Elle sentait le moindre souffle lui arracher les poumons.

— Sans doute que non.

— Vous ne le croyez pas ? demanda Charlie en la dévisageant.

— Si, je le crois, dit-elle.

C'était vrai.

— Ah, mais en fait, vous ne voulez pas ?

Il était plus perspicace qu'il n'en avait l'air.

— Je suppose que… Je voulais qu'il soit entièrement à moi. (Il éclata de rire.) Vous trouvez ça drôle ?

Son sourire dévora tout son visage. Comme celui de Noah. Comme celui de Tommy.

— Madame, le prenez pas mal, mais vous ne savez rien, dit Charlie. Jamais il n'a été entièrement à vous.

36

Janie crut que l'image serait gravée en elle pour toujours : Noah gisant sur le lit d'hôpital, livide mais en vie, une main tenant devant sa bouche le masque diffusant la Ventoline, l'autre agrippée à ce qu'il avait immédiatement cherché, celle de Denise. Laquelle était assise à son chevet et serrait ses petits doigts entre les siens.

Janie se tenait à côté d'elle. Elle avait songé à lui demander de lui céder sa place auprès de son fils, mais elle ne pouvait prendre le risque de contrarier Noah. À un moment, Denise avait desserré un peu les doigts et bougé, comme pour offrir à Janie sa place légitime auprès de Noah, mais l'enfant lui avait saisi le poignet en la fixant par-dessus le masque. Ils s'étaient regardés un temps comme deux chevaux qui se reconnaissent d'un bout à l'autre d'un champ, puis avec un petit haussement d'épaules, Denise avait repris sa place, en posant son autre main sur la sienne.

Au bout d'un quart d'heure de ce spectacle, Janie en eut assez.

— Noah ? Je sors dans le couloir, juste un petit peu. Je serai devant la porte, avait-elle dit.

Et tous les deux tournèrent la tête et la regardèrent comme s'ils venaient seulement de remarquer sa présence dans la chambre.

Janie ne voulait pas le laisser comme cela, mais il fallait qu'elle sorte. Elle avait besoin d'air. Elle commença à reculer lentement.

— Maman ?

Janie et Denise se tournèrent toutes les deux vers lui. Il ôta le masque et regarda Janie.

— Tu reviens ?

Jamais elle n'aurait cru pouvoir savourer cette soudaine étincelle d'angoisse dans les yeux de son propre enfant. Mais plus rien n'avait de sens, aujourd'hui.

— Bien sûr, mon chéri. Je reviens dans une minute. Je reste devant la porte.

— Bon d'accord, dit-il avec un sourire ensommeillé et satisfait. À tout de suite, Mama-Chou.

— Remets le masque, mon chéri.

De sa main libre, il remit le masque sur son visage, puis il leva le pouce vers elle.

Janie tira le rideau, referma doucement la porte et y laissa ses deux mains à plat, le front posé contre le battant. Inspirer et expirer, puis recommencer. Voilà ce qu'il fallait faire. Inspirer et expirer, puis recommencer.

— Il va bien, vous savez. (Elle se retourna. Un vieux bonhomme tout maigre était assis sur une chaise dans le couloir. C'était Anderson. Depuis quand était-il aussi frêle ?) Ils vont bientôt le laisser sortir, ajouta-t-il.

— Oui.

Elle s'assit à côté de lui et contempla en cillant le plafond et les minuscules cadavres de mouches mortes

prises au piège au fond de la coupole éclatante du plafonnier. Inspirer et expirer, puis recommencer.

— Quelle journée, dit Anderson.

— Je devrais retourner dans la chambre. Je ne
connais même pas cette femme.

— Noah la connaît.

Silence.

— La plupart oublient avec le temps, vous savez,
reprit Anderson. L'existence présente prend le dessus.

— Est-ce mal de l'espérer ?

La silhouette raide d'Anderson sembla se détendre.
Il lui tapota la main.

— C'est compréhensible.

Elle ferma les yeux et l'ovale de lumière continua
de briller sous ses paupières. Elle les rouvrit. Tout se
bousculait dans sa tête.

— Cet homme… Celui que détient la police. Il a
tué Tommy ?

— C'est possible.

— Noah devra-t-il être là ? Au procès ?

Anderson secoua la tête et un sourire désabusé flotta
au coin de ses lèvres.

— Une personnalité antérieure n'a pas grande valeur
comme témoin.

— Vous avez raison, dit-elle. Je ne comprends toujours pas comment ils l'ont trouvé.

— Je pense que… c'était grâce à Noah.

Elle demanderait plus tard. Elle le saurait plus tard.
Personne ne pouvait assimiler autant d'informations à
la fois. Inspirer et expirer, puis recommencer.

Anderson était droit comme un piquet, les mains
posées sur les genoux. Au garde-à-vous, immobile.

— Vous n'êtes pas obligé d'attendre ici, vous savez, dit-elle. Vous pouvez retourner à l'hôtel. Prenez un taxi. Reposez-vous un peu.

— Ce n'est rien. Nous nous reposerons… le jour après aujourd'hui.

— Demain.

— C'est cela. Demain.

Le mot s'attarda dans les airs.

— Et demain, murmura-t-il.

— Et demain, dit-elle, *puis demain, puis demain, rampe à petits pas, de jour en jour…*

Il la regarda, étonné.

— *… jusqu'à la dernière syllabe du souvenir; et tous nos hiers ont éclairé pour des fous le chemin vers la poussière de la mort.*

— Vous connaissez Shakespeare, dit-elle.

Peut-être qu'il avait eu aussi une mère qui le citait. Elle eut tout à coup l'impression que la sienne était dans la pièce avec eux. Peut-être était-ce le cas. Les gens pouvaient-ils renaître et rester présents en même temps, en tant qu'esprits ? Cette question allait devoir attendre.

Anderson sourit tristement.

— Je me rappelle certains mots.

— Tout le monde en oublie de temps en temps. (Elle repensa à sa tendance à substituer certains mots à d'autres. Au GPS qu'il avait compris de travers.) Mais ce n'est pas de cela qu'il s'agit, n'est-ce pas ?

Il resta un moment sans répondre.

— C'est de l'aphasie dégénérative. Ce mot-là, je ne peux pas l'oublier, ajouta-t-il avec un sourire ironique.

— Oh. (Elle accusa le coup.) Je suis vraiment désolée, Jerry.

— Il n'y a pas que la mémoire dans la vie. À ce qu'il
paraît.

— Il y a le moment présent.

— Oui.

— La mémoire peut être une malédiction, dit-elle,
pensant à elle-même, à Noah.

— Elle est ce qu'elle est. (Un silence.) Peut-être que
je vais m'en aller, alors, dit-il en prenant appui sur ses
genoux, comme pour se forcer à se lever.

— En fait… Pouvez-vous rester encore quelques
minutes ?

Elle ne parvint pas à dissimuler l'urgence dans sa
voix.

Ses yeux paraissaient argentés sous la lumière fluo-
rescente.

— D'accord.

— Merci.

— Je peux aller vous chercher quelque chose ?
demanda-t-il. Une tasse de café ? (Elle secoua la tête.)
Sinon, si vous avez faim, je peux aller au… je pourrais…

— Jerry ?

— Oui ?

Il avait l'air – de quoi avait-il l'air ? Pour la première
fois, maintenant qu'elle se sentait moins désespérée, elle
le voyait tel qu'il était ; combien il avait travaillé dans sa
vie, et avec quel courage ; combien il était fatigué désormais, et à quel point il pensait avoir échoué.

— Merci, dit-elle.

— De quoi ?

— De… ce que vous avez fait pour Noah.

Il hocha faiblement la tête. Ses yeux brillèrent un bref instant puis il les ferma. Il se renfonça dans son siège, en étendant ses longues jambes de biais pour ne pas gêner le passage dans le couloir. Elle sentit la tension qui l'abandonnait, qui coulait de son corps et s'évaporait dans l'air. Il posa la tête contre le mur, à côté de la sienne, leurs cheveux se frôlant presque.

Il laissa échapper un petit soupir.

— Je vous en prie.

Un soir de 1992, John McConnell, policier new-yorkais en retraite travaillant comme vigile, s'arrêta après son travail devant un magasin d'électronique. Il vit deux hommes qui cambriolaient le magasin et sortit son pistolet. Un autre voleur, depuis le comptoir, se mit à tirer sur lui. John tenta de riposter, et même après être tombé, il se releva et tira de nouveau. Il fut touché six fois. L'une des balles pénétra dans son dos, traversa son poumon gauche, son cœur et la principale artère pulmonaire, qui transporte le sang du ventricule droit jusqu'aux poumons afin d'y recevoir l'oxygène. Il fut transporté en urgence à l'hôpital, mais il ne survécut pas.

John était très proche de sa famille et avait fréquemment dit à l'une de ses filles, Doreen : « Quoi qu'il arrive, je m'occuperai toujours de toi. » Cinq ans après la mort de John, Doreen donna naissance à un fils prénommé William. Le bébé commença à s'évanouir juste après la naissance. Les médecins diagnostiquèrent une atrésie de la valve pulmonaire, une malformation de la valve de l'artère pulmonaire empêchant le sang de circuler jusqu'aux poumons. En outre, cette affection avait entraîné une malformation du ventricule droit. Il subit plusieurs interventions chirurgicales. Bien qu'obligé de suivre un traitement médicamenteux à vie, il s'en sortit.

William présentait des malformations de naissance très similaires aux blessures mortelles qu'avait subies son grand-père. En outre, lorsqu'il fut en âge de s'exprimer, il commença à parler de la vie de John. Un jour, à trois ans, sa mère était chez elle et essayait de travailler dans son bureau pendant que William ne cessait de faire des siennes. Elle finit par lui dire : « Tiens-toi tranquille, sinon tu auras une fessée. » William répondit : « Maman, quand tu étais petite fille et que j'étais ton père, tu étais très turbulente, mais je ne t'ai jamais frappée ! »

William mentionna plusieurs fois qu'il était son grand-père et parla de sa mort. Il déclara à sa mère que plusieurs personnes avaient fait feu durant le cambriolage où il avait trouvé la mort et il posa beaucoup de questions sur ce sujet.

Un jour, il déclara à sa mère :

— Quand tu étais petite fille et que j'étais ton père, comment s'appelait mon chat ?

— Tu parles de Maniac ? répondit-elle.

— Non, pas celui-là, dit William. Le blanc.

— Boston ? demanda sa mère.

— Oui, répondit William. Je l'appelais Boss, pas vrai ?

C'était exact. La famille possédait deux chats, Maniac et Boston, et John était le seul à appeler le blanc Boss.

Jim B. Tucker, docteur en médecine,
La Vie avant la vie

37

Les ossements ne mentent pas. C'est ce que disent les archéologues, et ils ont raison.

Les ossements n'inventent pas d'histoires parce qu'ils veulent qu'on les croie. Ils ne répètent pas quelque chose qu'ils ont entendu raconter. Ils ne sont pas doués de perception extrasensorielle. Ils sont vérifiables, et transportent dans leurs fissures la vérité de notre imparfaite matérialité et ce qui nous rend uniques. La fêlure du fémur, la carie de la dent. Il ne pouvait donc y avoir de meilleure preuve, pour les idées d'Anderson, que les ossements identifiés comme appartenant à Tommy Crawford, qui avaient été découverts dans un puits abandonné dans les bois non loin du domicile des Clifford.

À côté de Janie, Noah et de la famille de Tommy, Anderson fixait la fosse creusée dans le sol où ils avaient descendu une coûteuse boîte couverte de coûteuses fleurs que la chaleur fanait déjà. Il songea qu'il aurait fallu observer les réactions des sujets devant la cérémonie, mais il n'en fit rien. Au lieu de cela, il se disait que lorsque son moment viendrait, il ne voulait rien de tout cela. Il préférait qu'on abandonne son corps épuisé au sommet d'une montagne afin qu'il nourrisse les vautours et finisse en poussière, comme le faisaient les moines tibétains, jusqu'à ce que la partie physique de Jerry Anderson soit réduite à des ossements sur une saillie rocheuse. Il se disait que cela ne tarderait plus, désormais, qu'il ne laisserait jamais son corps survivre à son esprit.

Le père de l'enfant, Henry, se tenait à côté de la fosse, la pelle à la main. Il prit un peu de terre et la jeta très haut au-dessus du cercueil; la terre sembla s'immobiliser en l'air avant de retomber avec un bruit de pluie sourde, puis il prit une autre pelletée sans attendre, jusqu'à ce que cela n'ait plus l'air que d'un mouvement continu, coup de pelle, pluie de terre et coup de pelle, le visage luisant de sueur.

Tous le regardaient. Entre Janie et Denise, Noah, silencieux, tenait la main de Janie. Charlie avait pris sa mère par l'épaule.

Bien sûr, toutes les informations du monde ne suffisaient pas à convaincre quiconque n'était pas disposé à l'être. Les gens proposaient les réponses qu'ils désiraient. Depuis toujours. Et il en serait éternellement ainsi. Anderson avait tenté de s'en protéger dans ses propres travaux, en engageant des analystes qui vérifiaient plusieurs fois ses données, et des collègues qui relisaient ses articles, exigeant d'eux le plus profond scepticisme, mais il était inévitable que subsistent des biais. Ses collègues étaient ses collègues: ils voulaient lui faire confiance. Il avait cru pendant si longtemps que s'il débarrassait ses recherches de la plus infime trace de subjectivité, ses travaux seraient acceptés tôt ou tard; cela faisait partie du combat qu'il menait, sauf qu'en cette fin de matinée, l'air était chaud, l'odeur puissante de la terre était prenante et il sentait que sa combativité l'abandonnait. Les gens n'avaient qu'à croire ce qui leur plaisait.

L'inspecteur Ludden, par exemple : la réponse qui lui paraissait la plus logique était la moins naturelle. Anderson n'en revenait pas. Ce professionnel rationnel à l'intellect affûté et que plus rien n'impressionnait, considérait l'idée d'un Noah doué d'une perception extrasensorielle comme plus acceptable que celle d'un fragment de la conscience de Tommy survivant d'une manière ou d'une autre à la mort. Un vendeur de samossas dans les rues de New Delhi ou un chauffeur de taxi de Bangkok auraient été morts de rire devant une telle naïveté. Mais les dons psychiques étaient un phénomène dont les services de police américains avaient au moins une certaine expérience – tous avaient entendu parler d'indices découverts de cette manière ; certains avaient même employé des médiums de temps en temps. Dès lors, le petit Noah Zimmerman était un médium aux stupéfiants pouvoirs qui avait perçu les derniers moments de la vie de Tommy Crawford. Si cela peut vous faire plaisir, inspecteur.

Anderson était bien forcé de reconnaître qu'une fois qu'il avait accepté cet aspect de l'affaire, l'inspecteur s'était montré étonnamment conciliant. Avant même l'identification des restes, il avait interrogé Noah. Pris soigneusement des notes qu'il avait utilisées pour combler les lacunes de l'histoire et obtenir des aveux complets, même si le meurtrier ne s'était pas montré avare de détails. Mais le policier voulait que les faits soient présentés le plus exhaustivement et clairement possible. Anderson le comprenait : il voulait savoir ce qui s'était passé, comme eux tous.

Tout concordait, plus ou moins, avec les preuves matérielles. Les ossements, les côtes fracassées par la balle.

Le père voulait la mort du tueur, mais la mère estimait que cela ne servirait pas à grand-chose. Et le procureur avait écarté la peine de mort, puisqu'il avait avoué, et qu'il était jeune adolescent quand le crime avait eu lieu. Et après tout, il risquait de traîner sa culpabilité durant toute son existence. Ce n'était pas la peine de la faire déteindre sur la suivante. Aussi Anderson partageait-il le point de vue de Denise sur l'inutilité d'une condamnation à mort, même si elle refusait obstinément d'utiliser le terme « réincarnation ».

« L'esprit de Tommy », c'était l'expression qu'elle employait.

Si cela peut vous faire plaisir, ma chère. Si cela peut vous faire plaisir.

Ces derniers temps, il avait réfléchi plus sérieusement au karma. Jamais il ne s'y était attaché dans ses travaux – il était déjà assez ardu de trouver des preuves de la persistance de la conscience, sans devoir se perdre dans la complexité de ramifications éthiques à travers les époques – mais de temps en temps, il avait étudié ses données pour voir s'il y avait un lien entre le genre de vie que menait un individu et la suivante. Il n'y avait rien de concluant, même si une petite proportion de ceux qui avaient une existence paisible ou aisée se souvenaient des vies antérieures où ils avaient médité ou eu un comportement de saint. Lui-même s'était dernièrement convaincu, cependant, que l'ignorance, la peur et la colère, comme les traumatismes, pouvaient parfois se transmettre d'une existence à la suivante et que les surmonter pouvait peut-être nécessiter plusieurs vies. Et si la peur et la colère pouvaient persister alors, évidemment, des émotions plus puissantes le pouvaient aussi, comme l'amour. Était-ce ce qui poussait certains individus à se réincarner au sein de leur propre famille ? Était-ce à cause de cela que certains enfants se rappelaient leurs liens passés ? Et dans ce cas, peut-être que ce phénomène – les souvenirs de ces enfants qu'il avait étudiés si méticuleusement – n'allait pas à l'encontre des lois de la nature, après tout. Peut-être qu'il mettait en lumière la loi fondamentale de la nature, ce qu'il avait consigné et analysé pendant trente ans sans le savoir : la force de l'amour. Il secoua la tête. Peut-être que son cerveau commençait à se ramollir.

Ou peut-être pas. Il avait esquivé tant de questions de ce genre pendant toutes ces années et voilà qu'elles tourbillonnaient dans son esprit, et qu'avant de rejoindre quelque autre destination, elles suscitaient en lui une sorte de terreur respectueuse.

38

Denise ne s'en remettrait jamais. Elle le savait.

Les ossements de Tommy au fond du puits.

Henry et elle avaient pu passer un peu de temps avec ces restes. Quand la police avait eu terminé de les examiner, les étiqueter et les photographier, les pompes funèbres leur avaient laissé un délai avant l'inhumation. Elle les avait serrés contre sa poitrine, avait caressé les orbites lisses qui avaient contenu ses yeux brillants. Là sans y être. Elle aurait voulu avoir ces ossements, mettre les fémurs sous son oreiller le soir quand elle se couchait, transporter ce crâne dans son sac à main pour être toujours avec lui ; elle comprenait que des gens deviennent fous et fassent des choses insensées. Mais elle savait aussi que Tommy n'était pas dedans. Il n'était pas là.

Les ossements de Tommy, là où Noah avait dit qu'il s'était noyé ; une preuve, supposait-elle, si c'était cela que l'on cherchait, mais elle ne cherchait pas. D'une certaine manière, cela avait cessé de compter pour elle.

Et pourtant, ce petit garçon portait tout au fond de lui une parcelle de Tommy. Des fragments de son amour. L'amour qu'avait Tommy pour elle, survivant en Noah. Cela aurait dû compter, non ?

Mais à n'en pas douter, nous transportions tous en nous quelques fragments des uns et des autres. Alors quelle importance cela avait-il, si les souvenirs appartenant à son petit garçon survivaient à l'intérieur de cet autre ? Pourquoi, tous, accumulions-nous l'amour, en faisions-nous des réserves, alors qu'il était tout autour de nous, qu'il circulait en nous comme l'air, si nous pouvions le sentir ?

Elle avait conscience que la plupart des gens ne pouvaient la suivre là où elle était parvenue. Qu'ils penseraient, comme Henry, qu'elle avait perdu la tête. Comment quelqu'un pouvait-il saisir ce qu'elle-même ne comprenait pas ?

Son cœur… Quelque chose lui était arrivé. Voilà ce qu'elle dirait, si elle pensait que Henry pouvait l'écouter. Elle savait qu'il avait été irrémédiablement fendu. Fracassé pour de bon. Mais elle n'avait pas imaginé qu'il resterait béant.

Elle ne se remettrait jamais d'avoir perdu Tommy. Elle le savait.

Pas plus qu'elle ne pourrait redevenir celle qu'elle avait été. Il ne restait plus aucune résistance, plus rien n'était retenu, après toute une vie passée à tout garder pour soi. Elle sentait le moindre courant d'air pénétrer en elle jusqu'à la moelle. C'était terrifiant, mais il n'y avait rien à faire. Son cœur était fendu, béant, et le monde entier pouvait s'y engouffrer.

Henry la prit à part après les obsèques. Les autres attendaient près de leur voiture dans la chaleur, afin de leur laisser un moment pour se recueillir seuls. Ils étaient restés près de la terre retournée et des fleurs éparpillées, ce tableau irréel bien que familier qui hurlait : *Crois-y !* Éblouie, Denise balaya du regard les rangées bien nettes de tombes sous la voûte des arbres. Des arbres, des pierres, de la terre et du ciel, à perte de vue.

Henry lui prit la main et elle tressaillit de soulagement en sentant à nouveau sa chair contre la sienne. Il serra ses doigts et déclara : « Je ne viens pas à la maison. » Tout le monde s'y retrouvait pour la réception après les obsèques. Elle avait fait appel à un traiteur. Elle se sentait trop accablée en cet instant pour supporter les résistances d'Henry. Il fallait qu'il vienne.

— Juste un petit peu, Henry. S'il te plaît.

Il lui tenait la main, mais il fulminait.

— Je ne supporterai pas d'être dans la même pièce que ces gens.

Elle savait de qui il parlait.

— Ils ne t'importuneront pas. Ce n'est pas important, Henry.

Il lâcha sa main.

— Comment ça, « ce n'est pas important » ? (Il haussa le ton.) Et ça n'a pas d'importance non plus qu'ils soient cinglés, je suppose ?

Elle avait espéré que s'il pouvait passer quelques instants avec Noah, ce serait bon pour tous les deux : Henry percevrait peut-être ce qu'il y avait à voir et le prendrait comme bon lui semblerait. Et elle savait que la froideur d'Henry blesserait Noah. Durant la cérémonie, elle avait remarqué que l'enfant le regardait d'un air douloureux.

— Cela pourrait t'aider, de lui parler. Et je crois que cela pourrait aider le petit…

— Je refuse de croire que toi, plus que quiconque, Denise…, dit-il d'une voix rauque. (Il baissa la tête et elle eut envie de toucher cette brume familière noir et gris qu'elle connaissait si bien, mais elle se retint. Ses yeux, quand il se redressa, se firent suppliants.) Je sais que c'est dur, brutal, dit-il. Mais jamais je n'aurais cru que tu te laisserais prendre à ce genre de chose. Peut-être que j'aurais dû m'en douter, en voyant combien tu étais convaincue que Tommy fini-rait par revenir. Et maintenant tu as trouvé un moyen de continuer à le croire, c'est ça ? Contre toute évi-dence.

— Tu penses que ce n'est que mon imagination.

— Je pense que tu fais tout ce que tu peux pour te convaincre que Tommy est encore en vie. Tu crois que je ne le veux pas, moi aussi ? Tu crois que je ne le cherche pas partout, tu crois que je n'ai jamais vu mon fils sur tous les visages d'enfants que je croise dans une foule ? Mais il faut s'accrocher à la réalité.

La réalité. Le mot lui fit l'effet d'une gifle.

— Tu crois que j'ignore que Tommy est mort ? Nous sommes devant sa tombe. Je sais qu'il est mort. Je sais qu'il ne reviendra pas.

— *Vraiment ?*

— Pas en tant que Tommy. Mais… (Elle chercha ses mots avec l'impression d'avoir la bouche desséchée comme la terre.) Il y a un peu de lui ici. Oh, Henry ; je ne sais pas comment le dire, et même si je savais, tu refuserais de me croire. Mais je te jure, si tu passais un peu de temps avec lui. Le docteur… (Henry eut un rire méprisant.) Le docteur Anderson dit que ce petit sait calculer le score au base-ball. Personne ne le lui a appris. C'est toi qui lui as enseigné, Henry. (Henry secouait la tête.) Autrement, comment saurait-il une chose pareille sans qu'on la lui ait apprise ?

Elle n'avait pas prévu d'aborder cela, mais le véritable débat ne reposait pas sur des faits, si abondants fussent ceux qu'avait recueillis le docteur Anderson. Les faits étaient importants, elle en avait conscience, mais elle savait aussi que même une longue liste de données ou d'affirmations n'allait ébranler Henry. Elle se demandait bien ce qui le pourrait.

— Je ne sais pas, dit Henry.

Elle sentit à son intonation lasse qu'elle le perdait, que son énergie pour cette conversation se tarissait. Si seulement elle avait pu trouver les mots qu'il fallait. Elle avait la nette sensation que son mariage, du moins ce qu'il en restait, était dans la balance.

Henry se tourna vers elle, le visage défait, comme si le chagrin lui avait alourdi les traits.

— Je sais que mon fils est mort. Je le sais, parce que j'ai tenu ses ossements dans mes mains. Et je le sais dans mon âme, si tant est que cela existe, ce dont je doute fortement. Franchement, Denise, tu me déçois. Tu as toujours été parmi les personnes les plus raisonnables que je connais. Et maintenant tu me laisses porter ce poids tout seul. Notre fils est mort et tu me laisses tout seul avec ça pour aller écouter un petit gamin blanc cinglé.

— Il n'est pas fou. Si seulement tu pouvais…

— Tu me tues avec ces conneries. Tu veux que je te dise ? Tu es en train de m'achever. Tu as perdu la tête.

Elle regarda l'homme qui était encore son mari. Il souffrait, et elle ne pouvait rien pour lui. Elle aggravait les choses. Elle posa la main sur son épaule et la sentit se raidir sous ses doigts, alors que la douleur s'écoulait de son corps dans le sien comme l'eau qui trouve un nouveau récipient.

— Peut-être.

Ses pensées n'étaient pas les siennes, cela au moins, c'était vrai.

Le regard d'Henry se radoucit. Denise sentit le soulagement envahir sa poitrine.

— On peut s'adresser à quelqu'un, 'Nise. (Il passa son bras autour de sa taille. Ils s'enlaçaient, à présent, en vacillant légèrement.) Pour essayer d'assimiler tout ça… (Il désigna la tombe, le cimetière.) C'est compréhensible. Je le vois bien, maintenant. On va te trouver un nouveau docteur, si nécessaire. Je n'ai jamais aimé ce Ferguson.

Une petite brise se leva et les fouetta. Elle se laissa aller dans les robustes bras de son mari et savoura ce confort familier. Cela lui avait manqué. Il lui avait manqué. Sur la tombe de Tommy, les lys se balançaient dans le vent comme s'ils secouaient la tête. Le parfum trop suave des fleurs luttait dans ses narines avec l'odeur lourde de la terre retournée. Sous la terre, la boîte, les ossements. Ceux de Tommy. Pas Tommy, cependant. Il était partout, relié à tout, y compris au vent, y compris à Noah. Elle ignorait comment cela était possible, mais elle ne pouvait prétendre le contraire. Pas même pour Henry. Elle se dégagea de son étreinte et s'accroupit, laissant filer un peu de terre entre ses doigts.

— Je suis désolée, Henry. Je ne veux pas te laisser tout seul avec cela, je t'assure. Il me manque aussi, chaque seconde de chaque jour. (Elle reprit une poignée de terre et la laissa ruisseler, telle une pluie sèche tombant de ses doigts. Elle songea au visage de Tommy. Se concentra sur son sourire. Elle était incapable de regarder Henry.) Mais Noah n'est pas fou. Il a un peu de Tommy en lui. Un peu des souvenirs de Tommy et un peu de son... amour. Pour toi, aussi, commença-t-elle en se retournant.

Mais le large dos d'Henry était déjà en train de s'éloigner.

39

Chaque réception funéraire était différente, supposait Janie. Elle n'en avait pas connu beaucoup. Les juifs aussi faisaient *shiva*, c'était une réception différente, bien que sur le même thème.

Et certaines personnes, comme Tommy Crawford, avaient une veillée funèbre. Elle avait eu lieu le soir d'avant, dans une salle bondée et silencieuse au salon funéraire. Noah et elle n'avaient tenu que quelques instants dans cette salle à regarder cette boîte de bois luisant couverte de fleurs. Le cercueil qui contenait les ossements de Tommy, la photo de l'enfant présentée juste à côté.

Noah l'avait regardée. La peau lisse et brune, le sourire malicieux.

— C'est moi ! avait-il glapi. C'est moi !

Elle avait dû l'emmener précipitamment. Des têtes se tournaient dans leur direction en murmurant. Elle avait aperçu du coin de l'œil le père de Tommy qui les foudroyait du regard alors qu'elle entraînait Noah dans le couloir et sortait dans la nuit.

C'était donc cela, une veillée.

Veiller. Se réveiller.
Réveille-toi, Janie.

Elle embrocha quelques morceaux de dinde sur une pique et les déposa sur une assiette en équilibre sur la paume, avec un peu de salade de pommes de terre et un cornichon pour elle, et du fromage avec de l'ananas pour Noah. La pièce était remplie de gens vêtus de noir qu'elle ne connaissait pas. Des gens qui avaient connu Tommy, ou des amis de Denise et Henry. Tout le monde bavardait et se donnait des nouvelles. Cela faisait des années que Tommy était décédé et le choc initial comme la peine s'étaient transformés et intériorisés.

Des adolescents s'étaient rassemblés devant le buffet, mal à l'aise dans leurs costumes. Ils ne savaient pas non plus quoi faire de leurs assiettes. Ils les tenaient dans leurs mains tremblantes tout en enfournant périlleusement de grosses cuillerées de salade de pommes de terre.

Denise passait parmi tous ces gens en lançant *Merci d'être venus, merci d'être venus*. Elle était en feu. Il n'y avait pas d'autre manière de le formuler. Janie aurait dit que c'était probablement le chagrin si elle avait dû choisir un mot. Mais il était impossible de la quitter du regard.

Le temps sembla ralentir. Le tintement des couverts, les murmures : tout s'était tu, à présent, tout était au repos. Une rivière de sons coulant à travers la pièce. Noah était de l'autre côté, avec Charlie, le lézard sur l'épaule, la tête de l'ado dégingandé penchée vers lui. Le vif soleil qui passait par la fenêtre du salon luisait sur les cheveux de Noah. La chaleur de la journée chatoyait

sur leurs visages détendus et peignait d'une lueur écœurante la salade de pommes de terre sur l'assiette de
Charlie.

Noah parlait à Charlie, il lui disait quelque chose,
encore quelque chose qu'elle ne saurait jamais. Une
goutte minuscule dans cet océan.

Réveille-toi, Janie.

Une strophe d'un poème d'Emily Dickinson flotta
dans son esprit.

> *La surprise superbe de la Vérité*
> *Doit comme l'Éclair pour les Enfants*
> *Être adoucie par d'aimables explications*
> *La Vérité doit éblouir graduellement*
> *Sinon nous serions tous aveugles[1].*

La chaleur des corps dans la pièce. Noah debout
dans le soleil. Il n'y avait aucun endroit où s'asseoir, la
pièce était en train de se dérober devant elle, les murs
s'élançaient vers le ciel…

Elle s'accroupit par terre, son assiette sur les genoux.

Tant d'inconnus : des vieux qui s'étreignaient,
secouaient la tête. Les adolescents moroses et gênés.
Anderson, contre un mur, qui regardait. Denise.
Charlie. Noah.

Elle était la seule ici qui n'avait pas connu Tommy,
en dehors d'Anderson.

Et de Noah, bien sûr, que l'on ne pouvait pas… vraiment… compter.

---

1. Emily Dickinson, *Poésies complètes*, Flammarion, 2009 ;
traduction de Françoise Delphy.

Le fou rire monta dans sa gorge comme un grouille-ment de souris affamées. Prêtes à jaillir. Elle se cacha le visage dans les mains.

Mais ce n'était pas grave, en réalité, car elle ne riait pas vraiment. Elle pleurait. Elle avait les larmes qui le prouvaient, juste là sur l'assiette en plastique, tombant goutte à goutte sur les carrés de fromage. Et c'était per-mis, à une réception funéraire. Préférable, peut-être. Il fallait espérer que les gens iraient penser qu'elle avait connu Tommy. Peut-être pensaient-ils qu'elle avait été son professeur de piano. Elle en avait l'allure. Même si elle n'aurait pas su jouer une note. Peut-être qu'elle devrait apprendre. Noah pourrait lui enseigner le thème musical de *La Panthère rose*…

Son nez coulait sur ses doigts, la morve visqueuse, les éclaboussures salées des larmes.

— Ça va ?

Denise était devant elle, une assiette dans chaque main.

Elle leva les yeux.

— Je…

— Venez avec moi.

La chambre de Denise était ensoleillée. Les rideaux étaient grands ouverts et Janie dut mettre sa main en visière pour se protéger des rayons aveuglants. Elle s'assit sur le lit. Elle avait le hoquet et les yeux lar-moyants. Denise lui apporta une boîte de mouchoirs en papier.

— Je pourrais vous donner un cachet, mais vous risqueriez de finir assommée.

— Je crois que je le suis déjà.

Denise hocha sèchement la tête. Elle avait un air efficace, à présent, bourrue comme une infirmière.

— Vous voulez un peu d'ibuprofène ?

Ce n'était pas ce qu'il lui fallait, mais elle voulait bien
en prendre.

— Ce serait bien.

Elle s'allongea sur le lit et essaya de se calmer pendant que Denise s'affairait dans la salle de bains. Puis
elle se releva d'un bond.

— Oh ! Noah. Il faut que je retourne…

— Charlie veille sur lui, dit Denise en revenant dans
la chambre avec un cachet dans une main et un verre
d'eau dans l'autre. Et il y a ce docteur.

— Oui, mais…

— Tout va bien pour lui. Asseyez-vous.

Elle obéit. La lumière qui baignait la pièce était aveuglante. Elle prit le cachet dont elle n'avait pas besoin
et l'avala. Ce n'était pas la douleur qui lui donnait des
vertiges, mais la réalité. Elle était assise sur ce couvre-lit
beaucoup trop fleuri dans la chambre de cette autre
femme – c'était réel ; et le soleil dans les yeux était réel ;
et il y avait cette autre femme, qui elle aussi était réelle.
Et la réalité de la situation était également plus grande
que cela… mais que faisait-elle avec ? Le simple fait d'y
penser lui donnait le tournis.

— Excusez-moi.

Elle avait dit cela sans réfléchir.

— De quoi ?

Le visage de Denise resta indéchiffrable.

— De vous enlever à la… réception. (Le mot resta
douloureusement suspendu entre elles. Janie frissonna.)

Je veux dire, la veillée… Non, ce n'est pas cela. Je voulais dire…

Réveille-toi.

Denise lui reprit le verre.

— Charlie sait s'y prendre avec les gosses, continuat-elle, comme si elle essayait de la ramener à la normalité avec ses boniments. Cela fait une éternité que j'essaie de lui faire faire un peu de baby-sitting dans le quartier. Qu'il gagne un peu d'argent au lieu de siphonner mon porte-monnaie pour Dieu sait quoi. Des bédés, des cochonneries et des jeux vidéo, surtout. Et encore, c'est seulement ce dont je suis au courant.

— Wow. (Janie essayait de s'intéresser à ce que cette femme lui racontait.) Avoir un adolescent, ce doit être difficile… J'en suis seulement à essayer d'arriver au stade de la maternelle, pour l'instant.

— Charlie est un bon gamin. Mais il déteste les études. Et il est dyslexique, pour ne rien arranger. Alors…

Elle secoua tristement la tête.

— Dyslexique… Quand est-ce qu'on sait qu'ils sont comme cela ?

Elle n'y avait pas songé. Encore un autre souci en vue.

Denise lui tendit la boîte de mouchoirs en papier et la regarda se moucher.

— Généralement aux alentours du cours élémentaire, quand ils apprennent à lire. C'est là que les difficultés d'apprentissage commencent à devenir évidentes.

— Ah. Je vois. (Elle essaya de se rappeler si Noah avait du mal à reconnaître les lettres. Il avait l'air plutôt doué pour cela.) Est-ce que Tommy aussi…

— Juste Charlie, la coupa-t-elle.

Janie rumina la question un moment. Il y avait un lien héréditaire, n'est-ce pas ? Mais pouvait-on hériter de la famille de sa précédente incarnation ? Sa tête commença à lui tourner à nouveau. Elle respira un bon coup. Où s'arrêtait Tommy et où commençait Noah ? Quel rôle jouaient Henry et Denise ? Elle voulut poser la question à Denise, mais elle n'en eut pas le courage.

— J'imagine que lorsqu'ils sont adolescents, on les connaît par cœur.

Pour la première fois, Denise esquissa un sourire.

— Vous voulez rire ? La plupart du temps, je ne sais pas la moitié de ce qui se passe dans le crâne de Charlie. Il a juste… disparu pour moi.

Les mots percèrent l'air. Son visage se ferma à nouveau. Janie voulut remplir ce vide entre elles, mais elle ne trouva pas quoi dire.

Elle balaya la chambre du regard. Il n'y avait pas grand-chose à voir à part des photos : les photos scolaires de Charlie et Tommy accrochées au mur (elle reconnut celle qui avait illustré l'article dans le journal), d'autres sur la table de chevet. Un cliché encadré d'un tout-petit qui avançait en titubant vers une belle jeune femme avec des créoles dorées qui lui tendait les bras.

— C'est le jour où Charlie a appris à marcher, dit simplement Denise, qui s'était approchée et regardait par-dessus son épaule. Il est passé de un ou deux pas à la fois à la traversée complète de la pièce. On dirait qu'il marche vers moi, mais en réalité, il allait vers son frère, qui était juste derrière moi. Il l'idolâtrait.

Janie regarda de nouveau la photo. Elle ne s'était pas rendu compte que la femme de la photo était Denise. Elle la reposa et prit celle d'à côté.

Une photo de Tommy sautant d'un radeau en planches. C'était un instantané, mais l'appareil avait saisi le soleil scintillant sur l'eau, le bois mal dégrossi du radeau. Tommy était suspendu dans les airs, les jambes écartées ; elle reconnut son expression extatique. Elle la *connaissait*. Elle ne put en détacher son regard.

Denise jeta un coup d'œil au cliché.

— C'était à la maison au bord du lac. On y allait tous les étés, dit-elle avec nostalgie. Tommy adorait cet endroit.

— Je sais, dit Janie. Noah en parlait.

— Ah bon ? Vraiment ?

— Il disait aux éducatrices à la garderie que c'étaient ses vacances préférées, dit Janie.

Les paroles résonnèrent un moment dans son esprit, et elle attendit que la jalousie suive. Mais elle n'en éprouvait aucune en regardant cette photo qui semblait contenir la quintessence de la joie de Noah. Elle sentit autre chose la parcourir, alors qu'elle tenait dans ses mains le petit cadre : de la gratitude. Il avait vécu une belle vie ici, avec Denise ; pour la première fois, elle se rendit compte qu'elle ne pouvait pas séparer cela de l'adorable et exubérant petit garçon qu'elle avait eu.

Denise lui reprit délicatement la photo et la reposa sur la table de chevet.

— Il n'arrêtait pas de pleurer quand il fallait rentrer, dit-elle pensivement. « Quand est-ce qu'on y retourne, maman ? Quand est-ce qu'on y retourne ? » Dans la voiture, durant tout le trajet. Il nous faisait tourner en bourriques.

— J'imagine, dit Janie. Il s'attache très facilement. Il a toujours été comme cela.

Mais que signifiait *toujours* ? Quand commençait ce *toujours* ?

— Nous n'y sommes pas retournés depuis des années, dit Denise, les yeux embués. Peut-être…

L'idée scintilla dans la chambre avec elles, mirage d'un lac avec un gamin blond en train d'y sauter. Janie détourna le regard de l'enfant de la photo ; c'était trop dur à envisager. L'idée s'évanouit avant qu'elles n'aient osé lui donner un nom.

— Vous avez l'air très sereine vis-à-vis de tout cela, dit Janie.

— Sereine, gloussa Denise. Eh bien. Nous ne nous connaissons pas, n'est-ce pas ?

— Non. En effet.

Un éclat de rire retentit dans le salon.

— Je crois qu'il vaut mieux que j'y retourne, dit Denise. Il y a beaucoup de monde chez moi. Et ils s'amusent beaucoup trop. Ce sont des funérailles, après tout.

Le sourire qui relevait les coins de ses lèvres ne semblait fixé là que par la force de sa volonté. Elle se lissa les cheveux vers son chignon, même si aucun ne s'était échappé.

— D'accord. Mais… une dernière chose…

La femme s'immobilisa et attendit. Janie sentit toutes ses questions bouillonner en elle ; elle ne pouvait les retenir plus longtemps.

— Et si Noah ne s'en remet jamais ? S'il veut être ici tout le temps, comme quand il voulait être toujours au bord du lac ?

Denise pinça les lèvres.

— Votre fils s'en remettra. Sa maman l'aime comme une folle.

— Mama-Chou, dit-elle.

— *Quoi ?*

— Je suis Mama-Chou. Vous étiez maman. C'est comme cela qu'il vous appelait. (Denise fronça les sourcils d'un air circonspect. *Je n'aurais pas dû le lui dire*, songea Janie. Mais il était trop tard, à présent.) Et votre fils ?

— Tout ira très bien pour Charlie aussi, dit Denise.

Elle n'en avait pourtant pas l'air très convaincu. On aurait dit qu'elle cherchait surtout à sortir d'ici.

— Je voulais parler de votre autre fils.

Ce n'était pas comme cela qu'il fallait dire ; elle ignorait s'il y avait une façon correcte. « Qu'est-ce que vous pensez de tout cela ? » Voilà ce qu'elle voulait dire. « Qu'est-ce que cela signifie ? »

Ce fut comme si Janie lui avait marché sur le pied. Les yeux de Denise flamboyèrent.

— Tommy n'est plus là.

— Je sais. Je sais. Mais…

— Non.

— Mais, Noah…

— Est quelqu'un d'autre, dit-elle farouchement, le regard étincelant. *Votre* fils.

— Oui. Oui, il l'est, mais… Mais vous avez vu vous-même, vous l'avez vu, n'est-ce pas, vous l'avez dit, que ses souvenirs… semblaient réels. Ils étaient réels. N'est-ce pas ? Et les ossements étaient…

Il n'y avait aucun moyen de formuler ce qu'elle voulait dire. Elle secoua la tête.

Denise frémit, un rayon de soleil lui zébrant le visage.

— Alors…, continua Janie, pitoyable, incapable de s'arrêter. Cela vous apporte un peu de réconfort ? Cela vous fait du bien ?

Denise ne répondit pas. Elle restait immobile dans ce rayon de lumière où dansait la poussière. Elle semblait à la fois hypnotisée et totalement désemparée et Janie eut soudain honte d'avoir posé la question.

— Je ne sais pas, répondit lentement Denise.

— C'est juste que… On dirait que vous savez quelque chose.

— Vraiment ? (Denise se mit à rire.) Parce que j'espérais plutôt le contraire.

Et elles se mirent à rire toutes les deux – de ce genre de rire dur, impuissant, qui fit mal au ventre à Janie, un fou rire devant cette plaisanterie que l'Univers leur avait joué à toutes les deux. Ce moment dura plus longtemps que Janie ne l'aurait cru possible, puis elles finirent par reculer l'une et l'autre, hors d'haleine. Denise essuya du bout des doigts les larmes qui ruisselaient sur ses joues.

— Oh, mince. Tout le monde va croire que j'ai pleuré, dit-elle.

Ses paroles tombèrent comme une ombre sur la chambre.

— Je ne le dirai à personne.

— Vous avez intérêt.

Elles échangèrent un regard. Il y avait un lien entre elles, mais elles devaient tout de même affronter seules cette situation.

— Je crois qu'il vaut mieux que je m'en aille, dit Janie à contrecœur. Avant que Noah ait mangé tous les brownies.

Denise s'essuyait les yeux avec un mouchoir en papier.

— Oh, laissez-le s'amuser.

— Vous avez oublié comment sont les enfants qui ont trop mangé de sucre. Ils sont comme fous.

— Non, je n'ai pas oublié.

Son visage était redevenu sec et impassible. Difficile d'imaginer qu'elle pleurait de rire un instant auparavant. Janie ouvrit la porte et laissa le brouhaha les engloutir.

— C'est bien, dit Janie. (Elle s'attarda dans l'embrasure et écouta la pièce bruyante où l'attendait Noah. Pour une raison inconnue, aller le retrouver la mettait mal à l'aise.) Je ne le reconnais plus, dit-elle. Ou bien c'est peut-être moi-même que je ne reconnais pas.

Elle songea que ce n'était pas bien de dire cela, surtout à Denise, mais elle ne savait pas à qui d'autre elle aurait pu le dire, ni ce qui était bien ou pas.

Denise essuya inutilement une dernière fois son visage avec un autre mouchoir, puis elle le jeta dans une corbeille et leva la tête.

— Vous êtes ici, dit-elle calmement. Et Noah vous attend dans mon salon. Cela ne suffit pas ?

Janie acquiesça, vaincue par cette vérité. Bien sûr que c'était suffisant. Elle s'avança vers la pièce où se trouvait son fils.

— Cela fait du bien, dit brusquement Denise. (Janie se retourna ; les yeux de Denise débordaient d'émotion.) C'est vrai. Il continue de me manquer, ça ne change rien de ce côté-là, mais…

Elle n'acheva pas.

Elles restèrent ensemble sans mot dire ; l'air vibrait de toutes les merveilles qu'elles ignoraient.

Noah leva les yeux quand Janie revint dans le salon. Il était assis sur le sofa. Immanquablement, ses yeux bleus la transperçaient et touchaient en elle quelque chose que rien d'autre ne pouvait atteindre. Elle s'installa à côté de lui.

Ils regardèrent les ados attroupés autour de la table de la salle à manger qui picoraient leur salade de pommes de terre en marmonnant entre eux, avec leurs gestes brusques et leurs costumes trop grands.

— On peut s'en aller, maintenant, Mama-Chou ? demanda Noah.

— Tu ne veux pas passer un peu de temps avec les amis de Tommy ?

Il secoua la tête.

— Ils sont tous tellement… vieux.

— Ah.

— C'est trop atroce, dit l'un des ados.

Ils éclatèrent de rire, puis s'arrêtèrent brusquement, comme s'ils se rappelaient où ils étaient.

Elle aurait voulu pouvoir dissiper la tension et la tristesse qu'elle voyait sur le visage de Noah, mais que pouvait-elle faire ? Elle avait cru pouvoir le soigner, mais cela avait toujours été au-delà de son pouvoir.

— Tout est différent, dit-il.

— Oui, je suppose. (Une grimace lui tordit les lèvres.) Oh, mon chéri, pardon. Tu croyais que ce serait pareil ?

Il hocha la tête.

— On va bientôt rentrer à la maison ?

— Tu veux dire à Brooklyn ? Oui.

— Ah.

Il cligna plusieurs fois des paupières en contemplant la pièce. Elle suivit son regard.

Elle n'avait pas détaillé les lieux jusqu'ici, trop choquée pour les voir convenablement. Il était assez joli, cet intérieur de petit pavillon de banlieue. On l'avait rempli de confortables meubles bruns, recouverts de coussins bleus assortis. Un piano droit trônait sous l'escalier ; il était un peu éraillé sur les côtés, mais le bois luisait. La fenêtre rectangulaire donnait sur une rue arborée. Le manteau de la cheminée de brique était couvert de souvenirs et figurines : un chat en pierre pelotonné, des bougies, un petit ange en bois qui tenait un papillon en fil de fer, une coupe de base-ball. Elle n'avait rien de si extraordinaire, cette maison des rêves et des cauchemars de Noah. Ce n'était rien de plus qu'une maison. Il s'y était senti aimé.

— On ne peut pas rester ici, Noah.

— Je veux rentrer à la maison, mais je veux rester ici aussi.

Elle vit mentalement leur appartement, sa chambre douillette, les tigres sur la commode, les étoiles.

— Je sais.

— Pourquoi je ne peux pas avoir les deux ?

— Je ne sais pas. Nous devons juste faire au mieux avec ce que nous avons. Nous sommes dans cette existence, maintenant. Ensemble.

Il opina de nouveau, comme s'il le savait déjà, et vint se jucher sur ses genoux. Il appuya la tête contre son menton.

— Je suis tellement content d'être venu à toi.

Elle le retourna pour pouvoir voir son visage. Elle croyait qu'elle avait vu toutes les différentes facettes de Noah – Noah maussade et chagrin, Noah affolé, l'enfant tapageur et affectueux qu'elle connaissait le mieux – mais là, c'était nouveau.

— Que veux-tu dire ? demanda-t-elle à mi-voix.

— Après l'autre endroit.

— Quel endroit ?

— Celui où je suis allé quand je suis mort.

Il avait dit cela en toute simplicité. Ses yeux étaient pensifs et avaient un éclat inhabituel, comme s'il avait contre toute attente attrapé un poisson et qu'il en admirait les écailles argentées scintillant au soleil.

— Et comment était-ce ?

La question était simple, mais la réponse contenait tout un univers. Elle retint son souffle.

Il secoua la tête.

— Maman, on ne peut pas décrire cet endroit.

— Et tu y es resté longtemps ?

Il réfléchit.

— Je ne sais pas combien de temps. Et puis je t'ai vue et je suis arrivé ici.

— Tu m'as vue. Où tu m'as vue ?

— Sur la plage.

— Tu m'as vue sur la plage ?

— Oui. Tu étais debout sur la plage. Je t'ai vue, et puis je suis venu à toi.

Alors même qu'elle pensait que les limites de son entendement avaient été repoussées aussi loin que possible, une nouvelle immensité venait de s'ouvrir devant elle.

Il appuya son front sur le sien.

— Je suis tellement content que tu sois ma maman, cette fois, dit Noah.

— Moi aussi, dit Janie.

Il ne lui fallait pas davantage.

— Hé, Mama-Chou, chuchota-t-il. Tu sais l'heure qu'il est ?

— Je ne sais pas, poussin. Quelle heure il est ?

— L'heure d'un autre brownie !

Il recula la tête, les yeux débordant de son habituelle joie espiègle, et elle sut que l'autre enfant était parti pour le moment ; il avait rejeté le poisson dans l'océan.

Une fois les invités partis, quand Janie et Anderson eurent aidé Denise et Charlie à ranger les restes, que Janie eut nettoyé la table pendant que Denise aspirait les miettes de brownie, quand la maison fut de nouveau impeccable, les sujets du dernier cas d'Anderson s'assirent côte à côte sur le canapé : Charlie, Denise, Noah et Janie.

Anderson s'installa dans le fauteuil en face d'eux. Il sentait que le siège soutenait son corps et il s'y laissa couler.

La nuit tombait. Tous les cinq ne pipaient mot, ils étaient des étrangers liés par l'étrangeté.

— Alors vous partez demain ? demanda finalement Denise.

— Oui, répondit Janie, presque en s'excusant. Nos vols sont dans l'après-midi.

Ils avaient accompli leur visite ; ils avaient été interrogés par la police ; ils avaient assisté aux obsèques. À présent, il fallait reprendre une vie, un travail, des responsabilités. Pour tous sauf lui, songea Anderson. Curieusement, cette pensée ne le dérangeait pas. Il se demanda pourquoi.

— Que faisons-nous, à présent ? lui demanda Janie.

Tout le monde le regarda.

Il restait encore de la paperasserie à remplir. Autrefois, la paperasserie avait énormément d'importance pour lui, mais cette époque était révolue.

Anderson haussa les épaules.

— Nous partons d'ici, alors ? C'est tout ? Nous ne… (Janie regarda Denise.) …restons pas en contact ?

— Il peut y avoir des visites. Si vous le souhaitez. (Il sourit.) C'est à vous de décider.

— Ah, fit Janie en balayant le salon d'un regard circulaire. Vous pensez que c'est une bonne idée ?

— C'est à vous de décider, répéta Anderson.

Lui-même trouva que la phrase sonnait comme une insolence. Il était en train d'éprouver une émotion qui lui était inhabituelle. Était-ce ce que l'on ressentait quand on était détendu ?

— Je pourrais vous rendre visite, dit brusquement Denise à Janie. Je pourrais venir à Brooklyn.

Janie parut soulagée.

— Oh. Ce serait gentil. Tu ne trouves pas, Noah ?

— Pas dans l'immédiat, bien sûr, se hâta d'ajouter Denise. C'est vrai, je pense que nous avons tous besoin d'un petit peu de temps… mais j'aimerais venir voir un jour où tu habites, dit-elle à Noah. Voir ta chambre. Je pourrais ?

Il acquiesça timidement.

— Eh bien. Voilà qui est réglé, dit Janie.

Anderson les regarda. Tout était réglé et rien ne l'était, il le savait. Des choses allaient changer. Noah changerait. Anderson aurait besoin d'assurer un suivi, évidemment. Pourtant, il n'en avait aucune envie.

Peut-être que les liens perdureraient et peut-être que non, ou peut-être qu'ils prendraient une autre forme. Il ne s'était pas rendu compte à quel point le silence lui manquait. Ils restèrent assis un long moment ainsi, tandis que le soleil se changeait en une lumière plus profonde, plus dense, Noah silencieux entre Denise et Janie. Anderson leva le visage pour le baigner dans ses derniers rayons comme un animal assoupi.

— Je crois que nous devrions retourner à l'hôtel, à présent, mon chéri, dit finalement Janie à Noah, les ramenant tous à la réalité. Il se fait tard.

Noah s'étira.

— Je veux prendre mon bain ici, dit-il d'une voix ensommeillée.

Janie sursauta.

— Tu *veux* prendre un bain ?

Il fit une moue boudeuse.

— Je veux prendre un bain *ici*. Dans la baignoire rose. Avec elle.

Il tendit le bras vers Denise, qui haussa les épaules et interrogea Janie du regard.

— Oh. (Anderson vit la réticence gagner Janie, puis il sentit qu'elle la balayait.) D'accord, dit-elle.

— Et tu pourras me donner un bain la prochaine fois, d'accord, Mama-Chou ?

Elle hésita juste un peu, puis elle lui rendit son sourire.

— Bien sûr, Noey. Tout ce que tu voudras.

Puisque Noah voulait un bain, Denise le lui faisait prendre.

Telle était la tâche, la dernière de cette longue journée, et après cela, elle pourrait se reposer. Elle avait enterré un enfant, aujourd'hui, ce qui restait de sa dépouille, et à présent, elle allait en baigner un autre.

Un autre enfant. Ainsi voyait-elle les choses en cet instant, et ainsi les ressentait-elle, alors que, souriante, elle posait le garçon sur le couvercle des toilettes avec un vieil album de *Garfield* appartenant à Charlie pendant qu'elle fourrageait dans le placard à la recherche de bain moussant.

Elle trouva un flacon de Mr Bubble au fond – elle s'en servaitquand ses enfants étaient petits et puisqu'il en restait un peu, elle l'avait gardé, des années après l'époque des bains des enfants, ainsi que bien des gens conservent des choses, parce que de cette façon, elle pensait peut-être préserver intact un fragment de l'enfance de Tommy, comme s'il était lui aussi enfermé dans le flacon rose vif.

Alors qu'en vérité, il était déjà parti. Mais où ?

Mr Bubble lui faisait son sourire de dément.

Elle ouvrit le robinet. Le grondement de l'eau tonna dans ses oreilles. Elle repensa brusquement à Tommy, suffoquant, qui l'appelait dans les ténèbres du puits. *Maman !*

Concentre-toi sur l'eau. Tout ira bien.

Elle passa une main sous le robinet pour se ressaisir, versa ce qui restait de Mr Bubble, et les bulles prirent vie et se multiplièrent dans la baignoire.

— C'est... des bulles ? demanda Noah en sautant des toilettes et en se penchant par-dessus le rebord.

— Ouaip.

— Oooh ! Je peux monter dedans ?

— Bien sûr.

Il enleva le reste de ses vêtements, puis il parut hésiter. Il s'assit du bout des fesses sur le rebord.

— Ce n'est pas trop froid, hein ?

— Non, mon chéri, c'est juste chaud comme il faut.

— Ah. D'accord. (Il acquiesça pour lui-même, comme s'il prenait une décision, puis il se laissa glisser dans la baignoire et commença à faire éclater les bulles.) Quand j'étais Tommy, on faisait toujours des bulles.

Elle était médusée quand il disait des choses de ce genre.

— Oui. Vous les garçons, vous mettiez constamment la pagaille.

— Oh, oui, dit-il en riant.

Concentre-toi sur l'amour. Tout ira bien.

Elle ferma les yeux un moment et se rappela Charlie et Tommy qui se bagarraient dans la baignoire en se jetant de la mousse, et l'eau savonneuse qui dégoulinait sur le sol. Elle se cramponna à ce souvenir jusqu'à ce que la pièce entière semble vibrer de toute la force de son amour pour eux. Comme il était abondant.

L'eau coulait toujours à travers ses doigts, perpétuellement changeante. Enfant, elle avait vu un film sur Helen Keller, qui, à force de placer la main sous l'eau d'une fontaine, avait fini par relier le nom à la source du nom – mais à présent, elle allait dans la direction opposée et les noms étaient en train de perdre leur sens. Qu'étaient Noah ou Tommy, et qui était-elle ? Une aveuglante confusion régnait dans sa tête.

— Hé, regarde !

Il l'appelait. Du moins n'était-elle pas une inconnue pour lui. Ils n'étaient pas des étrangers l'un pour l'autre.

— Regarde ! dit Noah. Regarde la bulle !

L'éclat métallique du robinet l'éblouit. Denise regarda, une fraction de seconde trop tard.

— Oh ! Elle a éclaté. Désolé, dit Noah.

— OK.

— Regarde ! Bulle !

Celle fois, elle se tourna aussitôt.

— Je vois, dit-elle. Elle est énorme.

Elle l'était vraiment, elle s'étendait entre ses genoux, de plus en plus grosse à mesure qu'il les écartait, follement scintillante durant sa brève existence.

— Regarde !

La bulle grossit encore. Dans son réseau éternellement changeant de couleurs, quelqu'un se noyait et quelqu'un naissait.

— Oh ! Crevée.

— Oui.

Il n'y avait plus rien à quoi se raccrocher. Seulement tout.

Noah baissa le nez, puis il plongea le visage entier dans l'eau. Il ressortit la tête. Il avait une barbiche et une moustache de bulles et souriait comme un bébé Père Noël démoniaque.

— Tu sais qui c'est ? demanda-t-il.

Denise sourit.

— Non, je ne sais pas. C'est qui ?

— Moi !

42

Il était tard quand Charlie et sa mère rentrèrent de l'aéroport et se garèrent dans l'allée. Une nuit de plus à Asheville Road ; les mêmes chants de grillons et un match des Indians sur la télé des Johnson. Tout semblait ordinaire, et pourtant, tout avait changé pour elle. Ainsi allait la vie. Qui pouvait dire ce que les gens avaient dans la tête ? Et pendant tout ce temps, on pouvait mourir et vivre une toute nouvelle vie, comme les lucioles qui arrivaient en juin, luisaient, disparaissaient, puis luisaient de nouveau. C'était comme une espèce de fichu tour de magie.

Charlie avait passé des heures à attraper des lucioles avec son frère quand ils étaient petits. Tommy courait dans le jardin avec un bocal, Charlie sur ses talons. Une fois qu'ils en avaient attrapé quelques-unes, ils posaient le bocal sur les marches et s'asseyaient pour les regarder bourdonner et clignoter. Ils faisaient toujours une histoire quand arrivait le moment de les relâcher. Ils voulaient les garder comme animaux de compagnie, même si leur mère leur expliquait qu'elles ne pourraient pas survivre et que leur place était dans la nature. Un soir, Tommy et Charlie, qui n'en pouvaient plus, avaient menti et caché le récipient sous le lit de Tommy, et le lendemain matin, ils s'étaient réveillés propriétaires de trois insectes morts dans un bocal : d'horribles créatures desséchées aux ailes noires qui ressemblaient à des cafards ordinaires, comme si quelqu'un était venu pendant la nuit les vider de tout leur mystère.

Charlie se demandait à présent si le gamin, Noah, voyait parfois des lucioles en ville. Ou s'il se souvenait d'elles. Même s'il n'était pas Tommy. Pas vraiment.

Il jeta un regard à la dérobée à sa mère. À quoi pensait-elle ? Probablement à son frère, mais ces derniers temps, elle le surprenait parfois. Elle lui demandait son avis sur certaines choses, comme le genre de plats qu'il fallait servir à la réception, ou s'ils devaient proposer à son père de rester dîner. « Pourquoi tu es si curieuse de savoir ce que je pense, tout d'un coup, avait-il envie de lui demander, alors que tu ne t'es pas souciée de moi pendant les sept dernières années ? » Et cela lui posait un problème, aussi, parce que cela voulait dire qu'il ne pourrait plus autant se défoncer. Il avait tiré une ou deux taffes vite fait dans le garage la veille des obsèques et elle l'avait remarqué en une demi-seconde. Même pas. Elle avait jeté un coup d'œil à ses pupilles et il avait été privé de sorties avant d'avoir le temps de dire *ouf*.

Denise fixait l'obscurité au travers du pare-brise en songeant aux degrés du deuil.

Tommy lui manquerait toujours – tout en elle le regretterait éternellement. Mais cet autre enfant, cet enfant qui n'était pas Tommy, avait laissé un goût suave dans sa bouche qui n'avait jusque-là connu que l'amertume. Ils avaient subi cela ensemble, tous les deux, et elle savait qu'il y aurait toujours ce lien entre eux.

Quand ils s'étaient dit au revoir à l'aéroport, il s'était cramponné à elle pendant longtemps, et elle s'était aperçue avec surprise qu'elle ne pouvait plus parler. Puis elle avait fini par dire :

— Je viendrai te voir à Brooklyn.

— D'accord.

— Tu me montreras ta chambre ?

Il avait hoché la tête.

— J'ai des étoiles dans ma chambre.

— Des étoiles ? C'est vrai ?

— C'est des autocollants phosphorescents. Au plafond. Toutes les constellations. C'est ma mère qui les a collées là-haut.

— Eh bien, j'ai hâte de les voir.

Elle s'était forcée à sourire. Elle tenait encore Noah par les épaules et lui l'étreignait toujours à la taille, comme s'ils dansaient. Elle ne voulait pas le lâcher. Elle n'était pas certaine de pouvoir. Autour d'elle, les autres silhouettes étaient sans consistance, floues : elle avait vu Janie consulter sa montre et le docteur Anderson parler à mi-voix à Charlie. Puis Charlie avait posé sa grosse main sur son dos et dit :

— Allez, maman, il faut qu'ils aillent à leur porte d'embarquement.

Et elle avait su qu'elle devait le faire *(lâcher prise)* et elle l'avait lâché.

Tous les trois étaient partis faire la queue au contrôle de sécurité : le docteur Anderson, raide comme autrefois son père, de la même espèce – des paysans et des médecins qui prenaient leur métier au sérieux, qui avaient en eux de la bonté sous leur allure bien comme il faut ; et Janie, une autre mère qui essayait de faire de son mieux la tâche qui lui avait été confiée ; et ce petit garçon aux cheveux blonds pour qui elle avait un peu d'amour dans le cœur, inutile de le nier. (*Lâcher prise.*)

Nom d'un chien, Denise. Elle avait tenu le choc quand tous les vents de l'enfer avaient fait pleuvoir leur feu sur elle, elle pouvait tenir le choc maintenant. Elle s'était forcée à les regarder suivre la file des gens qui trimballaient ce qu'on les autorisait à emporter de cet endroit à un autre. Charlie se tenait bien droit à côté d'elle comme un homme et elle lui avait su gré de la soutenir.

Elle jeta un coup d'œil côté passager. Il regardait dehors, absorbé dans ses pensées – à quoi songeait ce garçon ? Il faudrait qu'elle le découvre. Qu'elle lui pose la question. Il pianotait un rythme du bout des doigts sur l'encadrement de la vitre.

Peut-être qu'il pensait à Henry. Durant toutes ces années, c'est lui qui avait insisté pour qu'elle regarde la vérité en face, qu'elle accepte que Tommy était mort et ne reviendrait jamais, et pourtant, la découverte des ossements de Tommy l'avait complètement anéanti. Il n'avait jamais cru à la peine de mort, il trouvait qu'on l'appliquait injustement et selon des préjugés racistes, mais à présent, il regrettait amèrement que le procureur ne la propose pas pour le meurtrier de Tommy, qui était si jeune à l'époque. La mort l'avait consumé. Malgré tout, elle continuait de l'appeler et de lui dire de venir dîner avec eux, et peut-être qu'un jour, il le ferait.

Ce qu'elle avait dit à Henry devant la tombe était vrai : Tommy lui manquait chaque seconde de chaque jour. Il lui manquait et pourtant, elle sentait sa présence en même temps, pas dans l'autre enfant, mais partout autour d'elle, et elle ne pouvait s'y raccrocher ni la comprendre, pas plus qu'elle ne pouvait se raccrocher à Tommy, pas plus qu'elle ne pouvait comprendre pourquoi elle avait ouvert son cœur aussi immédiatement à Noah ou pourquoi son amour pour Henry était une souffrance dont elle ne pouvait se débarrasser.

— Ça va, maman ?

Il l'avait observée. Il l'observait toujours, son Charlie. Elle se tourna vers lui.

— Ça va très bien, mon chéri. Je t'assure. J'ai juste besoin d'une petite minute.

— D'accord.

Elle coupa le moteur et ils restèrent assis dans la pénombre.

43

Plus que les au revoir à supporter, songea Anderson, alors qu'il pénétrait dans cette fébrile cohue d'humanité qui attendait ses êtres chers à la livraison des bagages. Tout autour d'eux, des gens se dévissaient le cou avec empressement ou s'abattaient sur leur famille à grand renfort d'étreintes, cris et poignées de ballons. Des pères soulevaient leurs filles en l'air.

Avant, les gens se retrouvaient à la sortie, mais c'était une autre époque. À présent, on récupérait les siens en même temps que ses valises dans cette vaste et lugubre caverne en s'écriant «à moi». Elle est à moi, la bleue. Tu es à moi. Une jeune beauté en short en jean scrutait la foule ; une grosse femme plus âgée s'avança et l'enveloppa de ses bras.

Plus que les au revoir à supporter… et puis…

— Vous êtes paré ? demanda Janie en posant la main sur son épaule.

Ils se connaissaient mieux, désormais, ils étaient parvenus à un certain degré d'intimité, que cela lui plût ou non. Elle s'inquiétait pour lui. Il détourna le regard.

— Ma voiture est dans le parking, répondit-il avec un geste du menton. Vous voulez que je vous dépose ?

— On va prendre un taxi, répondit-elle.

Il acquiesça en poussant mentalement un triomphant soupir de soulagement. Il ne serait pas obligé de parler, alors, pas avant quelques minutes. Dans sa tête, il était déjà sur la route dans sa voiture et traversait la nuit silencieuse.

— Ce n'est pas le bon chemin pour vous, ajouta-t-elle. Sinon, si vous voulez, comme il est tard, vous pouvez rester chez nous jusqu'à demain matin. Nous avons un canapé pliant…

— Ne vous dérangez pas.

Il évita son regard. Il y lisait trop de chaleur. Il ne voulait pas qu'elle s'occupe de lui. Il était déjà parti.

Il s'accroupit auprès de Noah.

— Je vais te dire au revoir, maintenant, mon garçon.

— Je n'aime pas les au revoir, dit Noah.

— Moi non plus, répondit Anderson. Mais parfois, ils sont… bien.

Il avait voulu utiliser un autre mot, mais peu importait.

— Nous le reverrons bientôt, poussin, dit Janie, avec un entrain qu'elle voulut rassurant. N'est-ce pas, Jerry ?

— C'est possible.

— Possible ? répéta Janie d'une voix un peu plus aiguë que d'habitude. (Il essaya de se concentrer sur Noah, qui semblait mieux affronter la séparation que sa mère. Peut-être qu'il y était habitué, depuis le temps.) Vous voulez dire probable, n'est-ce pas ?

Non, Janie. Cette fois, j'ai dit le mot que je voulais.

— Je crois que tu seras tellement occupé à t'amuser que tu m'oublieras totalement, dit-il à Noah.

— Non, je n'oublierai pas. Vous allez m'oublier ? demanda le garçonnet, l'air angoissé.

Il posa la main sur la tête de Noah. Ses cheveux étaient doux.

— Non. Mais ce n'est pas grave d'oublier, parfois, dit-il gentiment.

Le garçon digéra la réponse.

— Est-ce que j'oublierai Tommy, aussi ?

— Tu en as envie ?

Noah réfléchit.

— Certaines choses, je voudrais. D'autres, non. (Sa petite voix claire était à peine audible dans la foule qui grouillait autour d'eux.) Je peux choisir ce que je veux me rappeler ?

Cet enfant allait lui manquer.

— Nous pouvons essayer, dit Anderson. Mais nous ne pouvons pas oublier le présent, Noah. L'instant où nous sommes. La vie que nous avons. C'est le plus important. Nous ne pouvons pas oublier cela.

Noah éclata de rire, incrédule.

— Comment on peut oublier ça !

— Je ne sais pas.

Anderson était toujours accroupi et cela lui faisait mal aux genoux. Le garçonnet posa son front sur le sien et sembla regarder tout au fond de lui. Il sentait la sucette que l'hôtesse lui avait donnée à bord.

— Vous ne savez pas beaucoup de choses.

— C'est vrai.

Il regarda Noah. Le dossier était presque complet. Il ne manquait qu'une seule chose. Comme il était fascinant qu'il n'ait pas encore posé la question.

— Tu peux me rendre un petit service ? Je sais que c'est bizarre, mais est-ce que je peux voir ta… poitrine et ton dos ? Juste une seconde ? Cela ne t'embête pas ? Vous êtes d'accord ?

Il se tourna vers Janie, qui avait écouté leur conversation. Elle acquiesça. Il se leva, entraîna Noah à l'écart des gens jusqu'à un tapis à bagages désert, hors de vue.

Un adulte aurait demandé pourquoi, mais Noah releva tout simplement son tee-shirt.

Anderson le fit tourner doucement en examinant la peau pâle. Deux marques de naissance, faiblement visibles : un cercle sur le dos, rougeâtre, et des plis de peau formant une étoile sur le devant. La trajectoire d'une balle, clairement gravée dans la chair.

À un autre moment, il aurait pris une photo, mais il laissa simplement retomber le tee-shirt. La preuve était là.

Au tapis voisin, une famille nombreuse comptait ses bagages. Deux garçons en maillot de football couraient avec allégresse autour du tapis. Ayant fait ses adieux, Noah courut les rejoindre pour jouer à chat le temps d'une partie improvisée.

— Vous pouvez l'utiliser, dit Janie à voix basse. (Il y avait dans sa voix une certitude qu'il n'avait pas remarquée jusque-là ; elle avait vu les marques sur la peau de son fils.) Pour votre livre. Vous pouvez y faire figurer Noah. Vous pouvez utiliser son vrai prénom.

— Vraiment ?

La question était plus pour lui-même.

— Je suis désolée d'avoir douté de vous. Vous avez mon autorisation pour utiliser cette histoire de la manière qui vous conviendra, dit-elle gravement.

Il inclina la tête en guise de remerciement. Peut-être qu'il lui restait assez d'énergie pour terminer ce chapitre, s'il ne tardait pas. Il devait bien cela à l'homme qu'il avait été. L'homme qu'il était aujourd'hui, en revanche... qui était-il ?

— Pensez-vous que Noah... va mieux ? demanda Janie d'un ton hésitant.

Il fut autant touché qu'alarmé en voyant dans son regard la foi qu'elle avait en lui.

— Et vous ?

Elle réfléchit.

— Peut-être. Il me semble.

Noah et les footballeurs étaient pliés en deux de rire.

— Pourquoi Tommy a-t-il décidé de revenir aux États-Unis, à votre avis ? demanda-t-elle en regardant son fils. Pourquoi ne s'est-il pas réincarné en Chine, en Inde ou en Angleterre ? Vous avez dit l'autre jour que les individus se réincarnaient souvent dans la même région. Mais *pourquoi* ?

La question l'intriguait sincèrement et il fut gagné par une sorte de perplexité, comme si toutes les questions qui avaient bourdonné autour de lui pendant presque toute sa vie venaient de trouver un tout nouveau champ où essaimer.

— Il semble qu'il y ait effectivement une corrélation, dit-il lentement, en choisissant bien ses mots. Certains enfants racontent avoir passé du temps dans la région où ils sont morts, et avoir choisi leurs parents parmi les gens qui passaient. D'autres renaissent dans leur propre famille, sous la forme de leurs propres petits-enfants, nièces ou neveux. Nous avons supputé que cela pouvait être dû à... l'amour. (Il avait voulu utiliser un terme plus clinique, mais il n'était plus à sa portée.) Peut-être que certaines personnalités aiment leur pays, tout comme elles aiment leur famille. (Il haussa les épaules.) La manière dont une conscience migre n'est pas une question à laquelle j'ai été en mesure de répondre. Je suis resté au stade de prouver son existence. (Il se dandina avec impatience.) Écoutez, j'ai été…

— Mais je ne sais pas très bien quoi faire, maintenant. (Elle lui agrippa la manche et le geste le fit sursauter.) Comment vais-je poursuivre l'éducation de Noah ?

— Vous vous fierez à votre intelligence et à votre… (De nouveau, le mot lui échappait.) …vos sentiments. Vos sentiments sont bons. (Il en était réduit aux banalités ou aux vérités les plus simples. Dans un cas comme dans l'autre, il faudrait faire avec.) Nous devons nous dire au revoir, à présent, murmura-t-il.

— Vous allez tout de même devoir assurer un suivi du cas de Noah, n'est-ce pas ?

Je n'en sais rien, songea-t-il, mais il répondit :

— Bien sûr.

— Alors je peux vous joindre par e-mail, de temps en temps ? Si j'ai des questions ?

Il hocha la tête, à peine.

— D'accord.

Ils se lorgnèrent, ne sachant ni l'un ni l'autre comment se séparer. S'étreindre semblait hors de question, mais une poignée de main paraissait trop formelle. Finalement, elle lui tendit gauchement la sienne et il la prit un bref instant dans sa grande main, puis, sur un coup de tête, il la porta à ses lèvres et la baisa. Il trouva la peau douce. C'était le baiser d'un père à un mariage, d'un père qui confie sa fille à un autre homme. Il éprouva un pincement, une incompréhensible peine d'avoir perdu sa compagnie, ou simplement une présence féminine, si loin derrière lui à présent.

— Portez-vous bien, dit-il en lâchant sa main.

Il ramassa son sac élimé et franchit les portes pour s'enfoncer dans la tiédeur de la nuit.

Il était libre.

Voilà ce qu'il était.

Libre.

Les voitures et les taxis ralentissaient, se garaient pour prendre de la famille ou des clients, et il gagna le parking, savourant son élan, la facilité et l'efficacité avec lesquelles bougeaient ses jambes, tandis que son esprit s'étirait avec gratitude dans l'obscurité.

Il avait de l'affection pour Janie et Noah, mais ils s'éloignaient de lui rapidement. Son dernier cas, et il était terminé.

Eux étaient revenus sur terre, et lui était… sur un nuage.

Il avait lutté de toutes ses forces pour s'accrocher à la vie qu'il avait toujours connue, et maintenant qu'elle s'était enfuie, il flottait dans la légèreté de sa défaite. Il avait mobilisé toute l'énergie de son esprit dans sa tentative pour comprendre l'insondable, et peut-être qu'il avait réussi à contempler un instant la gueule béante de l'infini ; à présent il ne lui restait qu'à rédiger ce dernier cas.

Il avait cru qu'à mesure qu'il approcherait de l'instant de sa mort, les questions demeurées sans réponse le tarauderaient de manière insupportable, mais il découvrait à présent, avec surprise autant qu'avec ravissement, qu'il n'avait plus aucune question. Ce qui arriverait… arriverait.

Et pourquoi pas ?

Il allait terminer son livre, puis il pourrait faire ce qui lui chantait. Et quand viendrait le jour où il ne pourrait plus lire le Grand Poète… il passerait en revue les vers qu'il avait gravés dans sa mémoire, en se rappelant la profondeur et la cadence sinon le texte en lui-même. Il pourrait ânonner Shakespeare tout seul sous les chênes toute la journée comme un vieux fou.

Ou bien il pourrait retourner en Asie. Ce serait agréable de se retrouver en terre d'Asie. Et qu'est-ce qui le retenait ? Rien. Il pouvait y aller maintenant s'il en avait envie. Il pouvait prendre le premier avion en partance.

La Thaïlande. L'air dense et moite, la cohue des rues.

Pourquoi ne pas y aller ? Il sentit l'excitation palpiter en lui à mesure qu'il y pensait. Il pourrait aller voir l'énorme Bouddha couché, avec ses cent huit signes auspicieux incrustés en nacre sur la plante des pieds. Il pouvait commencer à méditer. Il s'était toujours trop inquiété qu'une pratique spirituelle puisse saper ou influencer son objectivité scientifique, mais à présent, cela n'avait plus d'importance. Et si les Tibétains avaient raison, la méditation pouvait mener à une mort plus paisible, ce qui pourrait avoir une influence positive sur sa prochaine vie (même si ses propres analyses ne prouvaient rien de ce côté-là).

Peut-être qu'il pourrait même faire un tour sur une plage. Tout le monde disait que les îles de Ko Phi Phi étaient spectaculaires. Un sable blanc doux comme la soie entre les orteils, une eau turquoise et cristalline.

Le moment présent. S'y laisser aller. Il avait entendu dire qu'on pouvait prendre un bateau et aller voir ces étranges saillies calcaires surgissant du brouillard comme dans les estampes chinoises : celles où l'on voit des montagnes peintes se tordre dans un ciel lointain, au-dessus d'un être solitaire dans un bateau, si minuscule qu'il en était presque invisible.

Il allait devoir acheter un maillot de bain. Il avait hâte.

44

Enveloppant du bras l'épaule de son fils assoupi, Janie appuya la tête contre la vitre du taxi et contempla le paysage familier. Le large Eastern Parkway, ses immeubles résidentiels, yeshivas et arbres majestueux ; le supermarché Met Foods où elle faisait ses courses et l'étendue sombre de Prospect Park. Elle était surprise de les trouver inchangés, comme si elle s'était attendue à trouver son univers transformé à son retour. Ils passèrent devant le petit restaurant où elle avait rencontré Anderson pour la première fois, où la serveuse avait *YOLO* tatoué entre les omoplates.

You Only Live Once – on ne vit qu'une fois. C'est ce que les gens disaient, comme si la vie comptait vraiment parce qu'elle n'arrivait qu'une seule fois. Et si c'était le contraire ? Et si ce que vous faisiez comptait *encore plus* parce que la vie ne cessait de se reproduire, avec des conséquences qui se répercutaient à travers les siècles et les continents ? Et si vous aviez occasion sur occasion d'aimer les gens que vous aimiez, de réparer ce que vous aviez raté, de corriger vos erreurs ?

Ils étaient arrivés devant leur maison. La flamme du réverbère frétillait dans la nuit comme une amie heureuse de la voir. Elle paya le chauffeur et hissa son lourd garçon endormi dans ses bras pour le sortir du taxi, étourdie de gratitude d'être arrivée chez elle et d'habiter au rez-de-chaussée.

Dans leur appartement, Janie porta directement Noah dans sa chambre et le coucha sans même allumer les lumières. Elle se pelotonna à côté, face à lui dans le lit étroit, et tira l'édredon sur eux. Il s'ébroua et bâilla en se frottant les yeux.

— Hé, on est à la maison.

Il soupira et se nicha contre elle. Passa un pied par-dessus sa hanche et colla son front au sien. Posa la main sur son épaule dans l'obscurité.

— C'est quelle partie du corps ? chuchota-t-il.

— C'est mon épaule.

— Et ça ?

— C'est mon cou.

— Et ça, c'est ta caboche, ta caboche, ta caboche…

— Oui.

— Mmm. (Silence. Puis un bruit sous les couvertures. Un sourire ensommeillé.) J'ai pété.

Et sur ce, il se rendormit.

Janie se leva lentement, traversa la chambre sans bruit et marqua un temps d'arrêt sur le seuil.

Noah remua ; il était sur le dos, à présent, endormi sous les étoiles. Elles luisaient au-dessus de lui, toutes ces constellations créées par l'homme, cette carte résumant ce que la majorité d'entre nous pouvait saisir d'un Univers qui n'avait pas de fin. Des années auparavant, elle les avait collées, pour fabriquer une Grande Ourse rien que pour Noah, son Orion à lui, se disant que jusqu'à la fin de ses jours, quand il verrait les étoiles, il se sentirait chez lui. Elle essaya de se rappeler comment elle était à cette époque, mais elle ne pouvait pas retourner en arrière, pas plus qu'elle ne pouvait prendre pour les vraies ces étoiles collées au plafond.

Noah eut une moue gourmande, comme s'il faisait un très agréable rêve.

Elle resta longtemps sur le seuil à le regarder dormir.

Épilogue

Dans ce voyage à New York, rien ne ressemblait à ce que Denise avait imaginé.

Par exemple, le fait qu'Henry avait décidé de l'accompagner : elle en était restée bouche bée.

Ces derniers temps, il était impossible de savoir ce qu'Henry lui réservait. Un dimanche, il se réveillait en sifflotant *Straight No Chaser* et préparait des pancakes aux myrtilles pour Charlie et elle. D'autres fois, il veillait toute la nuit en buvant de la bière dans le salon, la télé diffusant à fond une émission idiote, et si elle venait voir comment il allait ou lui demander de baisser le son, il lui grommelait de retourner se coucher. Elle s'efforçait toujours de se réveiller de bonne heure le lendemain matin pour se mettre en condition et préparer ses cours de la journée, car elle savait que cela prendrait du temps pour le tirer du lit et veiller à ce qu'il s'habille et se mette en route. Parfois, elle avait l'impression d'avoir chez elle deux ados grincheux. Qu'ils arrivent en cours à l'heure était incroyable.

— Je suis comme ça, maintenant. Tu veux de moi, très bien, voilà ce que tu auras. Tu n'en veux pas, c'est très bien aussi, avait-il déclaré en lui proposant de revenir habiter à la maison.

Il avait dit cela avec un haussement d'épaules, le visage fermé, prétendant que l'un ou l'autre lui était égal, mais elle avait vu clair dans son jeu, comme s'il était l'un de ses propres enfants : il mourait d'envie qu'elle le reprenne. Et elle le voulait aussi.

Elle était heureuse qu'il soit revenu. Il avait en lui cette pesanteur qui datait de la mort de Tommy et qu'elle n'imaginait pas voir disparaître un jour, mais il savait apprécier un bon plat et elle se surprit à ressentir de nouveau le plaisir simple de cuisiner, de mettre un peu de ceci avec un peu de cela et de sortir le tout du four, fumant, embaumant délicieusement la maison, avant de tout manger jusqu'à la dernière miette. « Tu reprends du poil de la bête », voilà ce qu'Henry ne cessait de répéter en lui tâtant de l'index cette chair tendre entre ses côtes. Et cela faisait de toute évidence du bien à Charlie. Le gamin était un clown, depuis toujours, et elle voyait à présent combien il était astucieux. Elle n'aimait rien tant que voir à la fin d'une longue journée Henry renverser la tête en arrière et éclater de son grand rire profond à la table du dîner quand Charlie disait quelque chose de drôle, et le rougissement de plaisir qui se peignait fugitivement sur le visage de son fils lorsqu'il baissait timidement la tête pour le savourer. Parfois, après le dîner, ils jouaient ensemble dans le garage, Charlie à la batterie et Henry à la contrebasse, faisant vibrer les murs et résonner tout le quartier, couvrant même les aboiements du chien du voisin, et elle se disait que tout irait bien, probablement.

Ils ne parlaient pas de Noah. Ni l'un ni l'autre ne voulaient se disputer là-dessus, personne ne gagnait et cela n'avait pas de fin. Quand le printemps arriva et que l'idée de rendre visite à Noah se mit à surgir dans ses pensées au cours de la journée, elle commença par la repousser, craignant de compromettre le nouveau et délicat équilibre à la maison. Elle se contenta d'envoyer à la place un cadeau à Noah, le jour de l'anniversaire de Tommy, mais sans préciser ce détail dans la carte.

Elle avait parlé à Noah quelques fois au téléphone au cours des premiers mois, mais c'était généralement catastrophique ; elle ignorait cependant si c'était dû à la jeunesse de l'enfant et à son impatience naturelle vis-à-vis du téléphone ou à l'étrangeté des circonstances. Il était avide de lui parler pendant les cinq premières secondes, généralement après avoir harcelé sa mère pour qu'elle appelle. Ensuite, il répondait à ses questions sur la maternelle par de timides monosyllabes et (après s'être un peu animé en demandant des nouvelles de Magyar à pointes) il était manifestement soulagé de raccrocher quelques instants plus tard. Il lui fallait toujours le reste de l'après-midi pour se remettre des intenses émotions qu'elle éprouvait après coup. Au bout d'un certain temps, les appels s'étaient taris.

Avant l'été, elle s'était décidée à voir Noah en personne. Elle pensait s'en sentir capable à présent. Janie avait accepté, même si elle avait paru circonspecte : « Il ne parle pas beaucoup de Tommy », avait-elle dit, et Denise avait estimé que cela valait aussi bien.

Elle avait pris son billet avant d'en parler à Henry. Comme Charlie travaillait au Stop & Shop, où il ensachait les courses des clients en caisse, et à la piscine comme maître-nageur, il ne pouvait pas venir. Quand elle avait annoncé à Henry qu'elle allait à New York voir Noah, il s'était figé et avait tressailli en entendant le prénom, et elle s'était demandé si le risque n'était pas trop grand.

«Je vais venir avec toi, avait-il finalement annoncé, comme s'il était soudain devenu le mari d'une autre. Si tu es d'accord. J'ai quelques amis que j'irais bien voir. »

Il avait passé quelques années là-bas quand il était un jeune et prometteur contrebassiste.

Elle l'avait laissé venir. Elle n'avait pas posé de questions. Elle ne voulait pas savoir, peut-être, quelles étaient ses vraies raisons, et elle avait envie de profiter de sa compagnie. Elle n'était jamais allée à New York.

Une autre chose à laquelle elle ne s'attendait pas : s'amuser autant avec lui.

La première nuit en ville, ils se rendirent au Blue Note et eurent des places juste à côté de la scène. Ils burent des cocktails bleu fluo et écoutèrent Lou, le vieux copain d'Henry, mettre le feu avec son saxo, et ensuite, ils sortirent avec l'orchestre, s'amusèrent jusqu'au petit matin tout en buvant et mangeant délicieux et pas cher et en écoutant les bavardages légers des musiciens, leurs anecdotes de tournées et de séjours chez le cousin d'Untel ou d'Untel chez qui une odeur de tripes déferlait de la cuisine, de directeurs radins et de musiciens qui sortaient des toilettes avec le nez poudré et le pantalon aux chevilles, et puis la fois où la copine de Seattle de Lou avait pris l'avion pour le rejoindre à San Francisco et était tombée à la fois sur la copine d'Oakland et celle de Los Angeles.

De retour à l'hôtel, Henry et elle brûlaient mutuellement de désir comme au bon vieux temps. Son intensité la surprit. Elle découvrit avec plaisir que c'était encore possible, après tout ce qui s'était passé.

Elle ne pensait pas qu'Henry viendrait avec elle chez Janie le lendemain, ni que l'appartement de Janie serait si petit et si ancien – elle s'était imaginé un vaste loft moderne, comme ces appartements new-yorkais que l'on voyait à la télévision, pas ce petit logis désuet avec ses lambris décorés comme échappés de la maison de sa propre mère.

C'était une chaude journée. Quand ils arrivèrent, harassés, Janie les toisa et déclara :

— Je vais aller vous chercher de l'eau. À moins que vous ne vouliez du café glacé ?

Denise secoua la tête.

— J'aurais bien aimé. Mais si je bois du café à cette heure-ci, je ne fermerai pas l'œil de la nuit.

Pendant que Janie se rendait dans la cuisine, Denise entra dans le salon, où se trouvait Noah.

Il avait presque six ans, cet âge tendre où les rondeurs de bébé commencent à fondre et où l'on voit, sur le visage anguleux de l'enfant, quel adulte il deviendra peut-être. Il était absorbé par un livre, assis en tailleur sur le canapé, ses éclatants cheveux blonds en bataille. (Pourquoi Janie n'emmenait-elle jamais ce gamin chez le coiffeur ?) Il ne semblait pas leur prêter attention.

— Noah, regarde qui est là, dit Janie en revenant de la cuisine avec les verres.

431

Il leva les yeux. Denise était au milieu de la pièce, serrant dans ses mains le cadeau qu'elle avait apporté, sentant sa bouche se dessécher tandis que Noah posait sur elle un regard jovial sans la reconnaître.

Jusqu'à cet instant, elle n'avait pas saisi à quel point elle tenait à lui. Elle ne s'attendait pas du tout à cela.

— C'est ta tatie Denise, tu ne te souviens pas ? demanda Janie en s'avançant.

— Oh. Bonjour, tatie Denise, dit-il en souriant poliment, acceptant son cadeau et sa présence dans sa vie comme le font les enfants, sans demander d'où elle sortait.

Elle s'assit et serra le verre d'eau glacée à deux mains pendant que, dans le lointain, Henry se présentait à l'enfant qui déchirait l'emballage de la boîte en deux temps, trois mouvements. À l'intérieur se trouvait le gant de base-ball de Tommy.

Il le sortit en poussant un cri.

— Hé ! Un nouveau gant.

Et cette joie toute simple souleva en elle autant de plaisir que de peine.

Ils se promenèrent dans le parc. La journée était ensoleillée et une petite brise agitait l'air.

— Alors, j'ai une question à te poser, dit Henry à Noah tandis qu'ils marchaient, en se tournant vers lui d'un air grave.

— Ah bon ? demanda Noah en levant vers lui un regard inquiet.

— Les Mets ou les Yankees ?

— Les Mets, à cent pour cent ! dit Noah.

— C'est ce que je voulais entendre, sourit Henry en lui tapant dans la main. Qu'est-ce que tu penses de Grandy ? Tu crois qu'il en a sous le pied ?

Ils n'avaient pas besoin de plus. Ils parlèrent avec animation de base-ball pendant tout le reste du chemin vers le parc pendant que Janie et Denise marchaient sans rien dire côte à côte. La déception avait rendu Denise muette.

— Je suis désolée, dit Janie à voix basse. Je ne savais pas ce qu'il ferait quand il vous verrait. Il n'en parle plus, mais je ne savais pas… Je suppose qu'il est juste Noah, à présent. (Elles continuèrent un peu en silence.) Il aime toujours les mêmes choses, cela dit, poursuivit-elle. Les lézards et le base-ball, et de nouvelles choses, aussi. Vous devriez voir ce qu'il fait avec des Lego. De magnifiques constructions.

— Il est comme sa mère, dit enfin Denise.

Janie rougit et haussa les épaules.

— Il est heureux.

Arrivés au parc, ils trouvèrent une étendue déga-gée. Un couple âgé marchait bras dessus bras dessous. Une famille nombreuse de Juifs hassidiques descendait un chemin en empêchant son troupeau d'enfants de s'aventurer trop près de l'étang en bordure de la prai-rie. Des gens donnaient à manger aux canards dans une frénésie de becs et de miettes. Une fillette faisait tourner son cerceau autour de sa taille, comme surgie d'une autre époque.

Janie et Denise s'installèrent sur une couverture étalée sous les branches protectrices d'un grand arbre et sortirent des boîtes de boules de mozzarella à l'huile, de houmous, raisin, carottes et morceaux de pita, calant les serviettes sous les Thermos pour qu'elles ne s'envolent pas. Ils avaient apporté une balle et le gant et pendant qu'elles préparaient le pique-nique, Henry et Noah s'installèrent plus loin dans l'herbe pour s'échanger la balle, Henry à mains nues, comme il faisait naguère.

Denise les regardait. Noah était effectivement heureux. Elle le constatait. C'était agréable de le voir heureux, comme n'importe quel enfant. C'était pour le mieux qu'il l'avait oubliée, Denise le savait, même si le savoir ne la faisait pas moins souffrir. Elle était contente que la nature ait repris ses droits, mais elle ne pouvait s'empêcher de penser qu'il lui avait été enlevé quelque chose qui aurait pu être précieux, si seulement elle avait été capable de le rendre ainsi.

Elle s'appuya sur les coudes sous le feuillage qui voletait. Henry lançait la balle à un rythme régulier et détendu, le visage aussi amical et neutre que celui de Noah. Elle se rendit compte de ce qu'elle avait toujours su : Henry ne croyait pas davantage qu'avant, mais il faisait cela pour elle. Parce qu'il l'aimait. Le bruit de cet amour était le claquement de la balle dans le vieux gant de Tommy et celui de l'amour qu'elle-même éprouvait – pour Henry, Tommy, Charlie et Noah –, c'était le claquement du vent dans les feuilles au-dessus d'elle, tout cela tissant une toile d'araignée de sons qui la capturait et l'emprisonnait dans cet instant, exactement ici et maintenant.

Elle se redressa et regarda Henry et Noah se lancer la balle inlassablement comme les pères et les fils, les hommes et les garçons de partout et de toujours.

— Maintenant, essaie une verticale, dit Henry en lançant la balle droit dans le ciel.

Janie écrivit à Anderson. Elle se dit qu'il lui serait utile d'avoir des nouvelles de Noah, au cas où il ferait une nouvelle édition de son livre. Maintenant que la normalité régnait autour d'elle dans toute sa trépidante splendeur, elle aimait se rappeler de temps en temps ce qu'il en avait été naguère. Jerry et elle n'étaient pas des amis, mais ils avaient partagé un lien plus profond : ils étaient des alliés. Elle lui raconta la visite de Denise et Henry en lui faisant part de tous les faits pertinents : comment Noah y avait pris plaisir sans les reconnaître ni l'un ni l'autre. Elle envoya un e-mail, puis un autre, mais il ne répondit pas.

Elle espérait qu'il allait bien. Elle ne l'avait vu qu'une fois, quand il était passé en visite et lui avait offert un exemplaire de son livre, quelques mois avant de quitter de nouveau le pays pour de bon. Les opinions sur l'ouvrage avaient été mitigées ; certains critiques avaient attaqué ses travaux avec espièglerie, comme si tout cela était une partie de téléphone arabe mal compris ou une escroquerie, rien qu'il faille prendre au sérieux ; et d'autres s'étaient intéressés à ses découvertes, mais n'avaient pas su quoi en faire. Anderson ne semblait pas s'en soucier, cependant. Il s'était montré plus taciturne, et aussi plus vague, en quelque sorte, comme si une corde tendue s'était brisée en lui. Il portait une chemise blanche à poches, le genre que l'on trouve dans les îles. C'est ce qu'elle lui avait dit et il avait ri. « C'est vrai, je suis un insulaire, maintenant », avait-il répondu.

Janie ne voulait pas oublier ce qui s'était passé, mais elle ne pouvait s'en empêcher. Le quotidien était trop prenant. Elle était occupée par son travail, par le plaisir de créer des espaces harmonieux et les migraines que lui causaient les pinaillages des clients. À sa grande surprise et son immense plaisir, Bob, son correspondant SMS de naguère, était entré dans sa vie en répondant avec enthousiasme à son texto penaud – «Si vous voulez toujours qu'on se voie, prévenez-moi»; ils se retrouvaient une ou deux fois par semaine, désormais, depuis un temps assez long pour qu'elle commence à croire que c'était vraiment en train d'arriver, et à songer à le présenter (peut-être un jour) à Noah. Et bien sûr, il fallait s'occuper de ce dernier : surveiller ses devoirs, préparer son dîner et son bain moussant (quel plaisir elle prenait désormais à la vie ordinaire !), veiller à tous les besoins de cet être en perpétuelle évolution. Il prenait de l'âge. Parfois, quand ils faisaient du vélo dans le parc, elle le laissait la devancer un peu sur l'allée, elle regardait s'éloigner d'elle puis disparaître dans un virage sa tête blonde, son dos étroit et ses jambes qui s'agitaient, et elle éprouvait un pincement qu'elle savait être un sentiment maternel tout à fait courant.

Une nuit, elle se réveilla en proie à la panique, certaine qu'elle était en train de perdre quelque chose de précieux, et elle alla dans la chambre de Noah le regarder dormir (les cauchemars, Dieu merci, avaient cessé depuis longtemps.). Une fois rassurée de ce côté, elle alluma son ordinateur et consulta ses e-mails.

Il était là, enfin : le nom de Jerry Anderson dans sa boîte de réception. Pas d'objet. Elle l'ouvrit aussitôt. *IVOIRE*, avait-il écrit. Tout en majuscules. Rien d'autre.

Le mot résonna dans le silence de l'appartement, soulevant des vaguelettes d'inquiétude et de soulagement. *Tout va bien ?* répondit-elle. L'écran projetait une étrange lumière blafarde dans l'obscurité, et elle sentit sa présence en cet instant comme s'il avait été auprès d'elle. *Jerry ?*

Ça va. Elle l'imagina lui dire cela, comme s'il lui avait répondu. Elle en eut le pressentiment, sans savoir cependant s'il était réel ou inventé. Cela la calma de penser qu'elle pouvait le sentir là-bas, de l'autre côté de cette immense étendue.

Le lendemain, Janie était en route pour aller chercher Noah à son activité extrascolaire, l'esprit occupé par un million de pensées, quand elle s'immobilisa brusquement. Elle regarda autour d'elle.

Elle était dans un wagon de métro dont elle sentait le mouvement sous ses pieds. La rame sortit à l'extérieur et passa sur Manhattan Bridge, dans les premières lueurs du soir qui se reflétaient sur l'Hudson, sur un bateau emportant son chargement d'un lieu à un autre, sur les voyageurs dans le wagon, chaque détail lui sautant au visage avec une netteté délicate et renforcée. Le sparadrap sur le genou de l'ado en face d'elle. Le rasta mâchant du chewing-gum dont elle voyait les lèvres remuer sous sa barbe.

À l'intérieur du wagon, des publicités pour de la bière, des garde-meubles, des matelas. « Réveillez-vous et donnez un coup de jeune à votre vie. »

Je me suis trompée, songea-t-elle soudain.

Ce qui était arrivé à Noah avait semblé la mettre à l'écart des autres gens, qui ne connaissaient pas l'histoire – ou qui, quand elle essayait de l'expliquer à ses plus proches amis, «ne pouvaient pas croire à ces trucs». Alors elle avait rangé tout cela, elle l'avait gardé pour elle-même, comme quelque chose de plus qui la tenait subtilement à l'écart, alors qu'en réalité… en réalité, les implications suggéraient tout autre chose.

Qu'*étaient* les implications?

Tant d'existences. Tant d'êtres aimés, perdus et retrouvés. De famille que vous ignoriez avoir.

Peut-être était-elle parente de quelqu'un dans ce wagon même. Peut-être ce type en costume avec son iPad. Ou le rasta au chewing-gum. Ou le blond avec la chemise à pois et la fougère qui dépassait d'un sac. Ou la femme avec les cheveux hérissés. Peut-être que l'un d'eux avait été sa mère. Ou son amant. Ou son fils, le plus cher d'entre tous. Ou le serait, la prochaine fois. Tant d'existences qu'il était raisonnable de penser qu'elles étaient toutes liées entre elles. Ils avaient oublié, voilà tout. Ce n'était pas une chansonnette pour feu de camp de baba cool. (Bon, d'accord, c'en était une, mais *pas seulement*.) C'était réel.

Mais comment était-ce possible?

Peu importait *comment*. Ça l'était, *point barre*. Elle balaya le wagon du regard. L'homme à la peau mate à côté d'elle lisait une publicité pour une agence matrimoniale dans le journal. Le gamin en face faisait sauter une planche de skate sur ses genoux écorchés. Le plus cher d'entre tous, songea-t-elle. Elle se sentit pleine d'énergie.

Ce serait difficile de vivre ainsi. De considérer les autres ainsi. Mais on pouvait essayer, non?

Les portes entre les wagons s'écartèrent brusquement et un homme apparut, un sans-abri qui traversa d'un pas traînant toute la voiture sur ses pieds nus et sales. La crasse collait ses cheveux en un véritable casque et elle préféra ne pas regarder ses vêtements de trop près. Il avançait en titubant dans le wagon. Son odeur était comme un champ de force, repoussant tout sur son passage; quand le métro s'arrêta et que les portes s'ouvrirent, de nouveaux voyageurs posèrent un pied dans le wagon et firent aussitôt demi-tour pour aller dans le suivant. La plupart des gens présents sortirent en masse.

Mais certains restèrent. Décidés à endurer cela. Ils étaient trop fatigués pour se lever ou trop captivés par leurs appareils nomades ou bien ils refusaient de renoncer à une place assise. Leur station arrivait bientôt. Et de toute façon, c'était le wagon qu'ils avaient choisi, les cartes qui leur étaient échues, cette fois. Ils évitaient soigneusement de le regarder; ils avaient peur d'attirer son attention.

Comme elle était la seule à regarder plus ou moins dans sa direction, il se dirigea droit sur elle. Il resta là à osciller devant elle; sa puanteur lui faisait monter les larmes aux yeux. Il n'avait ni gobelet ni rien. Il tendit une main sale.

Elle sortit trois pièces de sa poche, les déposa dans sa paume qu'elle effleura, et leva la tête. Il avait des yeux couleur caramel, plus clairs autour des pupilles et au contour plus sombre, et les regarder fut comme contempler une double éclipse. Il avait des cils épais, couverts de suie. Il lui fit un clin d'œil.

— Hé, merci, cousine, dit-il.

— De rien.

Son visage semblait se projeter en avant, avec ses besoins et ses espoirs clairement gravés dessus, comme s'il avait attendu une éternité qu'elle le remarque.

Paul perdit dix kilos la première année. Il était baladé partout dans la prison comme un bout de papier qu'on piétine sous des bottes boueuses. Il ne pouvait pas dormir ; il était allongé sur le lit du haut dans l'odeur d'urine des toilettes et il écoutait les bruits de la prison, les fuites d'eau, les cris et les ronflements. Il ne savait pas si les hurlements venaient des autres détenus criant dans leur sommeil ou s'ils étaient contraints à rester éveillés par leur propre malheur, comme lui. Et au-dessous de tout cela, l'écho incessant de Tommy Crawford qui l'appelait depuis le fond du puits. Il avait depuis longtemps cessé d'essayer de ne pas penser à Tommy Crawford ; ce qu'il avait fait était dans les fils de sa tenue de prisonnier, dans les joints entre les parpaings et l'odeur de pisse de chat qui imprégnait tout. Parfois, il lui arrivait encore de rêver de revenir en arrière et d'agir différemment, mais il ne pouvait pas. D'autres fois, il se demandait pourquoi la vie était ainsi : vous faisiez des bêtises et vous aviez beau vouloir, vous ne pouviez pas revenir dessus ; on ne vous donnait pas de seconde chance. Il avait dit cela à son avocate un jour et la femme avait fait la moue en le regardant depuis l'autre côté de la table comme la mère consternée d'un autre. Elle avait la cinquantaine, elle était mince, avec une masse de cheveux blond-gris ramenés en arrière par un élastique et des yeux bleus qui le regardaient comme si elle avait passé la nuit à se ronger les sangs pour lui. Il ne savait pas pourquoi elle faisait cela, alors qu'il n'était même pas de sa famille, mais il lui était reconnaissant de ses services, et de pouvoir sortir un jour de prison, même s'il aurait trente ans le moment venu.

Un jour, à peu près au bout de la première année, on lui annonça qu'il avait une visite.

Il pensa à son avocate ou à sa mère.

Le garde le conduisit par le long couloir jusqu'à la salle où se trouvaient les tables.

Quand il vit qui l'attendait, il voulut battre en retraite, mais il était trop tard. Elle était assise là-bas. Elle avait les cheveux plus gris qu'à l'époque du procès, mais son visage n'avait pas changé, et ses yeux qui se tournèrent vers lui ressemblaient à ceux de Tommy Crawford quand il avait essayé de décider s'il devait ou non l'accompagner dans les bois pour s'entraîner à tirer au fusil.

Il aurait voulu se cacher sous la table.

Elle prit le téléphone de l'autre côté de l'épaisse vitre rayée et il en fit autant.

— J'ai reçu votre lettre, dit-elle.

Il la regarda. Il n'arrivait pas à trouver quoi répondre.

Il lui avait écrit pour lui dire combien il était désolé de ce qui était arrivé. Qu'il aimait beaucoup Tommy et qu'il aurait voulu qu'il soit encore en vie. Tout ce qu'il avait écrit était vrai. Son avocate avait estimé qu'il serait mieux qu'il y ait un procès, mais ils avaient négocié la peine et il avait quand même envoyé la lettre, pensant que les parents ne répondraient jamais. Pourquoi l'auraient-ils fait ?

— Vous avez dit dans votre lettre que vous étiez alcoolique, dit-elle d'une voix sourde sans le regarder en face. C'est vrai ?

— Mmm, marmonna-t-il. (Puis il se força à le dire :) Oui.

Il s'était habitué à l'avouer, à présent, après toutes ces réunions des Alcooliques anonymes en prison.

— Mais vous êtes sobre, à présent ?

Il hocha la tête, puis il se rendit compte qu'elle ne pouvait pas le voir s'il la baissait comme cela.

— Oui.

— C'est pour cela que c'est arrivé ? Parce que vous étiez ivre ? demanda-t-elle en fixant ses mains posées sur la table devant elle.

Il déglutit. Il avait la bouche sèche. Il n'y avait pas d'eau, ici.

— Non.

— Alors pourquoi ?

Elle leva les yeux. Ils étaient tristes, mais il n'y avait aucune colère dans son regard.

— C'était un accident, dit-il. (Et il vit cette ombre de scepticisme, ce rictus des lèvres qui avait traversé tant de visages depuis qu'il avait avoué.) Mais ce n'est pas pour ça, ajouta-t-il. C'est parce que j'étais un lâche. Un lâche et un idiot.

Il baissa la tête, regarda leurs mains, longues et brunes pour elle, blanches et courtaudes aux ongles à moitié rongés pour lui.

Elle émit un bruit dans le téléphone, mais il n'aurait pu dire ce que c'était.

— Je suis désolé d'avoir tué votre fils, dit-il.

Les mots étaient confus parce qu'il avait la gorge nouée et desséchée. Il posa la tête sur ses bras et espéra que les gardes ne penseraient pas qu'il pleurait. Il pleurait, un tout petit peu, mais ce n'était pas la question.

Il sentit qu'elle attendait qu'il dise autre chose. Il ne savait pas trop quoi, puis il comprit. Il coinça le téléphone dans le creux de ses bras et dit le reste :

— Je sais que vous ne pouvez pas me pardonner.

Pardonner. C'était un mot qu'il n'avait jamais utilisé jusqu'à récemment. Chercher le pardon faisait partie de lui, à présent. Il en avait besoin comme il avait besoin d'alcool.

Il y eut un long silence.

— C'est drôle, dit-elle enfin, alors qu'il n'y avait rien de drôle nulle part dans le monde, d'après ce que constatait Paul. (Il leva la tête et vit qu'elle était impassible.) J'ai pensé à cela. (Elle parlait comme un professeur, quelqu'un qui sait.) La Bible dit : «Pardonne et tu seras pardonné»... Et les bouddhistes, bien sûr, pensent que la haine ne conduit qu'à encore plus de haine et de souffrance. Quant à moi... je ne sais pas. Je sais que je ne veux plus me raccrocher à la haine. Je ne peux pas.

Son regard s'attarda sur son visage, comme si elle devait décider s'il était ou non hideux. Il se rendit compte que chercher le pardon impliquait qu'on l'accorde aussi. Il savait qu'il n'avait pas pardonné certaines choses à son père. Il ne s'imaginait pas le faire.

— Tommy m'enseigne des choses, chaque jour, continua-t-elle. (Il faillit tomber de sa chaise. Comment Tommy pouvait-il lui apprendre quoi que ce soit ?) Il me force à le laisser partir, dit-elle, à céder au moment présent. Il recèle de la joie. Si on est capable de le faire.

Il n'en revenait pas qu'elle soit assise là à parler de l'enseignement de son fils mort et de joie, à lui. *À lui !* Peut-être qu'il l'avait rendue folle et qu'il allait avoir cela sur la conscience aussi.

— Comment c'est, ici ? demanda-t-elle à mi-voix. C'est dur ?

Il n'arrivait pas à savoir si elle voulait qu'il réponde que oui ou le contraire.

— C'est ce que je mérite, je crois, dit-il simplement.

Elle ne contesta pas, mais elle ne sembla pas heureuse d'entendre cela non plus.

— Je voudrais que vous m'écriviez, dit-elle. Vous voulez bien ? Je veux savoir comment c'est ici et comment vous tenez le coup. Je veux connaître la vérité.

— OK.

Il se dit qu'il lui raconterait, oui, même si elle était vraiment folle. Il pouvait lui raconter tout ce qu'il avait subi ici et qu'il ne voulait pas confier à sa propre mère.

— Alors nous sommes d'accord ? dit-elle.

Il hocha la tête. Elle se leva. Elle serra étroitement la ceinture de son manteau – elle était mince, comme prête à se briser, et en même temps, il sentait qu'elle était probablement plus robuste qu'il pourrait jamais espérer l'être. Elle leva la main dans un petit geste d'adieu, un sourire passant sur son visage, fugitivement, si rapide qu'il se demanda s'il ne l'avait pas imaginé.

Après la visite, il se stabilisa un peu. Il cessa de détester la sensation râpeuse de la tenue qui le démangeait, la violence avec laquelle les moments se succédaient sans qu'il y ait la place pour s'en évader, en dehors des romans qu'il prenait à la bibliothèque, des cours d'éducation générale qu'il suivait et des visites de sa mère venue prendre de ses nouvelles. Il écrivit des lettres à Mme Crawford et lui raconta la vérité. Il se réveillait chaque matin d'un sommeil lourd et sans rêves, toujours surpris de se retrouver ici.

Les personnages des romans qu'il lisait habitaient des demeures en tourbe et en pierre dans des contrées vallonnées et noyées dans le brouillard, où ils élevaient des dragons et apprenaient la magie. Ils se transmettaient leurs secrets de mère en fils.

Anderson sentit l'eau tiède lui lécher les pieds.

Il y entra lentement, conscient qu'à tout instant il pouvait rebrousser chemin, tandis que l'eau enveloppait ses mollets, puis ses genoux douloureux, ses cuisses et sa poitrine. Il ne savait pas trop ce qu'il allait faire jusqu'au moment où le sable glissa sous ses pieds et qu'il se mit à nager, et même là, il se retourna et vit le rivage si proche, avec ses sandales et son livre juste à côté qui l'attendaient.

La plage était déserte. Il était trop tôt pour les touristes et il n'y avait pas de pêcheurs de ce côté de l'île, comme s'il était la seule personne éveillée dans le monde entier. Quelques cocotiers se dressaient de loin en loin, les montagnes déchiquetées se penchaient sur la mer, la pancarte mettant en garde contre les courants était plantée au milieu de la plage. Il ne pouvait plus la lire, dans aucune des langues qui figuraient dessus, mais il savait ce qu'elle signifiait.

L'eau, d'un vert transparent, prenait une teinte plus sombre et plus bleue à mesure qu'il nageait. Il continua jusqu'à ce que ses sandales ne soient plus que deux points sur le sable, son livre une tache bleue et floue. Il savourait la sensation de son corps qui se dépensait, aidé par le courant. Des mots flottèrent devant lui et il s'y cramponna. Silence. Océan. Assez.

Il aurait dû en parler à quelqu'un. Il aurait pu le dire à cette femme qui lui avait envoyé un e-mail, par exemple. Celle qui avait un fils. La pensée de ce dernier cas était comme une mèche de cheveux qui le reliait encore à la terre – tout ce qui restait entre lui et le grand large. Il pouvait y retourner et essayer de nouveau de lui répondre. Il avait voulu écrire «Au revoir», mais le mot était sorti de travers. Il espéra qu'elle avait compris ce qu'il voulait dire.

S'il arrêtait d'y songer, s'il laissait le courant le porter, la mèche de cheveux pourrait se casser facilement toute seule.

Pense à autre chose. Il ferma les yeux. Le soleil forma des taches noires sur l'orange palpitant à l'intérieur de ses paupières.

Sheila.

Le jour où j'ai rencontré Sheila.

Un samedi. Il avait quitté le labo de bonne heure, pris le premier train venu jusqu'au terminus et fait le reste du chemin à pied jusqu'à la plage. Assis sur le sable humide, pensif. Tout un univers au loin, tant de choses inconnues. Pourquoi était-il prisonnier de cages avec ses rats ?

Deux filles étaient assises non loin de lui sur un plaid. Une blonde, une rousse. Deux idiotes qui mangeaient des glaces et se moquaient de lui.

La blonde était la plus hardie. Elle était venue le trouver.

— Vous êtes croyant ?

— Pas du tout. Pourquoi ?

Il l'avait regardée. Elle avait les joues rosies par le soleil, ou bien c'est qu'elle rougissait. Ses cheveux étaient tirés en arrière, mais des mèches folles s'étaient échappées et flottaient autour de son visage.

— On se disait que vous deviez être croyant pour être habillé comme ça. Vous n'avez pas de maillot de bain ?

Il avait baissé les yeux. Il portait son habituelle tenue d'étudiant, chemise en coton blanc à manches longues, pantalon noir.

— Non.

— Oh, je vois. Vous êtes *beaucoup trop sérieux* pour la plage, l'avait-elle taquiné d'un ton léger.

Elle avait un physique robuste, la peau blanche. La regarder lui faisait mal aux yeux. Stupide maillot à pois.

— Vous vous moquez de moi, s'était-il renfrogné.

— Oui.

— Pourquoi ?

— Parce que vous êtes beaucoup trop sérieux pour la plage.

Son regard bleu était affectueux et moqueur. Il n'arrivait pas à comprendre. Elle l'étourdissait.

Sous le soleil brûlant, la glace ruisselait le long du cône sur ses doigts. Il avait éprouvé l'envie saugrenue de les lécher.

Des pois, pourquoi pas ?

— Votre glace fond, avait-il dit.

Elle avait léché le cône, puis ses doigts, l'un après l'autre, en riant d'elle-même. Il l'avait prise pour le genre qui glousse, mais son rire venait de plus profond, il se déployait dans l'air, occupait l'espace. *De la glace*, avait-il songé, tandis qu'un vertige montait dans son corps depuis la plante blanche de ses pieds. *Le secret de la vie, c'est la glace.* Son rire avait résonné à ses oreilles et continué de résonner.

Il avait espéré qu'il ne cesserait jamais.

Il commençait à fatiguer. Se maintenir dans l'eau était plus épuisant qu'il n'avait escompté. Il y avait plus de résistance en lui qu'il n'imaginait. *Arrête de bouger*, se dit-il. *Lâche prise.*

Il ouvrit les yeux. Le courant avait rapidement fait son œuvre. Les sandales et le livre avaient disparu, à présent, ils s'étaient fondus dans le rivage.

Il sentit son cœur tambouriner dans sa poitrine. Il calcula la distance qui le séparait du rivage. Il pourrait probablement le regagner s'il voulait. Et ensuite ? Retour à cette petite existence qui se limitait de plus en plus à des plats de fruits de mer et à de petites promenades. Pas une vie épouvantable. Mais cela se dégradait…

Le langage ne lui manquait plus. Il aimait le caractère concret de ce nouveau mode de vie : le goût de saumure du crabe qu'il mangeait, le visage timide et curieux de la fille qui le lui servait, le sable qui glissait entre ses orteils quand il retournait à son bungalow, le chatouillis de son souffle dans ses narines quand il méditait. C'était comme si la terre le tenait dans son regard, lui prenait le visage dans ses mains. Il la sentait qui chuchotait dans une langue sans mots qu'il avait oubliée durant toute sa vie et qu'il se rappelait seulement maintenant, qui lui parlait d'une réalité si vaste qu'il n'aurait pu la communiquer à un autre être humain même s'il en avait eu la capacité. Il se reconnaissait à peine dans le miroir : ce visage tanné, brun et nonchalant, ces yeux déments et beaucoup trop brillants – qui était cet homme ? Il avait accepté avec reconnaissance la simplicité de cette vie, mais il savait que bientôt il ne serait pas en mesure de comprendre même les plus simples transactions. Il serait forcé de succomber à la seule chose qu'il craignait : l'impuissance.

Le rivage était une pâle traînée floue au loin. Son livre était là-bas, sur le sable. Il se sentit pris au dépourvu, sans lui ; il l'avait pris avec lui durant ces derniers jours. Au début, c'était pour décourager les conversations – il plongeait le nez dans ces pages qu'il avait écrites et n'était plus capable de lire –, mais il était devenu comme un ami pour lui. Quand il se réveillait la nuit, désorienté et effrayé, il allumait la lumière et de la main, entre les gros papillons de nuit qui tournoyaient, il cherchait sa couverture bleue sur la table de chevet. Le livre lui parlait sans mots, l'assurait qu'il avait vécu.

Peut-être qu'une touriste le trouverait en ramassant des coquillages. Peut-être que cela changerait tout pour elle.

Il avait mal aux jambes. Il contempla dans le soleil la mince bande de rivage qui s'éloignait, jusqu'à ce qu'elle ne soit plus qu'une illusion d'optique, une oasis imaginaire. Apparue, puis disparue. Bien sûr, le corps allait résister à la mort. Bien sûr : ainsi était la vie. Comment aurait-il pu l'imaginer autrement ? C'était une leçon qu'il avait apprise maintes et maintes fois : on avait beau méticuleusement planifier et effectuer ses recherches, l'inconnu surgissait toujours des profondeurs et chamboulait tout. Mais c'était cela qui l'avait attiré, n'est-ce pas ? Les profondeurs de ce que nous ne savons *pas*…

Peut-être qu'il reverrait Sheila. Son visage. Ou quelque reflet d'elle dans un autre.

Peut-être que non.

Il regarda autour de lui le ciel immense, l'océan qui s'étendait à perte de vue. L'eau scintillait dans le soleil et l'éblouissait. Chaque molécule brillait dans le monde rayonnant constellé de pois. Il sentit ses membres se détendre, son corps fondre devant cette beauté.

Ciel bleu, eau bleue et rien d'autre.

Le pays encore inconnu.

Vois les choses sous cet angle, Jer, entendit-il Sheila dire. *Maintenant, tu vas obtenir des réponses.* Il sentit la curiosité battre en lui à cette pensée, plus fort que son cœur.

REMERCIEMENTS

Ce livre a été inspiré par les travaux de feu le docteur Ian Stevenson et ceux du docteur Jim Tucker du Département d'études perceptuelles de la faculté de médecine de l'université de Virginie.

Je suis particulièrement reconnaissante au docteur Tucker de m'avoir reçue et autorisée à citer dans ce roman des passages de son excellent essai *La Vie avant la vie : des enfants racontent les souvenirs de leurs existences antérieures*. Les idées d'Anderson sur les causes de ces souvenirs sont considérablement inspirées par un chapitre du fascinant ouvrage du docteur Tucker, *Retour à la vie : extraordinaires cas d'enfants qui se rappellent leur existence antérieure*.

Pour les lecteurs qui souhaiteraient se documenter sur le docteur Ian Stevenson, *Âmes anciennes*, de Tom Shroder, est un livre palpitant qui détaille l'homme et ses travaux ; *Des enfants qui se souviennent d'existences antérieures*, du docteur Stevenson, offre une vue d'ensemble de ses théories.

J'aimerais également remercier :

Ma géniale éditrice, Amy Einhorn, dont la vision a guidé ce roman à travers de nombreuses versions et en a fait un livre incomparablement meilleur. À la fabuleuse équipe de

Flatiron Books, notamment Liz Keenan, Marlena Bittner et Caroline Bleeke.

Mon agent, Geri Thoma, qui s'est mise en quatre et aux sages conseils de laquelle je peux toujours me fier. Simon Lipskar et Andrea Morrison de Writer's House pour toute l'aide qu'ils m'ont apportée. Jerry Kalajian de l'Intellectual Property Group qui a tout fait pour donner à ce récit une autre vie.

Les personnes qui m'ont conseillée : Rebecca Dreyfus, pour son infinie patience, son amour et sa confiance en moi et pour ses bonnes idées, les grandes comme les petites ; Bryan Goluboff, qui a toujours trouvé le temps de m'aider à démêler l'intrigue ; et Matt Bialer, pour son incroyable générosité qui a changé beaucoup de choses.

Bliss Broyard, Rita Zoey Chin, Ken Chen, Meakin Armstrong, Youmna Chlala, Sascha Alper, Nell Mermin et Julia Strohm, qui ont lu les brouillons de ce roman et donné d'excellents conseils. Catherine Chung, qui m'a aidée à me concentrer sur ce livre à un moment crucial.

Le Virginia Center for the Creative Arts et Wellspring House, pour m'avoir fourni de parfaits environnements de travail.

Feu Jerome Badanes, dont les encouragements comptent encore.

Les amis très chers qui m'ont conseillée et soutenue durant les nombreuses incarnations de ce livre, tout particulièrement Liz Ludden, Sue Epstein, Martha Southgate, Tami Ephross, Lisa Mann, Stephanie Rose, Shari Motro, Rahti Gorfien, Susannah Ludwig, Edie Meidav, Carla Drysdale et Carol Volk.

Mes professeurs, en particulier feu Peter Matthiessen, qui a fait jaillir l'étincelle, et Kadam Morten Clausen, dont les cours de méditation et les extraordinaires enseignements m'ont aidée à rester calme durant les hauts et les bas de ce travail qui a fini par changer ma vie.

Mes parents, Alan et Judy Guskin, qui ont toujours cru en moi; mes merveilleuses sœurs, Andrea Guskin et Carrie LaShell; ma belle-mère Lois LaShell, dont la confiance dans mes capacités n'a jamais faibli; et mon beau-père, Martin Rosenthal, un authentique original. À mon incroyable belle-famille, Sylvia, George et June, et à la fratrie des Cuomo: je suis extrêmement fière de faire partie de votre famille.

Mon mari, Doug Cuomo, pour son amour et son soutien sans bornes; et mes enfants, Eli et Ben, pour avoir été si gentils et si drôles. Aucun mot ne peut exprimer le bonheur que j'éprouve de partager cette existence avec vous trois.

Le Livre de Poche s'engage pour
l'environnement en réduisant
l'empreinte carbone de ses livres.
Celle de cet exemplaire est de :
400 g éq. CO$_2$
Rendez-vous sur
www.livredepoche-durable.fr

PAPIER À BASE DE
FIBRES CERTIFIÉES

Composition réalisée par Belle Page

Imprimé en France par CPI
en septembre 2018
N° d'impression : 3030490
Dépôt légal 1re publication : octobre 2018
LIBRAIRIE GÉNÉRALE FRANÇAISE
21, rue du Montparnasse - 75298 Paris Cedex 06